A TURMA

CHARLES MCCARRY

A TURMA

Tradução de
LUIZ CARLOS DO NASCIMENTO SILVA

EDITORA RECORD
RIO DE JANEIRO • SÃO PAULO

2007

CIP-Brasil. Catalogação-na-fonte
Sindicato Nacional dos Editores de Livros, RJ.

McCarry, Charles
M115t A turma / Charles McCarry; tradução de Luiz Carlos do Nascimento Silva. – Rio de Janeiro: Record, 2007.

Tradução de: Old boys
ISBN 978-85-01-07054-8

1. Ficção americana. I. Silva, Luiz Carlos do Nascimento II. Título.

06-4164 CDD – 813
CDU – 821.111(73)-3

Título original norte-americano:
OLD BOYS

Capa: Izabel Barreto
Foto de capa: Bob Ferris / Getty Images

Direitos exclusivos de publicação em língua portuguesa somente para o Brasil adquiridos pela
EDITORA RECORD LTDA.
Rua Argentina 171 – Rio de Janeiro, RJ – 20921-380 – Tel.: 2585-2000
que se reserva a propriedade literária desta tradução

Impresso no Brasil

ISBN 978-85-01-07054-8

PEDIDOS PELO REEMBOLSO POSTAL
Caixa Postal 23.052
Rio de Janeiro, RJ – 20922-970

EDITORA AFILIADA

Para E. F. L. e N. C. S.

PRÓLOGO

Na noite em que Paul Christopher desapareceu, ele e eu jantáramos juntos em sua casa na O Street: sopa fria de agrião, rosbife frio, muito mal-passado, aspargos malcozidos, peras e queijo, uma respeitável garrafa de Pinot Noir do Oregon. Era uma bela noite de maio. As janelas estavam abertas. Sentíamos o perfume das azaléias no jardim e víamos, refletidas em espelhos e vidros de janelas, as últimas cores machucadas do pôr-do-sol. A ocasião nada tinha de especial. Paul e eu somos primos que morávamos bem perto um do outro, e antes de ele ir embora costumávamos nos reunir para jantar algumas vezes por mês. Meu nome é Horace Christopher Hubbard. O sobrenome do meio dele é Hubbard.

O jantar fora o de costume: pequenas porções, pequenos ruídos de talheres em porcelana, conversa fiada. O estômago de Paul tinha sido encolhido por uma década passada numa prisão chinesa, e seu apetite por conversas profundas, que nunca fora grande, tinha sido extinto por interrogadores maoístas. Essa relutância em desperdiçar palavras afastara sua segunda mulher, muito mais moça, uma mulher que aproveitava qualquer assunto para provocar. Ele agora vivia sozinho, era visitado de tempos em tempos pelas duas filhas, que ele adorava, e alguns amigos que não estavam interessados em fazer perguntas. Paul é quinze anos mais velho do que eu — uma diferença muito grande para tornar possível a igualdade. Desde garoto eu o admirara bastante — a inteligência, a coragem, a competência acima de tudo; era raro um passo ou uma palavra errada por parte de Paul. Quando rapaz, eu tentava ser como ele de todas as maneiras possíveis. Claro que era impossível. Mesmo assim, entre nós existem muitas ligações além do sangue. Ambos servimos muitos anos na Firma, como nós, a Turma dos Velhotes, chamamos o serviço secreto dos EUA, nunca nos referindo a ele, entre nós, pelas três vulgares iniciais empregadas por redatores de manchetes e outros elementos de fora. Duvido que eu me tivesse tornado um espião se Paul não tivesse dado o exemplo. E a menos que o leitor considere um longínquo ancestral que foi capturado pelos índios mohawk, Paul e eu somos os únicos membros das nossas famílias que estiveram presos — muito embora ele fosse inocente das acusações que os chineses lançaram sobre ele, enquanto eu fosse tão culpado quanto um pecado. Eu infringi não apenas a lei mas todas as normas ao confessar, como testemunha num julgamento de impeachment no Senado dos Estados Unidos, que tinha usado um supercomputador pertencente à Firma para fraudar uma eleição presidencial. Depois de me declarar culpado, fui condenado a cinco anos atrás das grades e cumpri todos os dias do meu prazo numa prisão federal para cavalheiros na Pensilvânia. O tribunal tirou-me a pensão do governo, fui arrastado à força pelos meios de comunicação e levado à lavanderia por advogados — apenas o que eu merecia em todos os casos. Pude pagar as despesas jurídicas porque Paul me emprestou o dinheiro. Ele me visitava na prisão duas vezes por mês, levando livros, revistas e pratos de comida fina comprados em mercearias selecionadas. Por baixo de todo aquele autocontrole, Paul tem um pouco de sibarita.

O Paul Christopher que desapareceu estava na casa dos 70, mas ainda em excelentes condições — não havia um só fio grisalho na cabeleira louro-escura, nem meio quilo a mais no corpo. Ele não se parecia nada com o meu lado da família, mas com retratos de sua mãe. Ela parecia alguém que Dürer teria desenhado. Paul sempre fora bom em jogos e ainda parecia, e de fato era, um atleta, jogando tênis com adversários mais moços, correndo todos os dias no parque e, no verão, cavando e depois tornando a encher valas no solo pedregoso da casa de verão da família em Massachusetts. Na

China, como parte dos serviços forçados a que tinha sido condenado, ele cavara sozinho uma vala perfeitamente reta de vários quilômetros de comprimento na pétrea terra perto da prisão. Ela já foi recoberta, mas se você souber o que procurar, poderá vê-la em velhas fotografias de satélite espião. Eu penso que ele adquiriu uma predileção por esse tipo de trabalho solitário, ou por uma necessidade de ser lembrado dele. Sua mente continuava como sempre fora, contemplativa mas girando com fatos arcanos perfeitamente arquivados, perseguido por recordações que eu não teria suportado e, contra todas as probabilidades, extremamente equilibrado.

Já estava escuro quando terminamos a refeição. Quando a luz faltou, os muitos quadros na sala comprida foram iluminados de repente por pequenas lâmpadas colocadas nas molduras, acesas por temporizadores automáticos. Nas pinturas de Paul, a maioria herdada e a maioria romântica, feixes cor de mel de luz solar entravam por janelas, revelando um belo rosto ou uma pêra perfeita, ou algum outro truque de pigmento — imagens que nós dois conhecêramos a vida toda. Num quadro de Edward Hicks de que eu jamais gostara, vacas e ovelhas de olhar vago pastavam entre lobos e leões que pareciam ovelhas no Reino da Paz. Apesar de ausente daquelas pinturas, a nossa infância também se tornava presente de certo modo: gatos espectrais da minha meninice, que havia muito tinham partido para o céu dos gatos, enrolados embaixo dos quadros, em sofás e poltronas. Fantasmagóricos cachorros velhos dormiam em cima de velhos tapetes da família.

Terminando o vinho, sentados no escuro cercados por aquelas poças de luz e cor, Paul e eu conversamos durante algum tempo sobre os Christopher e os Hubbard, que havia gerações se casavam uns com os outros, semeando confusão nos batismos. O pai de Paul e o meu, nascidos no mesmo dia que os gêmeos Christopher, um menino e uma menina, que se casaram com outros Hubbard, eram tão parecidos — homens altos, com ossudas caras de cavalo, como eu —, que estranhos achavam que *eles* eram gêmeos, muito embora um fosse moreno, e o outro, louro.

Por volta das nove horas, esgotamos o nosso assunto. Paul sugeriu que iria me acompanhar até em casa. Aquilo não era normal; achei que tivesse alguma coisa a fazer depois de me deixar em casa, uma garrafa de leite, um jornal. Nos degraus da frente, depois de girar a chave na fechadura, ele a entregou a mim.

— Chave nova — disse ele. — Novo código de alarme, também.

Ele me disse o código, um nome conhecido fácil de recordar, fácil de anotar na lista alfanumérica.

— Pegou?

— Peguei.

Paul inclinou a cabeça, como se algo importante tivesse sido resolvido. Caminhamos sobre o pavimento inchado pela geada, passando por ruas silenciosas, cheirados por pequenos cachorros cujas correias eram seguras por arrogantes servidores públicos e advogados que cobravam duzentos dólares a hora. Era noite de sexta-feira. Uma ou duas vezes fomos obrigados a sair da calçada por lindas adolescentes seminuas dos subúrbios, que tinham ido de carro para a cidade a fim de participar da vida de Georgetown.

Em frente à minha casa, uma casa muito pequena, de madeira, Paul disse:

— Horace, quero lhe pedir um favor.

Ele falou com uma voz inusitadamente forte. Fiquei apreensivo. Primeiro, a chave e o código de alarme. Agora, isso.

— Pode pedir — disse eu.

— Quero que você seja o meu testamenteiro.

Senti um certo alívio.

— Com prazer — disse eu. — Mas eu sou um criminoso condenado.

— Isso não faz diferença; eu verifiquei. Já paguei a Stephanie a parte dela e criei fundos para Zarah e Lori. Tudo o que sobrou são restos do passado. Coisas com as quais as meninas não deverão ser importunadas.

— Está bem. Quais são as suas instruções?

— Eu as deixei por escrito — respondeu Paul. — Você vai encontrar uma carta registrada em cartório e o meu testamento num cofre sob a escrivaninha do meu estúdio. — Ele sorriu. — Vai ter de usar todos os seus velhos poderes secretos para achar o cofre. Ele está escondido.

— Eu não duvido. E para abri-lo?

Ele me estendeu meia página de um caderno de notas, com o segredo escrito no alto em sua trabalhada caligrafia estrangeira, aprendida quando ele era criança, em escolas alemãs.

— Você espera que eu tenha de abrir o cofre dentro de muito breve? — perguntei.

— Eu estou com a saúde de um cavalo. O segredo é uma data.

Olhei. E era, mesmo — um ano a contar do dia seguinte.

— Abra-o nesse dia — disse Paul —, ou antes, se as circunstâncias parecerem justificá-lo.

— Que circunstâncias?

— Você vai saber, primo — disse Paul. Ele me apertou a mão, fez uma pequena continência que se transformou num aceno e se afastou.

Gestos dramáticos não faziam o estilo de Paul Christopher. Seu comportamento me deixou preocupado. Que diabo ele estava planejando? Eu sabia que era impossível seguir Paul sem ser percebido, de modo que entrei em casa, liguei o televisor e sentei-me no escuro para assistir a *Paixões em Fúria*. Meia hora depois, mais ou menos no instante em que Lauren Bacall cospe na cara de Edward G. Robinson, saí pela porta dos fundos, entrei no carro e, agindo de acordo com as rigorosas técnicas e procedimentos da espionagem como deveria ter feito em Pequim trinta anos antes, segui por um caminho tortuoso para a casa de Paul.

Não havia mais luz dentro da casa do que houvera quando eu saíra, mas pela janela eu vi que Paul estava conversando com um preto esguio, que não era americano. Eles estavam em pé. O homem era muito alto, bem mais alto do que Paul, com um atraente rosto árabe e barba branca belamente aparada. O terno que ele usava caía à perfeição em seu corpo esbelto, e só podia ter sido feito em Londres.

O homem que estava lá dentro entregou a Paul um grande envelope amarelo. Paul abriu-o e retirou uma folha de papel. Não, uma fotografia. Ajustei o foco do binóculo. Pensei ter visto um rosto na foto. Não, uma mão. Segurando alguma coisa. Um livro? Uma carta?

Lá dentro, Paul levou a fotografia até uma das lâmpadas que iluminavam os quadros e examinou-a por um longo tempo. Desviou o olhar, tornou a examiná-la. E quando ergueu o rosto impassível, pareceu-me, por mais improvável que aquilo pudesse ser, que lágrimas brilhavam em seus olhos.

Pensei que fosse um efeito da luz e da mente. Que direito eu tinha de vê-lo daquela maneira? Fui embora. Quando voltei de manhã, Paul tinha ido embora, como os gatos que não existiam mais.

UM

1

Pouco antes do Dia de Ação de Graças, as cinzas de Paul Christopher foram entregues por um funcionário chinês ao consulado americano em Pequim. Segundo os chineses, Christopher morrera poucas semanas antes em Ulugqat, uma distante aldeia serrana perto da fronteira com o Tajiquistão e com o Afeganistão, no canto extremo noroeste da região autônoma de Xinjiang Uighur. Não foi fornecida informação alguma sobre as circunstâncias ou a causa da morte de Christopher. Era evidente que os chineses consideravam a idade de Christopher, tal como registrada no passaporte, como motivo suficiente para o seu passamento. Não que tivessem devolvido o passaporte ou quaisquer pertences pessoais. Lamentavelmente, todos aqueles artigos tinham sido queimados juntamente com o corpo, no crematório público de Urumqi, uma cidade grande não muito longe de Ulugqat.

Essa notícia, eu recebi por telefone. A pessoa que telefonou, um velho agente da China chamado David Wong, meio chinês e meio ashkenazi, por acaso estava em Pequim com um telefone via satélite à sua disposição. Não lhe perguntei qual era a fonte da informação; David conhecia todas as pessoas certas na China. Ele era uma história ambulante da ação secreta dos EUA no leste da Ásia, fomentador de revoluções e levantes. Trabalhara comigo quando eu era chefe da agência em Pequim. Agora, ele complementava a pensão da Firma atuando como consultor de empresas americanas que fazem negócios na nova China. Gesticulava e soava como um autêntico *han* em mandarim, cantonês e vários dialetos tribais, mas parecia o Groucho Marx quando falava inglês.

Em tons grouchonianos, ele pediu desculpas por ser o portador de notícias tristes.

— Não precisa se desculpar — disse eu. — Eu lhe agradeço. Só cinzas, foi o que você disse?

— Isso mesmo — disse ele. — Numa bela urna pintada em vermelhão e dourado.

— Alguma idéia do que Paul estava fazendo em Xinjiang?

— Não. A região em torno de Ulugqat ainda é uma zona proibida.

É zona proibida porque contém campos de trabalho forçado para inimigos do regime, a maioria intelectuais que, devido ao nível de instrução e à excelente inteligência, são úteis como operários em fábricas nas prisões que produzem artigos de alta qualidade para exportação para os Estados Unidos. E porque não fica longe dos locais em que a China fabrica e testa ogivas e mísseis nucleares.

— E depois — disse David —, há o fato curioso de que Christopher cumpriu a sua pena numa prisão que não fica muito longe de Ulugqat.

— Os rapazes chineses que fizeram a entrega pareciam estar cientes disso?

— Não apenas cientes. Fascinados. Segundo entendi, eles sugeriram ao nosso pessoal que aquilo explica tudo. Americano nostálgico, agradecido aos sábios captores, revisita a cena de sua autodescoberta e redenção.

— Eles realmente disseram isso?

— Disseram. Eles acham, ou dizem que acham, que Christopher encontrou a paz e deitou-se para o descanso eterno no grande deserto chinês, o que provoca uma pergunta: por que não o enterraram no chão que ele escolhera, em vez de cremá-lo e despachar para Washinton o que se alegava serem suas cinzas?

Pensamento interessante, especialidade de David Wong. No apogeu do maoísmo, Christopher tinha sido mantido prisioneiro num templo budista abandonado, no meio de um deserto árido — sem água, descaracterizado, despovoado. Ele era o único detento. Sua sentença expressava uma certa ingenuidade maoísta-confuciana: "Morte com dez anos de observação dos resultados." Isto significava que Paul podia ter sido executado a qualquer momento se concluíssem que lhe faltava remorso pelos seus crimes contrarrevolucionários. Ou, com o mesmo capricho, poderia ter a sentença comutada se mostrasse o espírito correto e confessasse. Durante uma coletiva de imprensa, é claro.

Por ser realmente inocente quanto a espionar a China (quase o único de todos os países do mundo comunista), Paul recusara-se a confessar o crime de espionagem. Foi interrogado durante dez anos, de joelhos num piso de pedra, o interrogador fazendo as mesmas perguntas enlouquecedoramente estúpidas, um dia atrás do outro, e do outro. No fim, depois de receberem de fontes que não vou citar certos incentivos para soltá-lo, seus interrogadores acreditaram nele. Ou disseram que acreditavam, o que já era o suficiente. E o soltaram — sob a minha custódia, porque na época eu estava lotado em Pequim. Imediatamente depois, o serviço secreto chinês observou uma atitude mais calorosa e mais fraterna por parte da Firma. Eles receberam uma quantidade indefinida de intercepções de comunicações do alto comando soviético, entre outras guloseimas, como uma remessa de tanques não muito americanos, juntamente com assessores não exatamente americanos que lhes ensinaram como dispor os tais tanques em formação de combate para matar a última palavra em blindados russos.

2

Não sei como fazem hoje em dia, mas, durante a Guerra Fria, a Firma avaliava os informes secretos da seguinte maneira: A, B, C e D para a confiabilidade da fonte, e 1, 2, 3 e 4 para a precisão da informação. A-1 significava que a fonte era incontestável, e a informação, indubitavelmente verdadeira, enquanto que D-4 indicava que a fonte era totalmente indigna de confiança, e a informação, demonstrativamente falsa. Todos os dias, uma colméia de analistas classificava o trabalho de milhares de fontes ao comparar informes brutos vindos do campo com todos os outros informes constantes dos arquivos, mais o alto conhecimento do assunto, para calcular seu valor. Na minha longa carreira, eu nunca vi um A-1, e só uns poucos D-4. Em nove entre dez casos, a designação era C-3, fonte geralmente de confiança, informação possivelmente verdadeira. Do ponto de vista lógico, isso significava que a fonte geralmente de confiança às vezes não era, e que a informação descrita como possivelmente verdadeira podia, com a mesma facilidade, ser falsa. O resultado é que o serviço secreto dos EUA gastou centenas de bilhões de dólares num período de quarenta anos para deslindar informações vitais nas quais, por questão de princípio, preferimos não acreditar — ou, mesmo, das quais preferimos desacreditar.

Toda manhã bem cedo, entregávamos aqueles problemáticos dados ao presidente dos Estados Unidos sob a forma de um Informe Diário de Inteligência. Cabia a ele decidir pessoalmente o que poderia ser verdade e o que poderia não ser, e, de vez em quando, fazer o mundo explodir com base num palpite. Nenhum presidente já optou por fazer isso, de modo que se pode alegar que a perversa ambigüidade do sistema salvou a civilização ao tornar a convicção impossível para o homem mais poderoso do mundo.

Ao informe de David Wong sobre as cinzas de Paul, eu dei um B-3: fonte confiável, informação possivelmente verdadeira. Mas com o mesmo grau de possibilidade de ser falsa. Não havia dúvida de que cinzas tinham sido entregues, mas será que eram de Paul? Eu já recebera más notícias de meu primo muitas vezes, mas ele sempre acabava aparecendo vivo. Me disseram que chorei amargamente quando me informaram, quando eu era criança, que ele tinha sido ferido em Okinawa, mas poucos meses depois ele voltou para casa no seu uniforme do Corpo de Fuzileiros Navais e me deu de presente uma pistola japonesa capturada (com o percussor retirado). Um quarto de século depois, fui a primeira pessoa na agência de Saigon a receber a notícia de que ele tinha sido raptado e levado para a China. Como sabemos, ele sobreviveu a isso. A lista é longa, e o detalhe é que Paul sempre escapara com vida, mais ou menos inalterado fisicamente, embora sempre mais calado, como se pouco a pouco o seu melancólico destino o estivesse transformando em pedra.

Dessa vez, durante os meses em que ele ficara afastado, naturalmente presumi que iria voltar. Uma tarde, o telefone iria tocar e eu ouviria sua voz murmurante convidando-me para jantar, como se não tivesse havido interrupção do nosso hábito de jantar juntos de duas em duas semanas. O problema, agora, era confirmar se Paul Christopher era ou não um ressequido punhado de cinzas dentro de uma vistosa urna chinesa e, muitíssimo mais difícil do que isso, aceitar que aquele Príncipe Valente da minha infância encontrara finalmente uma provação à qual não conseguira sobreviver. Acima de tudo, se eu quisesse paz de espírito, o informe de David Wong significava que eu teria de descobrir no que Paul estivera envolvido. O que o atraíra a Ulugqat devia ter sido um assunto de grande importância, pelo menos na sua opinião — algo que ele achava que indiscutivelmente tinha de fazer, tinha de saber, tinha de descobrir, a fim de dar sentido à sua existência.

Agora, havia um pensamento: Paul sentado em uma pedra coberta de poeira, na aridez de Xinjiang, esperando que sua antiga alma escapasse de um corpo que já cumprira sua finalidade. No meu modo prosaico, eu esperara que ele morresse com um livro no colo, sentado numa poltrona de couro depois de um jantar leve e com o ressaibo de, digamos, um Château Pétrus 1973 ainda no palato. Nada de últimas palavras, nada de explicações. Tudo completo e em paz, pitoresco e arrumado. Eu imaginara para ele um delicado, bem merecido e inteiramente harmonioso fim de uma vida tumultuosa. E se, apesar de suas dúvidas muito fortes sobre o assunto, houvesse um céu, ele seria recebido, quando abrisse os olhos, pelo sorridente e sempre jovem amor de sua vida. O nome dela era Molly.

Enquanto aquele quadro se formava em minha mente, dez minutos, mais ou menos, depois de minha conversa com David, eu sorri para Paul naquela visão de felicidade eterna. E de repente me vi chorando. Uma coisa dessas não me acontecia desde muito tempo, sem contar as lágrimas sentimentais vertidas num cinema. Minha sombra emocional, uma criatura que costuma seguir docilmente atrás de mim, pegou-me sem avisar e me sacudiu — arrancou um soluço, e depois outro. Eu estava perplexo, até mesmo um pouco irritado. Desde muito jovem, ensinaram-me a manter a emoção controlada. Quando eu era criança, depois de um acesso de raiva, meu pai me sentou e jogou comigo uma partida de *rummy*. Deixou que eu ganhasse, e depois disse:

— Considere os sentimentos como se fossem cartas, Horace. Sozinhas, elas não são nada. É a maneira de jogá-las que faz um sujeito feliz, rico e sábio: colocando juntas aquelas que são semelhantes, fazendo seqüências de números consecutivos, descartando as que não servem e ficando com aquelas que servem.

Embora, como o Velho dera a entender, a vida se parecesse muito com o *rummy*, eu nunca recebera uma mão de cartas igual a essa. Paul, morto ou vivo, deixara sem resposta uma pergunta na qual ele apostara a vida.

Mas qual era a pergunta? E por que eu achava que tinha herdado a busca de Paul? Eu não queria a maldita coisa.

3

No escuro, seguindo o tato, coloquei a chave que Paul me dera na fechadura da porta da frente da casa em O Street. Não serviu. Alguém mudara a fechadura. Por um instante, pensei em usar uma chave falsa, e depois refleti que provavelmente o código do alarme também tivesse sido trocado. Arrombar uma porta e entrar durante a noite era um ato idiota para um ex-condenado, quando a única pessoa que seria capaz de dar-se ao trabalho de tirá-lo da cadeia, Paul Christopher, estava morto ou, então, impossibilitado de se contactar por telefone.

Eram cinco horas de uma animada manhã de outono, uma adorável fase do dia e do ano. A cidade, projetando suas luzes pálidas sobre a névoa baixa, estava tudo, menos silenciosa. De um lado e de outro do quarteirão, janelas de quartos mostravam a luz amarela de lâmpadas — gente obcecada pelo trabalho saindo cedo para o escritório. Pelo canto do olho, percebi um clarão incandescente e vi que uma luz fora acesa no andar de cima da casa de Paul — não o quarto principal, mas um quarto menor, do outro lado do saguão. Eu conhecia bem a planta do andar, por ter morado na casa durante uma das demoradas ausências de Paul. Contornei o quarteirão a pé, para matar o tempo. Quando voltei, a luz da cozinha estava acesa. Toquei a campainha.

A campainha da porta não é um som que alguém espera ouvir antes do amanhecer, mas assim que ela soou, passadas se aproximaram, rápidas e confiantes. A luz acima da porta se acendeu. A casa de Paul estava equipada com câmeras de vigilância instaladas por ele mesmo. Eu estava vestido como um ninja, com jogging e sapatos azul-marinhos, e um gorro azul de malha, de marinheiro. Tirei o gorro, abaixei-me e olhei diretamente para a pequena lente inserida na aldrava da porta. Uma breve pausa, e depois um estalido de trancas. A porta abriu-se numa fresta, a corrente da tranca ainda presa.

— Horace?

Era a ex-mulher de Paul, Stephanie, também vestida em trajes para corrida, Nikes castigados nos pés pequenos, um celular na mão, o polegar sobre o botão SEND, 911 já discado, sem dúvida. Stephanie era uma mulher prevenida.

Ela não disse nada. Stephanie jamais gostara de mim; eu era íntimo demais de Paul, sabia de coisas demais a respeito dele que ela imaginava não lhe terem sido contadas. Mas me deixou entrar, depois de sair para olhar para um lado e para o outro da rua, para ter a certeza de que eu não tinha levado comigo um esquadrão de gente da rua. Ela usava um boné de uma equipe de beisebol universitária, safra de 1950, com o *H* de Harvard bordado, estranha mania, nesta época, para alguém que realmente cursara Harvard (PhD em psicologia). Era um boné de homem, sem dúvida um dos de Paul (ele jogara na segunda base, na faculdade), muito grande para sua pequena cabeça redonda, o bico comprido demais para o rosto dela. Ela o tornara menor com um alfinete de segurança atrás.

Nem sorrindo nem fria, ela me encarou. Stephanie não era uma mulher bonita, mas era interessante, determinadamente não-feminina por motivos políticos em conduta, maneira de vestir-se e convicção, mas mesmo assim intensamente fêmea.

— Estou vendo que você já soube — disse ela.

— Eu ouvi o que estão dizendo em Pequim.

— E? — Stephanie me olhava como se eu fosse uma testemunha de Jeová que batera em sua porta ao amanhecer — inofensivo, talvez, mas sem ter nada sensato a dizer e nada bem-vindo.

— Eu acho perturbador — disse eu.

— Perturbador em que sentido?

— Eu não sei se acredito que ele está morto.

— Por isso veio até aqui para partilhar do estado de espírito da família à luz da lua?

— Não, eu vim abrir o cofre de Paul e pegar seja lá o que quer que ele tenha deixado nele dirigido a mim.

— O *cofre* dele? — perguntou Stephanie, sinceramente surpresa. — Paul não tem cofre.

— Então, ele me deu uma informação errada.

— Paul lhe disse que tinha um cofre? — O tom de voz dela dava a entender que eu devia estar mentindo. Ela continuou a olhar firme, fisionomia inexpressiva, incomodada com cada palavra minha, mas em perfeito controle. — Por que vir a esta hora?

O que dizer, àquela altura da conversa, que não levasse a um mal-entendido, muito provavelmente ao fim do que restava de nossa frágil amizade? Com um sorriso de criança, eu disse:

— Francamente, Stephanie, eu vim a esta hora porque esperava não ter de esbarrar com você.

Ela não entendeu a piada, ou recusou-se a entendê-la.

— Por quê? — perguntou ela. — Eu não moro aqui. Como planejou entrar?

— Paul me deu uma chave. Ela não serviu.

— Não, eu mudei as fechaduras. Um dos quadros tinha desaparecido e eu não sabia se Paul o levara com ele ou que outra coisa pudesse ter acontecido.

— Que quadro?

— O Hicks. Aquele com as vacas patetas.

Não era uma pintura que deixaria saudades, pensei eu, embora devesse valer muito dinheiro.

— Eu ouvi você mexendo com a chave — disse Stephanie. — Foi por isso que me levantei...

A voz dela fraquejou ligeiramente — um aperto da garganta, nada tão espontâneo quanto um soluço. Mas algo mudou em seus olhos; ela desviou o olhar. Será que ela pensara, ao despertar do sono, que fosse Paul à porta?

— Isso é realmente uma coisa que Paul lhe pediu para fazer? — perguntou ela.

— É, Stephanie — respondi. — Não faço idéia do motivo.

— Eu faço — disse ela. — Ele confiava em você.

Ela estava se controlando com o que se tornava um esforço visível. Suas palavras seguintes, não pronunciadas, podiam ser lidas em seus olhos, nos lábios que tremeram muito de leve: por que ele confiava em *você*? Por que não em mim?

Recobrando o controle, Stephanie perguntou:

— De quanto tempo você precisa?

— Não sei. Primeiro, tenho de encontrar o cofre.

— Fazer o quê? — perguntou ela.

— Encontrar o cofre — respondi. — Paul me deu apenas uma idéia geral de onde ele está. Você não sabe, mesmo, onde ele está?

A mão dela estava na corrente da tranca.

— Não, não sei. Eu nem sabia que ele existia.

— Ele foi muito específico.

Agora havia lágrimas nos olhos dela. Eu as colocara lá, e, por ser o homem que sou, senti uma pontada de culpa.

— Fique à vontade — disse Stephanie. Ela abanou a cabeça, enxugou as lágrimas com as costas da mão. — Quem, a não ser o Paul, podia esconder um cofre de sua mulher numa casa onde os dois viveram juntos quinze anos?

É mesmo: quem?

Recuperada, Stephanie disse:

— Eu vou correr. Depois, vou para casa me vestir e seguir para o escritório. Faça o que tiver de fazer, mas por favor vá embora daqui antes do anoitecer. Eu quero dormir aqui outra vez, hoje à noite, Deus sabe por quê.

Achei que eu sabia, mas pela primeira vez fiquei calado.

4

Sem contar a película de poeira que se acumulara durante a sua ausência, o escritório de Paul estava impecável. Ele era organizado por natureza. Os móveis eram espartanos: uma mesa antiga com tampo de couro e pés robustos que ele usava como escrivaninha, uma cadeira com rodas, estantes com volumes arrumados em ordem alfabética por autor e assunto, um armário sem fechadura contendo a correspondência (pequena) e os manuscritos de muitos poemas. Quando jovem, Paul publicara alguns livros de poesia, e parecia que continuara a escrever poemas. Li alguns versos do material inédito e achei-o devagar e demasiado triste. Os primeiros poemas tinham sido melancólicos também, mas com cadência, algo como *A Shropshire Lad.* Tudo aquilo não era muita coisa, tomado como o registro de uma vida inteira. Se eu estivesse revistando a casa de um inimigo, teria desconfiado que o suspeito deixara aqueles documentos inofensivos à vista como isca, enquanto escondera o material comprometedor em outro lugar qualquer. Mas aquele era o Paul, que sabia que não há essa coisa de esconderijo seguro, de modo que aquilo que encontrei era tudo o que havia.

Ele dissera que o cofre estava embaixo da escrivaninha. Sentei-me na cadeira, rolando muito devagar em torno da mesa, e examinei o piso de todos os ângulos. Parecia não ser mais do que era na realidade, um parquê de carvalho bem encerado, muito provavelmente um piso original do século XVII, com uma incrustação geométrica preta, um tanto empenado com o tempo e com o uso. Não havia sinal de novas tábuas ou incrustação ou variação de cor, mas é claro que não haveria sinal algum se o compartimento secreto tivesse sido instalado como devia. Fiquei de quatro e apalpei o piso, centímetro por centímetro, com as mãos e as pontas dos dedos, à procura de irregularidades na superfície ou diferenças na tensão. A madeira, mesmo o carvalho pregado a ripas do assoalho, é flexível porque, entre as ripas, funciona como uma ponte sobre um espaço vazio. Um cofre de aço colocado sob o assoalho entre duas ripas cria um espaço insensível que os dedos sentem, como uma rótula no fim de uma coxa maleável.

Nada feito. A arte de procurar é tão antiga quanto o impulso de esconder e, como qualquer outra arte, tem suas regras. A primeira é que um objeto pode ser escondido em um número limitado de lugares, todos eles óbvios. Dentro de um livro ou entre dois livros, debaixo do tapete ou do colchão, entre um quadro ou um espelho e a parte de trás, numa planta ou enterrado no quintal, preso com fita gomada na parte de trás de uma gaveta ou num compartimento secreto, na geladeira, na lata de lixo, nas roupas íntimas de uma mulher, até mesmo em local plenamente visível. Em geral, encontrar coisas que se procuram é uma simples questão de procurar nos lugares em que elas vêm sendo escondidas desde o início do mundo ou pelo menos desde a invenção da mobília. Mas nem sempre. Uma de minhas velhas equipes da Firma achara uma tira de microfilme dentro de um monte de excremento num vaso sanitário; eles tiraram o filme com pinças, copiaram-no e recolocaram-no onde o tinham achado.

Àquela altura, a manhã avançara a ponto de eu poder sentir o sol nas pernas. Eu estava com sono; a relutância tem esse efeito sobre mim, sempre teve, e eu estava relutante em procurar o que quer que Paul tivesse deixado para mim. Paul nunca me pedira um favor. Agora que pedira, como é que o ato de fazê-lo podia ser outra coisa que não o primeiro passo para uma obrigação muito maior e, quem sabe, para o que mais além disso? Rolei o corpo e deitei-me de costas. A disposição diminuindo a cada instante, ergui os olhos para o fundo da escrivaninha de Paul. Era uma mesa dessas que têm um espaço entre as gavetas que permite que duas pessoas a usem ao mesmo tempo, sentadas uma de frente para a outra, com quatro gavetas grandes, duas na frente e duas atrás. Ela exsudava o leve cheiro suave de madeira muito velha, sem pintura. Bati num pé da mesa e ouvi o som de mogno maciço, bati em outro e ouvi a mesma coisa, e então bati no terceiro e ouvi e senti metal sob a superfície.

Tirei tudo o que estava em cima da mesa e virei-a em cima de um tapete. O pé em questão foi desaparafusado com muita facilidade. Virei-o de cabeça para baixo, e um cilindro grosso de aço, com cerca do dobro do diâmetro de um tubo padrão para envio pelo correio, deslizou para fora. Em uma das extremidades do tubo estava um disco de segredo de cofre. Disquei o segredo que Paul fornecera, e a tampa saiu.

Dentro do cilindro, encontrei o testamento manuscrito de Paul, uma foto da mão de uma mulher segurando um manuscrito holográfico redigido num alfabeto que nem tentei ler, e a pintura de Hicks, desmontada da moldura e enrolada para formar uma lingüiça compacta.

5

Caro Horace,

É uma tentação começar esta carta com "Se você estiver lendo esta..." Mas o motivo pelo qual você a tem nas mãos será óbvio. Ou eu estou morto, ou não consegui fazer o que me dispuz a fazer há um ano. Quero deixar claro que não vou pedir-lhe para terminar o que eu comecei, e que você não tem obrigação alguma, de sangue, de amizade ou de emprego anterior, de fazer nada que não queira fazer. No entanto, como vai ver, você é uma parte interessada.

Estes parecem ser os fatos:

1. Seu velho amigo Ibn Awad, cujo assassinato você pensou ter providenciado há dez anos, está vivo.

2. É possível que minha mãe, que agora estaria com 94 anos de idade, também ainda esteja viva e de posse de um manuscrito do século I, escrito em grego clássico, que é cobiçado por Ibn Awad. Dizem que o manuscrito é um relatório feito por um funcionário romano enviado em missão secreta à Judéia por volta da época da Crucificação, para investigar uma ação secreta romana que deu errado. Parece que essa operação fracassada é muito semelhante a certos acontecimentos descritos no Novo Testamento. Portanto, o relatório pode ser interpretado como prova de que Jesus Cristo foi, sem

saber, um agente do serviço secreto romano. E é isto, claro, que interessa a Ibn Awad. Se o manuscrito for autêntico, ele pode alegar (e poderia acreditar sinceramente) que o Cristianismo é uma religião falsa.

3. Awad conseguiu e escondeu — ninguém sabe exatamente onde — pelo menos doze ogivas nucleares compactas, do tipo projetado pelos soviéticos para serem levadas nas costas para o combate por suas forças especiais. Dizem que são dispositivos de fissão de um ou dois quilotons. Você vai achar, em anexo, um documento que, segundo dizem, é uma fotocópia do relatório de uma investigação oficial russa sobre o desaparecimento delas.

Fui informado sobre esses assuntos por um homem chamado Kalash el Khaṭar, um sudanês que conheci em Genebra na década de 1950. Fazia quarenta anos que não nos víamos ou não tínhamos notícias um do outro, até que ele veio me visitar em Washington em maio passado. Talvez você tenha ouvido falar em Kalash quando passou uma temporada no Oriente Médio. Ele é descendente de Maomé e é chefe e líder religioso hereditário de uma seita de muçulmanos no Sudão. É primo em primeiro grau de Ibn Awad. Este, é claro, também é descendente do Profeta. Como quase todo mundo sobre a Terra, Kalash acreditava que o primo tinha morrido. Mas então, no casamento de um dos netos de Kalash com uma jovem da família de Awad, ele viu Ibn Awad em pessoa.

— Ele estava sendo empurrado numa cadeira de rodas por um enorme capanga que se inclinava ameaçadoramente, enquanto outros capangas estavam de prontidão em volta dele, de modo que era muito difícil dar uma espiada — disse Kalash. — Apesar disso, tendo em vista que eu era mais alto do que os capangas, vi logo que era ele.

Kalash, sendo quem era, simplesmente dirigiu-se até a cadeira de rodas, afastou os guarda-costas e cumprimentou o primo.

— Pela minha saudação, ele deve ter tido a impressão de que eu sempre soubera que ele estava vivo, mas fosse lá o que ele tivesse pensado, ficou encantado em me ver — disse Kalash. — Nós éramos muito amigos quando rapazes, porque eu arranjava umas meninas somalis para ele quando ele ia me visitar e sabia andar pelo deserto. Eu o ensinei a se orientar pelas estrelas.

Naquela noite, os dois primos tiveram uma longa conversa. Ibn Awad contou a Kalash que tinha sobrevivido ao atentado contra a sua vida, embora por pouco, e, porque tinha medo de que a Firma pudesse tentar liquidá-lo, decidira deixar que o mundo pensasse que ele estava morto até que chegasse o momento de revidar e atacar os Estados Unidos. Apesar de ainda correr perigo de morte devido aos ferimentos, Ibn Awad ordenou que o levassem para o deserto, transportando consigo médicos e enfermeiras e um completo hospital de campanha do Exército norte-americano que a Firma lhe dera em tempos mais felizes. Ele preferira o deserto à cidade, e aparentemente acreditava que seria curado pela vastidão.

Acabou se recuperando. Protegido pela sua guarda palaciana, Ibn Awad tem levado uma vida de beduíno todos esses anos, enquanto um de seus irmãos governava ostensivamente o país e ele fazia os planos de vingança contra os Estados Unidos da América. E, é de presumir-se, contra você pessoalmente.

É óbvio que há um bom motivo para duvidar da veracidade de Kalash ou questionar seus motivos. Você pode querer falar com ele, se decidir estudar este caso por sua conta. Ele vivia a maior parte do tempo em Paris, no nº 8-bis da Avenida Wagram.

O que despertou o meu interesse foi a notícia sobre minha mãe. Foi a primeira pista que tivemos de que ela poderia estar viva, desde que foi presa pela Gestapo em 1940. Na fotografia do Pergaminho da Ânfora, o pergaminho é segurado por uma mão esquerda de mulher. O anel no dedo médio da mulher, um rubi incrustado em diamantes, é o anel que meu pai deu à minha mãe quando eu nasci. E é claro que me lembro da mão e sei que não pode ser de outra pessoa, a não ser dela. Dificilmente isso é prova definitiva de que a mão pertencia a minha mãe ou de que ela ainda está viva. Mas no instante em que vi essa fotografia fiquei dominado pela esperança de que ela ainda vivia, que eu tornaria a vê-la, que a encontraria. A prova sugere — pelo menos, a mim — a probabilidade de que o manuscrito que ela segurava estivesse em poder de Reinhard Heydrich. Como você sabe, meu pai acreditava que Heydrich raptara minha mãe em 1940; é bem verdade que ele era obcecado por ela. Se a mão na fotografia for de minha mãe, como sei que tem de ser, ela estava, na verdade, com ele na Tchecoslováquia. Esta foto é a única prova que já tivemos de que minha mãe estava viva, prisioneira de Heydrich, muito tempo depois de ter sido presa. Se estiver viva, a esta altura deve ser uma mulher muito idosa. Estou convicto de que está viva. Sei que isso não é racional. Mas se houver uma única chance em um milhão de que ela seja a mulher que está com o Pergaminho da Ânfora, eu tenho de saber.

Se você decidir acompanhar o caso de Ibn Awad, eu lhe faço, neste documento, o presente do quadro de Hicks que você sempre detestou. Kalash gostou muito dele e me fez uma oferta atraente por ele. Estou certo de que pagaria um milhão em dinheiro vivo — mais do que o suficiente para cobrir as despesas enquanto você procura, e acha, as bombas de Ibn Awad. Ou simplesmente passar em paz os anos que lhe restam. A escolha é sua. Anexo uma carta de apresentação dirigida a Kalash.

Proteja a sua retaguarda, primo.

Como sempre,
Paul

6

Será que acreditei no que Paul tinha escrito?

Sem dúvida eu acreditava que ele iria até o fim do mundo para procurar a mãe desaparecida, pela qual estivera procurando desde que os homens de Heydrich a arrancaram de um trem na fronteira francesa poucos dias antes de a Alemanha invadir a França em 1940. Paul, na época com cerca de 14 anos, era testemunha disso e da surra que a Gestapo dera em seu pai. Heydrich ficara fascinado por Lori Christopher, e o que na ocasião parecera ser uma prisão podia muito bem ter sido um rapto. Eu acreditei que Paul queria acreditar que sua mãe, havia muito desaparecida, estava milagrosamente viva. Eu acreditava que, se ela estivesse realmente viva, era perfeitamente possível que ele a achasse com base numa única pista. Paul era capaz de notáveis saltos de intuição. Era sua marca registrada.

Estaria o emir e homem santo Ibn Awad vivo, apesar de meus melhores esforços para matá-lo? Estaria ele sedento de vingança como só um árabe enganado pode estar? Eu acreditava — o mundo acreditava — que eu o matara havia anos, mas eu não cometera o ato com minhas próprias mãos e não havia motivo pelo qual ele não pudesse ter escapado com vida, não importa o que eu e o mundo acreditássemos. A ironia era deliciosa, mas, francamente, eu não *queria* acreditar na informação de Paul, pelo menos na parte relativa a Ibn Awad. Afinal, eu era o responsável. Como homem da Firma para ação secreta no Oriente Médio, eu planejara o seu assassinato, recrutara o assassino e (assim pensava) destruíra o alvo. Se de fato eu tinha fracassado, o mundo estava encrencado. Eu conhecia bem aquele homem. A peregrinação para o interior do deserto, a lenta preparação para um assassinato em massa a sangue frio encaixavam-se perfeitamente no seu caráter. A imensa fortuna — ele era dono de um pequeno país que possuía vastos depósitos de petróleo — e o impenetrável segredo mantido pela família e pelos que o cercavam tornavam plausível um enigma daqueles. Quanto às bombas, ele já adquirira armas nucleares antes; isso e a sua loucura eram os motivos pelos quais nós o tínhamos assassinado, ou pensávamos tê-lo feito.

Agora parecia que eu tinha pisado na bola e depois fizera papel de bobo perante o mundo ao defender de público o ato como homicídio justificável. Para mim, era de causar espanto, considerando-se a atual era de terror, o fato de eu ainda não estar morto. Por outro lado, se eu fosse Abn Awad, não ficaria satisfeito com uma simples bala na cabeça para Horace Hubbard. Não, eu teria exigido uma morte mais demorada. Era óbvio que eu não apenas fizera papel de bobo no momento de destaque de minha vida, mas que eu sempre fora um bobo.

Fazia anos que, imaginando ter sido esquecido, que não tinha inimigos, eu vivia sem usar as táticas e procedimentos da espionagem. Nada a esconder, nada a temer. Mas agora, a partir do momento em que deixei a casa de Paul, comecei uma vez mais a ser sistematicamente cuidadoso. Sob o ponto de vista prático, isso me fez mais ou menos tão bem quanto não pisar nas rachaduras da calçada. Não importa o grau de profissionalismo que você tenha, não há defesa, exceto a sorte, contra um estranho que quer matá-lo e sabe onde você está. A rua de Georgetown, com sua fileira de casas grotescamente supervalorizadas, semelhantes a cavernas, estava praticamente vazia. Estava tarde demais para as mulheres e crianças que moravam nas casas ficarem do lado de fora, e cedo demais para o pessoal que trabalhava estar voltando para casa; era a noite errada, uma segunda-feira, para coquetéis. Eu era o pedestre solitário, um velho intrigado seguindo pelo crepúsculo com uma sacola de compras cheia de segredos na mão e uma pintura de 1 milhão de dólares enrolada e enfiada debaixo do braço como se fosse uma bisnaga.

Dentro das casas, figuras se moviam em luz branda. Lembrei-me das lágrimas nos olhos de Paul na noite em que ele se encontrara com o amigo do Sudão. Espionando-o daquela mesma calçada, eu devia tê-lo surpreendido no exato momento em que ele reconhecia o anel de sua mãe, lembrava-se da mão dela. Enquanto caminhava pela O Street nas sombras que aumentavam, sabendo agora o que nem imaginara na véspera, vi de relance o que me esperava, agora que Paul, bendito fosse, me deixara curioso o bastante, rico o bastante e, reconheçamos, nervoso o bastante para voltar a uma vida de insensatez. Porque era isso o que eu iria fazer, o que eu "tinha" de fazer, a menos que quisesse esperar a faca, a bala, a bomba que iria isolar-me das respostas às últimas perguntas que eu considerava que mereciam ser feitas. Para onde fora Paul Christopher? O que ele ficara sabendo? Que pista me deixara?

Eu já atravessara o espelho. No dia anterior, teria pensado estar sozinho enquanto caminhava por aquela elegante rua. Agora, com olhos argutos, via vultos nas sombras, ouvia-os murmurar em telefones celulares, via-os desaparecer, e me perguntava se não estava sendo passado adiante por uma cadeia de inimigos e o que me aguardava no último elo.

7

Eram sete horas da manhã quando, em teoria, Paul foi sepultado. Os soldados, o cavalo sem cavaleiro, a carroça que levava o caixão deslocada por entre lápides através da névoa penetrada pelo sol. Um funeral em Arlington é a coisa mais próxima da pura pompa patriótica que sobrevive nos Estados Unidos do século XXI. Soldados em uniforme azul de gala e luvas brancas, música marcial, o nervoso cavalo preto com botas invertidas nos estribos, o som curiosamente abafado do que o general MacArthur chamava de triste murmurar da mosquetaria, o "Toque de Silêncio", o interminável ajuntamento de lápides — tudo isso provoca a memória e emociona o coração. Morrer pelo seu país *é*, afinal de contas, um ato nobre. Paul Christopher não fizera isso exatamente, mas não fora por falta de tentativas. A urna que continha as cinzas de Paul tinha sido colocada num caixão feito com uma liga de cobre e zinco usada outrora na fabricação de canhões. Enquanto o caixão era arriado na sepultura de Paul, fiquei imaginando se Stephanie não teria transferido as cinzas para um receptáculo mais apropriado. Se não tivesse, os arqueólogos do futuro teriam algo sobre o que matutar quando desenterrassem uma urna de porcelana chinesa pintada com vermelhão e dourado da cova de um herói norte-americano. O último mistério de Christopher.

Stephanie fizera os preparativos. Todos os presentes eram membros da Firma; ela conhecia todos eles, porque era uma cria da Firma — seu falecido pai tinha sido investigador de Paul, e ela dizia que se apaixonara por Paul quando ainda era menina. No entanto, não houve menção à Firma. Paul não estava sendo enterrado em campo santo por causa de qualquer ato intrépido secreto. A Firma nunca reconhecera publicamente sua existência, suas condecorações ou o tempo na prisão. A lápide dizia *Paul H. Christopher, Primeiro-Tenente Reformado do Corpo de Fuzileiros Navais dos EUA, Estrela de Prata, Coração Púrpura,* com as datas. A cerimônia ao lado da sepultura tinha sido precedida de um culto fúnebre na capela da Marinha, realizado por um entusiástico capelão episcopal que não fazia a menor idéia de quem ou do que Paul tinha sido. Paul teria gostado bastante disso, mas como o propósito de um elogio é tecer loas ao falecido e relacionar suas realizações, não estou certo se ele apreciaria o que aconteceu depois no clube de oficiais de Fort Meyer. Fiz um discurso tão curto e trivial quanto possível, mas os Velhotes presentes tinham conhecido Paul — muitos deles apenas pela reputação, porque o seu trabalho fora tão compartimentado, que ele trabalhara numa espécie de quarentena burocrática em relação à sede. Enquanto falava sobre a sua vida, que poderia ter sido descrita (embora eu me contivesse) como uma morte devida a mil cortes, eu praticamente sentia a platéia reagindo num único pensamento choroso: *Já não se fazem homens assim.* Na verdade, com raras exceções, nunca se fez. Mas aqueles eram homens idosos para quem um passado que nunca existira de verdade era mais real do que as vidas que eles tinham realmente vivido. Uma morte na família fazia-os lembrar dos bons tempos, e se o falecido fosse alguém como Paul, eles se sentiam orgulhosos por terem tocado um herói daqueles. O fato de parecer que ele tinha morrido de causas anormais no campo aumentava a comoção da perda. A maioria dos membros da Firma com a idade dele estava caindo com ataques cardíacos ou falência do fígado.

Stephanie providenciou um bar livre, que fez muito para levantar o espírito dos acompanhantes do enterro. Atravessei a multidão com dificuldade, saudando esquisitões com a cara de homens que tinham sido meus superiores quando estavam no auge da forma. Devido às minha longas férias na Pensilvânia, e também porque é assim que as coisas são, fazia anos que eu não via a maioria deles. Eu gostava de todos, da maneira pela qual você continua a gostar de membros da sua fraternidade na faculdade, pelos rapazes que eram, não importa o quanto mudaram. Mas poucos tinham sido os astros que esperavam ser.

De uma multidão de sessenta pessoas, convidei quatro velhos bárbaros de cabeça branca para se juntarem a mim e a David Wong para almoçar naquele dia. Como um grupo, eles podiam ser considerados a melhor linha de defesa de todos os tempos da velha Firma. Além de David, que escoltara as cinzas a partir de Pequim, eles eram Jack Philindros, que tinha sido diretor da Firma numa época difícil e, antes disso, um agente impassível na Europa e em outros lugares; Ben Childress, que conhecia os árabes e a Arábia como um fanático por beisebol conhece a relação entre o número de batidas e o número de jogadas em que o batedor atinge a primeira base sem falta do contendor; Harley Waters, que durante a Guerra Fria recrutara mais russos e outros tipos do bloco soviético do que o número de flocos de neve que havia na Sibéria; e Charley Hornblower, que sabia um bocado sobre códigos e línguas arcaicas e sobre a mente humana.

Nos filmes, os espiões de primeira encontram-se durante a noite em fábricas abandonadas e mal-assombradas ou debaixo de rodovias elevadas numa parte perigosa da cidade. Na vida real, o mais provável é que eles façam reuniões clandestinas em restaurantes apinhados. Isso acontece não só com norte-americanos decadentes, mas com todos os demais, inclusive os russos e os chineses e até mesmo os terroristas, embora estes últimos costumem escolher lugares que pertençam a primos seus, que também são terroristas. Mesas atraentes pela localização em restaurantes da moda são rotineiramente grampeadas por agentes de contra-espionagem em todos os países do mundo, mas, mesmo sabendo disso, agentes famosos pela astúcia sentem-se lisonjeados por serem conduzidos à mesma mesa de alta visibilidade todas as vezes que jantam.

Os Velhotes e eu fomos a uma churrascaria muito cara na K Street. Como ditavam as normas da profissão, eu fiz a reserva sob um nome fictício e chegamos um de cada vez, como se fôssemos cidadãos honestos. O maître nos identificou como os desconhecidos que éramos e sentou-nos a uma mesa perto da cozinha, que ninguém jamais grampeara. Depois de martínis e ostras e costela com osso e várias garrafas de um vinho caro mas medíocre, contei a eles o que sabia sobre o desaparecimento de Paul e os motivos por trás disso. Eles absorveram tudo, como os verdadeiros mata-borrões que eram. Jack Philindros, em especial, estava atento. Ele tinha um interesse pessoal no caso. Fora Jack que me passara a ordem presidencial para matar Ibn Awad — Jack, que sofrera a queda política quando a operação viera à luz. Ele era o burocrata perfeito, e devo dizer que tinha bons motivos para pensar que eu fosse um porra-louca. Todos os outros que estavam à mesa eram porras-loucas também, exceto Jack, e até mesmo ele tinha seus momentos. Um dos motivos pelo qual eu os escolhera era que cada um deles tinha uma razão muito forte para não gostar de hipocrisia. Philindros tinha sido chutado da diretoria por causa de seus pecados, e todos os outros tinham sido rebaixados ou humilhados por operações pelas quais deviam ter sido condecorados ou promovidos. Todos aqueles caras tinham imaginação demais para não se meterem em confusão, e nos maus tempos, quando homens eram homens e espiões eram espiões, todos tinham sido disciplinados para isso. Em Helsinque, Harley Waters dirigira uma lucrativa cadeia de garotas de programa, a maioria louras escandinavas especializadas em luminares soviéticos em visita à cidade. As garotas eram engenhosas, e mais de um figurão soviético decidiu cooperar depois de ver os filmes falados dos encontros deles. Muito antes de o fato se tornar popular, David Wong provocara acessos em chineses e soviéticos ao organizar uma rede secreta autofinanciada de fanáticos muçulmanos ao longo da fronteira sino-soviética. Os outros tinham sido igualmente birutas, com resultados relativamente constrangedores.

Jack é a única pessoa que eu já conheci que tem uma voz mais baixa do que a de Paul Christopher. Naquele dia, um outro teve de pedir o almoço por ele, porque o garçom não conseguia ouvi-lo acima do burburinho de fundo. Antigamente, é claro, ele estava numa posição que fazia com que as pessoas quisessem ouvi-lo atentamente.

— Qual a confirmação que existe? — murmurou ele.

— Nenhuma — respondi —, fora o informe de Kalash el Khatar.

— Que vale o quê? — perguntou Jack.

— Descobrir isso é o tema do exercício.

— E se você confirmar que Kalash está certo quanto a Paul e esse pergaminho de Jesus e as bombas de Ibn Awad?

— Nesse caso, nós achamos Christopher, se ele estiver vivo, e talvez salvemos o mundo de Ibn Awad, se *ele* estiver vivo.

— E se os dois estiverem mortos e não existirem bombas?

— Aí, nós cinco teremos nos divertido um pouco.

Ben Childress perguntou:

— Isso é uma convocação?

— É, se qualquer um de vocês estiver interessado — respondi.

— Você quer que a gente trabalhe nesse filme com base no que um árabe disse a Paul Christopher?

— Quero — disse eu.

— Por quê?

— Porque nós cinco, em conjunto, conhecemos a maioria das pessoas do mundo que valiam a pena conhecer. A geração de ativos que vocês recrutaram e com os quais trabalharam ainda vive em todos os lugares certos. Eles ainda conhecem todas as pessoas certas e sabem quais os botões certos a apertar.

— Se ainda quiserem falar conosco — disse Jack.

Era verdade que os americanos eram ainda menos amados pelos justos do que tinham sido quando éramos jovens. Naquela época, o antiamericanismo costumava ser superficial; todo mundo, exceto a esquerda que sofria de azia, no íntimo gostava da gente, e mesmo alguns deles tinham um pouco de bondade para conosco. Hoje, parecia uma patologia, como o antissemitismo. As pessoas que agora dirigiam a Firma davam com a cara em muros de pedra no mundo inteiro na tentativa de penetrar em células de terrorismo islâmico compostas de dois irmãos e um primo. Nós conhecíamos os pais, tios e avós dos terroristas e, pelo menos em teoria, tínhamos a capacidade de fazer um ponto porque aqueles mais velhos sabiam que podiam confiar em nós. Uma vez dentro, nunca fora, como diz o velho ditado. Acredite se quiser, a verdade desse ditado nada tem a ver com medo, sendo baseada nas peculiares e profundas amizades que existiam entre operador e agente. As amizades desse tipo são muito duradouras.

— Há uma quantidade enorme de suposições — disse eu. — Eu gostaria de pôr em votação. Há alguém a esta mesa absolutamente certo de que Christopher está morto?

Em todos os casos a resposta foi negativa.

— Alguém acha que é impossível que Ibn Awad tenha sobrevivido e esteja em atividade novamente?

Ninguém contestou.

— Alguém acha que nós cinco talvez possamos fazer pior do que a Firma, se decidirmos investigar os fatos?

A modéstia prevaleceu. Não houve abanar de cabeça, apenas sorrisos secretos por parte de todos. Olhares foram trocados. O trato estava feito. Não era necessário dizer. Nós todos sabíamos.

Harley Waters fez uma pergunta de veterano:

— Nós iríamos viajar?

— Espero que sim. Pela situação em que está o mundo, não seria suficiente telefonar para os seus velhos amigos. Vocês teriam de ir pessoalmente mostrar a eles as cartas que temos.

— Mostrar as cartas a eles? — perguntou Harley, que passara a vida lidando com russos em território russo.

— Se você quiser que eles confiem em você, tem de confiar neles. Não se trata de uma situação de EUA contra a URSS ou o Grande Satã contra o Islã. É uma questão de velhos amigos tentando evitar um triste fim. Era essencialmente isso que tentávamos fazer na Guerra Fria, e o fizemos; assim, por que alguém que esteve envolvido conosco naquela época iria pensar que desta vez temos um motivo oculto?

Àquela altura, a turma que lançava o almoço na conta das despesas já tinha ido embora. Nós éramos as últimas pessoas no restaurante. O último garçom estava ficando intensamente interessado na nossa conversa — não porque se importasse com o que um bando de cidadãos da terceira idade dizia um para o outro, mas porque queria a nossa gorjeta, por mais parcimoniosa que ele esperasse que fosse. Eu o chamei, e nós todos fizemos uma vaquinha e pagamos a conta em dinheiro, uma vez mais em obediência às regras do comportamento clandestino.

Antes de nos levantarmos da mesa, fiz a pergunta.

— Quem topa e quem não topa?

Todo mundo topou.

— Vamos nos encontrar de novo amanhã, para discutir esse assunto com um pouco mais de detalhes — disse eu. — Na minha casa, às 17 horas.

8

Na manhã seguinte, eu preparava um sanduíche quente de queijo para o meu almoço, quando Zarah bateu na janela da cozinha.

— Como foi que você soube que eu estava na cozinha? — perguntei, depois de deixá-la entrar.

— Eu senti o cheiro do queijo quente — respondeu ela. — Tem um sobrando?

Eu tinha feito dois. Dei o sanduíche extra, com um picles condimentado com endro, e um copo de chá gelado. Comemos sentados à minha pequenina mesa da cozinha. Zarah e eu sabíamos pouca coisa um do outro e praticamente não falamos enquanto comíamos, mas a refeição foi agradável. Ela era uma mulher bonita, talvez de 30 anos — mais ou menos a mesma idade, agora, de sua avó quando Reinhard Heydrich se apaixonara por ela. Era possível ver o motivo do monstro.

Eu me sentia um pouco constrangido, mas isso nada tinha a ver com a aparência dela. Zarah não havia comparecido ao enterro do pai. Não é preciso dizer que aquilo em nada contribuíra para intensificar o amor de Stephanie pela enteada, e eu tinha sido carregado para um canto para ter a certeza de que estava perfeitamente ciente do quanto a conduta de Zarah era ultrajante. Minha tendência era concordar, mas o que é que eu sabia sobre Zarah e suas razões?

Eu disse:

— Sentiram a sua falta, ontem.

— Stephanie me disse.

Ela estava impassível, controlada. Era impressionante o quanto de relances de Paul se viam em Zarah, considerando-se que ela só conhecera o pai pessoalmente durante cinco ou seis anos. Embora eu não saiba dos detalhes, a aritmética sugere que ela foi concebida em torno do último dia do casamento de seus pais. Sua falecida mãe, que tinha de neurótica o que tinha de beleza —, tivesse ela nascido um degrau ou dois mais abaixo na escada social de Kentucky, poderia ter-se tornado Miss América — vingou-se de Paul escondendo dele a existência da criança. Ele não sabia de nada a respeito de Zarah até que, como dizia Stephanie, Helena de Tróia batera na porta um dia e identificara-se como filha dele. Testes de DNA confirmaram isso, mas olhar para ela e lembrar-se do pai era suficiente para conferir a paternidade.

— Foi por isso que eu vim procurá-lo — disse Zarah. — Eu não fui ao enterro porque acho que aquilo foi uma encenação. Se meu pai estiver morto — e não há provas de que esteja —, não eram dele as cinzas que foram enterradas em Arlington.

— Você está certa disso?

— Não. Mas se ele estivesse morto, eu saberia e acreditaria.

— Mas não sabe, nem acredita.

Ela abanou a cabeça.

Eu disse:

— Nem eu. Eu não sou adivinho, mas não acredito que a morte de Paul tenha sido comprovada.

— Por quê?

— Porque o homem que eu conheço é astuto demais para se deixar matar antes de ter encontrado a resposta que procurava.

Fiz uma pausa por um instante para dar a ela a chance de replicar ou fazer uma pergunta, mas ela pareceu perceber que eu tinha mais a dizer e esperou que eu dissesse.

— No entanto — disse eu, já que a palavra parecia estar comigo —, acho que você deve ter cuidado. Seu pai passou a vida à procura de uma mãe que o resto do mundo acreditava estar morta havia quase sessenta anos.

— Mas que, no final das contas, pode estar viva.

— É no que seu pai acreditava, e, pelo que sabemos, ele tinha razão. Mas não há mais provas de que Lori Christopher esteja viva aos 94 anos, ou por aí, do que de que Paul esteja morto.

Zarah mudou de assunto.

— Posso lhe perguntar uma coisa?

— Claro.

— Se Ibn Awad está vivo e ameaçando cometer o mesmo tipo de ato pelo qual você recebeu ordens de matá-lo antes, como é que isso faz você se sentir?

— Incompetente.

— Você quer corrigir o erro.

— Acho que sim.

— Por quê?

— Eu provoquei essa bagunça. Cabe a mim arrumá-la.

— Sozinho? Sem ajuda?

— Seu pai me ajudou. Ele me deu informações e uma coisa que posso vender para financiar a operação.

— Sim, o Hicks. Ele me disse.

— Ele lhe disse?

— Ele deixou uma carta para mim.

Ela me estendeu uma folha de papel, uma página de uma carta mais longa. Ali estava ela, a caligrafia de Paul.

O que dizer diante de tudo aquilo? O que ela queria?

Ela disse:

— Eu gostaria de ajudá-lo. Eu falo árabe. Sei que você fala também, mas não como eu. Cresci com árabes. Nem sempre os compreendo, mas os conheço e tenho uma quantidade enorme de amigos entre eles. Sei de coisas que você pode não saber sobre meu pai.

Eu duvidava. Isso deve ter aparecido na expressão do meu rosto, porque, depois de um gélido momento, ela decidiu explicar-se.

— Meu pai resolveu me contar tudo o que se lembrava sobre a vida dele.

Aquilo me deixou perplexo. Paul abrindo seus arquivos emocionais para a própria filha?

— Eu jamais achei que Paul fosse do tipo de contar histórias — disse eu.

— Não é — replicou Zarah. — Mas seja qual for o motivo, ele quis fazer essa transferência de conhecimento para mim, e fez. Na teoria, pelo menos, eu sei de tudo e de todo mundo que meu pai conheceu.

— Tudo?

— Não estaria em desacordo com a índole dele deixar alguma coisa de fora depois de dizer que não iria fazer isso?

— Estaria.

Eles deviam ter passado dias trancados juntos. Não era de admirar que Stephanie odiasse aquela jovem.

— Você tomou notas? — perguntei.

— Não foi necessário. É impossível esquecer o material.

— E você compartilharia tudo isso comigo?

— Tudo? Não. As partes que você precisa saber, sim. Por exemplo, eu sei o nome de um homem que trabalhou no Vaticano nas décadas de 1930 e 1940. Ele era amigo de meu pai. O serviço desse homem era lidar com as autoridades nazistas durante a Segunda Guerra Mundial.

— E?

— Ele ainda está vivo — disse Zarah. — Pelo menos estava há três dias, quando conferi. Muito velho, mas lúcido. Está no hospital Salvator Mundi, em Roma.

— Está certo. Mas como é que ele se encaixa neste caso?

— Ele viu minha avó em Praga em 1942 — disse Zarah.

9

A Turma dos Velhotes chegou lá em casa exatamente às 17 horas. Pode parecer um local inseguro para reuniões, mas o fato era que estávamos muito isolados no meu quarteirão. Era uma rua na qual moravam os quase poderosos, e às 17h a nossa privacidade estava protegida pela triagem exercida em função de Washington. Enquanto a noite caía, meus vizinhos estavam todos em reuniões ou bebendo com alguém ou retidos no trânsito, e meus visitantes iriam dissolver-se na escuridão antes que eles chegassem a suas casas. Jack Philindros, vestido como secretário de Estado, parecia a Helena transposta de um passado longínquo sem alterações que ele era — pele morena, cabelos densos lisos para trás, sobrancelhas grossas que cresciam juntas. Charley Hornblower, animado e de ossos compridos e precisando fazer a barba, era um Falstaff que durante muitos anos estivera trabalhando com base no seu nariz vermelho e em suas conexões com pessoas que sabiam de coisas. Ben Childress e Harley Waters podiam passar por primos — rostos ianques, economia ianque; os dois usavam blazers puídos, camisas pólo desbotadas, calças cáqui amarrotadas e relógios comprados em drogarias. David Wong era o de sempre, o mais velho dos Irmãos Marx — sorriso de *bodhisattva*, resposta rápida, raciocínio mais rápido. Era o único, entre nós, que não mostrava sinais de ter caído com o tempo. Philindros, um abstêmio, recusou o Laphroaig que eu estava oferecendo, mas os outros o prestigiaram. Era um prazer ouvir as vozes de homens e sentir o cheiro de uísque na casa em que eu estivera sozinho por tanto tempo.

Naquela tarde, eu comprara cinco telefones via satélite a 498 dólares cada um, incluindo o acesso durante um ano, para todos, a satélites de comunicações em 130 países diferentes. Distribuí os telefones. Cada membro do grupo recebeu um cartão com o número do telefone via satélite de cada um dos demais. Não era necessário nenhum nome codificado; nós reconheceríamos a voz uns dos outros.

Philindros, sempre o maníaco por segurança, perguntou:

— Você acha que estes telefones são seguros?

— Não, mas são a melhor maneira de nos mantermos em contato.

— Você não se preocupa por ter a metade do mundo compartilhando da linha conosco?

— Que diferença isso faz? — perguntei. — Esta operação vai conseguir resultados dentro de um mês ou falhar miseravelmente em menos tempo do que isso. Se for vitoriosa, sairemos do ar para sempre. Se fracasssar e as bombas de Ibn Awad explodirem, nosso grupinho será a mais ínfima das preocupações do mundo.

— Se formos descobertos pelas pessoas erradas, elas vão nos estraçalhar.

— Neste prazo, não — disse eu. — A nossa vantagem é que podemos agir depressa porque ninguém pode nos dizer "não".

Jack disse:

— Quanto a isso, vamos ver. Você não faz objeção alguma quanto a seguirmos as regras do nosso ramo?

— Não.

— Isso é bom — disse Harley —, porque simplesmente não podemos evitar.

Eu revelei o plano. Devido ao meu aspecto físico, eu não achava conveniente dar uma parada em Roma e fazer uma visita ao ex-monge de Zarah. Olhar do seu leito de morte para um americano de 1,90m que fala italiano como um visigodo não iria encorajar alguém a fazer confidências. Por outro lado, Jack tinha uma personalidade tranqüilizadora e falava um italiano fluente. Eu disse a ele o que sabíamos a respeito do velho amigo de Paul e como tínhamos conseguido a informação, e entreguei-lhe o pedaço de papel de Zarah com o nome do homem.

— Se ele tiver alguma coisa a nos dizer — disse Jack —, o que é que eu faço?

— Conte tudo o que souber a todos nós, pelo telefone via satélite — respondi. — Depois, atue.

— Fazendo o quê?

— Vá aonde quer que ache que deva ir, fale com quem quer que precise falar — respondi. — Mas transmita cada informação, por menor que seja, a cada um de nós por telefone via satélite, assim que ela surgir. Não espere. Chame no instante em que souber de alguma coisa.

Todos sabiam o motivo disso: se todos nós soubéssemos de tudo, só um de nós teria de sobreviver para executar a última etapa da operação.

Ben Childress, o nosso arabista, conhecia o médico alemão que cuidava de Ibn Awad 24 horas por dia e, por isso, morava com ele. Esse aluno extraordinário da Schutzstaffel (SS) dizia chamar-se Claus Bücher. Se Bücher ainda estivesse vivo e ainda cuidasse de Ibn Awad, era óbvio que o seu paradeiro seria desconhecido. Nós precisávamos saber se ele desaparecera ao mesmo tempo que o patrão e, o mais importante, se tinha sido visto desde então. Se ele fosse à cidade de vez em quando, ou voasse para algum lugar para descanso e distração, poderíamos pôr as mãos nele, e se o fizéssemos, milagres aconteceriam. Quem sabe? Se o incentivo fosse bom, ele poderia nos levar até o seu paciente.

Harley Waters tinha um largo círculo de amigos entre os outrora importantes no ex-bloco soviético. Ele iria conseguir o que pudesse em Moscou, e depois seguiria para Praga e Budapeste à procura de pistas de Paul e histórias antigas sobre Lori Christopher. O principal alvo de Harley era a nobreza do velho império austro-húngaro. Aquela gente ainda existia, e na época de Lori eles tinham uma nacionalidade própria, vivendo em um mundo próprio, e tinham se casado tanto entre as mesmas famílias durante séculos, que quase todos eram primos.

A velha aristocracia desprezava os nazistas, que saíram da sarjeta. Em 1942, eles estavam à espera em segredo, e Lori era um deles. Se ela fosse procurar alguém para ajudá-la em Praga, teria ido a eles. A menos que eles tivessem ido procurá-la primeiro, pedindo sua ajuda para liquidar Reinhard Heydrich.

Charley Hornblower, o nosso erudito, ficaria em Washington e atuaria nos arquivos. Ele tinha um sótão cheio deles e uma agenda repleta de colegas ratazanas.

Eu iria a Paris e venderia o Hicks para financiar a operação.

10

Na minha penúria, eu continuava a ter alguns dos equipamentos de um homem de posses: guarda-roupa, credenciais, conexões, aparência, até mesmo um cartão de crédito em vigor. Mas não tinha quase nada em matéria de dinheiro vivo. Reservei a passagem mais barata que existia para Paris e tomei um ônibus do aeroporto até a cidade. No número 8-bis, avenida Wagram, apresentei um dos meus últimos cartões de visita ao corpulento criado que atendeu à porta do apartamento de Kalash al Khatar. Ele o tomou de minha mão e me fechou a porta na cara. Passou-se muito tempo. Se não estivesse lidando com um descendente do Profeta, eu poderia ter medo de que minha entrada tivesse sido negada. Mas em outros tempos eu tinha sido deixado esperando por aquela raça arrogante em várias ocasiões, em várias partes do Islã, de modo que fiquei andando pelo corredor, com paciência. As janelas davam para um pátio com piso de pedra arredondada, onde uma fonte funcionava. Eu ouvia o gargarejo abafado do tráfego da Place de l'Étoile ao meio-dia. Aquilo me lembrava o cheiro de Paris na hora do rush na minha juventude, quando a proporção de fumaça de exaustão contendo chumbo em relação ao ar fresco era apenas ligeiramente inferior ao nível necessário para se cometer um suicídio.

Passaram-se quarenta e cinco minutos. Uma hora. Mais. Quando o empregado de Kalash — dessa vez, diferente — abriu a porta, não estava sorrindo, não falou. Fez um gesto com a cabeça em forma de bala para que eu entrasse.

Conduziu-me a uma sala de audiências. Uma poltrona muito imperial e excessivamente estofada estava de frente para várias outras, menores, sem estofamento. Também visível estava uma coleção de facas com cabo de chifre de rinoceronte em uma das paredes, um cinzeiro de bronze incrustado de prata e cobre na parede oposta, frases do Corão numa bela caligrafia na parede de fundo. O aposento era imponente, mas não assoberbante. No entanto, o apartamento que o cercava era imenso. Devia ter custado uma fortuna. Fiquei imaginando se os pobres súditos lhe davam um presente anual do seu peso em pedras e metais preciosos, como faziam os seguidores do Aga Khan.

Depois de mais outra hora, Kalash apareceu, usando mantos árabes e tendo nas mãos um bastão de ébano esculpido e incrustado. Ele era, na verdade, extraordinariamente alto — quase uma cabeça mais alto do que eu. Não se ofereceu a trocar um aperto de mãos, nem falou. Ou sentou-se. Eu, é claro, havia me levantado quando ele entrara.

— Peço-lhe desculpas por chegar sem avisar — disse eu.

— O que é que o senhor deseja? — perguntou Kalash.

— Trago uma carta para o senhor.

Entreguei a carta de apresentação escrita por Paul. Ele bateu duas vezes com o bastão no chão. Um outro lacaio apareceu. Kalash entregou-lhe a carta. O lacaio saiu fazendo uma mesura e um momento depois voltou fazendo outra mesura, com a carta aberta sobre uma bandeja de prata.

Kalash leu a carta.

— É esse o quadro? — perguntou ele, olhando para a tela enrolada que estava na cadeira ao meu lado.

— É.

Eu não me ofereci para desenrolá-lo. Kalash era um sujeito muito chato.

— Quanto quer por ele? — perguntou.

— O preço que o senhor ofereceu ao meu primo, mais dez por cento. Em dinheiro vivo.

— Deixe-me ver a coisa — disse Kalash.

Desenrolei a tela e estiquei-a em cima da mesa. Kalash examinou-a centímetro por centímetro, como o perito que parecia ser.

— Este quadro não está como estava quando o vi pela última vez — disse ele. — Foi danificado por todo esse manuseio abrutalhado. Leve-o embora.

— Como quiser. — Comecei a enrolar a pintura.

— Pare com isso — disse Kalash. — O senhor vai piorar o estado dele.

— Se o quadro não lhe agrada, que diferença isso pode fazer? O senhor nunca mais tornará a vê-lo.

— Eu não quero ser cúmplice dessa bárbara destruição — disse Kalash. — Por isso, pare o que está fazendo.

— Eu não vou poder levá-lo pelas ruas como se fosse uma bandeira — disse eu.

A fisionomia de Kalash estava impassível, como estivera durante todo o nosso encontro. Esperei que ele tornasse a falar. Por fim, ele disse:

— Por que Paul o mandou nesta missão, em vez de vir ele mesmo ou simplesmente mandar a carta pelo correio?

Não fazia sentido disfarçar. Respondi:

— Nós temos uma informação de que Paul morreu na China.

— Em que parte da China?

— Na região autônoma de Xinjiang. É muito afastada...

— Eu sei onde fica Xinjiang — disse Kalash. — Qual a prova de que isso é verdade?

— Os chineses nos mandaram as cinzas dele.

— Elas são autênticas?

— Não sei.

— Mas o senhor pretende descobrir.

— Se for possível, pretendo.

Durante aquela conversa, tínhamos ficado em pé. Agora, Kalash disse:

— Sente-se.

Ele próprio sentou-se, não na poltrona maior, mas em uma das menores. Era evidente que durante alguns minutos seríamos iguais.

Ele tornou a bater no chão com o bastão, apenas uma vez. Em segundos, o escravo apareceu com dois copos de chá de menta muito quente e muito doce, numa bandeja.

Em tom de voz que não era desagradável, Kalash disse:

— Então você é o homem que matou meu primo Ibn Awad.

— Foi o que se acreditou na época.

— E agora?

— Paul me deixou uma carta. Eu sei o que você disse a ele.

— Ele anotou tudo?

— Os pontos principais. Um resumo.

— Quer dizer, então, que você pretende matar meu primo outra vez, precisa de dinheiro para isso e pensa que vou lhe dar esse dinheiro? Você é mesmo um sujeito extraordinário.

— Eu não tenho planos de matar Ibn Awad — disse eu. — É evidente que não sou muito bom nisso. E já não estou mais no ramo de salvar o mundo.

— Então, o que vai fazer com um milhão de dólares?

— Um milhão e cem mil. Vou continuar a busca de Paul.

— Do quê?

— Da mãe dele, minha tia. E do Pergaminho da Ânfora.

— Você pretende vender esse também?

— Você estaria interessado nos direitos de publicação?

Kalash fingiu que não ouviu aquela observação petulante.

— E se por acaso você esbarrar com Ibn Awad?

— Nós poderemos conversar sobre o passado.

— Você devia ter deixado que ele estourasse uma de suas bombas e *depois* o assassinado. Naquela época, Tel Aviv teria sido a preferência dele, de modo que os Estados Unidos não teriam sofrido mal algum. Você teria ficado famoso no Ocidente, em vez de ser mandado para o deserto.

— Essa ainda é a sua recomendação?

— Não. Os tempos mudaram. Se eu fosse o cruzado encarregado dessa caçada humana, acharia melhor evitar que ele ressurgisse dos mortos.

— E como é que faria isso?

— Não o matando outra vez. Isso iria inflamar os piedosos, porque eles jamais iriam acreditar que ele não era imortal. Se ele sobreviveu a um assassinato, por que não iria sobreviver a outro? Se você tornar a matá-lo, irá criar uma hidra.

— O que fazer, então?

— Capturá-lo. Eu percebo que você é americano, mas, pelo menos desta vez, renuncie à fanfarronice. Não diga nada ao mundo. Deixe-o continuar morto.

— E depois?

— Despache-o para uma espécie de Santa Helena no oceano Índico, já que ele não poderia se dar bem num clima frio, e deixe-o viver o resto de seus dias em oração e jejum. Seria um ato de bondade dizer a ele que todas as suas doze bombas explodiram, tal como planejado, em cidades americanas. Mostre a ele vídeos da devastação. Uma quantidade enorme de corpos segurando crucifixos.

— Muito inventivo. Mas eu pensei que estávamos fazendo tudo isso para evitar a devastação.

— É evidente. Mas não há dúvida de que a sua organização pode fazer filmes falsos muito convincentes por uma fração do que iria custar a reconstrução de Nova York, Chicago, Los Angeles e assim por diante. Dizem que vocês falsificaram as descidas na Lua, de modo que isso seria brincadeira de criança.

— Você acredita nisso?

— Nas descidas na Lua? Não. Mas eu não sou meu primo nem um de seus seguidores idiotas.

O que, então, era ele? Sua insensibilidade era tão prosaica, que chegava a ser cômica.

— Excelente conselho — disse eu. — Mas você pensa realmente que uma operação dessas pode ser abafada para sempre?

— Você tem mais condições de julgar essas coisas do que eu. Mas torno a dizer: se isso não acontecer num silêncio impenetrável, se anunciarem o retorno de Ibn Awad do outro mundo, se descreverem o que ele tem em mente, se inundarem a CNN com um retrato dele e fotos das bombas que não explodiram, se se congratularem por terem salvo o mundo à costumeira moda tipicamente americana, vão apenas criar um outro monstro.

— O que é que isso quer dizer? — perguntei.

— Se vocês mostrarem ao mundo que Ibn Awad, apenas um homem piedoso, não importa o volume de sua riqueza, teve nas mãos o meio de aplicar um ferimento mortal aos inimigos do Islã, e que realizou esse milagre não uma vez, mas duas, vão demonstrar que é possível causar o ferimento mortal. Portanto, vão criar o próximo Ibn Awad. E se vocês matarem *esse*, haverá um outro. Isso não vai acabar nunca.

— É do seu primo que estamos falando — disse eu.

— Exatamente. Eu estou tentando salvar a vida dele.

— Naturalmente. Mas o que mais você está tentando salvar?

— O que mais? — perguntou Kalash. — Eu achava que era óbvio. Se as bombas explodirem nos Estados Unidos, o Islã será incinerado pela Força Aérea dos Estados Unidos. Eu gostaria de evitar isso.

Meu Deus, eu achei aquele sujeito divertido. Como é que Paul passara quarenta anos sem ter contato com ele? Isso não queria dizer que eu estivesse preparado para me tornar um co-conspirador em qualquer que fosse a teia que ele estivesse tecendo. Pelo que eu sabia, ele mandara Paul Christopher para a morte com uma mentira irresistível e esperava fazer o mesmo comigo.

— Onde Ibn Awad está agora? — perguntei.

— Não faço idéia.

— Quem é que sabe?

— As pessoas que estão com ele. Mas você terá que encontrá-las antes de poder interrogá-las, e se as encontrar, então o terá encontrado.

— E se eu não os achar?

— Neste caso, terá que fazer o que se faz quando se está perdido no deserto — replicou Kalash. — Volte para onde começou e comece de novo. Tem caneta e papel?

Estendi a minha Bic e uma página do meu caderninho de notas. Kalash escreveu o nome de um homem e o nome de um lugar, Manaus, no papel.

— Você deve ir falar com esse homem — disse ele. — Ele sabe de coisas interessantes e esteve com o Paul Christopher há muito pouco tempo.

Kalash levantou-se. A conversa acabara. Aparentemente, as negociações não.

Ele disse:

— Seu pedido de dinheiro vivo pelo Hicks é absurdo. Apesar disso, eu o quero. Ofereci a Paul um milhão de dólares pelo quadro. Vou mandar depositar aquela quantia na Suíça, se você concordar. Você tem conta lá?

Aconteceu que eu tinha. Dei a ele os detalhes.

— Muito bem — disse ele. — Tem um número de telefone?

— Tenho.

Anotei para ele. Ele recitou o número — rapidamente, é claro, dizendo *nada* em vez de *zero* e só o repetindo uma vez.

— E mais uma coisa — disse ele. — Ibn Awad mandou expedir uma *fatwa* contra você. Você sabe o que é uma *fatwa*?

— Acho que sei. — Tentei um sorriso. — Há uma recompensa?

— O Paraíso é a recompensa. Mas também há dinheiro envolvido. É preciso ser crente para cobrar, de modo que você deve evitar fanáticos com barbas e olhos alucinados, mas se eu fosse você desconfiaria de todos os estranhos. Tudo o que é preciso para se converter ao Islã é dizer que só existe um Deus, Alá, e que Maomé é o seu profeta. Há bons cristãos neste mundo que diriam essas palavras num gravador de fita e depois puxariam o gatilho e levariam sua cabeça para meu primo.

— Seu homem em Manaus é um deles? — perguntei.

— Ele adora dinheiro e odeia os americanos, e acha que Ibn Awad fez um bom trabalho no mundo — disse Kalash. — Se ele sabe a respeito da *fatwa*, é outra coisa. A *fatwa* é muito recente. A notícia ainda não vazou para muito longe.

Na avenida Wagram, fui ultrapassado por pessoas andando como quem não tinha nada o que fazer e usando celulares, tal como eu tinha sido vigiado na O Street, e quando entrei num trem do metrô na Étoile, um sicário com espessas sobrancelhas entrou logo atrás. Ele chamou o próximo da fila quando desembarquei na Gare Saint-Lazare. No trem para Genebra, sentei-me ao lado de um russo enorme que cheirava a dentes não escovados (ou talvez fosse um checheno, um bósnio, um albanês — o mundo estava cheio de muçulmanos que se pareciam com você e comigo). Do outro lado da passagem, uma mulher praticamente sem carne, com pulsos com cicatrizes, levantava a saia e olhava para mim esfomeada, acariciava a perna fina e falava consigo mesma em alemão suíço, num incessante murmurar. Ou será que estava falando comigo, que não entendia uma só palavra, ou talvez para um telefone escondido, que funcionava sem que fosse preciso segurá-lo?

Até onde pude perceber, ninguém estava à minha espera na estação de trem em Genebra, mas não pude ter certeza por causa da multidão e porque todos os genebrinos dão a impressão de que mantêm a nós, os estranhos de outro planeta, sob vigilância. Registrei-me num hotel atrás da estação e jantei uma gomosa *troute au bleu* no seu horrível restaurante. O garçom era árabe. O cozinheiro, também; para onde quer que olhasse, eu via um árabe. Eles sempre foram numerosos, é claro. Só que eu não estivera tão cônscio da presença deles como estava agora. Decidi não andar pela margem do lago depois do jantar.

Do meu quarto, telefonei para Charley Hornblower. Será que ele já tinha ouvido falar num homem chamado Simon Hawk, o homem de Kalash em Manaus?

— Me dê dez minutos — disse Charley.

Ele telefonou de volta em cinco.

— O nome verdadeiro é Wolfram Ostermann, se não me engano — disse Charley. — Nós cruzamos com ele na década de 1950, quando tentávamos achar Eichmann como um gesto de boa vontade para com o Mossad.

— A sede não avisou o Mossad?

— Parece que não, se ele está vivo e com boa saúde e morando no Brasil. Wolfram era muito ocupado. Visitou inúmeros ex-membros da SS, e pensávamos que ele pudesse estar tramando alguma coisa especial. Eles falavam com ele e depois partiam para destinos exóticos.

— Por exemplo?

— Praticamente toda parte. Ele parecia estar financiando as viagens deles com a venda de quadros, presumivelmente roubados durante a guerra. Era melhor vigiá-lo do que fazer com que ele fosse substituído por alguém que não conhecêssemos.

— E ele estava mesmo tramando alguma coisa especial?

— Nós nunca fomos até o fim. Naquela época, a Casa Branca queria saber a respeito de russos, não de ex-membros da SS que estavam foragidos. Tivemos uma quantidade enorme deles trabalhando para nós na Alemanha.

— Mais alguma coisa?

— Só uma coisinha — disse Charley. — Uma das pessoas com as quais Wolfram lidou no Brasil foi um médico que se dizia chamar Claus Bücher. Nós nunca conseguimos saber o nome verdadeiro, mas você sabe quem ele é: o médico pessoal de Ibn Awad.

Mundo pequeno.

11

Estava tudo em ordem no banco. Kalash depositara o dinheiro, todo. Depois de transferir 25 mil dólares para cada um dos Velhotes e sacar 25 mil em dinheiro para pequenas despesas, apanhei no meu cofre um velho passaporte canadense mostrando o nome de William O. Dyer e um retrato meu como um homem um tanto mais moço. No aeroporto, comprei uma passagem para Frankfurt com uma conexão para Manaus e paguei em dinheiro. A bordo do avião, peguei no sono quase que imediatamente. Eu não via uma cama desde que saíra de Washington, 36 horas antes. Sentia o gosto da horrível refeição que fizera na noite anterior. Meus ossos doíam. Sonhei com Paul e eu quando era criança, num trenó. Nós batíamos num monte de neve acumulada pelo vento. O trenó virava de cabeça para baixo. Eu ficava com o nariz sangrando. Fora de cena, uma mulher gritava. Lembrança ou simbolismo? Quem sabia?

Eu nunca tinha sido destacado para a América do Sul, de modo que a primeira impressão do Brasil revelou uma vista que eu mal poderia ter imaginado. De uma altura de trinta mil pés, a floresta tropical estendia-se até onde a vista podia ver em todas as direções, a ondulante copa verde-espinafre entalhada em trechos de território mais compreensíveis por rios lamacentos que brilhavam ao sol. Como nas canções e nas histórias, era realmente possível alguém se perder naquela selva sem deixar pistas, escravizado por alguma tribo de índios viciada em drogas, comido por crocodilos ou simplesmente perdido, seguindo rios abarrotados na direção da civilização, tal como recomendado pelo manual do escoteiro, mas sem nunca encontrar outra coisa que não um outro rio lamacento. A maioria das pessoas, inclusive eu, preferiria morrer outra morte em outro lugar qualquer. No entanto, ali estava eu naquele mundo pré-histórico, sob uma falsa identidade, com base na recomendação de um homem que eu praticamente não conhecia e que não tinha motivo algum para me desejar o bem, à procura de um primo que podia estar morto e de um árabe louco que poderia não estar.

Depois de pagar um belo suborno a um funcionário do controle de passaportes no aeroporto de Manaus, foi-me concedido, com relutância, um visto de turista para três dias, que proporcionava tempo mais do que suficiente para fazer o que eu tinha de fazer. O alemão que eu procurava dizia-se chamar Simon Hawk. De um dos telefones do aeroporto, disquei o número que Kalash me dera e perguntei por Herr Hawk em alemão. Quando ele veio ao telefone, eu me identifiquei como amigo de Kalash.

— O seu alemão não é tão bom quanto o do último príncipe americano que Kalash me mandou — disse Hawk num inglês que só podia ter sido aprendido numa escola pública inglesa.

Esse era o estilo Schutzstaffel: deixar que o *dummkopf* vira-lata soubesse desde o início que você sabia tudo a seu respeito, que, se necessário, podia ler seus lentos, simples e extremamente desinteressantes pensamentos. Que era melhor ir direto ao assunto.

— Desculpe — disse eu em inglês, contente por ter notícias de Paul. — Eu gostaria de saber se podemos nos encontrar.

— Por que iríamos fazer uma coisa dessas?

— Porque eu sou um ex-funcionário do serviço secreto que tem excelentes contatos no Mossad. Se o senhor não conversar comigo, vai acabar conversando com eles.

Aquilo infringia todas as regras, inclusive a de autopreservação, mas funcionou.

— Que estranho — disse Hawk num tom alterado de voz. — Eu não imaginaria que um homem com essas conexões fosse ser amigo de árabes.

— O mundo é estranho, Sr. Hawk. Posso ir falar com o senhor, ou não?

— Jantar, hoje — disse ele. Não era uma pergunta; claro que eu estava disponível para qualquer momento.

— É muita bondade sua. Como vou achá-lo?

— Eu mandarei um carro para buscá-lo no Novotel. Oito e meia.

— Eu posso perfeitamente pegar um táxi.

— O motorista jamais iria me encontrar, e o senhor seria bobo se confiasse nele — disse Hawk. — Eu lhe asseguro que estará perfeitamente a salvo.

Ora, ora, *aquilo* me deixava tranqüilo. Se não se pudesse confiar num velho membro da Schutzstaffel que vive numa selva sob nome falso e que tem uma ligação com Ibn Awad, em quem se poderia confiar? Decidi não ir para o Novotel, preferindo um hotel recomendado pelo meu motorista de táxi. A corrida pelo centro de Manaus foi o que se poderia esperar nos trópicos: uma excursão por um bairro pobre que parecia ter sido construído para ser exatamente isso, pontuado por um ocasional prédio de banco ou escritórios feito do mesmo concreto horrível e pintado nas mesmas cores gritantes que o resto da cidade. No mercado central, açougueiros suados trabalhavam ao ar livre à quente luz do sol, cortando novilhos e porcos e vendendo a carne quente enquanto o sangue escorria lentamente pela borda da mesa numa rendilhada película vermelha.

Apesar das garantias do meu motorista de que o gerente era seu cunhado, o hotel, muitíssimo modesto, estava lotado, até que escorreguei uma nota de vinte dólares por cima do balcão de recepção. A nota desapareceu e um sorriso encorajador surgiu no rosto do funcionário, que quase que imediatamente percebeu uma desistência. Pouco depois, eu estava debaixo de um chuveiro morno. Depois disso, comi um sanduíche seco que me fora servido no quarto, calcei a porta e caí em mais um sono profundo. Era evidente que o meu cérebro não queria saber nada do mundo acordado para o qual o resto do corpo o levara.

Depois da minha soneca, vesti roupas limpas e fui a pé até o Novotel. Esperei do lado de fora pela carona. O carro que Simon Hawk mandou para me buscar exatamente às oito horas da noite não era o Mercedes brilhante que seus modos ao telefone evocavam, mas um Subaru bem usado que precisava ser lavado. O motorista, um brasileiro alto e magro vestindo um terno branco limpo mas surrado, localizou-me logo.

— O senhor é o norte-americano para o senhor doutor Hawk?

Era evidente que Hawk estivera disposto a abandonar o nome com o qual nascera, mas não o *Herr Doktor* que acompanhava a sua identidade original. A casa dele ficava um tanto longe da cidade. A estrada passava por uma espécie de trincheira ladeada de lojas e cafés muito iluminados e de frente aberta. Havia música estridente, e as pessoas tratavam da vida à luz que vazava das lojas. Um bêbado gordo estava mijando na estrada e o motorista desviou, contornando o jato amarelo em arco como se evitasse um buraco.

Mais ou menos um quilômetro e meio adiante, o motorista virou o carro para uma passagem estreita aberta por entre um bosquete de árvores sem muita folhagem. A casa era modesta, com um excesso de trepadeiras, precisando de uma pintura. Segundo Kalash, Hawk estivera se escondendo dos caçadores de nazistas desde 1945, e pela aparência ele estava chegando ao fim de seu pé-de-meia.

Ele me recebeu na porta com uma Leica na mão e tirou três rápidas fotos com flash antes de entregar a câmera para ser guardada pelo motorista, que desapareceu.

— Hawk — disse ele, com um firme aperto de mão.

— Dyer.

— Sem dúvida.

Eu poderia ter dito a mesma coisa, e disse com um erguer de sobrancelhas. Hawk me dirigiu uma leve careta, quase imperceptível.

— Entre, por favor.

Entramos no cenário de filme com Sydney Greenstreet: tetos baixos, paredes de concreto, janelas pequenas, altas, ventiladores de teto girando preguiçosamente. Mobília de rotim. Nada nas paredes, exceto um ou dois tecidos primitivos. Várias peças muito bonitas do que presumi serem cerâmica indígena da Amazônia. Do lado de fora, o baixo toque-toque do gerador que movimentava os ventiladores e fornecia a luz fraca que saía de umas poucas lâmpadas.

Sem ter perguntado o que eu queria, Hawk me estendeu uma bebida.

— Um Manaus Collins — explicou ele. — Rum, açúcar, suco de frutas locais.

Meu anfitrião estava vestido num blazer azul trespassado, com um timbre no bolso do peito, calças e sandálias brancas, sem meias. Ele não era alto nem baixo, nem magro nem barrigudo. Tinha o porte como se ainda estivesse no uniforme que usara havia mais de meio século. Para um alemão, ele era moreno, em especial para um ex-membro da SS, mas talvez aquilo tivesse algo a ver com uma longa exposição ao sol equatorial. Ele tinha a cabeça coberta por cabelos flexíveis de cor cinza-aço, usados compridos em cima e penteados lisos para trás mas cortados curtos dos lados, à antiga moda militar do Terceiro Reich. Por trás das pequenas lentes redondas dos óculos de armação de aço himmleriana, os olhos eram castanhos, inteligentes e estavam plenamente alertas. As sandálias eram um erro. O resto dele poderia estar impressionantemente bem conservado, mas ele tinha os pés de um velho, cheios de veias e manchados, com unhas pontudas e rachadas.

Bebericamos nossas bebidas amargas. Ele perguntou:

— Viu o teatro da ópera?

— Lamentavelmente, não. Fuso horário.

O teatro da ópera de Manaus, construído havia um século por barões da borracha imensamente ricos que contratavam os mais famosos cantores da Europa, era o grande marco histórico da cidade.

— Não deixe de ir — disse Hawk. — Está muito bem restaurado. Em relação a ele, há um certo *pathos* cômico. Imagine as maiores vozes da época atravessando o oceano e depois viajando 1.500 quilômetros num vapor para cantar para rufiões sem ouvido musical.

O motorista apareceu com um paletó diferente e anunciou o jantar. Serviu um saboroso peixe amazonense com muitas costelas chatas fora do comum, acompanhado de legumes suculentos que eu nunca tinha visto. Hawk comeu o seu peixe ossudo com dois garfos.

— Tambaqui — disse ele, dando nome ao peixe.

Fez uma exposição completa da história natural daquela criatura, que aparentemente atingia um tamanho enorme, tinha uma boca redonda que estava sempre aberta e, segundo acreditavam os nativos, gostava de infantes humanos, que engolia por inteiro quando, descuidados, caíam no rio.

— O senhor sabe — disse Hawk — que Manaus fica no rio Negro, não no Amazonas. Não há peixes no rio Negro, alguma coisa a ver com o sedimento preto que dá nome ao rio, de modo que o tambaqui e todos os peixes comidos em Manaus vêm do Amazonas.

— Que interessante!

— Mas não foi isso que o senhor veio aprender — disse Hawk com um sorriso encantador; dentes amarelos. Ele tocou uma campainha. — Café na sala de visitas, por favor, João.

Depois que estávamos instalados nas poltronas e tínhamos esvaziado as pequeninas xícaras de café, Hawk passou ao assunto.

— Então, mister Dyer, o que, exatamente, o traz aqui?

— O senhor mencionou um outro americano que o visitou recentemente — disse eu. — O senhor fotografa todos os seus visitantes?

— Só aqueles que eu nunca vi antes. Eu tenho péssima memória para fisionomias.

— Tem a foto que bateu dele?

— Tenho. Na verdade, no meu bolso.

Ele me estendeu um instantâneo de Paul Christopher, rosto esbranquiçado e colado na noite escura pelo flash. A data da visita, menos de uma semana depois do seu desaparecimento, estava escrita em perfeita caligrafia alemã no espaço branco na base da foto.

— O senhor o conhece? — perguntou Hawk.

Devolvi a foto.

— Conheço.

— Está à procura dele?

— De certo modo. Ele é meu primo. A família está preocupada com ele.

— Por isso, a primeira pessoa à qual pediu ajuda foi Kalash al Khatar.

— Foi.

— Por quê?

— Ele também mandou meu primo até aqui.

— E seu nome é, na verdade, Horace Hubbard, e não Dyer?

— Pelo que vejo, Kalash tem mantido contato.

— Não, eu assisto à CNN. Eu me lembro de sua hora ao sol. O espião que roubou uma eleição em seu próprio país. Um drama fascinante, tão americano!

— De fato. O senhor leva vantagem sobre mim, doutor. Eu só o conheço como Simon Hawk. Não tenho interesse algum em investigar quaisquer identidades anteriores.

— Nem mesmo se os seus amigos do Mossad lhe pedirem com delicadeza?

— Nem mesmo assim. Meu interesse está no meu primo e no Pergaminho da Ânfora.

— Naturalmente. E além disso?

— Assuntos pessoais.

— Era nisso que seu primo também estava interessado.

— E o senhor teve condições de ajudá-lo?

— Na verdade, tive — disse Hawk com frieza, e agora ele estava sentindo prazer. — Acontece que eu conheci a mãe dele em Praga quando ela era a consorte, digamos assim, de um certo homem importante. *Baronesse*, como ele a chamava, que é a forma polida de se dirigir, em alemão, a uma filha solteira de um barão, como se o marido americano dela e o seu primo nunca tivessem existido. Ela foi o amor da vida muito curta daquele grande homem. A semelhança entre seu primo e ela é notável, um exemplo maravilhoso do arcaico tipo aristocrata. Ele fala alemão como um Bismarck. Eu mostrei a ele uns retratos.

— Espero que eu também possa vê-los. Como sabe, a mulher era minha tia.

Hawk sorriu.

— Conhaque? — sugeriu.

Eu tinha levado de presente uma garrafa de VSOP Martell comprada livre de impostos, e depois do segundo copo percebi que a minha primeira impressão tinha sido errada. Longe de me considerar um americano ridiculamente trapalhão, Simon Hawk achava que eu era uma alma irmã. Cada um de nós, no passado, tinha cumprido deveres repugnantes para os nossos países — no meu caso, o assassinato de Ibn Awad e provavelmente muitas maldades semelhantes. No caso dele, atos não especificados mas desesperados em prol da Mãe Pátria. As coisas tinham dado seriamente erradas para nós dois, e ali estávamos juntos, dois descartados, veteranos de guerra que estavam livres de antigas inimizades, mais ou menos companheiros.

— Você é um sujeito interessante — disse Hawk. — Falando alemão ao telefone, usando um tipo falso ridiculamente transparente, ameaçando-me com o Mossad, e, depois de tudo isso, vindo aqui para jantar sozinho e colocando-se à minha mercê. Por quê?

— Só trapalhão, acho eu — respondi, dizendo a verdade.

De novo ele deu o seu sorriso escasso e de quem sabia das coisas.

— Sabe o que eu penso, meu caro Horace? — disse ele. — Eu acho que você *queria* que eu acreditasse que você era idiota e trapalhão.

— Por que cargas-d'água eu iria querer isso?

— Para me fazer pensar que sou mais esperto que você. Para manipular a muito conhecida necessidade psicológica do meu tipo, de ter o comando da situação, a necessidade de saber mais do que o adversário, de levar a melhor e depois esmagar.

Sentado a uma luz fraca, uma perna magricela em calças brancas jogada sobre a outra, unhas dos pés manchadas de tabaco plenamente à vista, Hawk parecia ainda mais pálido do que antes. Ao lado dele, numa mesa, estava a garrafa de Martell e, ao lado dela, um grande chapéu de palha. Hawk estendeu o braço para a garrafa e depois, ágil, enfiou a mão por baixo do chapéu e apareceu com uma automática Walther de nove milímetros. Apontou-a para o meu peito.

— Como vê, seria muito fácil — disse ele. — Uma curta marcha por uma trilha escondida, um pequenino ruído numa vasta floresta já cheia de ruídos inexplicáveis, depois uma cova neste espantoso solo amazônico que digere a carne humana e a transforma em algo totalmente irreconhecível numa questão de dias. Muito parecido com um estômago tratando de um grande filé.

Puxa, aquele cara sabia falar inglês! Ele engatilhou a pistola. Eu fiquei seriamente preocupado. Hawk podia estar blefando, dando um espetáculo. Mas, pelo que eu sabia, aquele velho cordial tinha matado Paul e o atirara aos vermes e agora pretendia fazer o mesmo comigo. Claro que ele tinha toda a razão de evitar que as pessoas que o tivessem achado contassem a terceiros onde ele estava, e como amigo do Mossad eu era uma prova viva (por enquanto) de que eliminar os visitantes não convidados era uma boa política.

Nós estávamos sentados a uma distância de mais ou menos um metro um do outro. Como já disse, sou um homem alto. Meu tronco tinha comprimento suficiente para cobrir a diferença. Com a mão tremendo, tomei um grande gole de conhaque, inclinei-me para a frente e cuspi nos olhos de Hawk. Depois, tirei a pistola dele, agarrei-o e sacudi-o com força. Com tanta força, que a pistola engatilhada que estava na minha mão disparou, com a bala fazendo uma cratera na parede de concreto. Hawk era bem leve, só ossos, exceto alguns quilos de músculo desperdiçado. Seu rosto flácido tremia como geléia, a cabeça era jogada para trás e para a frente, os longos cabelos grisalhos voavam. Eu temi que pudesse ter ficado muito tempo fazendo aquilo e quebrado alguma coisa. Isso é que era adrenalina e estar sem prática.

Apesar do tiro e do alto grito glótico de Hawk, João não apareceu. Isso significava que Hawk dera à única testemunha possível do que ele pretendia a meu respeito uma folga pelo resto da noite, ou que João não era do tipo de se intrometer num momento privado.

Não há nada como uma boa sacudidela para melhorar a conversa. Em geral, não há dano físico, mas ela parece despertar fundamentais lembranças coletivas de encontros com ursos de cavernas. Apenas um instante antes, Hawk mencionara o fato de eu estar em seu poder. Ele agora entendia melhor quem estava em poder de quem e sem dúvida repreendia a si mesmo por simplesmente não me dar um tiro entre os olhos sem avisar, em vez de fazer um discurso pretensioso. Se eu tivesse sido um homem menor, ele poderia ter feito exatamente aquilo, mas talvez duvidasse de sua capacidade de carregar ou arrastar um brutamontes como eu até aquele estômago triturador de um último lugar de descanso que ele mencionara. Por outro lado, talvez estivesse apenas brincando. Neste caso, porém, por que engatilhar a pistola?

Servi a ele um outro copo de conhaque. Ele estava estatelado na sua poltrona, onde eu o jogara, contorcendo-se e ofegante, tentando recuperar o fôlego. Fora esses movimentos involuntários, parecia morto ou quase — olhos fixos, pele num tom mais pálido de amarelo, sistema nervoso aparentemente desligado. Ele era bem velho. Talvez estivesse mesmo morrendo.

— Desculpe — disse eu. — Mas não o conheço bem o bastante para deixá-lo apontar uma arma para mim.

Os olhos dele recuperaram uma certa expressão. Levando-lhe o copo aos lábios, eu disse:

— Beba isto. Vai lhe fazer bem.

Hawk, ansioso por obedecer, tomou mais conhaque do que podia engolir e teve um acesso de tosse. Dei-lhe umas batidas nas costas. Ele se recuperou. Coloquei o copo na mesa ao lado dele e tornei a enchê-lo. Ele agora estava vivendo em um mundo de surpresa e eu acreditava que olhava para mim de um modo inteiramente diferente. Admito que o que eu fizera fora um ato de um valentão. Eu era uns 30 centímetros mais alto e provavelmente 20 quilos mais pesado do que ele, sem falar em pelo menos vinte anos mais moço. Mas bancar o valentão era o principal, se deixarmos de lado o elemento de defesa própria. Hawk, no final de contas, pertencera a uma cultura de valentões — gente que batia em homens velhos até eles ficarem submissos, tocavam fogo em barbas de rabinos, atiravam em criança por esporte, chutavam mulheres para que entrassem em imundos vagões de estrada de ferro. Valentia era algo que ele compreendia. Ele ainda estava na poltrona, parecendo dominado demais para se mexer sem permissão.

Aquele não era o momento de restaurar a sua confiança. Coloquei a Walther dele na mesa ao meu lado.

— Agora, espero que possamos falar de coisa séria — disse eu.

Hawk, evitando os meus olhos, assentiu com a cabeça. Ele estava, como diziam na Schitzstaffel, às minhas ordens.

12

Quando a entrevista começou, minha intenção era ajudar Simon Hawk a se acalmar, de modo que escolhi o que pensei que fosse ser um assunto neutro.

— Por que não começamos com uma coisa que realmente me interessa? — perguntei. — Posso lhe perguntar onde obteve o seu impressionante domínio do inglês?

— Eu cresci na Inglaterra — respondeu Hawk. — Fui mandado para as melhores escolas.

— Quais?

Ele pressentiu uma armadilha. Aquilo era uma informação vital. Se eu soubesse qual a escola que ele freqüentara e sua idade aproximada, poderia arrancar o seu nome verdadeiro. E o Mossad não ficaria encantado ao ter aquela informação?

— Simon — disse eu. — Relaxe. Eu não quero lhe fazer mal.

— Worksop College — disse trêmulo, por fim, como se estivesse divulgando a chave do código mais secreto do Terceiro Reich.

Aquilo era novidade para mim. Onde, exatamente, ficava a escola?

— Nottinghamshire — disse ele.

— Ah, a Floresta de Sherwood. Você deve ter boas lembranças.

— Tenho — disse Hawk com um sarcasmo profundo. — Tempo uma droga, comida abominável, o velho chicote tirando sangue. Tapas, chutes, socos. Pederastas remexendo desajeitados nas roupas de cama das pessoas. *Cinco anos disso.*

— Mas você aprendeu a ser um cavalheiro inglês, ou uma cópia razoável disso.

— Ah, sim. Macaco vê macaco fazer, como diziam meus colegas de colégio. Eles sabiam que eu era um soldado alemão, entende? Meu pai residiu em Manchester muitos anos, como representante da indústria de aço alemã. É claro que os ingleses o consideravam um espião.

Você está vendo o que quero dizer com os benefícios de uma boa sacudidela. Ele nunca teria sido assim tão franco se não tivesse cometido o erro de apontar aquela pistola para mim. Num interrogatório, nunca se sabe o que irá abrir as comportas. Por pura sorte, eu apertara o botão correto ao contornar o celeiro de Robin Hood e ir até as portas do Worksop College em vez de ir direto ao assunto.

— Parece verdade — disse eu. — Mas deve lhe dar uma profunda satisfação saber que passar aqueles dissabores lhe tornou possível servir ao Reich.

— O que é que você quer dizer com isso?

— É óbvio que o seu domínio do inglês, sua capacidade de se passar por um inglês, se necessário, sabendo como se vestir, como fazer piadas, sabendo o suficiente para comer peixe com dois garfos em vez de uma faca e um garfo, como um trabalhador. Sem dúvida, isso atraiu a atenção de pessoas em altos cargos.

— Para início de conversa, foram pessoas em altos cargos que me mandaram para Worksop. Eu era considerado um investimento para o futuro.

Ele deixara de bancar o britânico excêntrico e agora era muito abertamente o verdadeiro ser, um anglófobo alemão com um passado mau e uma consciência frívola.

Vou parafrasear o que Hawk me disse à guisa de introdução. Ele voltou para a Alemanha no verão de 1934, aos 19 anos. O pai lhe dera uma carta de apresentação para um amigão na ThyssenKrupp AG que era membro do Partido Nazista. Apesar da desvantagem que a educação inglesa de Hawk representava aos olhos alemães, o tal homem conseguiu a admissão dele na

Universidade de Marburg. No devido tempo, Hawk recebeu, com louvores, um doutorado no que os americanos chamariam de história da arte. Àquela altura, ele já era um membro dedicado do Partido Nazista. Um assistente do Gauleiter de Hessen gostou de Hawk e lhe deu uma carta de apresentação para um amante da arte em Berlim. Ele foi convidado para jantar numa imponente casa perto de Unter den Linden e passou a maior parte da noite conversando sobre arte com o convidado de honra, um homem alto, louro e de expressão melancólica que, à exceção do traseiro muito grande, poderia ter passado como o ariano ideal para um cartaz nazista.

— Eu não preciso lhe dizer quem era esse homem — disse Hawk.

— Ah, Simon, mas eu acho que precisa.

Ele hesitou alguns segundos antes de dizer o nome.

— Reinhard Heydrich, chefe da polícia de segurança do Reich e assistente-chefe de Himmler — disse Hawk, por fim. — Ele vestia traje a rigor, não o seu uniforme. Era perfeitamente encantador, mas um interrogador implacável. Extraía um fato atrás do outro, como se minha mente fosse um cofre do qual ele sabia o segredo. A maior parte do tempo, queria saber quais eram os mais belos, os mais valiosos objetos de arte do mundo. E onde, exatamente, eles estavam.

Na manhã seguinte, cedo, Heydrich mandou dois homens apanharem Hawk e levá-lo ao quartel-general da Gestapo na Prinz-Albrechtstrasse. Depois de uma interminável espera, ele foi conduzido, a passo de marcha, ao gabinete de Heydrich, onde o grande homem o saudou com um curto gesto da cabeça. Naquele dia, ele estava para conversa fiada, vestindo um uniforme preto justo na cintura, cuja túnica curta e culotes apertados infelizmente salientavam os quadris largos, quase femininos. Sem preâmbulo mas com impressionante solenidade, ele ofereceu a Hawk o equivalente a uma comissão de *Oberleutnant* na Schutzstaffel.

— Heydrich queria que eu entrasse para a sua equipe pessoal como consultor artístico — disse Hawk. — Minha primeira incumbência foi fazer uma lista completa e anotada de grandes e quase grandes pinturas e esculturas em mãos de particulares na Tchecoslováquia e na Polônia. Depois disso, Bélgica, Holanda e França.

— E por "mãos de particulares" Heydrich se referia a judeus?

— Não exclusivamente, mas primordialmente, sim — respondeu Hawk. — Dificilmente podia ser de outro jeito, já que os judeus possuíam um número desproporcional dos melhores quadros e esculturas europeus. A maioria dos demais estava nos Estados Unidos.

Dos quais Hawk ainda não tinha sido incumbido de preparar um inventário.

Heydrich mandou Hawk ao seu alfaiate particular, para encomendar uniformes, e depois para um campo de oficiais da SS para várias semanas de treinamento básico militar e doutrinação, além de instrução em artes da polícia secreta. Ele voltou para Berlim inspirado e pronto para trabalhar. Teve permissão para formar uma pequena equipe escolhida a dedo. Os melhores especialistas em arte na Alemanha eram judeus, claro. Ele deu a Heydrich uma lista de candidatos para o projeto, todos eles eruditos de primeira linha. Heydrich prendeu aqueles que ainda não estavam sob custódia e forneceu uma ensolarada sala de trabalho na sede da Gestapo, completa com uma biblioteca de primeira. Segundo Hawk, seus ajudantes sentiam-se muito felizes no trabalho. Era infinitamente menos amedrontador do que o destino que tinham imaginado para si mesmos quando a Gestapo batera em suas portas. Apesar de jovem, Hawk era um erudito autêntico, *avis rara* entre os nazistas, e adotou certas medidas para manter o moral elevado — por exemplo, não usar o uniforme da SS durante o horário de trabalho e deixar que os ajudantes vestissem trajes civis comuns, e não uniformes de prisioneiros. Também providenciou visitas da família e refeições *kosher*.

Refeições *kosher* numa prisão nazista?

— Heydrich me dera autoridade absoluta, por escrito, para dirigir o projeto como eu achasse melhor. Sua assinatura e seu selo tornavam tudo possível. — Hawk começou a sorrir ao ter uma doce lembrança, conteve-se, mas não conseguiu resistir ao elogio que se metera na sua cabeça. — Nós apenas ordenamos a prisão de um ou dois cozinheiros judeus — disse ele. — Heydrich era um homem que pensava em espirais mas agia em linhas retas.

A lista dos objetos de arte da França e dos Países Baixos, contendo estimativas do valor de mercado atual, foram completadas em questão de meses. O valor, em conjunto, das obras de arte em mãos particulares chegava a centenas de milhões de *reichsmarks*. Heydrich ordenou que Hawk formasse sua própria unidade especial de soldados da SS e começasse a treiná-los a localizar as casas onde as pinturas que constavam da lista de Heydrich estavam penduradas, e a reconhecer essas pinturas quando as vissem. Os homens de Hawk passaram os dias memorizando obras de arte, tal como os estagiários da Luftwaffe aprendiam a reconhecer as silhuetas dos aviões aliados. Quando a guerra chegasse, eles estariam entre os primeiros soldados alemães a entrar nas cidades-alvo e também os primeiros a sair, voltando em disparada para Berlim com caminhões carregados de tesouros para a coleção de arte de Heydrich.

Fora de um de seus eruditos judeus, especialista em manuscritos antigos que fizera um trabalho pioneiro em Jerusalém e na biblioteca do Vaticano, que Hawk ouvira falar pela primeira vez da possível existência de manuscritos romanos escondidos em ânforas por agentes confidenciais do imperador para serem enviados dos distantes cantos do império para Roma.

— Esse homem tinha uma espécie de obsessão, baseada em pessoas conhecedoras do assunto, de que tais manuscritos ainda deviam estar preservados em ânforas que tinham ido para o fundo do mar Mediterrâneo em conseqüência de naufrágios romanos — disse Hawk.

Hawk manteve o tal sujeito no primeiro andar por mais alguns dias depois de os outros eruditos terem sido trancados. Após exaustivas conversas e muitas consultas de fontes em latim, Hawk fez uma viagem à biblioteca do Vaticano. Lá, encontrou provas plausíveis de registros antigos que diziam que, de fato, ânforas tinham sido usadas como lastro móvel em navios romanos e que alguns desses navios tinham afundado — muitos em águas relativamente rasas ao largo de Creta enquanto seguiam para Ostia ou Brindisi, vindos de portos no Egito, na Fenícia e em Samaria.

— Qualquer um daqueles, naturalmente, seria algo de grande beleza e também um objeto de valor inestimável — disse Hawk.

Hawk comunicou suas descobertas a Heydrich, que ficou tremendamente satisfeito com a notícia.

— Ele viu as possibilidades de imediato — disse Hawk. — Além disso, ficou muito emocionado com o romance da coisa. Imagine, do ponto de vista dele, a perspectiva de possuir um autêntico despacho de uma polícia secreta que tivesse trabalhado para Calígula.

Era fácil imaginar. As harmonias devem ter sido ensurdecedoras. Pouco depois, Hawk viu-se num pequeno iate a motor ao largo da ensolarada costa de Creta, comandando doze jovens soldados que não podiam acreditar na sorte que tinham.

— O meu judeu tinha uma idéia muito sagaz de onde os destroços poderiam ser encontrados — disse Hawk —, e, por uma mistura dos seus conhecimentos e da incrível sorte de Heydrich, encontramos um deles numa questão de semanas. Tinha sido uma galera. Havia muito tempo, os ossos humanos tinham sido dissolvidos pelo sal, mas a quilha e as balizas ainda estavam intactas. Moedas com a cabeça de Augusto e todos os tipos de objetos de bronze corroídos estavam espalhados por todo canto. E, é claro, massas de ânforas perfeitamente preservadas.

A ânfora romana, menor do que a grega, na qual fora modelada, era um objeto cuja combinação de beleza e utilidade emocionou a alma de Hawk. Ele as tinha visto em museus, naturalmente, mas era muito diferente descer três ou quatro braças na escuridão e contemplar à luz refletida do sol aquelas maravilhas de artesanato antigo, tão formosas, tão perfeitamente simétricas. Elas jaziam no leito do mar onde tinham repousado desde a época de Cristo. Os mergulhadores ergueram as ânforas para a superfície, uma a uma. Exceto algumas vazias ou quebradas, elas ainda estavam vedadas à prova d'água e ainda continham precisamente 25,5 litros do que quer que os romanos tinham colocado nelas antes de partir. Sob a supervisão pessoal de Hawk, os belos vasos foram abertos com cuidado. O conteúdo incluía vinho grosso, amargo, que às vezes ainda estava em condições de ser bebido, água, grãos e outros alimentos, tudo devidamente numerado.

O de número 87 estava cheio de trigo ("ainda tão perfumado, que me fez espirrar", disse Hawk).

E enterrado no trigo estava o Pergaminho da Ânfora.

— O pergaminho estava selado com uma grossa cera vermelha — disse Hawk. — Meu coração nunca bateu tão depressa antes ou depois do momento em que abri o selo com a minha navalha.

Desenrolado, o pergaminho tinha quase um metro de comprimento. Estava escrito em grego, cheio de margem a margem com a densa caligrafia de um funcionário romano que se assinava Septimus Arcanus. Embora Hawk tivesse aprendido os rudimentos do grego antigo no Worksop College e melhorado seus conhecimentos da língua em Marburg, não conseguiu decifrar o texto. Uma vez acostumado com a caligrafia, percebeu que o manuscrito estava escrito em código. Decodificá-lo estava além de sua capacidade, de modo que àquela altura ele não fazia a menor idéia de que tinha nas mãos um documento que abalaria o mundo e era de valor inestimável. O fato de estar em código indicava que era um comunicado secreto, e só isso o tornava um objeto de fascínio ainda maior do que um manuscrito decifrável teria sido.

Hawk ficou morto de medo de que a exposição ao ar e à luz do sol fosse desbotar a tinta ou fazer com que o pergaminho se desintegrasse. Afinal, ele tinha sido feito da pele de um novilho que fora abatido quase exatamente 1.900 anos antes.

Heydrich promoveu Hawk a *Haupsturmführer*, o posto na SS equivalente a capitão, condecorou-o e deu-lhe de presente uma pistola com o seu nome gravado. Heydrich ficou agitadíssimo com o fato de o manuscrito estar em grego e em código. Queria saber logo o que ele dizia.

O erudito judeu cuja brilhante teoria acabara de ser reconhecida por seus piores inimigos foi levado para o andar de cima, uma vez mais.

— Aconteceu que ele tinha um bom conhecimento de cifras antigas, e sem demora decifrou o código — disse Hawk. — Era muito simples, baseado numa chave que foi deduzida com facilidade. Naturalmente, o homem também era perfeitamente fluente em grego antigo, de modo que em pouco tempo tivemos uma tradução completa. Quando eu a li, nem pude acreditar.

Hawk mandou prender um outro erudito, ainda mais eminente do que o primeiro. Sua decifração e sua tradução foram quase que exatamente as mesmas do primeiro homem.

— Estava tudo ali, datado do ano que datamos 36 d.C.: nomes, lugares, acontecimentos misteriosos — disse Hawk. — Dos discípulos, qual era o que manobrava, tudo. Quais eram os propósitos romanos.

Heydrich não cabia em si de contente com o pergaminho. Mas não era homem de viver muito tempo sem suspeitas. Ficou convencido de que o Pergaminho da Ânfora era uma farsa, que os judeus que o tinham traduzido estavam pregando uma peça nele, fazendo-o de bobo com a história de Jesus. Era bom demais para ser verdade. Hawk ofereceu-se para procurar eruditos arianos que pudessem decifrar e traduzir o pergaminho, mas Heydrich decidiu que Lori iria fazê-lo. Hawk foi destacado para prender o marido e o filho dela e depois raptá-la enquanto ela cavalgava no parque. Seus homens entregaram Hubbard e Paul à sede da Gestapo para serem interrogados, e Lori para uma casa de segurança da Gestapo num setor de Berlim coberto de árvores. Lá, Heydrich pediu a ela que lhe fizesse o grande favor de traduzir um texto de grego antigo.

— Segundo Heydrich, ela leu e traduziu a língua de Homero com a mesma fluência do inglês ou do francês — disse Hawk. — E com isso a *baronesse* tornou-se, com Heydrich e comigo, a terceira pessoa na Terra ainda viva a saber que o Pergaminho da Ânfora existia, e a única, dos três, que tinha visto com os próprios olhos exatamente o que ele dizia.

Sua tradução de uma cópia datilografada do pergaminho, completada com velocidade impressionante, confirmou a exatidão da versão dos eruditos, que ela não vira.

— Depois disso, mais do que nunca, Heydrich ficou enfeitiçado por aquela mulher — disse Hawk. — E quando foi nomeado Protetor da Boêmia e da Morávia em setembro de 1941, ela foi com ele. Como também o Pergaminho da Ânfora, agora fechado num vácuo dentro de um tubo de vidro. Heydrich o mantinha num berço especial em cima de sua escrivaninha na residência oficial em Praga. Eu acho que ele se divertia em esconder à vista de todos o mais raro dos tesouros dos últimos 2.000 anos.

Eu pedi a Hawk uma foto de todo o Pergaminho da Ânfora. Ele disse que não tinha. Mas deixou que eu visse algumas das várias fotografias de Lori em companhia de seu seqüestrador. E me presenteou com uma cópia do retrato da mão de Lori segurando o manuscrito, juntamente com uma foto de Heydrich e Lori em Berlim, as cabeças bem juntas, lendo o Pergaminho da Ânfora com o que parece ser uma pintura de Frans Hals pendurada na parede ao fundo.

A foto estava composta como se Hals tivesse controlado os modelos, providenciado os trajes, imaginado o cenário. Mas é claro que fora Heydrich, que era um artista, quem fizera tudo aquilo.

DOIS

1

Durante a minha breve ausência, a primavera se transformara em verão em Washington. Um sol violento ardia sobre a cidade quando o meu vôo de Miami, onde eu trocara de avião, chegou para aterrissar no Reagan National Airport. Admito que estava com a mente concentrada no período clássico, depois de toda aquela conversa sobre o Pergaminho da Ânfora, mas, vistas do ar, as tremeluzentes estruturas greco-romanas do Mall pareciam, mais do que nunca, um posto avançado imperial da época dos Césares fora do seu ambiente. À exceção de Charley Hornblower, o nosso homem em Washington, os Velhotes tinham se espalhado para seus diversos destinos operacionais e eu tinha a esperança de entrar e sair da cidade sem ser percebido. No entanto, quando cheguei em casa encontrei uma longa fila de mensagens telefônicas de Stephanie. Cada uma delas era um pouco mais alta na escala dos agudos do que a anterior, e por isso acreditei que ela estava sendo sincera quando dizia que tinha algo importante a discutir comigo. Meus ossos doíam. O tambaqui que eu comera na noite anterior tinha tido um efeito ruim sobre o meu estômago, e Simon Hawk também. Tomei um banho de chuveiro quente e bebi uma grande xícara de café expresso antes de decidir não retornar as chamadas dela.

Estava tomando a minha segunda xícara de café quando ouvi a ranhura para correspondência na porta da frente abrir e fechar. Será que alguém enfiara uma carta-bomba pela abertura? Será que, finalmente, Stephanie me pegara? Então, ouvi fortes passadas no quintal. A longa face esperta de Charley Hornblower — olhos à la Benjamin Franklin, queixo saliente e comprido, nariz purpúreo — apareceu na janela da minha cozinha. Quando me viu através da vidraça, sorriu. O mesmo sorriso de prazer que ele dava quando era o jovem fantasma destemido com quem eu trabalhara trinta anos antes. Fora as veias salientes e algumas rugas e sobrancelhas brancas e uma espelhada careca em vez de uma cabeleira ruiva cortada redonda, o cidadão de terceira idade Charley tinha a mesma aparência do oficial subalterno Charley.

Eu o deixei entrar e ofereci café. Ele abanou a cabeça, recusando.

— Perturba o meu estômago.

Charley não precisava de cafeína; agitação estava estampada em todo o seu rosto. Ele não recusou um cálice de Laphroaig.

Antes de partir para Paris, eu lhe dera uma foto da mão de Lori segurando o fragmento do Pergaminho da Ânfora e pedira que ele decifrasse a parte que estava visível.

— Não houve dificuldade alguma — disse Charley, mostrando a foto, agora coberta de anotações em tinta vermelha. — Está escrito num código que usa uma simples transposição de letras. O grego está um pouco tosco devido à cifra, e talvez por ter o texto sido escrito primeiro em latim e depois traduzido. No entanto, é bem fácil de ler assim que se quebra o código. Eu acho que é um relatório de serviço secreto.

Ele falou um pouco mais sobre os aspectos técnicos que o tinham fascinado. Charley, duas vezes doutor em filosofia, gostava de se estender sobre minúcias que nem sempre despertavam o interesse da mente destreinada. Fiquei esperando. Alguma coisa sobre o fragmento deixara Charley agitadíssimo, e ele queria retardar o prazer de dividi-la comigo.

Por fim, disse:

— É apenas um fragmento, é claro, algumas centenas de palavras. Ele começa assim: "Lucius Aelius Sejanus de Septimus Arcanus. Em tal e tal ano depois da tal e tal olimpíada, recebi ordens para seguir para Aelia

Capitolina", que é o nome em latim para Jerusalém, "com a finalidade de enfraquecer o poder dos padres, cujo arrogante desprezo pelos impostos romanos e outros atos de deslealdade tinham provocado a contrariadede do imperador." Você sabe quem foi Sejanus?

— Sei.

Mesmo assim, Charley me forneceu os dados pertinentes.

— Durante algum tempo, ele foi o braço direito de Tibério. Para todos os efeitos, Sejanus foi o ditador de Roma durante os anos em que Tibério viveu em Capri.

— O que mais o fragmento continha?

— O suficiente para provocar. A sentença seguinte está cortada na metade pela margem da fotografia, mas menciona o nome de um Joshua ben Joseph, que veio da Galiléia, e também se refere a uma pessoa chamada Paulus, que pode ter sido o oficial de Joshua encarregado do caso. E aí ela termina.

— Nenhum outro sinal de identificação de Paulus?

— Só que ele era um cidadão romano — respondeu Charley. — Você sabe que o nome Joshua em hebreu é traduzido como "Jesus" em grego.

— Sei. — Eu sou tudo, menos um homem religioso. Mesmo assim, os cabelos da minha nuca se levantaram enquanto eu ouvia o relatório de Charley. — Então, qual é a sua opinião?

— Que este pergaminho é muito mais perigoso do que qualquer dúzia de bombas de fissão já fabricadas.

— Se for autêntico.

— É óbvio — disse Charley. — Mas se ele foi realmente achado selado dentro de uma ânfora num navio romano naufragado no primeiro século, como pode *não ser* autêntico? A cifra, a caligrafia, a sintaxe, o contexto, tudo combina com manuscritos daquele período.

Charley tinha o dom do entusiasmo. Sua dicção rooseveltiana, geralmente bem controlada, agora borbulhava nos meus ouvidos.

Eu disse:

— Acalme-se. Quando tivermos o original, poderemos fazer os testes para ver que idade ele tem e se a tinta é a correta e tudo o mais. Até lá, ele não é autêntico.

— *Se* nós o pegarmos primeiro. Duvido sinceramente que o nosso piedoso amigo no deserto vá submetê-lo ao teste de carbono antes de apertar o botão.

— Belo argumento — disse eu. — E agora, Charley, eu preciso ir dormir.

Enquanto subia para o segundo andar, ouvi a voz de Stephanie na secretária eletrônica.

— Eu sei que você está aí, Horace — disse ela.

Mas, na verdade, eu não estava.

2

Na tarde do dia seguinte, com uma ponta de culpa (mas nada tão sério a ponto de me fazer ligar para Stephanie do aeroporto), voei para Déli. Tal como combinado, David Wong e eu nos encontramos num restaurante freqüentado, disse David, por quem agitava Nova Déli, e realmente havia uma grande quantidade de homens de terno sentados a mesas que brilhavam com prata e cristal. Quando a sopa ia ao meio, juntou-se a nós um amigo dele, um sujeito que parecia um tio velho que David apresentou como sendo Yussuf. Embora não fosse *han* — ele usava trajes muçulmanos, e o rosto túrquico com o nariz aquilino tinha a cor de chá forte —, ele era um funcionário do setor de passaportes do consulado chinês e trouxera os selos. Enquanto jantávamos, ele apôs vistos para Xinjiang nos nossos passaportes.

O estabelecimento era hindu. Yussuf recusou o alimento impuro. Ergueu a mão em sinal de recusa quando me ofereci para fazer uma contribuição para a educação de seus filhos. Qualquer que fosse a velha dívida que ele tivesse para com David, não era difícil ver que ele não estava mais feliz do que deveria ter estado ao se encontrar com dois americanos num local público onde uma autêntica comida muçulmana poderia estar envenenada. Eu presumi que Yussuf fosse desaparecer assim que tivesse tratado do nosso caso, mas em pouco tempo David e ele conversavam animadamente numa língua que eu não entendia nem consegui identificar. Fiquei contente por ser deixado de fora. O longo vôo nada fizera para curar meus ossos doloridos. Eu estava com uma sede torturante, sem nada para beber a não ser uma água na qual eu não confiava. A arenosa cerveja indiana morna, na enorme garrafa, tinha o sabor de poeira. Minha galinha *tandoori* estava seca; o arroz, também. Comi uma garfada de cada um e larguei o talher. A música de cítara saía de alto-falantes fanhosos e eu me lembrei, como se uma íris tivesse se aberto no meu cérebro, do tédio diário de uma vida de espionagem. Sempre se está esperando por alguém que não aparece, por algo que não acontece. O obsequioso garçom aproximou-se e fez uma cara de desânimo diante do meu prato cheio.

Por fim, Yussuf partiu, fazendo um *namaste* não muito animado para mim. David tinha coisas para me contar. Sacudiu as cinzas do imaginário charuto de um imaginário Groucho e mexeu as sobrancelhas. Explicou que a língua que ele e Yussuf tinham falado era o cazaque, a língua túrcica usada em vários dialetos por membros de tribos muçulmanas nos dois lados da fronteira entre o Cazaquistão e a região autônoma de Xinjiang Uighur. Os cazaques, como os outros povos muçulmanos não-chineses ao longo daquela fronteira, não reconheciam uma linha num mapa traçado pelos seus conquistadores, mas andavam de um lado para o outro dela com seus rebanhos, gado e artigos comerciais. E às vezes, quando fomentadores de levantes nativos como David se envolviam, andavam de um lado para o outro com armas e munição e idéias perigosas.

Yussuf tinha notícias de Paul Christopher — notícias de terceira mão, que não eram melhores do que mexericos, mas, mesmo assim, notícias. Um dos primos de Yussuf soubera, por um outro parente, que um homem branco, idoso, que falava mandarim camponês — Paul aprendera a língua com os guardas da prisão em que estivera —, aparecera no lado da fronteira pertencente ao Cazaquistão. De algum modo, ele conseguira atravessar a cavalo as altas montanhas do Borahora Shan e chegara à borda dos territórios em quarentena. Fora as regiões polares, aquele pode ser o lugar mais desolado da Terra.

— Perguntei quais eram as perguntas que Christopher fazia — disse David. — Dizia-se que o velho estava perguntando sobre uma mulher européia muito velha que ele afirmava ser mãe dele. Eles achavam que ele estava maluco. A última vez que o viram, ele cavalgava para o leste, em direção à área proibida. Eles o avisaram de que seria preso para sempre se os *han* o pegassem, mas ele apenas agradeceu e seguiu em frente.

Eu verdadeiramente não sabia o que deduzir disso.

David leu meus pensamentos.

— Christopher deve ter sido orientado por alguém para que se dirigisse às montanhas — disse ele. — As pessoas que o viram disseram que ele agia como quem sabia exatamente para onde estava indo.

— Baseadas em quê?

— No seu modo de agir. Ele parecia feliz. Foi por isso que acharam que estava maluco. Não há muito motivo para se sentir feliz naquela região para um estrangeiro que está inteiramente sozinho e chama tanta atenção quanto um polegar enfaixado.

Ali mesmo, David telefonou para os demais Velhotes e deu-lhes aquela informação. Jack Philindros ouviu sem comentários, e depois pediu para falar comigo. Ele estava em Roma. E falara com o monge de Zarah.

— Não foi uma conversa muito produtiva, embora ele tenha confirmado a presença de Lori em Praga — disse Jack. — Ele estava desconfiado. É membro da ordem dominicana. Está morrendo e em breve será interrogado na porta do Céu, de modo que está relutante em revelar segredos que pertencem a Deus. Lembre-se, foi a Igreja que o mandou para Praga.

— Ele estava lá na época certa?

— Ah, estava, em janeiro de 1942. Ele era um avaliador de arte para a Igreja, perito em coleções privadas no antigo Império Austro-Húngaro. Heydrich ouviu falar nele por meio de um de seus homens e tomou-o emprestado ao Papa por alguns dias.

— Isso faria dele a última pessoa a ver Lori.

— É isso — disse Jack. — Mostrei-lhe algumas fotos de mulheres da década de 1930, e ele destacou Lori imediatamente. Ele se lembra vivamente dela. Ela vivia mesmo com o Heydrich. Estava sob um rigoroso autocontrole, mas tão cheia de ódio que ele temia pela sua alma. Ele não podia ajudá-la porque ela não era católica, nem mesmo cristã. Isso era tudo que ele estava disposto a dizer sobre ela.

— Sem dúvida, é um passo curto daí para o pergaminho.

— Pode parecer que sim, mas ele ainda não deu esse passo.

— Então, qual é a missão dele? — perguntei.

— Ele não especificou — respondeu Jack. — Mas o gelo foi quebrado. Vou vê-lo outra vez hoje.

— Ele vai viver o tempo suficiente para falar?

— Falar parece reanimá-lo — disse Jack. — Ele estava com uma aparência muito mais saudável quando o deixei do que quando cheguei. Dessa vez, espero fazer as perguntas mais importantes.

Uma ou duas horas depois, Jack me telefonou. Quando ele chegara ao hospital, o quarto do dominicano estava vazio.

— De acordo com as irmãs, ele morreu em estado de graça — disse Jack. — Vou bater em algumas portas diferentes.

3

Apesar de a China ser vasta e superpovoada, a polícia sabe exatamente quem é todo mundo e exatamente onde todos devem estar.

Eles mantêm o controle das enormes multidões à moda antiga, em 1,25 bilhão de fichas. A minha, que estivera acumulando poeira por mais ou menos 15 anos, surgiu na lista de vigilância quando apresentei meu passaporte no aeroporto de Urumqi, a capital de Xinjiang. Como eu esperara, ela provocou uma certa agitação. Eu poderia, agora, ser um turista honesto sem nenhum desígnio maléfico em relação à República Popular da China, mas não fazia muito tempo tinha sido o principal espião americano em Pequim, e ainda estava para nascer o funcionário chinês disposto a acreditar que não continuava sendo. A demora foi longa, e as entrevistas foram um teste para o meu mandarim enferrujado. No entanto, o visto que Yussuf carimbara no meu passaporte revelou-se autêntico, e por isso eles me deixaram entrar, mas sem um sorriso de boas-vindas. David Wong passou pelos controles com muito menos dificuldade. Os chineses tinham a mesma suspeita em relação a ele, provavelmente até mais, porque ele parecia um chinês e morava na China, mas tinham informes mais recentes sobre ele e, portanto, poucas perguntas a fazer. Ao entrarmos num táxi juntos, vimos que nossos zeladores já estavam em atividade: dois óbvios seguidores, enfarados mas competentes, mantiveram-se bem atrás de nós, de bicicleta. O motorista do táxi mantinha um olhar aflito no retrovisor, para não perdê-los no tráfego a passo de lesma.

David e eu não tínhamos razão para não nos portarmos como homens honestos. Eu contara aos meus interrogadores no aeroporto uma versão da verdade — que estava ali em nome de minha família para colher informações sobre a morte de meu primo. Valendo-me desavergonhadamente da reverência *han* pelos túmulos, eu disse que estávamos profundamente contrariados pelo fato de o corpo de Paul ter sido cremado em Urumqi em vez de nos ser devolvido para ser sepultado junto aos seus ancestrais. Eles poderiam me seguir o quanto quisessem, e nunca me pegariam fazendo perguntas sobre qualquer outro assunto.

Assim que nos registramos no hotel, um Holiday Inn novo em folha, começamos a dar telefonemas para as autoridades locais. De um caderno de notas com as bordas das folhas cheias de orelhas, David forneceu o nome do policial que era chefe da seção que lidava com estrangeiros. Telefonei para o gabinete dele. De acordo com o jovem policial que atendeu, o capitão Zhang Qiying estava muito ocupado. Eu deveria encaminhar o meu pedido através do consulado americano.

— Por favor, anote dois nomes — disse eu.

Meu nome, em mandarim, é Han Huan Ren. O nome de Paul na prisão tinha sido Yang Geng Qi. Descrevi os ideogramas nos quais os nomes eram escritos, juntamente com nossas datas de nascimento e outros conteúdos-padrão da ficha. Ao telefone, isso demorou bastante, mas este é um dos inconvenientes de uma língua que não tem alfabeto. Era evidente que o homem na outra ponta da linha achava que aquilo era perda de tempo, mas ele tinha sido treinado para anotar a informação. Para os policiais políticos, do FBI no coração de nossa grande democracia americana ao capitão Zhang no lugar atrasado do último estado totalitário na Terra, a posse de informações é o objetivo do jogo. Na verdade, não faz qualquer diferença se o material nos arquivos é útil, ou mesmo verdade. Consegui-lo e estocá-lo é o objetivo do exercício.

— Por favor, peça ao capitão Zhang que consulte seus arquivos para ver se esses nomes aparecem — disse eu. — Eu lhe asseguro que ele ficará interessado. Vou aguardar o telefonema dele.

Enquanto esperava, fui dar um passeio, seguido bem de perto por um dos nossos dois zeladores. O outro, sem dúvida, tentava acompanhar David, que esperava colher alguma informação no crematório. É difícil seguir um homem na base de um para um, e provavelmente eu poderia ter despistado o meu vigia, mesmo com minha cabeça, o nariz e as orelhas grandes e uma barba apontando se destacando acima da multidão. Mas eu ficava satisfeito com a companhia dele, porque tentava confirmar minhas intenções inocentes, e por isso andava devagar e parava muito. Como a maioria das cidades chinesas, Urumqi é uma combinação de distritos medievais superpovoados e torres de escritórios tinindo de novas, envoltas num manto sulfuroso de poluição. Carros arrastavam-se num engarrafamento formado por pedestres, ciclistas e, de vez em quando, um homem a cavalo ou sobre um camelo, misturados com cules transportando cargas impressionantes. Um homem sobre uma mula falava num celular a plenos pulmões. Metade da multidão fazia a mesma coisa quando não estava tossindo convulsivamente na cara uns dos outros e cuspindo no chão. Segundo um panfleto para turistas que eu lera no avião, Urumqi significa "bela campina" em mongol, mas se havia uma folha de grama em toda a cidade, eu não a vi.

David e eu tínhamos combinado nos encontrarmos na Praça Vermelha. Esse espaço revelou-se quase tão vasto quanto a sua homônima em Pequim, mas David conhecia o terreno e citara um ponto de encontro. Quando encontrei o ponto, ele já estava lá. Na China não existe essa coisa de se sentar em público, a menos que se queira procurar um espaço no meio-fio onde a saliva esteja bem seca. Por isso, andamos um pouco mais, seguidos agora pelo seguidor de David e pelo meu. O alarido da multidão tornava difícil uma conversação. Fiquei contente por serem de David Wong e não de Jack Philindros as palavras que eu tentava entender naquele rebuliço.

David, é claro, fizera amizades no crematório; ele me mostrou uma foto de trabalhadores sorridentes no visor de sua câmera digital. Explicou que eles não estavam sorrindo porque gostassem do serviço. Eles não gostavam da idéia antinatural de queimar cadáveres. Pode ter sido uma política de estado cremar os mortos, mas era uma idéia cuja hora ainda não chegara à China. David trouxera com ele dos EUA uma sacola de ginasta cheia de pequenos presentes — canetas e lápis, relógios baratos, cigarros, miniaturas de garrafas de bebida alcoólica. Um novo relógio, um maço de Camels e duas onças de aguardente colocadas numa xícara de chá às nove da manhã raramente deixam alguém inamistoso.

— Os caras do crematório dizem que na maioria das vezes queimam comunistas que tentam causar uma boa impressão junto aos superiores, mais alguns estrangeiros — disse David. — Fora isso, o movimento é lento, tão lento que é difícil de pôr em prática.

— E a respeito do Paul?

— Eles se lembram de ter cremado dois estrangeiros, um há cerca de um ano, e o outro, em setembro deste ano. O primeiro foi um russo que morreu de ataque do coração. Eles têm um bom dossiê sobre ele: laudo médico, atestado de óbito, fotocópia do passaporte. Era um homem gordo. Eles deram uma olhada nele, porque é um procedimento-padrão abrir o caixão para uma segunda identificação do falecido antes de ele ser levado às chamas. E também, imagino, para colher quaisquer artigos de valor do cadáver.

— E o outro, aquele que foi cremado em setembro?

— Foi entregue pela polícia — disse David. — Eles não abriram aquele caixão porque foram informados de que o corpo estava muito decomposto.

— Decomposto?

— Isso aí.

Era curioso, porque mesmo no verão a carne não se decompõe no ar seco e à fraca luz do sol do alto deserto de Xinjiang. Arqueólogos encontram múmias com milhares de anos de idade que ainda mantêm os lustrosos cabelos soltos e os rostos de jovens frescos, embora morenos e encolhidos.

4

Um dos policiais do capitão Zhang, à paisana, esperava por nós quando voltamos ao hotel. Atendendo ao seu delicado convite, tornei a mergulhar na turba e segui-o até o gabinete de Zhang.

Apesar do posto de início de carreira, o capitão Zhang já não era jovem — cabelos com mechas brancas e pretas, palidez de escritório, olhos cansados, a postura ligeiramente caída de um homem que fizera as mesmas coisas um número demasiado de vezes. No entanto, a inteligência era tão aparente quanto a fadiga. Ele trabalhava atrás de uma escrivaninha limpa, sem notas, o que me sugeriu que dominara os detalhes do caso de Paul ou, o que era mais provável, não tinha intenção alguma de me dizer a verdade. Ele tinha o poder de me expulsar da China, de modo que eu estava preparado para representar dois papéis diferentes: uma polidez caprichada que não lhe desse motivo algum para me expulsar, mas uma curiosidade bem fundada que pudesse lhe dar uma razão para me deixar agir e assim poder controlar os meus passos e talvez aprender alguma coisa. A menos que Paul tivesse mudado de repente, era praticamente certo que Zhang pouco ou nada sabia de seus verdadeiros propósitos quando andara por aquelas bandas.

Depois das costumeiras xícaras de chá e troca de amabilidades, o capitão Zhang foi notavelmente aberto e direto. Embora estivéssemos falando mandarim, ele chamava Paul pelo nome inglês.

— Nós nos lembramos muito bem de mister Paul Christopher — disse ele, gesticulando com os dedos manchados de fumante inveterado. — E do senhor também, é claro, mister Horace Hubbard.

Eu inclinei a cabeça, satisfeito. Que gentileza. Paul era o mais notório espião americano já capturado pelos chineses, e, num grau mais modesto, eu também tivera má reputação naquele país.

Zhang disse:

— E agora ficamos sabendo que os senhores dois são primos. É certo?

— É.

— Essa informação é nova.

— É mesmo? Nós nunca fizemos segredo disso.

— Estranho. O senhor falou conosco sobre ele tantas vezes no passado, em sua função oficial, quando estava tentando garantir a soltura dele da prisão. No entanto, nenhuma anotação foi feita de que os senhores têm um parentesco tão próximo.

Zhang parecia na expectativa, mas não dei resposta à sua observação. Não era minha culpa se o serviço de contra-informação chinês não fazia as perguntas certas.

Por fim, eu disse:

— Em nome de minha família, quero agradecer às autoridades chinesas por mandarem as cinzas para nós, mas estou certo de que o senhor compreende o quanto lamentamos que o corpo do nosso parente não pudesse ser enterrado no cemitério da família. Foi criada uma incerteza.

Ele me fez esperar ligeiramente mais pela sua resposta do que durara o meu silêncio. Depois, disse:

— Lamentável. Mas não há embalsamadores em Ulugqat. Eu acredito que seu amigo, mister Wong, já tenha verificado que o corpo não estava em boas condições quando chegou a Urumqi.

Zhang sabia que David andara fazendo sondagens no crematório. Os olhos e os ouvidos dele estavam por toda parte. Ele queria que eu soubesse disso. Mas, o que era impressionante para um agente secreto, também queria que eu compreendesse que ele estava disposto a deixar-se ser interrogado.

Ou pelo menos fingir manter uma conversação em vez de fazer ele mesmo todas as perguntas.

Eu disse:

— Eu gostaria de saber se o senhor tem alguma idéia do que o meu primo estava fazendo em Ulugqat.

Zhang não respondeu exatamente à pergunta, mas tornou a me assombrar ao me dar a informação.

— Mister Paul Christopher foi trazido do alto das montanhas por uns pastores tadjiques que o acharam no fundo de um abismo. Ele estava gravemente ferido, com muitos ossos quebrados e sem poder falar. Eles acharam que ele tinha caído do cavalo, que foi encontrado pastando no alto do desfiladeiro.

— A que distância de Ulugqat fica esse lugar?

— Creio que a uma grande distância. Os tadjiques não usam mapas, de modo que é difícil localizar com precisão.

— Entendo — disse eu. — Mas, de qualquer modo, esses pastores deixaram seus rebanhos e levaram Christopher para Ulugqat, a fim de que recebesse atendimento médico.

— Isso — disse Zhang, com um olhar que me disse para não mencionar o quanto aquilo era impressionante antes de ele explicar o fato. — Ele era um estrangeiro, e muito idoso. Eles pensaram que poderia ser um homem importante. Ou talvez um espião. Infelizmente, ele morreu antes de eles chegarem a Ulugqat.

— Eles acharam que ele parecia velho? Por quê?

— Eu acredito que ele tinha 75 anos.

— Entendo. Mas, mesmo assim, eles levaram o corpo para a cidade?

— É óbvio. Era seu dever. Ele estivera morto fazia algum tempo quando o corpo foi entregue, e depois foram precisos vários dias para trazê-lo até Urumqi.

— Não compreendo — disse eu. — Por que não simplesmente enterrar o homem em Ulugqat?

— Impossível — respondeu Zhang. — Não havia um cemitério estrangeiro. Ele não podia ser sepultado num cemitério muçulmano, tampouco em um dos nossos. Segundo, a morte de qualquer estrangeiro em solo chinês é um fato sério. Depois que identificamos esse estrangeiro em particular, o caso ficou ainda mais sério, devido à história de mister Paul Christopher. Foi ordenada uma necropsia. Este procedimento não podia ser feito em Ulugqat.

— E os resultados da necropsia foram...?

— Como eu disse, muitas fraturas de ossos, inclusive uma grave compressão do crânio. Um baço rompido, um fígado arrancado, hemorragia interna.

— Eles o trouxeram do alto da montanha num cavalo?

— Trouxeram. Os tadjiques não tinham veículos motorizados.

— Então ele estava vivo quando o encontraram?

— Foi o que eu entendi.

— Foi um milagre ele ter sobrevivido, quantos dias?, deitado em cima de um cavalo como uma saca de grãos.

— De fato. — Zhang fez com a cabeça um gesto de respeito para com o admirável fantasma de Paul. — Ele era um homem muito forte e determinado, como nós na China temos motivo para nos lembrar.

— Suponho que tenham sido tiradas fotos do cadáver e impressões digitais — disse eu.

— É claro, mas são registros oficiais que não podem ser revelados.

— Nesse caso, o senhor não pode me mostrar prova alguma de que o homem que os tadjiques trouxeram era, de fato, o meu primo?

— Prova? — disse Zhang realmente surpreso. Na China, prova não era uma coisa que se pedisse a um policial; era algo que só um policial tinha o direito de exigir. Ele disse: — Os senhores têm as cinzas dele.

— Nós temos cinzas. Não sabemos se são dele.

Silêncio. Ressentimento. Zhang acendeu um cigarro, o quinto desde que começáramos a conversar meia hora antes.

Eu disse:

— Estou certo de que o senhor ficou imaginando o motivo pelo qual Christopher tinha voltado a Xinjiang.

Semicerrando os olhos por causa da fumaça, Zhang disse:

— Em absoluto. Ele explicou, no aeroporto, que antes de morrer queria ver o local em que ficara preso.

— E isso foi considerado aceitável pelo senhor e por seus superiores?

— Por que não seria? Ele já sabia de tudo sobre o local; de qualquer forma, não é mais uma localização secreta. Agora, está inteiramente vazio, abandonado. Ele foi até lá na sua motocicleta.

— Na *motocicleta* dele?

O leitor está rindo? Eu também.

— É, ele comprou uma, uma Suzuki nova, logo depois de chegar — disse Zhang. — E trouxe equipamento para acampar: uma barraca, um saco de dormir, um pequeno fogão, comida desidratada, e assim por diante. Andava por aí à vontade, conversando com as pessoas, fazendo perguntas.

— Que tipo de perguntas?

— Perguntas estranhas. Parecia estar procurando a mãe dele. Era um comportamento esquisito para um homem da sua idade. Lamento dizer que chegamos à conclusão de que ele não estava bem da cabeça.

— Mas os senhores o deixaram andar por aí fazendo perguntas?

— Eram perguntas inofensivas.

Zhang me avisou, com um pequeno gesto e uma mudança no tom de voz, que já respondera perguntas suficientes, inofensivas ou não. Mesmo assim, fiz mais uma.

— Quando ele esteve na prisão, o oficial político encarregado de sua reeducação, o homem que o interrogou todos os dias durante dez anos, era um oficial do partido conhecido por Christopher como Ze Keli. O senhor sabe se Christopher contactou esse homem, ou tentou contactá-lo?

— Não — respondeu Zhang. — E agora, mister Hubbard, eu tenho umas coisas para o senhor.

Semicerrando os olhos para olhar através da fumaça do cigarro, ele abriu uma gaveta e tirou um pacote envolto em pano. Desamarrou-o e colocou à minha frente o passaporte e a carteira de dinheiro de Paul Christopher, juntamente com o relógio Rolex que ele estivera usando desde a década de 1950.

Ele o estava usando ao ser capturado pelos chineses. Eles o tinham devolvido a ele quando fora solto. Era um relógio de corda automática. Eu o sacudi e imediatamente ele começou a funcionar. Fiquei imaginando se Paul havia feito a mesma coisa depois de todos aqueles anos na prisão, onde não tinha meios de medir o tempo.

5

A história que o capitão Zhang me contara era, quase que sem dúvida, falsa. Ao mesmo tempo, a entrega dos pertences pessoais de Paul era perturbadora. À primeira vista, eles eram uma prova de que meu primo estava morto ou sob custódia chinesa. De que outra maneira Zhang podia estar de posse do relógio, do passaporte, da carteira, do dinheiro dele — tudo o que continha em seus bolsos? Mas aquilo era um truque antigo. Ao colocar aqueles objetos conhecidos na minha frente, Zhang queria que eu abandonasse a esperança e acreditasse em sua história. Por isso, aceitei com desconfiança.

— Paul podia ter escondido a sua identidade — disse David.

Era possível. Uma mudança desse tipo era difícil um homem branco fazer enquanto nadava num mar de *han*, mas na sua época Paul tinha realizado coisas ainda mais improváveis e se saíra muito bem.

Lendo meus pensamentos — afinal, nós dois tínhamos respirado o mesmo ar paranóico do ramo da espionagem durante a metade de nossas vidas —, David disse:

— Ele não podia mudar nomes e nacionalidades enquanto ainda estivesse em Xinjiang e sendo vigiado. Mas se atravessasse uma fronteira...

— Que fronteira?

— Escolha uma. Mas se o destino dele era realmente a zona proibida, ele poderia ter atravessado para o Tadjiquistão, pegado um trem para o Casaquistão e voltado para Xinjiang pelo passo Horgas.

— Apesar de terríveis avisos de que seria quase certo ser descoberto e preso.

— Correto — disse David. — E olhando sob o lado pessimista, se de fato Christopher foi capturado, isso explicaria como Zhang estava com os seus pertences na gaveta da escrivaninha.

Explicaria, sim. E também poderia significar que Paul estava de volta a uma prisão chinesa. Se fosse este o caso, ninguém jamais tornaria a vê-lo, e para os chineses seria muito melhor se a família acreditasse que ele estava morto.

Essa conversa teve lugar no ônibus para Ulugqat. Os homens do capitão Zhang estavam à nossa espera na rodoviária. Não fizeram esforço algum para serem discretos. Queriam que soubéssemos que fariam parte de nossas vidas enquanto estivéssemos na China. No que nos dizia respeito, estava ótimo; nós estávamos ali com a finalidade honesta já declarada, para descobrir o que pudéssemos sobre meu primo e sua morte. Depois de nos registrarmos num hotel, começamos a fazer perguntas. Nós nunca perguntávamos sobre outra coisa a não ser Paul. Era evidente que Paul causara a sua costumeira boa impressão, porque em geral as pessoas sorriam quando ouviam o seu nome em mandarim. Um número surpreendente de pessoas tinha visto Paul e se lembrava dele, mas nenhuma tinha nada de interessante a nos dizer. Ele havia chegado numa motocicleta, gostava da comida deles. Ulugqat não é, exatamente, um destino turístico, de modo que para a maioria de seus cidadãos uma visita de um estrangeiro era um acontecimento interessante.

David e eu fazíamos longas caminhadas à noite. Era a única chance de falar um com o outro com uma reduzida probabilidade de estarmos sendo gravados. As ruas praticamente não estavam menos apinhadas depois do anoitecer e podia-se encontrar uma comida excelente no bairro tadjique — não os costumeiros acepipes pegajosos *han*, mas um gorduroso carneiro assado com talharim e pão frito, e um delicioso iogurte feito com leite de ovelha. Encontramos um restaurante muito bom e voltamos três noites seguidas. Na terceira noite, quando ainda estávamos sem nenhuma informação nova e próximos de desistir, um tadjique com a pele cor de caramelo queimado de quem vive ao ar livre sentou-se a uma mesa de frente para nós. Nossos vigias estavam às suas costas, e por isso não podiam ver-lhe o rosto. Ele puxou uma animada conversa conosco sobre religião. Tinha os modos entusiásticos, autoconfiantes de um diácono episcopal. Se Moisés e Jesus Cristo estavam entre os profetas cristãos, por que os cristãos chamavam Deus pelo nome errado? Por que recusavam o último mensageiro de Alá? Quando se preparava para se retirar, ele veio até a nossa mesa e inclinou-se, apoiando-se nela, e enquanto David falava, sussurrou lenta e distintamente para mim duas frases curtas em mandarim.

Uma das frases era o nome de um cemitério e a localização de uma sepultura. A outra era o nome de um homem, Yang Geng Qi. Paul Christopher.

No caminho de volta para o hotel, contei a David o que o homem me dissera e o que eu achava que aquilo poderia significar.

David deu de ombros.

— Nós podemos abrir uma sepultura, Horace, mas pense um minuto. Talvez seja isso que eles querem que façamos, para que possam nos pegar em flagrante e livrar-se de nós para sempre.

Não era impossível que ele estivesse certo. Roubar sepulturas é um crime grave em qualquer parte do mundo. Na China, com a sua antiga reverência para com os locais do último descanso, a penalidade poderia muito bem ser uma bala na cabeça. Mesmo assim, eu queria saber. David deu de ombros e me acompanhou.

Partimos para o cemitério alta madrugada. Até os detetives têm de dormir em algum momento, e os nossos estavam excepcionalmente cansados depois do exercício a que nós os submetêramos naquele dia. Estavam tirando uma soneca no saguão. O recepcionista também dormia, mas não dava para pensar em passar por todos os três nas pontas dos pés. Saímos pela porta dos fundos, nos separamos e seguimos por ruas vazias e silenciosas, uma experiência estranha e perturbadora na China, onde nunca se espera que a multidão esteja ausente. Era uma noite sem lua, mas as estrelas estavam brilhantes no preto céu do deserto. Elas nos proporcionavam luz suficiente para encontrarmos o caminho por entre as lápides.

Demoramos a encontrar o túmulo de Yang Geng Qi. Tínhamos levado uma bandeja de metal do nosso quarto no hotel, e com aquela desajeitada ferramenta cavamos a areia grossa na cabeceira da sepultura. Nunca antes eu tentara ficar em silêncio na China, onde o barulho é quase tão onipresente quanto o próprio ar. Àquela hora da noite, o país estava tão silencioso quanto o próprio sono, e cada penetração da bandeja na terra parecia um bater de pratos numa orquestra.

Por fim, achamos o que procurávamos. Não havia caixão, apenas um corpo envolto em pano e amarrado com uma corda. Apalpando no escuro, descobri o rosto. Protegendo-nos sob a minha capa de chuva, acendemos lanternas em direção à sepultura. Vimo-nos olhando para as vazias cavidades oculares de um jovem *han* que tinha levado um tiro na nuca. David cortou a mortalha até a cintura do homem. Havia um buraco no peito onde o coração tinha sido removido, e um outro onde ficava o fígado. Apalpei embaixo do corpo. Os rins também faltavam. Aquele era um criminoso cujos órgãos tinham sido colhidos imediatamente após ele ter sido executado.

David tirou várias fotos com flash do cadáver mutilado, que estava muito perto de se tornar uma múmia.

Era evidente que Zhang *planejara* nos mostrar um túmulo antes de nos dar os pertences de Paul. Mas então alguém tinha decidido, em vez disso, mandar-nos cinzas. Sábia precaução.

6

Eu queria tornar a fazer contato com o episcopal. David e eu voltamos ao restaurante onde o homem sussurrara a informação. Na verdade, não esperávamos encontrá-lo por lá — ou, se encontrássemos, que ele seria louco bastante para falar conosco outra vez —, mas não havia outro lugar por onde começar. Nossos vigias foram conosco, é claro. Pelo que parecia, eles não tinham dado por falta de nós na noite anterior. Os dois ainda estavam dormindo no saguão quando voltáramos pouco antes da primeira luz. Agora, bebiam chá e observavam, impassíveis, enquanto David e eu comíamos uma vez mais a inferior comida bárbara.

Não havia sinal do meu informante, mas David ouviu falar, entre os fregueses, numa partida de *buz kashi*. Talvez você tenha visto este jogo no cinema ou no *National Geographic* — o pólo como um esporte sangrento, com a carcaça de um bode servindo de bola. A partida entre cavaleiros tadjiques e alguns quirguizes do norte estava planejada para dali a dois dias em algum ponto das montanhas. A conversação era tão à vontade que se poderia pensar que estávamos num país livre, e os dois policiais *han* carrancudos, sentados encostados na parede, eram membros da família. Perguntamos se era possível assistirmos à partida. O dono, que tinha liderado a discussão, respondeu que seríamos muitíssimo bem-vindos. Por falar nisso, ele tinha um tio que possuía um Toyota 4Runner e, embora não pudesse afirmar de forma taxativa, era possível que o tio estivesse disposto a nos levar montanha acima. Ele era taxista.

O tio e seu 4Runner chegaram ao nosso hotel ao nascer do dia. Ele era um grande tadjique moreno de sol chamado Zikkar que se parecia um pouco com o episcopal, o que podia não significar coisa alguma ou significar que os dois eram parentes — ou apenas que os dois possuíam uma das mais ou menos seis faces que a tribo toda partilhava depois de milhares de anos de casamentos entre membros da mesma família. Zikkar pediu o equivalente a duzentos dólares para nos levar ao alto da montanha e trazer-nos de volta. Era uma grande quantia segundo os padrões locais. Como não queríamos que ele levasse passageiros pelos quais não tinha respeito algum, David pechinchou, fazendo com que ele baixasse para cento e cinqüenta.

Será que ele podia partir logo? Nós estávamos prontos. Já estávamos vestidos com roupas de lã e *parkas* — fazia frio em novembro até mesmo na altitude relativamente modesta de Ulugqat. Zikkar não respondeu de pronto. Seus olhos estavam nos nossos dois vigias, que corriam em nossa direção através da multidão como dois médios de futebol americano, rodopiando e desviando-se de pedestres. Tinham nos olhos uma expressão de sonolência, agitados, ofegantes. O vigia mais velho despejou uma torrente de madarim, rápida demais e muito cheia de gíria para que eu entendesse, enquanto o outro dirigia a David e a mim um olhar causticante destinado a nos fazer pensar em algemas e masmorras.

Em mandarim, David disse:

— Nós contratamos este homem para nos levar ao *buz kashi*. É possível que nunca mais tenhamos outra chance de ver uma coisa dessas. Você e seu amigo podem vir conosco.

Como se uma sirene tivesse soado encerrando o jogo, o homem mais velho parou de vociferar no meio de uma frase. Por um longo momento, pensou na proposta e depois recuou para o meio da multidão, dando as costas para o caso de um de nós ser um leitor labial, e fez uma ligação no seu celular. Enquanto ele falava, o vigia silencioso colocou-se em frente ao 4Runner. Instantes depois, o mais graduado reapareceu. Sem mais uma palavra, ele e seu companheiro entraram no carro como se tivessem pago por ele. O falador sentou-se no banco da frente. Muito delicadamente, pedi que passasse para o banco de trás, com o seu amigo e David. Lá atrás não havia espaço para as minhas pernas. E, além disso, eu pagara pelo veículo. Impassível, ele aquiesceu.

A partida de *buz kashi* iria acontecer numa campina, em altitude elevada. Havia uma espécie de estrada — na verdade, uma trilha estreita aberta por patas ao longo de séculos. O 4Runner, que tinha 200 mil quilômetros marcados no odômetro, avançou devagar e aos solavancos, mas em ritmo constante, numa inclinação que ficava mais próxima do vertical a cada girar das rodas.

Gastou-se quase a manhã toda para chegar ao ponto em que, segundo o capitão Zhang, Paul Christopher tivera o seu fim. Zikkar parou ao lado do fatídico barranco como se aquilo fosse uma parada programada de uma excursão. O rasgo na terra era enorme, com uma torrente fria agitando-se através da névoa lá no fundo. O cheiro de pedra da água que corria era sentido tanto pela língua quanto pelas narinas. Um vento forte soprava. O ar, agora, estava bem frio, perto do ponto de congelação e provavelmente muito abaixo dele na escala de sensação térmica. Nossos vigias não perderam tempo esvaziando a bexiga e pulando de volta para o carro aquecido. David tirou fotos. O vociferante vigia abriu uma janela e berrou para que ele parasse. Aquela era uma área delicada, uma região de fronteira. Subimos a pé pela trilha pouco menos de um quilômetro, com Zikkar vindo atrás. Em tadjique, David perguntou-lhe se aquele lugar era perigoso para se andar a cavalo.

Zikkar sorriu.

— Só para uma mulher grávida — respondeu ele. — Ou um *han*.

— E um homem branco?

— Eles andam de carro.

— Algum homem branco já caiu do cavalo e despencou pelo barranco?

— Um homem branco? — perguntou Zikkar. Ele nos olhou demoradamente antes de responder. — Eu acho que não. Mas os senhores podem perguntar no *buz kashi*.

Zikkar voltou-se para o sol e olhou para a sua sombra. Eram cerca de dez horas por aquele relógio de sol humano. Com um gesto da cabeça para que o seguíssemos, ele desceu a encosta da montanha em direção ao 4Runner. Os policiais *han*, vestindo calças e camisas de algodão e finos blusões forrados, tremiam terrivelmente no banco traseiro.

Mais ou menos uma hora depois, chegamos a um corte no terreno que emoldurava uma vista de picos embranquecidos marchando Afeganistão adentro. De acordo com o mapa, a altitude, ali, era de 3 mil metros. Abaixo de nós ficava um vale maravilhosamente pitoresco cercado por íngremes paredes de rocha e montanhas com picos cobertos de neve. A aldeia tadjique no piso do vale consistia de algumas dúzias de cabanas de pedra dispersas ao lado de um rio de corrente forte. Do outro lado do vale ficava meia dúzia de iurtas — tendas circulares, desmontáveis, feitas de feltro grosso.

Zikkar apontou para elas:

— Quirguizes.

O time visitante. A fumaça azul das fogueiras de estrume era levada pelo vento no ar de uma claridade cristalina. Iaques, ovelhas e cabritos vagavam por lá, com uns poucos camelos bactrianos de duas corcovas misturando-se a eles. Os cavalos, peludos animais com cabeça de martelo, ficavam afastados em dois grupos. Zikkar manobrou o 4Runner pelo meio do gado. Os animais não deram atenção à fedorenta máquina, que poderia muito bem ter surgido de uma fenda no tempo para aquele mundo antigo.

David e eu fomos apresentados ao chefe da aldeia, um sujeito sério chamado Jafargul, que deu a David e a mim xícaras de leite fresco recém-tirado da ovelha. Depois, convidou-nos para dentro, para mais comida e bebida. Nossos vigias *han* foram ignorados, deixados virando-se como pudessem no banco traseiro do carro. Eu os teria deixado tremer de frio, mas Zikkar, homem de negócios pensando no futuro, levou-lhes chá e pão fino, juntamente com algumas peles de carneiro para aquecê-los.

O *buz kashi*, jogado a maior parte do tempo dentro de uma nuvem de poeira, não tinha os dramáticos closes e efeitos sonoros das versões cinematográficas que eu tinha visto, mas era bem emocionante. O cheiro de sangue, suor, poeira e estrume fresco acrescentava uma dimensão que os filmes não tinham. Com o meu binóculo, captei relances de cavaleiros lutando a pleno galope pela carcaça de um bode jovem. Mais para o início da partida, dois cavaleiros fazendo cabo-de-guerra com o animal morto arrancaram-lhe a cabeça. Sangue jorrou. O homem que segurava a cabeça arrancada perseguiu o outro, batendo com ela em suas costas. À medida que a partida prosseguia, as patas e o rabo do bode foram arrancados um a um, de modo que ficava cada vez mais difícil conseguir agarrar firme a escorregadia carcaça desmembrada. Homens manchados de sangue eram derrubados de seus cavalos, arrastados, pisoteados, tinham os dentes arrancados — era possível vê-los cuspir incisivos. Cavalos machucados contorciam-se no chão rochoso. Não faço idéia de que lado venceu. A violência parecia ser a única regra. Até onde consegui perceber, ninguém atravessou a meta — se é que havia meta — com o que restava do bode, de modo que talvez o objetivo não fosse a vitória, mas a violência com que se disputava a partida.

Homens feridos tinham sido arrastados para fora do campo, mas Zikkar nos garantiu que naquele dia ninguém morrera.

— Muitos ossos quebrados — disse ele, com um sorriso de satisfação. — É por isso que eles jogam agora, para que que tenham o inverno todo para se curarem.

7

O tempo estava mudando. Um grande hematoma azul-escuro aparecia acima dos picos escarpados a oeste. O cheiro de neve estava no ar. Alguns flocos grossos já estavam chegando, trazidos por um suave vento oeste. Estava fora de cogitações descer de carro de volta pela montanha no escuro durante uma tempestade de neve. Zikkar nos conduziu de volta para a casa do chefe, onde passaríamos a noite.

Jafargul nos esperava do lado de fora da casa. A seu lado estavam dois homens segurando uma ovelha que se agitava. Eles a ergueram no ar, de cabeça para baixo, e Jafargul cortou a garganta do animal. Aparou o sangue numa terrina, depois tosquiou a ovelha com uns econômicos golpes de sua faca, que evidentemente tinha sido afiada para ficar com um corte cirúrgico. Depois, cortou o animal em pedaços para a panela e, com um encantador sorriso de boas-vindas, convidou-nos a entrar. Um fogo de estrume queimava animadamente na lareira, vapores elevando-se por um buraco à guisa de chaminé no teto. O chão de terra, socado até brilhar por muitos pés ao longo de muitos anos, estava coberto de tapetes tribais de um vermelho-e-preto vivo. Mais tapetes estavam pendurados nas paredes. Não havia janelas. A cena era iluminada por uma lareira e pelas chamas de lamparinas. Ocorreu-me que eu estava vendo rostos humanos e as suaves cores de tinturas vegetais nos tapetes de um modo que poucos ocidentais tinham visto desde que Edison inseriu no mundo a maldade da luz elétrica.

Os tadjiques acreditavam ser descendentes dos exércitos de Alexandre, o Grande, e alguns deles têm, mesmo, traços macedônios. Jafargul, por exemplo, tinha olhos verdes e espessos cabelos e sobrancelhas castanho-avermelhadas. Mulheres usando coques com véus brancos presos a eles trabalhavam na cozinha. Os véus não cobriam os rostos. Aqueles tadjiques específicos eram xiitas ismailis, seguidores do Aga Khan, com seus costumes próprios. Pelo menos naquela casa, a abstinência não era um deles. Jafargul e seus convidados gostavam de uísque, e em pouco tempo consumimos o litro de Jack Daniels que David tinha levado junto com as rações de emergência.

Um dos convidados, sentado à minha frente, do outro lado da fogueira, era o episcopal. Ele parecia estar em meio a mais uma discussão filosófica. Não dava a mínima atenção a nós. O tempo passava. A festa e o uísque fizeram efeito. A conversa reduziu-se a um murmúrio. Em muito pouco tempo, a maioria dos homens tinha-se estendido nos tapetes e adormecido. Eu também me deitei e fechei os olhos. Que sonhos teria um homem num lugar daqueles?

Eu estava à beira do sono quando uma mão apertou-me o braço. Zikkar. Ele acenou, apontando para minha *parka*. David já estava de pé, fechando o zíper do blusão. Zikkar levou um dedo aos lábios e depois conduziu-nos para fora. O vento se fora. Uns dois ou quatro centímetros de neve estavam no chão. Mais neve caía através de um luar leitoso, formando um tecido leve de algodão entre aldeia e montanhas. As botas estalando na neve, seguimos Zikkar até um pequeno prédio de pedra na extremidade da aldeia. A construção estava cercada por animais cobertos de neve. Nenhuma daquelas fantasmagóricas bestas prestou atenção em nós, exceto um camelo que virou a grave cabeça na direção do nosso cheiro desagradável e cuspiu.

Dentro da cabana estava escuro como breu. David entrou primeiro, e quando me curvei à altura da cintura para passar pelo portal vazio, ouvi-o emitir um *uuf!* explosivo. Uma faca? Um macete? Fiquei de quatro e entrei como um jogador de defesa — lento, mas eu ainda tinha corpulência —, encontrando dois pares de pernas. Um par, usando calças de tecido canelado, pertencia a David; o outro, vestindo lã grosseira, pertencia a um outro homem, que parecia estar segurando o meu amigo num abraço de morte. Eu estava a ponto de estrangular o atacante, quando David, com uma voz que parecia indicar que a respiração tinha sido cortada, disse:

— Horace, espere! Está tudo bem.

Uma lanterna — de Zikkar — acendeu-se e eu contemplei David sendo abraçado por um vigoroso membro da tribo. Era óbvio que assassinato era a última coisa que aquele cavalheiro tinha em mente. Ele estava encantado por ver David. O homem estava vestido como os quirguizes que eu tinha visto no *buz kashi*, e a língua que ele falava parecia diferente do tadjique.

— Meu Deus — disse David em inglês. — É o Askar.

— Quem?

— Askar. Ele foi o Flibusteiro tacada um. Nós trabalhamos juntos na fronteira na década de 1980.

Flibusteiro era o nome em código da abominável operação de David para estimular um levante muçulmano na fronteira sino-soviética. A designação de Askar, Flibusteiro tacada um, significa que ele tinha sido o agente principal — comandante da rede islamista que supostamente os chineses tinham recolhido havia 15 anos. Como é que ele podia ainda estar vivo e andando por toda parte, um homem livre?

A lanterna de Zikkar apagou-se. Uma lâmpada foi acesa. À sua luz mais suave, Askar surgiu como um homem grisalho com ouriçadas sobrancelhas brancas e uma vigorosa barba islâmica pintada de preto e branco. No passado, David tinha dado a Askar centenas de milhares de dólares americanos — eu sabia porque, como chefe de agência, assinara a autorização para cada centavo —, mas a afeição que o homem demonstrava para com o seu velho controlador não podia ter sido comprada com dinheiro.

David me apresentou a Askar com o nome verdadeiro. Não havia razão para fazê-lo de outra maneira. Askar trocou um aperto firme de mãos, como um ocidental.

— Eu sei quem você é — disse ele, falando mandarim devagar. — Nós fomos avisados para esperá-lo.

— Avisados, por quem? — perguntei.

— Pelo outro americano — respondeu Askar. — Aquele que você está procurando. Ele disse que você viria e tentaria encontrá-lo.

— Quando foi que ele disse isso?

— Não faz muito tempo.

— Onde é que ele está agora?

Askar deu de ombros. Fiquei desesperado. David pôs a mão no meu braço.

— Você não vai conseguir nada com perguntas diretas — disse ele. — Afaste-se. Deixe-os conversarem. Foi por isso que nos trouxeram aqui, para dizer alguma coisa. Limite-se a ouvir.

Zikkar encolheu um dos dedos. David e eu o seguimos para a parte de trás da cabana, onde uma grande pilha quadrada de feltro grosso — uma iurta dobrada? — estava encostada na parede. Ele tirou uma parte do material e eu vi que a pilha era oca. Zikkar tirou mais um ou dois fardos e fez um gesto para que nos aproximássemos. Mirou a lanterna no espaço vazio, revelando uma motocicleta Suzuki de cor laranja brilhante.

— Esta pertencia ao outro americano — disse Zikkar em mandarim.

Zikkar nos contou que eles tinham trocado um pouco de comida e dois cavalos pela moto. Não disse mais do que isso. Zikkar tornou a esconder a motocicleta e depois estendeu um tapete no chão de terra batida. Nós nos sentamos em círculo. Dos bolsos da sua *parka,* David tirou um quartilho de uísque e três maços de cigarros americanos.

Enquanto os membros da tribo fumavam e bebiam, Zikkar e o episcopal conversaram longamente em suas línguas. Quando acabaram, David fez algumas perguntas e depois voltou-se para mim.

— Quer ouvir isso agora, ou esperar? — perguntou ele.

— Agora — disse eu. — A versão reduzida.

— Certo — disse David. — Um dia, Paul apareceu na sua motocicleta. Não aqui, mais alto, no pasto, porque ainda era verão e eles estavam lá, apascentando os rebanhos. Ele passou uns dias com eles, o suficiente para que ficassem gostando dele. Aparentemente, ele já tinha aprendido um pouco da língua e rapidamente já falava muito bem. Ele aprendia assim tão depressa?

— Aprendia. Era uma esponja.

— Ele disse que estava procurando a mãe dele. Contou a eles a história do desaparecimento dela. Aquilo tocou-lhes o coração. Como eu disse, havia algo nele de que gostavam, mas queriam ter a certeza de que estava sendo sincero. Por isso, ele lhes contou a vida dele, que tinha passado todos aqueles anos numa prisão *han*. Algumas dessas pessoas também estiveram presas, e ele conhecia todos os detalhes da vida na prisão no regime de Mao. Eles ficaram sabendo da cova que ele cavara.

— E então?

— E então devem ter confiado nele, mas ao mesmo tempo ele era um estranho no lugar errado. Eles tinham medo de que os *han* fossem aparecer a qualquer momento, e aí todos ficariam encrencados. Queriam ajudá-lo. Também queriam livrar-se dele. Alguns dos idosos conheciam uma história sobre uma mulher européia, não uma russa, que viera viver com os quirguizes. Chegara quando jovem. Vivera entre os quirguizes até ficar muito velha. A última notícia que eles tinham era de que ela ainda estava viva. Contaram isso a ele.

— Essa história era verdadeira?

— Eles não sabem. Mas, para Paul, foi o suficiente. Ele pediu orientações e partiu logo com os dois cavalos pelos quais trocara a motocicleta. Deixou um dos cavalos ao lado da ravina, com seus pertences, aquilo que Zhang lhe mostrou, no alforje. Depois, desapareceu, cavalgando em direção oeste. Os *han* vieram de Ulugqat e levaram o cavalo e o alforje.

— E o corpo que dizem que eles levaram para Ulugqat?

— Essa gente não sabe nada a esse respeito.

David e Askar trocaram algumas sentenças em quirguiz.

Depois, David voltou-se para mim e falou:

— Ele disse que essa européia se casou com o tio dele. Ela tinha olhos azuis e cabelos claros. Levava uma espécie de receptáculo de vidro para onde quer que fosse. Contou que ela ainda está viva, morando com o filho.

— Paul a encontrou?

— Esse filho, não — disse David. — O primo de Askar, o filho que ela teve com o tio dele. Tarik.

— A mãe de Tarik tem nome?

— Tem — disse David.— Em quirguiz, ela é chamada de Kerzira.

Askar nos contou o resto da história, ou aquilo que sabia dela. Cinqüenta anos atrás, Lori aparecera como que saída do nada, entrando para um outro nada, chegando a um acampamento quirguiz montada num garanhão e conduzindo duas éguas. Ao chegar, deu ao chefe uma taxa de admissão em ouro. Morou com a família do chefe. Apesar da sua riqueza — sem falar no ouro, o garanhão e as éguas acabaram se transformando num grande rebanho —, ela trabalhava tanto quanto qualquer uma das outras mulheres. As esposas do chefe gostavam dela e lhe ensinaram as habilidades caseiras dos quirguizes. Mesmo no início, ela falava um quirguiz suficiente para se fazer entender. Em pouco tempo, ficou fluente e, num traje tribal, parecia uma quirguiz de pele clara e olhos cinza. Quando policiais ou soldados russos ou chineses apareciam, dependendo de que lado da fronteira os rebanhos estivessem, ela cobria o rosto com um véu e se afastava com as demais mulheres. Algum tempo depois, ela se casou com o mais jovem dos irmãos do chefe, dando cinco potros e ouro como dote. Logo depois, teve um filho, e depois disso ninguém se preocupava em se lembrar de que ela não nascera quirguiz, a menos que recordados por uma das peculiaridades dela, como a recusa em se separar do seu pesado tubo de vidro e o hábito de dar longos galopes, pouco femininos, inteiramente sozinha. Ninguém sabia de onde ela viera, embora ao chegar ela vestisse um traje persa e montasse um cavalo persa. Ninguém questionava seu desejo de viver a vida selvagem e antiga de sua tribo montanhesa. Quem, no mundo, não iria querer fazer isso?

8

A neve continuava a cair em grandes flocos molhados. Os rochedos pontudos que tinham tornado a paisagem tão bonita no dia anterior eram, agora, globos brancos suavemente arredondados. A neve chegava até a canela. Zikkar concluiu que seria arriscado ficar onde estávamos.

— Ele diz que nós não vamos poder subir o morro e sair do vale, mesmo com correntes, se nevar muito mais — traduziu David. Ele estava rouco, pobre homem, devido à longa noite de traduzir três línguas difíceis para o inglês.

Depois do chá e mais *naan* e carneiro frio, pusemo-nos a caminho. Nossos vigias *han* reapareceram, envoltos em peles de carneiro. Nós não os víamos desde a nossa chegada. Eles tinham estado vestidos com roupa muito fina para irem à nossa procura numa tempestade de neve, e o que falava disparou uma invectiva assim que nos viu. David decidiu fingir que não entendia, e eu não conseguia compreender o que o homem gritava. Ele estava de pé em quase 30 centímetros de neve, com sapatos de pano. Quando a explosão ia a meio, Zikkar pegou de volta as peles de carneiro, de modo que o acesso de raiva durou pouco. Os dois *hans* saltaram imediatamente para dentro do 4Runner, tremendo de frio. Era impossível não ter pena. Antes de entrar no carro, tirei o grosso suéter de Guernsey que estava usando e entreguei-o a eles. O agasalho era grande bastante para os dois, e não é que os dois o vestiram? Em muito pouco tempo, graças ao calor combinado de dois corpos magricelas envoltos numa boa lã inglesa, eles ficaram mais aquecidos e calmos.

Mas não mais contentes. O falador começou a experimentar o celular assim que chegamos à crista do morro acima do vale. Ele tinha de operá-lo apenas com uma das mãos, porque a outra estava presa sob o meu suéter de Guernsey. Não havia nenhuma torre de transmissão em quilômetros, de modo que naturalmente o telefone não funcionou, mas ele continuou tentando, enquanto Zikkar, mal conseguindo controlar o 4Runner que se arrastava, enfrentava derrapagens e giros e escapava por pouco de sair voando pela borda de um precipício atrás do outro.

Por fim, chegamos ao fundo, e enquanto atravessávamos os arredores de Ulugqat, o nosso vigia principal acabou fazendo contato com a sua sede. Primeiro, a explosão politonal de seu relatório, depois silêncio enquanto ele esperava instruções, depois as instruções, e então o equivalente em mandarim de um *ja wohl!* muito entusiasmado.

Ele desligou o telefone e sacou um par de algemas.

— Os senhores estão presos — disse ele.

Em qualquer outro país, eu teria sorrido diante do assombroso absurdo de ser algemado pelo que pareciam gêmeos siameses usando o mesmo suéter enorme. Não em Xinjiang, cujas prisões tinham engolido tanta gente viva. Fomos metidos num carro oficial e levados diretamente para o gabinete do capitão Zhang em Urumqi. Dessa vez, o capitão não estava sozinho. Dois musculosos tiras ficaram atrás de nós com cassetetes nas mãos. E também Zhang não era o sujeito à vontade que eu conhecera da última vez em que estivera naquele gabinete. Ele usava sua jaqueta e seu boné militar e não fumou um único cigarro. Não nos fez perguntas e não emitiu nenhuma recriminação. Esperava-se que tomássemos aquilo como um sinal de que ele sabia tudo o que precisava saber sobre os nossos nefandos propósitos, e mais do que jamais poderíamos imaginar.

— Passaportes e passagens aéreas — disse ele, peremptório.

Nós os entregamos. Apesar das algemas, não nos tinham tirado os pertences nem mesmo nos revistado.

Zhang examinou os passaportes página por página, como se os estivesse vendo pela primeira vez, e depois escreveu algo em cada um deles e carimbou-os. Devolveu-os, mas ficou com os nossos bilhetes aéreos.

— Fiz uma anotação nos seus passaportes, dizendo que nunca mais os senhores poderão ser admitidos na região autônoma de Xinjiang Uighur— disse Zhang. — Estão entendendo?

Confirmamos com um gesto de cabeça e ficamos calados. Aquilo era um assunto grave — em especial para David, porque significava perder uma parte de sua renda extra, entre outras complicações imprevisíveis —, mas não tão grave quanto aguardar julgamento num campo de prisioneiros na zona proibida durante vinte ou trinta anos ou o tempo que um homem levasse para morrer.

Zhang disse:

— Um avião parte para Alma Ata daqui a duas horas. — Ele entregou duas novas passagens aéreas a um de seus asseclas. — Estes homens irão acompanhá-los até o aeroporto e colocá-los sãos e salvos a bordo do seu vôo — disse ele. — Eu aconselho que os senhores cooperem.

Seguimos religiosamente o seu conselho. Mas nosso banimento complicou tremendamente a situação. Tínhamos sido atormentados em Xinjiang, mas não esclarecidos, e agora nunca mais poderíamos voltar para investigar nossas suspeitas.

Em teoria.

9

David Wong esperou até estarmos no chão em Alma Ata, a salvo de ouvidos chineses, antes de me dizer que seu amigo Askar fizera menção ao Pergaminho da Ânfora.

— Segundo Askar — disse David —, um boletim geral foi expedido para todos os grupos terroristas islâmicos do mundo para que procurem o pergaminho. Foi oferecida uma recompensa de cinco milhões de euros a quem entregá-lo.

— Entregar o pergaminho onde? — disse eu. — A quem?

— Askar não sabe. Ele disse que ninguém sabe, mas o que se diz é que a recompensa é oferecida por um rico homem santo que vive em algum ponto do Islã.

Quem poderia ser esse homem santo, a não ser Ibn Awad? Se fosse verdade, era a nossa primeira confirmação de que o velho lunático estava mesmo vivo e disposto a eliminar as cidades dos cruzados. E Askar, terrorista islamista neutralizado que queria voltar à atividade, tinha o pergaminho ao alcance das mãos.

— Askar sabe o que está no cilindro de vidro da titia? — perguntei.

— Eu acho que não — respondeu David. — Mas ele tem um problema.

— Qual? Senso de família?

— Isso pode ser uma parte da coisa. Mas o verdadeiro problema é que ela e seu cilindro de vidro desapareceram. Ela foi passear a cavalo uma manhã e nunca mais voltou.

— Ora vamos! A cavalo? Com 94 anos de idade?

— Estou repetindo o que Askar disse. Ela é uma velhota vigorosa. Ainda cavalga duas ou três manhãs por semana, embora já não galope mais.

— Eles não saíram à procura dela?

— O filho, Tarik, foi atrás dela. Ele também não voltou, de modo que imaginaram que ele a tivesse encontrado e que ela estava bem.

— Mas foram procurá-los?

— Depois de um certo tempo, foram. Ela não estava na aldeia. Tarik também não. As mulheres acham que ela foi para casa para morrer, seja onde for essa casa.

— David, qual é a sua opinião sobre a confiabilidade de Askar?

— No passado, ele nunca me tapeou — replicou David.

— Naquela época, teria custado muito dinheiro a ele ser pego mentindo. O que agora já não é o caso.

— Não — disse David. — Mas ele não está na miséria. Me deu um número de celular via satélite para eu ligar no caso de querer falar com ele.

TRÊS

1

A última vez em que eu vira Moscou, vinte anos antes, seu coração mal batia. Agora, parecia fibrilando. Por toda parte, deparávamos com maravilhas. A comida dos restaurantes era comível, garçons sorriam à espera de gorjetas. Pouca roupa e carros alemães estavam muito em evidência, dinheiro era um assunto mais popular nas conversas do que o clima, as piadas eram sobre sexo, em vez de sobre o Politburo. A noite ainda chegava às 16h em dezembro. Às 16h30, no nosso primeiro dia na cidade, Harley Waters tirou-me de meu quarto no hotel para uma tempestade de neve.

— Tudo, na cidade, ainda está grampeado — disse ele. — A única diferença está em que duas organizações, em vez de uma só, estão escutando: a máfia e o serviço secreto russo.

Como a máfia era composta, em sua maioria, de ex-membros da KGB, a curiosidade lasciva continuava toda em família. Harley escolhera uma boa noite para o tipo de caminhada que tinha em mente. A neve caía com tanta intensidade, que era quase impossível enxergar alguém que estivesse a pouco mais de um metro de distância. E também era a hora de sair do trabalho em Moscou, e a multidão a pé deixava tantas pegadas frescas, que ficava impossível seguir uma trilha. A nevasca e o conhecimento que Harley possuía de todos os cantos de Moscou significavam que tínhamos pouco trabalho para escapar do grupo de três homens que nos seguia.

Ele me conduziu para fora da tempestade e para o subsolo, numa estação de metrô. Nossos vigias não reapareceram, de modo que presumimos que os tínhamos despistado. Mesmo depois de andar em círculos por quilômetros, aquilo era arriscado, devido à minha altura. Eu provocava menos curiosidade ali do que no Brasil ou na China, mas ainda atraía muita atenção. Estou acostumado, mas mesmo assim não há dúvida de que ter 1,90m de altura é uma desvantagem para um homem cuja profissão exige que ele passe despercebido. Era por isso que eu trabalhava no serviço interno, e não no externo, como Paul Christopher, a perfeita carta isolada de um naipe, que ficava sentado tão quieto e falava tão pouco que às vezes os garçons não percebiam que ele estava à mesa e esqueciam de anotar o seu pedido.

Sobrara muito pouca gente no nosso vagão do metrô quando chegamos à estação de destino. Saímos para a nevasca num bairro que estava em trevas, nos arredores da cidade. Enormes prédios de apartamentos com neve acumulada pelo vento nos telhados planos mostravam-se corcundas na tempestade. Uma luz fraca, cor de urina, era vista em dezenas de janelinhas. Uma daquelas caixas disformes estava rodeada por uma cerca tendo em cima arame farpado e cacos de vidro. Aquilo significava que o prédio já fora moradia de agentes secretos e equivalentes soviéticos. A cerca tinha por finalidade manter as massas afastadas.

O amigo de Harley, Mikhail Orlov, ex-coronel da KGB, morava sozinho no apartamento do último andar, que cheirava a repolho, salsichas e lixo. Harley explicou que Mikhail, que perdera uma das pernas no Afeganistão, achava difícil levar o lixo, tendo que descer dezesseis lances de escada. Devido ao que ele fora no passado, ninguém da nova Rússia se oferecia para ajudá-lo. Não que Mikhail estivesse interessado em esconder seu passado: o impecável uniforme da KGB, as botas, as medalhas e tudo o mais estavam num cabide pendurado num gancho na parede. Era evidente que ele estava pronto para voltar à atividade sem aviso prévio.

Mikhail abraçou Harley e beijou-o em ambas as faces. Olhou fixo para mim como se estivesse lendo mensagens em código escritas nas minhas íris e apertou-me a mão com firmeza, mostrando-me o quanto ele era forte mesmo quando estava sendo cordial. Era evidente que Harley e aquele homem da KGB eram velhos amigos. Mikhail era um sujeito atarracado, cabeça raspada, maçãs do rosto eslávicas e olhos de um azul pálido com prega epicântica. Não estava com a perna de pau — ela se achava pendurada em outro gancho na parede —, mas não usava muleta nem bengala. Em vez disso, andava aos pulos sobre um pé só, apanhando copos manchados para a vodca e uma colher — só uma — para o caviar que Harley tinha levado. Mesmo depois de beber meio litro de vodca, em nenhum momento ele perdeu o equilíbrio. A perna boa devia ter sido incrivelmente forte.

Harley não me dissera por que estávamos ali — só que Mikhail era um sujeito interessante que fizera alguns trabalhos para ele no passado. Quando o nível da garrafa de vodca chegou ao ponto certo, Harley disse:

— Depois que os ferimentos tornaram difícil seu trabalho como agente secreto, Mikhail foi o oficial encarregado da segurança nuclear na área científica da Darvaza-76 no Turcomenistão.

Mikhail tornou a me olhar fixo nos olhos. Até aquela altura, tínhamos conversado sobre amenidades em russo — no meu caso, sofrível —, mas agora ele começou a falar inglês.

— Você é o homem que roubou a eleição americana, certo? — disse ele.

Ah, o velho e infalível quebrador de gelo!

— Foi mais ou menos isso — respondi.

— Você apareceu na televisão russa.

— É mesmo?

— É, muito descarado. Em qualquer outra parte, exceto nos Estados Unidos, você teria sido fuzilado.

Eu sorri, a primeira vez que isso tinha sido tentado por alguém naquela noite.

— Sem dúvida. Mas as punições dos Estados Unidos não são tão misericordiosas quanto nos países mais esclarecidos.

— Você acha que alguma coisa é pior do que a morte?

Seu tom de voz era de desprezo. O que é que um norte-americano podia saber sobre a morte? Verdade seja dita, o próprio Mikhail era um profundo entendedor. Ele pertencera a uma organização que havia enforcado, fuzilado e matado de fome ou de tanto trabalhar mais civis soviéticos em tempo de paz do que o total de combatentes mortos em ação em ambos os lados na Segunda Guerra Mundial. Agora, a KGB desaparecera, deixando-o com um uniforme e condecorações que o fariam ser apedrejado nas ruas, uma pensão integral de coronel que valia menos de 2 mil dólares por ano, e uma perna de pau que não servia nele. Harley, olhando com uma astúcia esquisita de New Hampshire, do russo carrancudo para o ianque mal-humorado, decidiu que estava na hora de levar a reunião de volta para o motivo principal.

— Talvez devêssemos falar sério — disse ele.

Mikhail assentiu com um gesto da cabeça — *já não era sem tempo!* Ele aumentou o volume do rádio e dirigiu-se aos pulinhos até o fogão para apanhar um bule de chá. Depois de despejar o chá nos copos de vodca, sentou-se e puxou a cadeira mais para perto, de modo que ficamos com as cabeças a apenas alguns centímetros de distância uma da outra. A música estava tão alta — o Coro do Exército Vermelho cantando sucessos antigos —, que se assim não o fizéssemos não teríamos ouvido uma só palavra.

Harley disse:

— Mikhail sabe que estamos interessados em artefatos nucleares portáteis soviéticos que estão desaparecidos, e vai nos contar alguma coisa sobre eles.

Era evidente que Harley já dera um sinal em pagamento da informação, porque Mikhail entrou logo no assunto. Todos os sinais de desdém e de querer mostrar-se mais sabido do que os demais desapareceram como que por um passe de mágica, e de repente ele deixou de ser o ressentido sujeito ultrapassado, ensopado de vodca, para ser um profissional do serviço secreto dando instruções.

— Vocês têm razão de ficar preocupados — disse ele. — Alguns de nossos artefatos sumiram.

— Quantos?

— Nós achamos que foram doze. O levantamento foi problemático. Os artefatos que desapareceram são pequenos, 1 ou 2 quilotons cada, mas são armas especiais.

— Especiais, de que modo?

— Primeiro, porque são compactas — disse Mikhail. — Segundo, porque estão revestidas por cobalto, de modo que o detalhe não é a força explosiva, mas o efeito e a durabilidade da radiação.

Eu devo ter parecido chocado, porque Mikhail fez uma pausa e, num tom quase delicado, disse:

— Vocês não sabiam disso?

— Nós tínhamos sido avisados de que eles eram sujos — respondi. — Mas não sobre o cobalto. Você tem certeza absoluta sobre os dados que apresentou?

— Ah, tenho. Um único desses artefatos, detonado na Praça Vermelha, tornaria Moscou inabitável durante séculos.

— E vocês deixaram que doze deles fossem roubados?

— Alguém deixou, sim. Foi um erro enorme. — Mikhail estendeu o braço e tocou-me o peito com um dedo indicador rombudo. — Seria melhor, meu amigo, deixar as perguntas para o final.

Ele estava certo, e de qualquer maneira eu não tinha mais perguntas a fazer. Não havia nada de inacreditável sobre o que ele estava me contando. Os soviéticos tinham fabricado e estocado 30 toneladas de vírus da varíola para serem usadas como pagamento de armas biológicas; e assim, por que não iriam fazer bombas de cobalto?

— Desculpe; continue — disse eu, e apanhei o meu copo de chá. Estava quente de pelar e ainda mais doce do que o chá tadjique.

— Nos últimos dias da União Soviética, muito pouco antes da queda de Gorbachev... — Mikhail cuspiu depois de mencionar o nome —... eu fui mandado do hospital da KGB direto para Darvaza-76.

— O que é isso?

— Uma Naukograd, uma cidade científica secreta. O "76" significa que ela fica a 76 quilômetros de Darvaza, a cidade mais próxima, no norte do

Turcomenistão. Existem, ou melhor, existiam, cerca de cinqüenta Naukograds na URSS. Em tais lugares, novas armas foram inventadas, desenvolvidas, manufaturadas e estocadas. Eu pensei que você soubesse disso, graças aos seus satélites espiões.

— Talvez o Harley soubesse — disse eu. — Mas a minha área não era essa.

— Sorte nossa — disse Mikhail. Aquele homem não gostava mesmo de mim. Olhando para Harley, ele disse: — Posso continuar?

Harley fez para ele um gesto semelhante ao de um padre.

Mikhail respirou fundo e disse:

— Devido à frouxa disciplina do Exército Vermelho que se seguiu à retirada do Afeganistão, sem falar na confusão no Kremlin provocada pelo estrangulamento aplicado ao partido por Gorbachev, surgiu esse problema de armas desaparecidas.

Mikhail tinha sido selecionado para resolver o problema porque havia rompido uma rede de oficiais do Exército Vermelho no Afeganistão que andara vendendo armas soviéticas aos *mujahadin*.

Ele disse:

— O grande medo, vocês compreendem, era de que aquelas bombas portáteis tivessem caído nas mãos de loucos religiosos. Os *mujahadin* ou, pior, os chechenos. Nós sabíamos que armas pagas pelos sauditas e outros estavam fluindo para a Chechênia. Voluntários de todos os cantos do Islã entravam na Chechênia às escondidas. Grandes somas de dinheiro vivo atravessavam a fronteira. A mãe-pátria estava enfrentando uma segunda guerra afegã, mas dessa vez em seu próprio solo. E, depois, houve o movimento jihadista que vocês estavam financiando na fronteira da China como uma segunda frente na guerra afegã.

Projeto de David Wong. Mundo pequeno.

Ao chegar a Darvaza-76, Mikhail prendera imediatamente o oficial encarregado da segurança e todas as demais pessoas que tinham uma chave do armazém.

— Eu disse a eles que teriam de me contar tudo o que sabiam, me dizer de quem desconfiavam, todos os detalhes de seus próprios movimentos e paradeiros para cada momento de suas vidas — disse Mikhail. — Para encorajar os outros, fuzilei uns dois oficiais subalternos que, evidentemente, eram inocentes e, portanto, não interessavam à minha investigação.

Os sobreviventes compreenderam o que Mikhail lhes dizia, mas tinham um problema. Ninguém sabia quando as armas tinham desaparecido. Ou mesmo, a princípio, se a contagem estava correta. Eles não tinham certeza plena de quantas das armas especiais de cobalto tinham tido em estoque, ou de quantas poderiam estar espalhadas pelo aparelho militar. O Exército retirava armas para fins de treinamento e às vezes se esquecia de devolvê-las até ser rigorosamente lembrado a fazê-lo por Moscou.

Mikhail passou o restante da noite falando sobre a investigação. A sondagem tinha sido completa. Ele havia lido todos os registros da segurança, todos os diários, todas as listas das sentinelas. Interrogara todos os que estavam na base, soldado ou cientista, homem, mulher ou criança. Mas o resumo fora que, apesar do meticuloso trabalho de detetive, nunca descobrira quem vendera as bombas ou quem as comprara. Ou se elas simplesmente tinham sido roubadas, embora isso parecesse improvável, porque Darvaza-76 era uma cidade selada, cercada por um muro de concreto com 5 metros de altura e arame eletrificado em cima, patrulhado 24 horas por dia por soldados da KGB.

Claro que alguém tinha de pagar. O comandante da base e uma dúzia de outros, inclusive três técnicos não essenciais e alguns sargentos, foram fuzilados depois de um julgamento no qual eles salvaram suas famílias ao confessarem crimes que a KGB sabia que eles não tinham cometido.

Eu perguntei a Mikhail:

— Você não ficou preocupado com o fato de que um daqueles sujeitos não lhe tivesse dito tudo o que sabia antes de ser executado?

— Isso não era uma possibilidade realista.

— Mas não ficou preocupado com todas aquelas perguntas sem resposta?

— Não — disse Mikhail. — Eu presumi que mais cedo ou mais tarde iríamos encontrar as bombas desaparecidas. Elas estavam praticamente sem proteção alguma, a fim de reduzir o peso, e emitiam tanta radiação que deviam ser encontradas logo. No entanto, eu estava enganado. Gastamos milhões de rublos procurando por elas por toda a União Soviética com tudo, de satélites a soldados com contadores Geiger. Nunca encontramos uma única pista.

E isso significava o quê, na opinião de Mikhail?

— Havia muitas teorias — respondeu ele. — Elas podiam estar estocadas em grande profundidade numa caverna ou numa mina, ou num poço de petróleo. Ou escondidas em algum lugar no qual já houvesse uma grande radiação ambiental devido a antigas explosões como teste. Procuramos em todos os lugares desse tipo na União Soviética — Casaquistão, Sibéria, Camecháteca, as áreas de teste no ártico, depósitos de resíduos nucleares, minas de sal, minas de carvão. O antigo regime não era caprichoso com essas coisas, de modo que o país está cheio de esconderijos possíveis. Não encontramos nada.

— Não lhe ocorreu que as bombas poderiam ter ido para o exterior?

— É claro. Mas nós não tínhamos responsabilidade de proteger qualquer outro país.

— Vocês ainda achavam que aquelas bombas iriam ser detonadas dentro da URSS?

— Achávamos.

— Havia um outro alvo provável.

— Os Estados Unidos? — perguntou Mikhail. — Não eram muitos, entre os membros do Exército Vermelho e da KGB, os que teriam chorado por causa de um ataque nuclear a Nova York ou Chicago.

2

Foi uma longa viagem de metrô de volta para o hotel e, quando chegamos, a tempo do café-da-manhã, não restava nem um pouco de água quente para um banho de chuveiro e fazer a barba. Harley e eu estávamos comendo salmão defumado e ovos no salão de jantar, à espera de que o tanque de água quente tornasse a funcionar, quando um homem jovem passou pela porta e dirigiu-se diretamente à nossa mesa. Era um tipo musculoso, de olhar arguto: um blazer azul-marinho bem cortado, calças de flanela cinza, com vincos, camisa listrada, uma falsa gravata de Eton, sapatos baratos demais para o conjunto. Hoje em dia, todo mundo que usa trajes ocidentais parece um norte-americano. Por isso, eu não tinha certeza se aquele homem era um matador da máfia russa ou um dos nossos, ou o que fosse.

Num sotaque do centro-oeste, ele disse:

— Olá, Sr. Waters. Bom-dia, Sr. Hubbard. Posso me juntar aos senhores?

Harley não ligou para ele.

— Puxe uma cadeira — disse eu. — Café?

— Já tomei — disse o homem, erguendo um dedo para o garçom. Ele devia dar boas gorjetas e ser bem conhecido ali, porque o cara atravessou o salão quase correndo.

— Água mineral, por favor, Boris, e traga sempre mais — disse ele em bom russo.

O nosso visitante se portava — e parecia, mesmo — como alguém que, não fazia muito tempo, jogara como zagueiro de time de futebol americano no curso secundário numa cidade onde isso era de grande importância. Tinha uma daquelas cabeças americanas na qual um crânio alemão combina com um rosto irlandês, orelhas inidentificáveis e olhos mediterrâneos. O sorriso era cem por cento de um jovem rico norte-americano — 15 mil dólares de um brilhante trabalho de ortodontia.

— Você sabe os nossos nomes — disse eu. — Qual é o seu?

— Kevin Clark — disse ele. Nada de cartão de visitas, nada de sugestão de um aperto de mão.

Harley perguntou:

— Alguma coisa a acrescentar a essa informação?

Kevin Clark dirigiu-lhe um sorriso encantador. A água mineral chegou num piscar de olhos. Ele bebeu um copo inteiro antes de tornar a falar. O garçom saltou para encher-lhe o copo e depois ficou por ali, a uma distância da qual pudesse ouvir um pedido. Kevin não lhe deu a mínima atenção.

— Ora — disse ele, alto e bom som, como se latisse sinais —, me pediram que fosse seu amigo enquanto os senhores ficarem em Moscou.

— É mesmo? — disse eu. — Quem pediu?

— Gente que está preocupada com a segurança dos senhores.

— Pode ser um pouco mais detalhado?

— Desculpem, mas não posso — disse o nosso novo amigo. — Trata-se de um relacionamento confidencial.

— Entendo. Por que essa gente benevolente que quer nos proteger está tão preocupada conosco?

— São as pessoas com quem o senhor anda, Sr. Hubbard. Suas recentes atividades em Xinjiang são preocupantes, e o homem que os senhores visitaram à noite passada é uma pessoa perigosa.

— Meu Deus — disse eu —, vocês parecem ter vigias por todo canto.

Nenhum sorriso como reação ao que eu dissera. Boris levou a Kevin uma segunda garrafa de água.

— Seria melhor para todo mundo — disse Kevin — se os senhores saíssem da Rússia antes que os nossos anfitriões descubram uma razão para expulsá-los.

Harley, nascido antes de os ortodontistas se transformarem numa instituição norte-americana, replicou com uma rápida exibição de seus dentes irregulares, que amarelavam.

— Nós não vamos para lugar nenhum, garoto. E você pode voltar para quem quer que o tenha mandado, como Tom Berger, e dizer isso a eles. Horace e eu somos apenas dois homens da terceira idade de férias, vendo a paisagem.

— Eu não faço idéia do que o senhor está falando — disse Kevin. — E não conheço ninguém chamado Tom Berger. Mas, acredite, estou apenas tentando ajudá-los.

— Você não trabalha para o Tom, na embaixada norte-americana? — perguntou Harley. — Isto quer dizer que não pertence à Firma?

Kevin não respondeu a pergunta. Ele disse:

— Olhe, não importa o que o seu amigo Mikhail — ele disse o nome sem cerimônia — lhe disse, não existem bombas desaparecidas. Isso é uma velha operação de desinformação da KGB, destinada a fazer as pessoas correrem de um lado para o outro com a cabeça decepada.

— E isso você sabe sem nenhuma sombra de dúvida.

— Exato. E seria uma grande vergonha se a polícia russa viesse a descobrir que você é um criminoso condenado que entrou no país deles sem lhes informar isso.

Harley disse:

— Francamente, rapaz, eu não acho que eles fossem ficar muito surpresos ou perturbados com uma notícia dessas. Talvez prefiram seguir o Horace, aqui, durante algum tempo, para ver o que ele tem em mente, em vez de mandá-lo embora do país.

— Eu duvido. Além disso, não é com a polícia russa que os senhores devem se preocupar.

— Então, com quem eu *deveria* me preocupar? — perguntei. — Estou morto de curiosidade.

— Sinto muito, mas os senhores vão saber dentro em breve — disse Kevin.

Ele bebeu outro copo de água mineral — de um gole só. Pôs-se de pé, deixando uma alta gorjeta para o garçom, mas sua conta para nós pagarmos.

— Até mais ver, cavalheiros — disse ele.

Harley tirou do bolso um celular e discou um número. Manteve o aparelho afastado do ouvido, como se esperasse que quem atendesse falasse alto demais. Ouvi o telefone tocar e depois ouvi a voz de Tom Berger, o chefe da agência local.

— Tom, sou eu. Faz muito tempo desde a última vez em que nos falamos — disse Harley numa voz e numa dicção que ninguém jamais esqueceria depois de ouvi-las uma vez. — Uma pergunta rápida. Você conhece o jovem com quem meu velho amigo e eu tomamos o café-da-manhã hoje?

A voz no fone disse:

— Não. Do que se trata?

— Estou tentando descobrir, Tom. Você não me mandou nenhum mensageiro?

— Não.

— Obrigado, Tom — disse Harley, e desligou. — Parece que Kevin não pertence ao Tom. Supondo-se que possamos confiar no Tom.

Então, a quem pertencia o Kevin? Estava tudo muito misterioso.

3

Harley e eu estávamos cansados demais, depois da nossa noite em claro, para ligar. Subimos direto após assinar a nota do café-da-manhã. Depois de uma soneca de cinco horas, um barbear e um banho de chuveiro e um restaurador bule de chá, saímos para uma visita aos pontos turísticos. Estava muito frio para passear lá fora, de modo que tomamos o metrô até a Galeria Tretyakov. Eu perdera a noção de tempo, mas devia ser um dia de folga, porque a galeria estava lotada de garotas de faces rosadas, de minissaia, todas procurando garotos. Parecia esquisito estar admirando pernas femininas e respirando perfume em Moscou. Aquela multidão feliz era uma bênção, tornando fácil localizar um investigador por entre as ninfas e os faunos. Como contrapartida para microfones escondidos, as risadinhas abafadas deles eram, no mínimo, iguais ao pequenino rádio antigo de Mikhail.

Perambulando de uma para outra obra-prima russa pré-leninista havia muito desaparecida, Harley e eu falamos do que interessava. Harley agora falava no seu inglês nativo de New Hampshire, parágrafos inteiros passando velozes sem que se ouvisse um *g* ou *r*, a menos que surgisse uma palavra como *tomater*.

— Pode ser que toda essa história no café-da-manhã tenha sido apenas uma nova mancada da Firma — disse ele. — Mas talvez ela tenha alguma base na realidade. Alguém pode saber mesmo de alguma coisa.

— Saber alguma coisa a respeito do quê?

— Bem, aquele rapaz, o Kevin, hoje de manhã mencionou a máfia.

— Você acha que o submundo russo se preocupa conosco?

— Seria prudente reconhecer a possibilidade — disse Harley. — Lembre-se de quem esses chefes da máfia eram. Bem se poderia chamá-la de associação dos ex-alunos da KGB. O que nos leva de volta a Mikhail. Percebeu alguma coisa estranha com relação à história dele?

Aquilo era como perguntar se eu percebera que as garotas de minissaia tinham pernas, mas respondi:

— Várias coisas. No que é que você está pensando?

— Ele nos falou sobre coronéis, majores, capitães, sargentos e praças de primeira classe que ele colocou no espremedor, sem falar nos cientistas e outros que foram interrogados. Um elenco de milhares. Comentou sobre terroristas que poderiam ter assaltado o local. No entanto, nunca disse uma só palavra sobre os mais prováveis suspeitos numa coisa dessas. Ou seja, a máfia.

Duas garotas de pernas compridas meteram-se entre nós e o quadro e posaram para uma foto. O fotógrafo era um dos namorados, e estava equipado com a última palavra em câmera digital. Quando ele ergueu a câmera, percebi que estava usando um relógio de pulso muito caro, de ouro puro e mostrador azul. Nós nos deslocamos para evitar que tirassem o nosso retrato. Os jovens se deslocaram conosco, por mais inocentes que pudessem ter sido suas risadinhas abafadas, até que nós os despistamos na multidão, como estávamos condicionados a fazer.

Na galeria seguinte, cheia de Kandinskys, ficamos mais ou menos sozinhos. Então, as mesmas duas belas garotas e seus namorados entraram na sala. Harley voltou-se para eles e disse, no seu russo perfeito:

— Empreste-me a sua câmera, rapaz, e eu tiro uma foto *kulturny* de vocês quatro em frente a esta bela obra de arte.

O espantado namorado entregou a câmera. Harley demorou-se focalizando e enquadrando a foto — *Sorriam! Mais uma!* Por fim, devolveu a câmera. Demos as costas a eles e nos afastamos.

— Duas fotos nossas na câmera — disse ele. — Não estão muito boas. Eu as deixei lá. Não acho que eles tenham se aproximado o suficiente para ouvir ou gravar muita coisa.

Seria aquilo esperteza de quem anda na rua, ou uma paranóia?

— Como é que esses garotos iriam saber que nós estávamos naquele determinado museu?

— Eles entraram no metrô conosco, todos juntos — disse Harley. — Só começaram a fazer travessuras quando todos entramos. Você está fraquejando, Horace.

Eu gostaria de dizer que Harley estava enganado quanto àquilo, mas a verdade é que eu não os tinha percebido porque não estava à procura de belos rapazes e garotas. Eu estivera esperando pelo velho tipo de Peter Lorre num terno de alpaca preto e um chapéu de feltro de tamanho fora do comum. Era evidente que os tempos tinham avançado sem mim.

Não que eu confessasse o meu erro ao Harley. Preferi perguntar:

— Você percebeu o relógio do fotógrafo?

— Claro. A menos que o serviço secreto russo possa pagar jóias no valor de 5 mil dólares, parece que aqueles pardais trabalham para um outro patrão.

— E como foi que eles souberam que tinham que nos seguir?

— Duas possibilidades — disse Harley. — Mikhail ou Kevin. Vamos dar o fora daqui.

Demoramos muito pouco para apanhar nossos casacos e chapéus. Nossos quatro jovens amigos estavam bem atrás de nós na fila, e também desceram os degraus do museu atrás de nós. Ainda nevava. Uma das garotas, o pequeno rosto redondo com uma expressão maliciosa sob o chapéu de pele, correu para nós e abraçou Harley. Abriu o comprido casaco que parecia uma *burkha* antes de abraçá-lo, de modo que pouca coisa havia entre os velhos ossos dele e sua firme carne jovem. Os olhos dançando, ela sussurrou no ouvido dele. Harley ficou encantado, mas percebi que ele pôs a mão no bolso onde levava o dinheiro. Sussurrou uma resposta em russo. Ela fez um beicinho e começou a sussurrar uma resposta, mas então seu olhar mudou, de diversão para medo. Segui o seu olhar e vi um homem num longo sobretudo lendo o *Izvestia* sob a tempestade de neve. Um pouco mais adiante, na rua, havia mais homens — não um, mas dois grupos completos de vigilância, esperando por nós. Harley também os viu. Os companheiros da garota já estavam desaparecendo na neve que caía, e ela correu atrás deles.

— É um tanto lisonjeiro todo mundo se interessar por nós — disse Harley.

— O que foi que a jovem lhe disse?

— Ela disse que Mikhail quer falar conosco. Com urgência.

Àquela altura, nevava mais forte. Usando o velho chapéu de zibelina e o casaco forrado de pele, Harley misturou-se com a multidão. Eu estava usando minha *parka* Gore-Tex nova em folha, com o capuz levantado. Neve suja e meio derretida penetrava nos meus sapatos especiais para caminhadas, à prova d'água e feitos com alta tecnologia, e senti inveja das galochas pretas afiveladas, do início do século XX, de Harley. Os detetives nos seguiram. Fossem lá quem fossem, policiais ou assaltantes, estavam colados na gente. Nós os ignoramos como se fôssemos homens inocentes; despistá-los, ainda que fosse possível, só iria deixá-los mais desconfiados. Além disso, não havia motivo para sair correndo. Eu não estava muito preocupado em comprometer Mikhail.

A noite descera quando chegamos à mansarda de Mikhail, Harley um pouco pálido depois da longa subida íngreme pela escada. O apartamento de Mikhail estava destrancado. E vazio.

— Mau sinal — disse Harley.

Mesmo assim, entramos. Olhei pela janela. Três vultos escuros espreitavam na rua cheia de neve suja e meio derretida — os nossos vigilantes. Duas horas se passaram antes de ouvirmos passos na escada. Eram, inconfundivelmente, o pisar de um homem com uma perna de pau. Mikhail abriu a porta, ligou a lâmpada que zumbia e pendia do teto, e nos encontrou esperando por ele.

— *Ufa!* — disse ele quando nos viu. — Por que vocês estão aqui?

Harley perguntou:

— Quer dizer que não esperava por nós?

— Você está maluco?

Harley olhou Mikhail de alto a baixo.

— Onde esteve?

— Esperando. Isto ainda é a Rússia.

Mikhail recuperara o autocontrole. Parecia menos um homem que achava que iria receber uma bala, e mais o desiludido coronel da KGB a quem a história, a coisa em que ele mais confiara, lhe tirara as medalhas e o uniforme, o vestira em farrapos e o trancara naquele apartamento que parecia uma ratoeira.

— Esperando o quê? — perguntou Harley.

— Isto.

Mikhail ergueu as calças e nos mostrou a brilhante barra de metal de uma prótese novinha em folha.

— De titânio, feita na Alemanha — disse ele.

— Parece ser boa — disse Harley. — Quanto lhe custou isso?

— Todos os copeques que vocês me deram.

— Não é de admirar que precise de mais dinheiro — disse Harley. — É mais moderna?

— Qualquer coisa seria mais moderna — replicou Mikhail. — Os órfãos no Afeganistão têm próteses melhores do que aquela porcaria que me deram.

Mikhail apagou a luz e olhou pela janela. Os vigilantes ainda estavam lá, pequenas figuras pretas num campo de branco fosforescente.

— Vocês foram seguidos — disse ele.

— Nós sabemos — replicou Harley.

Por ter irritado tanto Mikhail, eu estava deixando que Harley falasse até que o russo se acalmasse.

— Eles são três — disse Mikhail. — E agora que viram minha luz se acender, sabem que estou em casa.

— Mas não que estamos aqui. Não tocamos na luz.

— Ha! É exatamente isso que eles teriam percebido.

— Isso quer dizer que você é o único suspeito neste prédio que tem mil janelas? — perguntou Harley. — Acalme-se, Mikhail, e acenda a luz. Nós precisamos conversar.

— Podemos conversar no escuro.

Harley levantou-se, fechou a cortina e puxou o cordão da lâmpada.

— É melhor ver os rostos — disse ele. — O Horace tem mais algumas perguntas para você.

— Que perguntas? — disse Mikhail, acusando uma profunda ofensa. Depois, a ganância venceu o ressentimento. — Por quanto?

— Você será tratado como de costume, honorário em campo neutro — disse Harley. — Não vai querer que aqueles capangas que estão lá fora o encontrem com os bolsos cheios de dólares.

Ele olhou fixo para Mikhail, com o olhar abrangente de diretor de escola. *É melhor pensar duas vezes, garoto.*

— Está bem — disse Mikhail. — Mas seria mais rápido me dizer o que vocês querem saber e me deixar fazer um resumo.

Eu não iria passar por aquilo outra vez. Na noite anterior, Mikhail havia feito um resumo que nos dera sono, salientando detalhes irrelevantes como um daqueles velhos cartuns de Steinberg nos quais um homenzinho no canto do desenho despeja disparates para dentro de um balão que preenche o resto do quadro.

— As perguntas não tomarão muito tempo — disse eu. — Na verdade, são apenas pontos ainda obscuros.

Entreguei a Mikhail uma fotocópia da lista de armas nucleares roubadas, com os números de série, que Paul Christopher deixara para mim no cofre no pé da mesa. Charley Hornblower decifrara, para mim, a assinatura ilegível.

— Este é um documento autêntico? — perguntei.

Mikhail deu uma olhada nele, os lábios se contorcendo num gesto de desdém. *Como pode ser autêntico se um cretino como você o tem em seu poder?* Mas depois a expressão mudou.

— Onde foi que arranjou isso?

— A pergunta foi se ele é autêntico.

— É, ou então uma falsificação muito bem-feita — disse Mikhail. — Quanto você pagou por este documento?

— Foi um presente. Você reconhece a assinatura?

— Y. A. Kirov — disse Mikhail.

Fui até o fogão que ele usava para cozinhar, acendi-o e queimei a lista das armas nucleares. Eu não queria que ela fosse encontrada em meu poder se eu fosse preso depois de descer para o térreo.

Mikhail, as mãos tremendo ligeiramente, a garganta seca, parecia precisar de uma bebida. Daquela vez, não tínhamos levado vodca. Ele dormira pouco na noite anterior, e se a explicação sobre o seu dia estivesse correta, devia estar exausto.

Eu disse:

— Não foi apenas Kirov que foi omitido de nossas conversas da noite passada...

Mikhail eriçou-se.

— Omitido? O que está querendo dizer?

— Nada. Mas nós demoramos mais do que devíamos para chegar ao assunto principal, de modo que vou entrar nele agora. Não lhe passou pela cabeça que criminosos, o que agora é chamado de máfia russa, podem ter sido os ladrões?

— Claro que passou — disse Mikhail. — Mas isso não era um filme norte-americano onde os criminosos são mais espertos do que a polícia. Darvaza-76 era uma cidade murada, com alarme ligado, e protegida pela KGB com as mais rigorosas medidas de segurança. Como é que eles iriam entrar?

— Tendo um amigo lá dentro — disse eu. — Tal como nos filmes.

— Impossível. Mesmo que eles entrassem na cidade, como poderiam penetrar no local de armazenagem nuclear, o mais fortemente vigiado setor da instalação?

— Quantas pessoas tinham acesso ao local de armazenagem nuclear?

— Só duas podiam autorizar o acesso — respondeu Mikhail. — O comandante da base e o chefe da segurança.

— Um dos quais está morto. O outro é Yevgeny Alexeivich Kirov, de paradeiro ignorado.

— Kirov era oficial da KGB — disse ele.

— E portanto acima de suspeita? — perguntei.

— Claro que não.

— Apenas um homem pensando no futuro. Jogando o jogo. Guardando alguns milhões para a aposentadoria.

Mikhail deu um demorado sorriso de lábios apertados.

— Vejo que você é exibicionista o tempo todo, não apenas na televisão — disse ele. — Você devia ser um pouco mais modesto em relação ao seu brilhantismo.

Eu o havia provocado. Não respondi, esperando que ele continuasse a me rebaixar. Não me decepcionei.

— Moscou era a cidade mais segura do mundo — disse Mikhail. — No entanto, agora que esses gângsteres estão no controle e o dinheiro é tudo, isso já não acontece. Eles usam balas de verdade. Pessoas morrem. Você devia ter isso em mente, meu amigo Horace. Todos os bobos deviam ter isso em mente.

Ele apagou a luz e olhou para fora.

— Eles foram embora — disse. — Agora vocês devem ir.

4

À luz de uma lanterna, começamos a descer os dezesseis lances de escada. Mais ou menos na metade, Harley pediu para pararmos.

— Tenho que me sentar por um minuto.

A voz dele tremia. Ele afundou nos degraus, remexeu num bolso interno e me entregou um vidro de pílulas. Ergueu um dedo da mão esquerda. Com a direita, apertava o coração. Sacudi o vidro para tirar uma pílula e coloquei-a na palma da sua mão, que tremia. Ele colocou a pílula debaixo da língua. Depois de um instante, parecia estar bem, mas o rosto estava pálido, e a voz, fraca.

— Nitroglicerina — disse ele. — Alivia a minha angina. Senti uma pequena oscilação ali, nada com que me preocupar, acontece a toda hora. Me ajude.

— Tem certeza?

Ele agarrou o meu braço e levantou-se, pondo-se de pé.

— Eu não vou ficar aqui.

Ele ainda estava instável. A escada era íngreme. Não havia corrimãos. Quando recomeçamos a descer, segurei-lhe o braço. Ele sacudiu o braço, fazendo-me largá-lo. Mas não havia muita força no gesto. Harley estava com 75 anos de idade, mas até aquele momento não dava para perceber.

Meu telefone por satélite, regulado para vibrar em vez de tocar a campainha, vibrou. Tirei-o do bolso e atendi, esperando ouvir Charley Hornblower ou outro Velhote da Turma na linha.

Em vez disso, uma voz jovem mas ligeiramente familiar disse:

— Olá, aqui é Kevin.

Kevin?

— Não desligue — disse ele. — Achei que estaria interessado em saber que a luz na janela do seu amigo apagou, depois tornou a acender. E agora está apagada de novo.

— Talvez ele tenha ido dormir.

— Um dos homens que seguiu vocês até aqui respondeu, piscando com uma lanterna.

Acender e apagar luzes era um procedimento típico da KGB. Coloquei a mão sobre o bocal e disse ao Harley o que estava acontecendo.

Ele apontou para o próprio peito.

— Bela hora.

— Agora, dois dos seus vigilantes estão entrando no prédio — disse Kevin. — Vocês estão na escada?

Em que outro lugar estaríamos?

— Estamos.

— Em que andar?

Não vi motivo algum para lhe dizer. Perguntei:

— Isso quantos deixa do lado de fora?

— Só um. A arma dele está sacada.

Desliguei. Harley já tinha apagado a sua lanterna de bolso.

— Sente-se, Harley — disse eu. — Fique fora disto.

— Neste momento eu não estou em condições de brigar — disse ele. — Mas posso conversar.

— Veremos — disse eu, imaginando o quanto haveria de conversa. — Se Mikhail descer por trás, dê um calço nele.

Desloquei-me escada abaixo, virando um canto que dava no patamar logo abaixo de nós. Não havia sinal algum de uma luz mais abaixo, mas ouvi passos rápidos e respiração ofegante. Os dois homens estavam subindo a escada correndo. Eu não tinha arma nenhuma, é claro. Quando eles chegaram ao patamar, a respiração difícil, recuei pelo canto, apertei o corpo contra a parede e acendi minha lanterna, segurando-a o mais longe do corpo que me era possível. Um dos homens disparou um pente inteiro. Fagulhas voavam do cano da pistola. Clarões vermelho-azul-amarelos da boca da arma iluminaram o rosto redondo do atirador, com a barba por fazer sob um grande chapéu de pele. Balas de alta velocidade ricocheteavam de parede a parede e do teto para o chão, traçando linhas de fogo no concreto e enchendo o ar do cheiro de pólvora queimada.

Larguei e lanterna e gemi bem alto. Um pente vazio tilintou no piso de concreto quando o atirador recarregou a arma. O segundo homem, o que não tinha atirado, subiu correndo a escada, a pistola segura com rigidez na aprovada maneira de empunhar uma arma com as duas mãos. Eu o via nitidamente à luz da lanterna caída, e acho que ele também me viu, antes de eu lhe tirar a arma da mão com um pontapé, acertando-lhe depois um murro no nariz. Sua arma disparou ao bater no chão. O outro homem disparou outro pente cheio, criando mais pirotecnia. O barulho era ensurdecedor. Meus ouvidos apitavam.

Sem parar para recarregar a arma, o atirador alucinado lançou-se escada acima. Deu de cara com o amigo caído no chão e comigo em pé, e parou de repente. Para início de conversa, eu era mais alto do que ele e estava acima dele na escada. Mergulhei e agarrei-o pelo crânio, colocando os polegares nos olhos dele. Ele tentou safar-se com repentino e violento giro do corpo todo. O chapéu de pele voou de sua cabeça. Ele era um homem grande, compacto, vigoroso. Firmei os pés e mantive a posição. Na metade da pirueta típica de um urso, o homem quebrou o pescoço. Eu o senti partir, e, com ele, a vida do corpo.

Larguei-o, apanhei sua arma e apontei-a para o companheiro, que jazia de bruços na escada. Falei com o homem em russo. Ele não respondeu. Seu corpo praticamente não se mexeu. Ele também estava morto, talvez atingido por um ricochete.

Harley apanhou minha lanterna e dirigiu o facho para os cadáveres. Os mortos deixavam escapar sangue. Um deles estava com a cabeça virada para trás. Parecia-se muito com o homem que se sentara ao meu lado no trem de Paris a Genebra. Ajoelhei-me e cheirei a boca aberta. Ele também tinha o mesmo cheiro, de pessoa não dada a pasta de dentes.

— Uma confusão dos diabos — disse Harley. — É melhor ir buscar o Mikhail, a menos que o queira atrás de você.

Harley roubou um pente cheio de um dos mortos e entregou-o a mim. Isso o deixou com a pistola descarregada. Hesitei.

— Vá — disse ele, e rolou sobre um cadáver para procurar por mais munição nas roupas.

Meu telefone por satélite vibrou.

— Aqui é Kevin. Ouvi tiros. Vocês estão bem?

— Estamos.

— Nós vamos chegar logo. E não se preocupe. O terceiro homem está fora.

Àquela altura, Harley colhera outro pente de balas. Enfiou-o, com um tapa, na pistola.

Enquanto subia a escada três ou quatro degraus de cada vez, adrelina fluindo, ouvidos ainda tinindo, eu me sentia ainda mais horrorizado do que três minutos antes, quando balas voavam em torno da minha cabeça. O poço da escada estava negro como o inferno e tão silencioso quanto — não se via uma única luz, nem uma cabeça curiosa.

Mikhail sabia demais e me contara muito pouco para ser deixado para trás, mas me deixava preocupado. Ele estava encurralado — sem lugar algum para ir, exceto o telhado —, e isto nunca é uma boa solução. O fato de ter apenas uma perna não significava que estivesse indefeso. Eu tinha que presumir que ele estivesse armado, ainda que apenas com uma faca de cozinha ou com a perna sobressalente. Só havia uma entrada para o apartamento, pela porta muito fina. Eu era um alvo grande. Se ele tivesse uma arma, eu estava morto. Até mesmo um golpe na cabeça poderia me matar — não uma morte instantânea, talvez, mas no mínimo inconsciência e, em conseqüência, captura por Mikhail ou por quem quer que subisse a escada em seguida.

Lá bem embaixo, soou um único tiro, criando uma série de ecos no poço da escada. Como no futebol americano e ao fazer amor, o melhor é não pensar muito quando envolvido num combate mortal. Quando cheguei ao patamar do último andar, não parei para pensar na situação, mas, sem mesmo saber por que estava fazendo aquilo até depois de fazê-lo, dei um ou dois passos rápidos e lancei-me horizontalmente, com os pés para a frente, contra a porta do apartamento dele. Ela se estilhaçou sob o meu peso. Aterrissei de costas, dentro da sala.

Mikhail estava armado, sim. A detonação tremeluzente da boca de sua pistola delineava o seu rosto. Balas voavam por cima do meu corpo prostrado. Dei um pontapé no que esperava ser a perna artificial de Mikhail. Ele caiu com um estrondo, ainda atirando para o teto até que o cão da arma bateu numa câmara vazia.

Chutei o Mikhail na virilha — o que não era fácil, porque a armação da prótese lhe dava proteção. Ele uivou. Apanhei a pistola, acendi minha lanterna em direção a ele e apalpei-o por inteiro. Nada de armas escondidas, mas um grande maço de dinheiro e um pente extra no bolso das calças folgadas. Com voz entrecortada, ele disse palavrões em russo.

— Gire o corpo e tire a perna, Mikhail — disse eu.

Os olhos dele arregalaram-se de medo e ódio.

— Agora — disse eu, apontando as duas armas para ele, ao estilo de Tombstone —, antes que eu a tire a bala.

Para minha surpresa, eu estava gritando. Estava também tremendo de raiva e talvez o tivesse enchido de furos se ele tivesse feito objeção. Para sorte de nós dois — quem iria querer passar o resto da vida sabendo que tinha matado um homem perneta, quando este estava caído? —, Mikhail fez o que lhe mandei. Numa questão de minutos, ele saltitava sem calças escada abaixo. Foi uma notável demonstração de equilíbrio e atletismo, especialmente para um homem que acabara de ser chutado nos testículos. Eu cobria a retaguarda, uma pistola numa das mãos e a perna de titânio de Mikhail, feita na Alemanha, uma pesada bota russa encaixada nela, na outra.

Os cadáveres jaziam onde tinham caído. Acendi a lanterna para ter certeza de que Mikhail desse uma boa olhada neles. Ele passou pulando, sem sinal algum de reconhecimento, tendo o cuidado de não escorregar no sangue, como se os mortos fossem sacos de lixo que tinham se rasgado e derramado seu conteúdo.

5

Quando chegamos ao térreo, encontramos um *muzhik* morto, caído de olhos arregalados num canto do poço da escada. Tinha recebido um tiro entre os olhos.

Mikhail, a respiração ofegante, olhou para o corpo e disse:

— Você vai morrer na Rússia, amigo Horace.

— Por que diz isto, Mikhail? Há algo de especial em relação a esses caras?

— Especial? Há. Eles são chechenos. Você deve rezar, espertinho.

Espertinho? Será que Mikhail andara vendo filmes de gângsteres? Saltou-me na cabeça uma imagem de uma sala cheia de homens da KGB aprendendo inglês no escuro com Jimmy Cagney. Soltei uma gargalhada.

— É isso — disse Mikhail. — Ria.

Logo do lado de fora, Harley conversava com Kevin Clark, enquanto um outro sujeito tipicamente norte-americano ficava de vigia. Ao lado deles, um sedã Audi, com chofer à direção, aguardava, o motor ligado.

— Nós temos que ir embora — disse Kevin.

— Para onde?

— Qualquer lugar que não aqui, Sr. Hubbard.

Olhei para o Harley, à procura de um sinal. Ele deu de ombros e sorriu. Nós não tínhamos muita opção.

— Está bem — disse eu. — E quanto ao nosso amigo aqui?

— Ele pode ir atrás — disse Kevin.

Um dos homens calados de Kevin deu uma batidinha em Mikhail para ele se abaixar, prendeu-lhe os pulsos com algemas de plástico e colocou-o dentro da mala do carro. Depois, tirou uma seringa e enfiou a agulha nas nádegas de Mikhail antes de jogar a perna de titânio para dentro da mala, cobri-lo com um cobertor e fechar a tampa.

— É melhor ir na frente, senhor, porque há mais espaço para as pernas — disse-me Kevin. — Se qualquer dos dois tiver que urinar, nós vamos parar em algum lugar. Não mijem aqui. Por causa do DNA.

— E quanto ao Mikhail?

— Ele vai dormir durante algum tempo.

Kevin não disse nada sobre a arma na minha mão. Eu a mantive ali.

O passeio de Audi Quattro levou-nos em ritmo constante através de neve e gelo. Aquele carro era um grande avanço em relação ao 4Runner de Zikkar. O mesmo acontecia com o motorista, que nos manteve indo em frente sem faróis acesos sob um céu sem lua ou estrelas. Ele dirigia a uma velocidade constante de 80km/h por ruas vazias e às escuras, e depois de deixarmos a cidade e entrarmos em campo aberto, muito mais depressa em estradas estreitas nas quais a neve caíra formando verdadeiras paveias. A bússola no retrovisor indicava que estávamos seguindo na direção leste-nordeste. Às vezes a direção mudava durante um curto espaço de tempo quando pegávamos mais uma estrada secundária. Eu observei os números no odômetro. Passamos uns poucos caminhões grandes, mas nenhum outro carro além do nosso estava na estrada àquela hora.

Harley disse:

— Para onde estamos indo? Leningrado?

— Não tão longe assim, hoje, Sr. Waters — disse Kevin. — Daqui a pouco vamos parar. Os senhores devem estar cansados.

— Alguma idéia sobre quem eram aqueles sujeitos mortos?

— Chechenos — respondeu Kevin. — Gente muito raivosa.

Olá, *fatwa*.

Ao amanhecer, viramos numa estrada mais estreita que atravessava uma floresta de vidoeiros. Naquele momento, eu não estava atento às belezas da natureza, mas tive de concordar quando Kevin comentou sobre o encanto dos troncos de árvores brancos como giz à luz aquosa do amanhecer. Ele falara pouco durante a viagem, e os outros dois homens, nada. Em meio às árvores, ficou visível uma dacha que parecia um bolo de açúcar, coberta de neve e enfeitada com sincelos, um sol plano de alumínio por trás. Fumaça de lenha saía em espirais pela chaminé.

— Lar, doce lar — disse Kevin. Ele sorriu e apontou carinhosamente para Harley, que dormia a sono solto, cabelos cinza despenteados, óculos de armação de aço deslocados para um lado. Harley soltou um ronco alto. Os olhos se abriram de repente.

— Que lugar é este? — perguntou ele.

— Uma dacha — disse Kevin.

— A quem ela pertence?

— Podemos usá-la o dia inteiro — disse Kevin.

Ele saiu do carro e se espreguiçou. Não era tão simples quanto esticar os braços bem para cima e se curvar para trás a fim de fazer com que as juntas estalassem. Ele fez todo o conjunto de exercícios de alongamento regulamentares.

Enquanto Kevin se exercitava, seus ajudantes tiraram da mala do carro um Mikhail grogue, que mal acordara. Eles tinham tomado a precaução de vendar-lhe os olhos com fita gomada. Cada homem segurou-lhe um dos braços. Ele entrou na dacha pulando entre eles, deixando uma trilha de pegadas isoladas na camada de neve fresca que caíra durante a noite.

No interior da dacha, um animado fogo de lenha queimava numa lareira de pedra. Uma caldeira estava a pleno vapor também. O cheiro de café e de bacon fritando misturava-se ao ar viciado, seco, preso dentro da dacha.

— Minha sugestão — disse Kevin — é tomarmos o café-da-manhã, dormirmos um pouco e depois conversarmos.

— Conversar sobre o quê? — perguntei.

A ortodontia cintilou.

— Ah, eu acho que nós dois temos mil perguntas a fazer — disse ele. — O banheiro fica naquele saguão, primeira porta à esquerda.

Ainda o verdadeiro modelo de cortesia hospitaleira, ele nada disse sobre a pistola que eu mantinha na mão.

Os homens de Kevin serviram um excelente café-da-manhã norte-americano — suco de laranja feito de concentrado, ovos mexidos e bacon cortado em fatias grossas, bolinhos torrados e geléia de morango superdoce. Café que tirava o esmalte dos dentes.

Kevin levou a mim e a Harley até o quarto. Nossas malas já estavam desfeitas, as roupas de reserva penduradas no armário, sapatos dispostos em linha embaixo delas.

Harley perguntou:

— Você encerrou a nossa conta no hotel?

— Encerrei, senhor — disse Kevin. — Pareceu ser melhor.

— Fez isso antes do episódio no poço da escada?

— Fiz, mas depois que os senhores subiram para falar com Mikhail.

— Com que então você ia nos raptar quando descêssemos a escada, acontecesse o que acontecesse?

— Raptá-los? — perguntou Kevin. — Veja o que aconteceu aos caras que tentaram fazer isso. O nosso plano era extraí-los no caso de precisarem de ajuda.

— "Extrair-nos"? — perguntei. — Eu já ouvi isso antes.

Kevin sorriu com os olhos. Que simpático velho rabugento eu estava me tornando!

— Nós estamos todos cansados, senhor — disse ele. — Durmam um pouco. Eu lhes prometo que ninguém irá perturbá-los.

— É bom saber disso.

Outro sorriso.

— Um pedido — disse Kevin. — Por favor, não usem os seus telefones por satélite.

O quarto era aconchegante, com banheiro privativo. Enquanto Harley tomava um banho de chuveiro, corri a mão pelas bordas da porta e da janela e verifiquei o nosso arsenal. Duas Glocks do homem de pescoço quebrado e seu amigo, uma Makarov pertencente a Mikhail, um pente cheio para cada uma e algumas balas que sobraram. Artilharia cara. Tirei os elásticos do grosso rolo de notas de Mikhail e contei o dinheiro: 5 mil dólares em notas novinhas de 100, coladas umas nas outras pela eletricidade estática.

Harley saiu do banheiro numa nuvem de vapor.

— Quanto você pagou ao Mikhail? — perguntei.

— Dois mil, setecentos e cinqüenta, americanos.

Mostrei-lhe o dinheiro de Mikhail.

— Eu me perguntei por que ele não insistira por mais — disse Harley.

No chuveiro, raspei da pele o cheiro de russos mortos — sangue fresco, suor antigo —, mas não das narinas. Harley já estava dormindo quando saí do banheiro, e eu o segui para a terra dos sonhos como se estivesse caindo do telhado.

6

— Se me permitem dizer, cavalheiros — disse Kevin —, foi um trabalho impressionante no poço da escada ontem à noite.

A tarde ia avançada, e pela aparência de Kevin ele também acabara de acordar. Estávamos tomando café ao lado da lareira e comendo sanduíches de atum, com muita maionese. Passou-se um momento de silêncio — centelhas pulando dos pedaços de vidoeiro, neve caindo lá fora, cheiro de comida.

Harley terminou o café, arriou a xícara com delicadeza e voltou-se para Kevin.

— Me perdoe por fazer uma pergunta — disse ele. — Quem, diabos, é você, garoto? E o que é que está tentando fazer? Sei que não pode nos dizer, mas, mesmo assim, diga. Nós não vamos divulgar uma só palavra.

Kevin olhou demoradamente para cada um de nós.

— Força Cinzenta? — perguntou Harley.

Kevin ficou embasbacado. Eu também — não porque Harley soubesse alguma coisa que eu não sabia, mas porque não era uma característica sua adiantar-se e revelar algo que ele sabia mas que não devia saber.

Harley explicou.

— Força Cinzenta é um daqueles grupos que não existem — explicou ele. — Não pertence à Firma, não pertence à Defesa. Não pertence a ninguém. É uma empresa particular, uma espécie de Força Delta privatizada.

Seus elementos são ex-Boinas Verdes ou Focas da Marinha, ou coisas assim. Armas de aluguel. Fazem coisas como procurar conexões entre o crime organizado e o terrorismo, como barões da droga na Colômbia e o que era o M-19 antes de os lutadores maoístas pela liberdade caírem de moda, e depois eliminar as conexões.

Parecia um serviço útil. Eu disse:

— A menos que queira corrigir a informação de Harley, Kevin, podemos trabalhar a partir desse ponto. Você está trabalhando sob uma espécie de contrato. É isso?

Kevin estava sorrindo. Desta vez, deve ter sido sincero, porque sorria a contragosto, os dentes escondidos por trás de lábios enrugados.

— É engraçado — disse ele. — Nosso lema é *Nunca Subestimar.* — O sorriso irrompeu.

— O que quer dizer...

— Se os senhores querem presumir isso, para mim está bem.

— Quem é o contratante?

— Os senhores vão compreender se eu não tiver ouvido bem a pergunta — disse Kevin. — Pela maneira de operar, os senhores correm um grande risco de cair em mãos do inimigo, e nós não iríamos gostar de ficar comprometidos.

— A única operação em que estamos interessados é aquela na qual vocês já nos envolveram — disse Harley.

— Eu tenho uma pergunta fácil para você — disse eu. — Você acha mesmo que não existem mísseis roubados, e que é tudo uma velha operação de desinformação da KGB destinada, como diz, a fazer com que a Firma corra de um lado para o outro como galinhas com as cabeças cortadas?

— Pelo que observei, a Firma já sabe como fazer isso — disse Kevin. — A resposta é: eu não sei.

— Não sabe, ou ainda não sabe?

— O senhor faz perguntas capciosas.

— Você sabe o que o Mikhail diz sobre as bombas. Vocês verificaram isso? Ele estava no Turcomenistão, fazendo o que disse que estava, na hora certa? O problema é que o pessoal lá da nossa terra não acredita na história do Mikhail porque não consegue acreditar nele. Ele é um torturador e assassino aposentado; e por isso, como se pode confiar nele?

Harley disse:

— Bem, o Horace, aqui, e eu não temos de nos preocupar com o passado de Mikhail. E eu faço parte dele. Eu gostaria de uma chance de me despedir dele.

Kevin dirigiu a Harley outro sorriso com os lábios franzidos.

— Está bem — disse ele. — Mas eu agradeceria se não devolvesse o dinheiro de Mikhail.

— Por quê? — perguntou Harley.

— Para lhe tirar as alternativas — respondeu Kevin. — Para refazer a conta bancária, ele vai ter que voltar a procurar a máfia, mostrar a eles as escoriações e dizer-lhes que foi raptado, agredido e roubado pelos senhores, dois velhos malucos da Firma que tinham uma desavença a resolver desde a Guerra Fria.

Harley disse:

— Se você fizer com que ele faça isso, que diga isso a eles, ele será um homem morto.

— A chance é meio a meio — disse Kevin com um encolher de ombros.

— Cem por cento, rapaz. E antes de morrer, ele irá conduzi-los de volta a esta dacha.

— Sem problema. O proprietário não sabe que estamos aqui. Para falar a verdade, não nos conhece. Nós vamos arrumar tudo antes de sair — colocar os transmissores nos lugares em que os encontramos, limpar as impressões digitais, tudo.

— E dizendo que vocês simplesmente arrombaram esta casa e a transformaram num esconderijo por um dia? — perguntou Harley.

Kevin nos dirigiu seu pleno sorriso fulgurante, mas não deu mais nenhuma explicação.

7

Nossa última conversa com Mikhail não foi muito amigável. Fiz mais algumas perguntas, e ele respondeu com rispidez.

— Por que eu iria contar alguma coisa a vocês? — perguntou ele.

— Por que não? — disse Harley.

— Eu trabalho por dinheiro.

Puxa, como Mikhail era um russo sincero!

— Quanto você quer?

— Cinco mil dólares americanos em notas de 100.

— Nós podemos cobrir isso — disse eu. — Mas, primeiro, a informação. Qual era o codinome para as bombas de cobalto portáteis?

— Elas eram secretas demais para ter um nome oficial — disse Mikhail. — Os soldados as chamavam de Tio José. Para economizar peso, as bombas eram desprotegidas.

— E por que Tio José?

— Porque levar o Tio José Stálin nas costas significava que você iria morrer jovem.

Nós estivéramos em pé enquanto Mikhail se recostava numa cama. A perna de titânio não estava à vista. Harley sentou-se no colchão ao lado dele.

— Uma última coisa — disse ele. — Isto tem me deixado irritado o tempo todo, de modo que eu ficaria grato se você pudesse me tranqüilizar.

Mikhail fez um gesto afirmativo com a cabeça, sem dizer nada. Apesar de tudo, ele *gostava* de Harley. O que quer que os dois fossem mais, tinham sido profissionais juntos durante anos.

— É que parece estranho que eles fossem tirar um oficial ferido de um hospital na Criméia, como fizeram com você, e mandá-lo até o Turcomenistão para cuidar de um caso tão importante quanto este — disse Harley.

Mikhail não disse nada.

— Eles deviam ter um bocado de confiança em você — disse Harley.

Outra vez o silêncio, mas a fisionomia congelada de Mikhail estava se derretendo.

Harley disse:

— Por isso, Mikhail, a pergunta é: por que você fuzilou as pessoas erradas?

Mikhail soltou a gargalhada explosiva de um mentiroso.

— Na União Soviética, isso não era crime.

— Não era, mas em geral havia um motivo para isso. Dessa vez, qual foi a razão?

— Eu vou receber o meu dinheiro?

— Se a resposta for verdadeira.

— Eles sabiam a respeito de mim e de você, Harley — disse Mikhail. — Tinham fotos dos nossos encontros, gravações das nossas conversas, tudo. Por isso, minhas opções éticas eram limitadas.

Harley estava segurando o monte de dinheiro de Mikhail. Entregou-o a ele.

— É melhor usar isto para atravessar a fronteira — disse ele.

— Para essa gente não existem fronteiras — disse Mikhail.

Harley deu-lhe uma paternal batidinha no braço e saiu do quarto.

Agora que estava a sós comigo, os olhos de Mikhail, tão brilhantes em seus últimos momentos com Harley, transformaram-se em gelo seco. Ele disse:

— Eu ainda penso que você vai morrer na Rússia, amigo Horace.

Àquela altura já estava escuro como breu e nevava forte. Quando saí do quarto de Mikhail, encontrei minha mala pronta e esperando na sala de visitas, minha *parka* jogada sobre ela. Uma máquina de varrer elétrica uivou. Os homens de Kevin, calados como sempre, limparam superfícies de impressões digitais e colocaram os aparelhos de escuta nos lugares em que os tinham encontrado. Todas as janelas estavam abertas. Eu me perguntei se aquilo seria o suficiente para acabar com o cheiro de bacon frito.

— Não há câmeras de vigilância? — perguntei.

— Os técnicos instalaram um vídeo em arco — disse Kevin. — Mostra os aposentos vazios como deveriam estar, sem parar. Os transmissores são ativados pela voz, de modo que, se eles não ouvirem nada, é normal. A neve vai cuidar das pegadas e das pistas dos pneus.

— Mesmo assim, é melhor varrê-las, rapaz — disse Harley. — Não se pode depender das condições do tempo.

Ele tinha aberto a mala dele e estava procurando alguma coisa dentro.

— Achei — disse ele, retirando um cardigã de lã puído que era herança de família e vestindo-o. — Aqui está um gelo.

Kevin confirmou com um gesto de cabeça, amável.

— Desculpem eu não poder convidá-los para ficarem para o jantar, mas, como podem ver, estamos de mudança.

Ele fez um gesto chamando-nos para uma mesa onde um mapa Michelin estava aberto. Mostrava auto-estradas em vermelho, estradas vicinais em amarelo, trilhas de terra em linhas pontilhadas.

— Nós estamos aqui, a cerca de 300 quilômetros de Moscou, como estou certo de que perceberam — disse Kevin, apontando para um ponto entre dois lagos. — A fronteira letã fica a cerca de 150 quilômetros no sentido oeste. Quando chegarem ao fim do caminho para carros, virem à esquerda. No segundo cruzamento, 18 quilômetros ao sul, vão virar à direita. Isso irá levá-los à estrada principal para a fronteira. A tarifa para a saída sem problemas para os russos no posto da fronteira é um Ben Franklin por cabeça. Os letões vão deixá-los entrar de graça quando virem seus passaportes.

Ele me entregou um conjunto de chaves com uma etiqueta da Avis presa.

— Os senhores devem sair agora, se quiserem estar à frente da neve. O carro está lá fora, com o tanque cheio. Por favor, deixem-no trancado no estacionamento do aeroporto de Riga, chaves, documentos e talão do estacionamento no porta-luvas.

Kevin me entregou um saco de papel aberto. Sanduíches e duas Cocas, o nosso jantar. Ele me olhou nos olhos e trocou um aperto de mãos muito firme.

Harley aproximou-se arrastando os pés e estendeu a mão.

— Você é um grande sujeito, Kevin — disse ele. — Tudo de bom para você.

— Para o senhor também, Sr. Waters — disse Kevin.

— Não seja muito rigoroso com o velho Mikhail — disse Harley. — Nós o fizemos o que ele é hoje.

— Isso é um ato misericordioso, senhor.

— Pura verdade, rapaz.

No carro, a luz dos faróis refletindo-se na hipnótica neve que girava, Harley disse:

— O que eu estava procurando na minha valise lá na casa era o copo de água que eu afanei da sala de jantar em Moscou.

— Aquele com as impressões digitais de Kevin?

— Ele mesmo. Ainda estava lá, mas tinha sido limpo.

Harley atirou pela janela o almoço que Kevin embrulhara no saco pardo para nós.

— É melhor não comer os sanduíches — disse ele.

QUATRO

1

Durante os meus cinco dias na Rússia, eu não havia pensado uma única vez em Paul Christopher. Essa situação mudou na minha primeira manhã na Letônia, quando Jack Philindros me telefonou de Jerusalém.

— Eu estive conversando com um amigo da mãe do seu primo — murmurou ele. — Parece que ela passou pela Palestina logo depois da guerra.

Ele se referia à Segunda Guerra Mundial.

— A caminho de onde? — perguntei.

— A impressão, aqui, é de que nem ela sabia. Ela queria apenas desaparecer. No entanto, deixou um objeto de valor autêntico com o amigo. Seu anel de casamento.

— Por quê?

— Para a eventualidade de seu filho aparecer. O que ele fez, há cerca de seis meses, levando o anel consigo ao ir embora.

Enquanto Harley Waters voava para Praga à procura de pessoas que pudessem se lembrar de Lori, eu peguei um avião para Tel Aviv. Ninguém esperava por mim no aeroporto. A estrita obediência, por Jack, das regras do serviço de espionagem eliminava essa hipótese, mas eu sabia que ele iria materializar-se antes do fim do dia. Tomei um táxi para Jerusalém, registrei-me no hotel King David e esperei. Meu quarto dava para os jardins desertos e, a meia distância, para a cidade velha. Fui dormir, sendo acordado de um sonho pelo barulho de um longínquo disparo de um Uzi. Ou talvez a arma tivesse sido disparada no sonho. Eu não tinha certeza.

Exatamente às 17h, o telefone na mesinha-de-cabeceira tocou.

— Bem-vindo a Jerusalém, Sr. Hubbard — disse Jack. — Eu queria confirmar o nosso encontro.

Aquilo significava que ele estava esperando por mim no térreo.

Eu acabara de sair do chuveiro.

— Pode me dar dez minutos?

— É claro.

Jack me recebeu no saguão dos elevadores sem sinal algum de reconhecimento, girou nos calcanhares e conduziu-me para fora do hotel. Ele estava com a pele mais morena do que de costume, depois de três semanas no sol do Mediterrâneo. Numa cidade em que poucos usavam paletó ou gravata, ele estava vestido no seu estilo de sempre — terno preto de burocrata veterano, camisa branca, gravata de seda azul-marinho, sapatos de furos na frente, bem engraxados.

Ele me dirigiu pela King David Street até um pátio onde o seu carro alugado estava estacionado. Era sábado, de modo que o tráfego estava tolerável.

Jack disse:

— Estaremos lá daqui a uns dez minutos. É bem seguro.

Nosso destino revelou-se um mosteiro grego ortodoxo na cidade velha. Jack estava hospedado lá. Como acontece com os mosteiros, aquele era bem agradável — empoeiradas hastes de luz do sol cor de mel e o abafado ruído de tráfego de pedestres entrando por janelas abertas, ícones dourados em paredes caiadas, velhos monges com vozes juvenis cantando o vesperal numa capela na outra ponta do prédio.

— Eu pedi ao amigo de Lori para vir encontrar-se conosco — disse Jack. — Ele não deverá ficar tão comprometido por vir aqui quanto ficaria indo ao hotel King David. Os monges o conhecem.

— Ele é grego?

— Não, israelense. Um erudito. O mosteiro tem uma biblioteca muito boa, com obras da época bíblica.

O homem nos aguardava na ante-sala. Jack não me dissera nada sobre ele, fora o que havia contado ao telefone. Ele era mais moço do que eu imaginava — mais ou menos da idade de Paul. Apesar da baixa estatura, da calvície e de uma pequena barriga, ainda era um homem quase que teatralmente bonito. Quando jovem, devia ter-se parecido muito com o ator de cinema John Garfield. Usava tênis brancos como neve, *jeans* novos em folha, uma camisa de passeio azul, de cambraia, um blusão de couro. Tinha mãos muito pequenas.

Ele fechou o livro que estava lendo, levantou-se e estendeu a mão.

— Norman Schwartz — disse ele. Tinha uma sonora voz de ator, cheia de sincera boa vontade.

— Horace Hubbard.

— Primo do Paul. Ele o descreveu nos mínimos detalhes.

— Como é que ele estava quando você o viu?

— Parecia bem. Feliz, até. Não muito mudado, exceto mais corpulento e mais velho, em relação à última vez em que eu o vira, quando éramos meninos.

— Você o conheceu já naquela época? Onde?

— Em Berlim. Nossos pais eram amigos. Fomos à escola juntos, fazíamos longas caminhadas pelo campo, jogávamos futebol. Minhas lembranças dele e de seu pai e sua mãe estão vívidas. Graças à família Christopher, eu estou vivo hoje. Tive mais sessenta anos de vida, que, não fossem eles, me teriam sido tirados.

Eu sabia o que viria em seguida, mas esperei para que Schwartz desse sua explicação.

— Em 1939, quando eu tinha 14 anos — disse Schwartz —, no último momento possível, os Christopher levaram meus pais, minha irmã e eu para fora da Alemanha, às escondidas. Num barco à vela, para a Dinamarca. Houve muitos outros que também fugiram de Hitler naquele barco. Paul disse que nós fomos os últimos.

— A iole *Mahican*.

— Exatamente. Então você sabe das coisas que eles fizeram?

— Só os fatos básicos. Paul e o pai dele raramente falavam nisso. E, é claro, a mãe dele caiu nas mãos dos nazistas.

— Foi isso que nós soubemos na época — disse Schwartz. — Foi nisso que acreditamos durante muito tempo. Mas não era verdade, pelo menos não no sentido de que eles a tinham matado.

— Você tem certeza disso?

— Eu a vi aqui, em Jerusalém, em 1945. Foi um fato memorável. Eu já tinha idade suficiente para perceber o quanto ela era extraordinária.

Do bolso do blusão, ele tirou alguns instantâneos.

— Veja — disse ele. — Aqui está ela comigo, minha mãe e meu pai.

Uma das figuras esbranquiçadas nas fotos tiradas com superexposição era uma mulher pálida e esguia que podia muito bem ser Lori. Ela era um pouquinho mais alta do que os Schwartz. O jovem Norman usava um uniforme para clima quente do Exército britânico — camisas cáqui de mangas curtas com uma fileira de fitas de campanha, volumosas bermudas cáqui engomadas e meias marrons que iam até o joelho. Nos retratos, Lori era a única que não estava sorrindo.

— Por que cargas d'água ela veio parar em Jerusalém? — perguntei.

— Num navio para Haifa, cheio de refugiados judeus.

— E como foi que isso aconteceu?

— Eu acho que o Mossad a ajudou. A missão original deles era salvar judeus em perigo, como sem dúvida você sabe.

— Mas ela não era judia.

— Não, mas muitos judeus que teriam ido para os campos estavam vivos por causa dela.

— O fato de ela ter vivido com Reinhard Heydrich era conhecido?

— Ah, era.

— Isso não teve influência?

— Imagino que sim — disse Schwartz. — Uma influência positiva. Meu pai dizia que Heydrich estava morto graças a ela.

— Ele sabia disso?

— Ele raramente fazia suposições — disse Schwartz. — Ele estava com o Mossad antes deste ser o Mossad. Mesmo quando morávamos na Alemanha, ele fazia esse tipo de trabalho. Mandou muita gente para os Christopher. Eles salvaram todos. Foi por isso que demoramos tanto a sair da Alemanha. Havia sempre mais um para salvar. Por fim, quando estava muito tarde, ele recebeu ordens para sair, a fim de salvar a si mesmo.

— Os Christopher sabiam de tudo isso?

— Ah, sabiam. Foi por isso que nos ajudaram. — Ele agarrou o meu antebraço com a mão infantil. — Imagine a coragem que isso exigia.

— Por que você diz que Heydrich tinha morrido por causa de Lori? — perguntei.

O celular de Schwartz tocou dentro do bolso. Ele fez que não ouviu. Disse:

— Por que você pergunta?

— Segundo entendo, o assassinato de Heydrich era tido como uma operação britânica, executada com armas britânicas.

— É verdade que Heydrich foi morto com armas Sten. Mas os ingleses não eram os únicos no mundo que tinham armas Sten. Ou amigos em Praga. Ou mesmo o mais forte dos motivos para eliminar Heydrich.

— Você está me dizendo que o assassinato de Heydrich foi uma operação judaica?

— Se estivesse, estaria apenas fazendo suposições — disse Schwartz. — Deixe eu lhe contar o que sei sobre Lori Christopher.

O navio em que ela estava partira de Bari, no calcanhar da Itália. Sair da Tchecoslováquia, atravessar a Áustria e descer quase todo o comprimento da Itália no caos da Europa em 1945 não era tarefa fácil. As estradas estavam entupidas de pessoas deslocadas que fugiam dos russos ou simplesmente tentavam voltar para suas casas depois de terem sido raptadas pelos nazistas. Lori não tinha documentos, mas ninguém mais tinha. Os trens não estavam funcionando. Quase ninguém tinha um veículo a motor, e, de qualquer modo, não havia gasolina para os civis. Não havia como chegar a canto nenhum, a não ser andando.

— Ela se perdeu na multidão até sair da Tchecoslováquia — disse Schwartz. — Depois, atravessou a Áustria a pé, sozinha, viajando à noite, seus pertences envoltos num xale.

— Que pertences?

— Acho que você já sabe a resposta a essa pergunta. O Pergaminho da Ânfora.

O telefone dele tornou a tocar. Dessa vez ele atendeu, falando em hebraico.

— Por favor, me perdoem — disse ele. — Mas agora eu realmente tenho que me retirar.

E com um sorriso encantador, foi embora.

2

Jack Philindros e eu jantamos com os monges, que se cuidavam bem à mesa. Salada grega, carneiro assado, frutas, vinho tinto amargo misturado com água, café açucarado meio moído. À exceção do café, Septimus Arcanus poderia ter comido um jantar semelhante há dois mil anos, naquela mesma redondeza.

Depois, na célula caiada de Jack, conversamos sobre Norman Schwartz. As paredes e a porta eram grossas. Uma janelinha com o postigo fechado ficava bem alta na parede, acima de um floreado crucifixo bizantino. O silêncio era quase perfeito, de modo que Jack era quase audível.

— Sujeito simpático, esse seu Schwartz — disse eu.

— Todo mundo percebe isso — replicou Jack.

— Você acredita no que ele estava nos dizendo?

— Com a relutância de costume, acredito — disse Jack.

— Já lidou com ele antes?

— Já.

— Então, por que a relutância?

— Os homens sinceros às vezes mentem, e os mentirosos às vezes dizem a verdade — disse Jack. — Mantidos inalterados os demais elementos, Norman é um homem sincero.

— Eu fiquei um pouco surpreso diante da insinuação dele de que Lori era uma agente dos sionistas.

— Não é impossível. A mãe de Norman, que era o contato de Lori na operação *Mahican*, era irmã de Yeho Stern.

— Oh.

O falecido Yeho Stern tinha sido chefe do serviço secreto israelense nos primeiros anos da existência de Israel. Yeho era lendário no sentido original do termo. Durante seu longo período como *memuneh*, que significa o chefão do Mossad, ninguém do lado de fora do seu serviço e nem todos que estavam nele podiam estar absolutamente certos de que ele realmente existisse.

— E os britânicos? — perguntei.

— Talvez Yeho estivesse envolvido na operação deles — replicou Jack. — Pegar carona em serviços mais bem financiados era uma das especialidades deles.

— Então você não vê furo algum no que o Norman nos disse até agora?

— Eu não disse isso.

— O que foi, então?

— Uma possível coincidência engraçada — disse Jack. — Norman esteve na Brigada Judaica, uma unidade do Exército britânico que entrou em ação no norte da Itália na primavera de 1945, pouco antes do Dia V-E. No verão de 1945, membros da Brigada Judaica estavam ativos ao longo de toda a fronteira italiana com a Iugoslávia e a Áustria, ajudando os judeus que fugiam a embarcar na ferrovia secreta para a Palestina.

— E daí?

— Norman pode ter-se encontrado com Lori na Itália, por ordem do Tio Yeho, colocando-a no navio certo para Haifa.

Aquilo fazia sentido. Não teria sido necessário fazer quaisquer apresentações, e nenhuma explicação era exigida. Lori já conhecia Norman da época em Berlim, e qualquer coisa que ele fizesse por ela podia ser explicada como pagamento de uma dívida pessoal.

Depois de plantar aquela semente, Jack ficou em silêncio. Apesar do ambiente monástico, eu não estava com disposição alguma para a comunhão silenciosa, e, além do mais, ele tinha despertado minha curiosidade a respeito de Norman.

— Você disse que Norman era um erudito — disse eu. — Em que campo?

— Arte bizantina — disse Jack. — É por isso que ele é um freqüentador assíduo aqui. Ele usa a biblioteca. Alguns dos monges também são eruditos bizantinos.

— Não me diga que ele é mais um doutor em filosofia.

— Não, ele passou a fazer isso já aposentado. Durante a maior parte da vida, foi jogador de pôquer profissional.

Segundo Jack, Norman aprendera o jogo com marinheiros no navio de Marinha Mercante australiano que levara sua família de Copenhague a Haifa depois que eles fugiram dos nazistas. Norman mostrara grande habilidade no pôquer. Tinha uma vista fenomenal, que significava que podia ler cada carta que caísse, uma memória tenaz e um dom para a aritmética. Como resultado de uma infância passada em companhia de pessoas que em sua maioria queriam vê-lo morto, também era bom em interpretar fisionomias e linguagem corporal.

Logo depois de voltar da guerra, Norman sentara-se para uma partida de *stud poker* de cinco cartas com seu Tio Yeho e alguns de seus amigos do Mossad. Depenara todos eles.

Yeho viu logo as possibilidades do sobrinho. O rapaz era jovem, bonito, inteligente e já era um frio matador experiente — quando soldado, tinha sido um atirador de tocaia de competência fora do comum na Itália. Esse currículo teria feito com que Norman interessasse a Yeho, ainda que não tivesse mais nenhuma qualificação. Sua perícia no pôquer o tornava um elemento especial. Sem precisar de nenhum outro disfarce, podia ir a qualquer parte do mundo e jogar cartas com qualquer pessoa, e porque os jogadores viviam durante a noite, enquanto o resto do mundo dormia, podia executar qualquer tipo de operação sem ser apanhado.

Naquela mesma noite, Yeho fizera a pergunta.

— Norman impôs uma condição — disse Jack. — Insistia em ficar com o que ganhasse nas cartas, qualquer que fosse o montante. Yeho concordou. Como é que ele poderia jogar sem um incentivo?

— E ele prosperou?

— Depois de alguns anos de atividade, usou o dinheiro que ganhara para comprar um pequeno hotel em Miami Beach — disse Jack. — Para Yeho, não importava onde Norman morasse, é claro.

— Ele continuou a jogar pôquer depois de se tornar hoteleiro?

— Até começar a perder para jogadores mais moços, mas isto só aconteceu anos depois — disse Jack. — Ele participava dc jogos em que o cacife era alto, pelo mundo inteiro. Conheceu um bocado de gente interessante, árabes ricos e assim por diante. E também alemães ricos.

Jack tinha algo a me dizer, mas esperava que eu perguntasse.

Eu disse:

— Me fale mais sobre árabes e alemães ricos.

— Você pode perguntar ao Norman quando tornar a vê-lo. — Ele olhou seu relógio. — Meia-noite. Sabe, Horace, eu acho que é melhor você passar a noite aqui. Os monges terão prazer em acolhê-lo, e o Norman vem aqui quase todos os dias.

— E amanhã?

— Veremos o que acontece — disse Jack. — Enquanto isso, será um prazer tê-lo aqui por alguns dias. O King David é um aquário de peixes dourados.

— Quer que eu me esconda?

— Não, mas você não tem nada a ganhar sendo visível. Eu sei que já não se preocupa mais com segurança, mas Israel está cheio de russos e nem todos eles são inocentes que regressaram.

— O que quer dizer...

— Pelo que ouvi dizer sobre o que você e o Harley andaram fazendo em Moscou, vocês podem ter provocado ressentimentos na Rússia.

Eu disse:

— Isso é um aviso de caráter geral, ou você sabe de algo específico?

— Há uma certa preocupação quanto à sua segurança — disse Jack.

— Você está me dizendo que tanto a máfia russa como o Mossad estão atrás de mim?

— Até onde eu sei, o Mossad, não. Por que iria estar, quando você pode ter mais sorte do que eles tiveram até agóra quanto a encontrar as bombas que desapareceram? Eles prefeririam limitar-se a observá-lo trabalhar.

— E Norman é o observador?

— Um deles, talvez — disse Jack. — Mas eu acho que ele representa uma oferta de amizade. Um intermediário entre duas partes que têm objetivos similares.

A outra parte era a velha organização de Yeho. Eu nunca ouvira falar de alguém que fizesse sociedade com o Mossad e progredisse.

Eu disse:

— Um intermediário que pertence ao concorrente e por acaso é um dos melhores jogadores de pôquer do mundo?

— É, mas ele também é o Norman.

— O que é que isso quer dizer?

— Quer dizer que eu realmente não acho que Norman vai mentir para um primo de Paul Christopher ou traí-lo — disse Jack. — Ele pode ter uma agenda própria, mas também tem recordações.

Em seu estilo elíptico, Jack estava dizendo que Norman era um Velhote que vivia segundo princípios antigos. Os Christopher, que tinham salvado sua família arriscando a própria vida, eram seus amigos. O mesmo acontecia com os amigos deles, especialmente suas famílias.

Terminamos o café-da-manhã. Jack disse:

— Por que não tira o dia de folga? Fique no seu quarto e espere que Norman apareça. Eu tenho algumas coisas a fazer.

Os monges não falavam comigo, mas pareciam não se importar com a minha presença. Depois de perambular pelo mosteiro durante a metade da manhã olhando ícones e livros, instalei-me na minha cela com um romance que tinha levado comigo. Por volta de uma hora da tarde, ouvi os monges passando diante de minha porta com os pés arrastando, e depois, passando pelo corredor, sons sociáveis enquanto eles se dedicavam ao almoço. Jack desaparecera e fiquei acanhado quanto a ir ao refeitório sozinho. Comi uma maçã e voltei ao meu livro.

Mais ou menos uma hora depois, houve uma batida na porta. Meu visitante era Norman Schwartz, levando uma bandeja coberta com um guardanapo.

— Os monges ficaram receosos de que você estivesse fraco de tanta fome — disse Norman. — E eu trouxe isto para você.

De uma sacola de compras feita de corda, ele tirou um embrulho contendo meias e roupa branca limpas, uma navalha e uma escova de dentes, e um suéter de segunda mão, velho e grande bastante para ter sido feito para Golias. Aparentemente, Jack pedira a ele que fizesse algumas compras. Uma vez mais, observei suas mãos pequenas. Seu Tio Yeho, com o qual, à exceção daquele detalhe, ele não se parecia, tinha sido um homem baixinho. Imagine um menino cabeludo de dez anos de idade.

Sob o guardanapo encontrei uma terrina de sopa baseada no carneiro assado da véspera, um pedaço de pão, uma fatia de queijo, um jarro de água.

— Coma — disse Norman.

Enquanto eu mastigava, ele falava. Norman tinha vívidas lembranças de Lori Christopher tal como ela tinha sido antes de chegar à Palestina pelo mar, durante a noite.

— Ela fora esvaziada — disse Norman. — Tudo o que tinha sido antes de Heydrich escorrera por um ralo psicológico. Ela estava viva, sim, e exceto por estar mais magra e muito, muito calada, era a mesma que tinha sido em Berlim. Naquela época, ela transbordava inteligência, transpirava vitalidade. Ainda estava bonita, mas sentia-se que, emocionalmente, estava em outro lugar qualquer. E estava mesmo. Entre o seu último ser e o seguinte.

— Acho que não estou entendendo — disse eu.

— Antes da guerra, mesmo com os nazistas no poder, ela fora uma pessoa imprudente. Dizia o que lhe ia à cabeça, fazia o que queria. Tinha tudo: um nome tradicional, dinheiro bastante, beleza, um marido que ela amava, Paul. Perdeu tudo isso, até mesmo a posse do próprio corpo. Por isso, já não era a mulher que tinha sido e jamais poderia tornar a sê-lo.

— Isso é uma especulação?

— Não — disse Norman. — Ela me disse isso.

— Por que motivo? Você era o psicólogo dela?

— Não — respondeu Norman. — O amante.

Eu não poderia ter ficado mais perplexo se ele tivesse sacado uma pistola e atirado em mim.

Fora Lori quem começara o caso. Ela ficara morando com os Schwarz em Jerusalém. Norman estava de licença do Exército. Uma noite, ela simplesmente se meteu na cama dele. Na experiência de Norman, em geral era a mulher que tomava a iniciativa, mas aquilo o surpreendeu. Não havia tanta diferença assim, na idade deles. Ele estava com 20 e poucos anos; ela ainda estava na casa dos 30. Mas na última vez em que a vira, ele era um rapaz, e ela era a mãe do Paul.

— Fiquei perplexo — disse Norman —, mas eu era jovem, e ela me acordou de um sono profundo no qual provavelmente sonhava com uma garota, de modo que não pensei duas vezes. Ela tinha o corpo de uma garota, cheirava como uma garota, mas tinha a inteligência sexual, a linguagem da cama, de uma mulher para a qual nada é novidade e nada é proibido.

Era da minha tia que ele estava falando. Senti-me muito constrangido.

— Você contou isso ao Paul? — perguntei.

— Claro que não.

— Então, por que está me contando?

— Você tem um motivo para saber e nenhum motivo para não saber — disse Norman. — E presumo que possa guardar um segredo.

Norman apaixonara-se por Lori.

— Eu não tinha ilusão alguma — disse ele. — Não me amava. Ela não poderia ter sido melhor para mim na cama e de todas as outras maneiras se tivesse me amado. Mas não amava.

— Seus pais não perceberam o que se passava?

— Eu via pequenos sorrisos nos lábios deles. As mães gostam que seus filhos homens transem. Meus pais eram socialistas radicais antiquados, que acreditam no amor livre. Para eles, sexo era comer uma casquinha de sorvete num dia quente. Quem não gosta de sorvete?

— Se ela não o amava e ainda estava em estado de choque pelo que tinha acontecido ao Heydrich, o que estava lucrando com isso?

— Estava cortando um elo com o passado.

— Usando você?

— Pedindo que eu colaborasse. — Norman parou de falar, mordeu o lábio, olhou para o crucifixo na parede da minha cela. — Eu não fazia idéia de que ainda estivesse tão triste com relação a isso — disse ele. — Me dê um momento.

Numa vida inteira de ouvir segredos, eu raramente encontrara antes um que me abalasse tanto quanto aquele. Os seres humanos, em especial as mulheres, agem em desacordo com a sua índole o tempo todo e fazem coisas imprevisíveis. Se Norman estivesse me falando sobre uma outra pessoa qualquer, com exceção de minha mãe, eu não teria ficado chocado. Mas Lori Christopher — mãe de Paul, esposa do meu tio — tinha sido a heroína num romance que transfixiara a mim e ao resto dos Hubbard e Christopher durante meio século. Era uma surpresa descobrir que aquela donzela das névoas tinha sido, no final das contas, de carne e osso e estivera tentando fugir do marido e do filho que tinham passado a vida acreditando que ela estava esperando que eles a achassem.

— Em todo caso — disse Norman —, eu teria feito qualquer coisa por ela. Não havia outra mulher como ela. Não me refiro à aparência, à mentalidade ou ao sexo, muito embora tudo aquilo fosse maravilhoso. Era aquilo em que a coisa estava embrulhada: uma profunda tristeza, nunca mencionada, nem mesmo sob a forma de uma fisionomia triste ou de uma lágrima. Mas sempre lá. Aceito. O destino dela.

— Você não achou que isso fosse, de alguma maneira, teatral?

— Está falando sério? Ela não tinha um só átomo teatral em seu ser. Era uma pessoa à qual o insuportável acontecera, uma pessoa que estivera em poder de maníacos. O que realmente lhe acontecera já era um pesadelo. O que é que havia para enfeitar?

Lori contou a ele a história do Pergaminho da Ânfora, mostrou-lhe o pergaminho fechado no cilindro de vidro, descreveu seu conteúdo.

— Ela deve ter confiado em você.

— Tinha bons motivos para isso — disse Norman. — Daquele dia até hoje, eu nunca disse a ninguém que ele existia.

— Nem mesmo ao seu Tio Yeho?

Norman não ficou nem um pouco surpreso com a pergunta.

— Nem mesmo a ele — disse. — O que Lori contou a ele, eu não sei.

— Lori conhecia Yeho Stern?

— Ele vinha à nossa casa para jantar todos os sábados, para que pudesse fumar e dar telefonemas sem ofender os ortodoxos. Ele era um fumante inveterado naquela época e sempre havia alguém com quem tinha de falar.

— Ele conheceu Lori na casa de seus pais?

— Eles se conheceram por intermédio de meus pais, mas acho que foi antes.

— Em Berlim?

— Talvez.

— Você não tem certeza?

— Com o Yeho, ninguém tinha certeza de nada — disse Norman.

— Alguma vez você perguntou a Lori?

— Eu nunca fiz a ninguém quaisquer perguntas sobre qualquer coisa que tivesse a ver com Yeho — disse Norman.

3

No inverno de 1945-46, que foi rigoroso por todo o Velho Mundo, Norman acordou certa manhã em Jerusalém e descobriu que Lori tinha ido embora. À verdadeira moda christopheriana, não houve despedidas. Ela deixara uma carta, dirigida conjuntamente a ele e aos pais dele.

— O que a carta continha, essencialmente, eram agradecimentos pela hospitalidade e adeus para sempre — disse Norman. — Nenhuma pista de para onde ela estava indo ou por quê. É claro que eu sabia o motivo. Minha mãe e meu pai não sabiam. Eles estavam chocados com os maus modos dela. Por um minuto ou dois, o que ela fizera voltou a transformar Lori numa alemã para eles. Depois, eles se lembraram de quem ela era e do que fizera.

Viajar naquela época, especialmente no Oriente Médio, não era uma coisa fácil. Os britânicos ainda controlavam a Palestina e suas fronteiras. Já estavam nervosos com o trabalho de Yedo Stern e outros ativistas sionistas — o contrabando de judeus europeus para a Palestina, incidentes terroristas projetados para amedrontar os britânicos e fazê-los sair do país. Até onde Norman sabia, Lori ainda não tinha documentos. Em 1945, as chances de uma alemã, não importa o quanto fosse heroicamente antinazista, atravessar livremente as fronteiras eram quase nulas. A menos que ela tivesse ajuda. Felizmente, Norman estava em boas condições de perguntar à pessoa certa sobre isso. À primeira luz do dia, ele acordou seu Tio Yeho, batendo na porta do quarto dele na Cidade Velha. Era uma manobra arriscada.

— Yeho não ficou contente em me ver — disse Norman. — Ele foi até a porta com um grande revólver na mão. Naquela época, é claro, ele era considerado o mais perigoso terrorista da Palestina. Mas quando eu expliquei, ele foi atencioso. Claro que tinha os dados na ponta dos dedos.

Segundo Yeho, Lori havia adquirido um passaporte da Cruz Vermelha identificando-a como uma tcheca deslocada de guerra. Ela fora para Haifa a fim de tomar um navio cargueiro libanês, o *Amin Gulgee*, que tinha como destino o golfo Pérsico. Norman chegou naquela mesma manhã, uma hora antes de o navio partir, e comprou uma passagem no convés até o último porto de escala.

— Lori e eu nos encontramos no convés assim que o navio ficou fora do limite de 20 quilômetros — disse Norman. — Ela não ficou contente em me ver, mas, a não ser que me jogasse ao mar, não havia muito que pudesse fazer quanto à minha presença. Ela devia ter sabido que Yeho tivera alguma participação no caso, assim como eu desconfiava de que ela devia os documentos da Cruz Vermelha, e quem sabe mais, a ele.

O *Amin Gulgee* não fora construído para ser veloz ou oferecer conforto, mas fazia frio pelos padrões da região, e a longa passagem chapinhando e castigada pelo sol, pelo mar Vermelho e em torno da península arábica, foi bem agradável. Não havia possibilidade alguma de relações sexuais, e muito pouca oportunidade de se conversar. Lori dividia uma cabine com dez outras mulheres. O convés onde Norman dormia estava cheio de marinheiros e passageiros dia e noite.

Eles desembarcaram em Bandar Abbas, a primeira escala no Irã. A viagem levara mais de um mês.

— Os britânicos eram poucos na região naquela parte da Pérsia e, de qualquer forma, eu tinha um passaporte britânico — disse Norman. — Assim, depois de pagar propinas, desembarcamos sem dificuldade. Mas estávamos no Beluchistão. Uma mulher não pode viajar sozinha. Lori concordou que passássemos como marido e mulher. Ela comprara um chador a bordo do navio e o vestiu. Eu me pareço o suficiente com um semita genérico para passar por árabe ou mesmo um beluche.

— Você falava a língua local? — perguntei.

— Árabe palestino o bastante para ser entendido por outras pessoas que não o falavam muito bem — disse ele. — Lori ficava muda dentro do chador, como faria qualquer muçulmana. Todo mundo pensava que éramos o que dizíamos que éramos.

Naquela época, como agora, não havia ferrovias e virtualmente nenhuma estrada na área. A viagem aérea estava ainda distante. Norman e Lori tomaram um velho ônibus para Kerman, uma viagem de cerca de 300 quilômetros em linha reta.

— Viajamos serpeando como uma minhoca, admitindo-se que uma minhoca pudesse viver naquele sertão desidratado — disse Norman. — Metade do tempo não havia estrada alguma. Todos saltavam e empurravam. O ônibus parava ao escurecer e nós dormíamos dentro dele até o nascer do sol, quando o arranque rangia e nos acordava. Era sempre um momento de suspense enquanto o velho motor a diesel se decidia a pegar ou não. Levamos cinco dias para chegar a Kerman, mas quando chegamos fomos recebidos, naturalmente, por um amigo de Yeho.

Era Lori que tinha o nome e o endereço do homem e sabia a frase em hebraico que dizia a ele que ela estava sob a proteção de Yeho.

— O homem, chamado Ibrahim, estava no ramo da caravançarai — disse Norman. — Sua estalagem era um quadrado oco feito de chapas de folha-de-flandres que se agitavam e reboavam ao vento. Dentro do quadrado havia um pátio com um poço. Dúzias de camelos estavam amarrados uns aos outros pelas patas naquele espaço. Enxames de enormes moscas pretas alimentavam-se do esterco deles. Era duro, isto eu lhe digo, não havia uma única vidraça ou tela no local. O sol batendo num telhado de metal, as moscas, o fedor e a poeira entrando no quarto numa deliciosa brisa do deserto que tinha a temperatura do sangue. Lori se enrolava naquele chador.

Até verem os camelos e os facínoras que eram os donos, Norman e Lori pretendiam juntar-se a uma caravana que seguiria para o leste, em direção ao Afeganistão. Este era o plano de Lori, ou a parte dele que ela não se importava em revelar.

— Ibrahim ficou horrorizado — disse Norman. — "Eles já sabem que vocês não são muçulmanos", disse ele em hebraico para que Lori não entendesse. "Essa gente é primitiva. Eles vão matar você na segunda noite e levar a mulher. Irão passá-la de mão em mão, fazê-la de escrava e bater nela, e quando ela ficar esgotada, vão deixá-la nua no deserto, para morrer."

Norman ficou convencido. Ele identificava selvagens só em olhar, e com Lori acontecia o mesmo. Mas ainda assim ela queria viajar de caravana.

— Ela simplesmente não tinha medo algum — disse Norman. — Não que quisesse morrer, mas não dava importância alguma ao perigo. Isso teria sido estranho num homem. Numa mulher, era fantástico. Era o suficiente para fazer alguém imaginar se uma cartomante não teria descrito algum outro destino para ela, e, por mais que isso não combinasse com o seu temperamento, ela acreditara no que as cartas tinham dito.

Norman temia que fosse acordar um dia e tornar a descobrir que ela fora embora. Ibrahim impediu isso ao conseguir transporte alternativo antes do anoitecer do dia em que dera o seu aviso.

— Quem sabe onde ele o encontrou, mas Ibrahim nos arranjou um velho caminhão britânico — disse Norman. — Um modelo de antes da guerra, mas que funcionava.

Ibrahim negociava armas e muitas outras coisas, e dele Norman e Lori compraram dois velhos mas aproveitáveis rifles de caça ingleses, um deles equipado com uma mira telescópica, e quinhentas balas. E também água e gasolina de reserva em peles de cabra, uma pequena barraca com tapetes, nos quais, eles logo descobriram, morava uma metrópole de pulgas, e três carneiros, uma ovelha para ser ordenhada e dois carneiros castrados para serem abatidos e comidos. Tudo aquilo não saiu barato — afinal de contas, Ibrahim era um homem de negócios —, mas Lori pagou sem discutir.

— O dinheiro parecia ser tão irrelevante para ela quanto a cautela, como se fosse algo de que ela não iria precisar por muito mais tempo — disse Norman.

No bazar em Kerman, Norman comprou roupas masculinas para os dois. Lori usou o chador até os dois estarem bem longe da cidade, mas então mandou que Norman parasse o veículo e foi para trás de umas pedras. Voltou um jovem esguio em calças e um caftan largo, os cabelos cortados curtos escondidos sob um turbante que ela de algum modo sabia como enrolar. Ela já não se deslocava como uma mulher ou mesmo como uma européia, mas como os felás que evidentemente estivera estudando a bordo do *Amin Gulgee* e em terra, no Beluchistão. No navio e na viagem do mar para Kerman, ela adquirira um tom moreno forte, e embora tivesse a pele mais clara do que a maioria dos beluches, além de ter olhos cinzentos, poderia — com um pano cobrindo o rosto — passar por um rapaz cuja mãe dormira uma noite com um inglês ou um afegão de olhos azuis.

A única estrada para o norte, saindo de Kerman, passava por um montanhoso deserto de sal. Havia duas ou três aldeias junto a oásis entre Kerman e o ponto no mapa, a quase 500 quilômetros de distância, onde a estrada virava para leste, atravessando a fronteira afegã. E depois dali para a cidade de Herat.

Norman disse:

— Eu esperava com toda a certeza que fosse morrer por amor muito antes de chegarmos a Herat. Lori não disse que aquele era o nosso destino final, mas eu não conseguia imaginar um lugar mais escondido na face da Terra.

Na segunda manhã fora de Kerman, eles foram atacados por homens montados em camelos que surgiram de um ofuscante nascer do sol branco e crivaram a barraca deles de balas.

— Devido às pulgas nos tapetes que Ibrahim nos vendera, Lori e eu tínhamos passado a dormir no chão, a céu aberto — disse Norman. — Naquela manhã em especial, achávamo-nos num pequeno morro acima do acampamento. Estávamos com os rifles. No ataque havia sete homens. Estavam armados com *jezails*, velhos rifles que eram carregados pela boca, e crivaram de balas a nossa barraca vazia. Sem dizer uma só palavra, Lori começou a atirar. Eu não fazia idéia de como ela atirava bem. Mas derrubou um homem de seu camelo a uma distância de pelo menos 200 metros antes que eu desse o meu primeiro tiro. Minha arma era a que tinha a mira telescópica, o que a tornava inútil porque estávamos atirando contra o sol.

Quando Norman acabou de destacar a mira telescópica, uma questão de poucos segundos, Lori tinha abatido mais um homem e ferido um camelo, que derrubou quem o montava e agora corria em círculos agonizantes. Os bandidos que restavam fugiam de volta para o disco do sol que cegava. Norman, que como você se lembra era um experiente atirador de tocaia, abateu um deles e feriu outro, que se manteve montado e continuou fugindo. Os sobreviventes estavam, agora, em campo aberto, fora de alcance.

— Antes que eu pudesse detê-la, Lori estava descendo o morro correndo, em direção ao acampamento — disse Norman. — Ela não usava o turbante, e os cabelos voavam como uma bandeira loura. Agarrei a luneta e uma caixa de munição e fui atrás. Eu não tinha escolha. Alcancei-a justo quando ela pulava para dentro do caminhão. Ela deu a partida com um rugido e saiu atrás dos homens que fugiam.

Eles estavam fora da estrada, dirigindo em campo aberto. Nessas circunstâncias, o velho calhambeque não podia ir mais depressa do que um camelo correndo, mas até mesmo um camelo se cansa, e depois de alguns minutos os homens pararam no alto de um morro, fizeram os animais se deitarem e começaram a atirar contra o caminhão por trás de um anteparo de pedras.

— Lori fez um largo círculo em torno do morro, depois colocou o caminhão em primeira e levou-o ao topo de um outro morrinho a cerca de 100 metros de distância do primeiro — disse Norman. — Os *jezails* do inimigo estavam bem no limite de seu raio de alcance.

Daquela vez, o sol estava atrás de Norman e Lori. Ela estacionou o caminhão atrás de uma grande rocha, subiu até o topo, deitou-se de bruços e começou a atirar metodicamente nos camelos.

— Tiros na cabeça todas as vezes — disse Norman. — Os camelos davam um pulo e morriam. Eu me deitei ao lado dela. Ela disse: "Os homens são seus."

O Exército britânico não tinha feito de Norman um atirador de tocaia por ele ter um coração fraco, mas aquilo parecia uma situação extrema. Os homens estavam derrotados, e para onde poderiam ir sem camelos?

— Mate-os, Norman — disse Lori.

— Eu entendi o que ela estava me dizendo — disse ele. — Se não os matássemos a todos, eles teriam um motivo para se vingar e nós nunca ficaríamos livres deles.

Ele recolocou a mira telescópica no rifle e, um a um, abateu os homens, o último não mais que um menino, a julgar pela agilidade, que tentava escapar correndo morro abaixo, desviando-se de pedra para pedra.

— Em minutos estavam todos mortos, homens e animais — disse Norman. — Quando a fumaça se desfez, Lori estava tão serena quanto uma mulher que saía de um teatro.

Eles deixaram os bandidos e seus camelos mortos onde tinham caído, como uma advertência a outros.

4

Até em Herat, Yeho tinha um amigo. Embora hoje em dia isso não seja muito falado em círculos radicais islâmicos (e eu nunca soubera, até que Norman me contou), os habitantes da cidade ainda acreditavam, em 1946, ser descendentes de uma tribo israelita que fora capturada e levada marchando para a Babilônia por Nabucodonosor, depois da destruição de Jerusalém em 586 a.C. Aquele povo acabou se deslocando para a parte leste do Afeganistão, fundou Herat, tornou-se a tribo chamada patane e começou a conquistar os vizinhos. Como seus supostos ancestrais sob o comando de Josué e os iraelenses comandados por homens como Yeho, eles eram guerreiros e conquistadores ferozes e implacáveis. Diziam ser os Ben i-Israel, filhos de Israel. Viviam sob uma aparente lei hebraica antiga, falavam uma língua diferente da dos demais afegãos e acreditavam que sua linhagem os tornava o povo mais nobre do Afeganistão e estavam destinados a ser os governantes do país.

No século XIII, enfrentaram os *ghuzz*, um povo turcomano muçulmano cujo exército missionário atacou Herat. Os quarenta habitantes de Herat que sobreviveram ao cerco converteram-se — embora não se tenha certeza do grau de sinceridade — ao islamismo, mas suas lendárias história e leis foram registradas em livros sagrados. O guardião hereditário daqueles textos era o amigo de Yeho, Habibullah. Uma vez mais, era Lori que sabia onde achar Habibullah e o que dizer a ele.

— Com Yeho, nunca se sabia, mas eu não entendo como Habibullah podia estar nos esperando — disse Norman. — Seja como for, ele nos recebeu quando mencionamos o nome de Yeho.

Do lado de fora, disse Norman, a casa de Habibullah parecia um casebre, mas dentro era espaçosa, com divãs e mesas e tapetes persas dispostos um ao lado do outro. Estava cheia de criados. As janelas fechadas para evitar o fedor, o calor e as moscas. Garotinhos agitavam o ar fétido puxando as cordas presas em ventarolas que pendiam do teto. Habibullah deu por certo que Lori e Norman eram casados.

— Ou talvez não tivesse dado, já que nós éramos infiéis e, de qualquer modo, isso não tivesse importância alguma — disse Norman. — Seja lá por que motivo, ele nos colocou juntos num apartamento só para nós. Assim que entramos, Lori arrancou o chador. É claro que por baixo ela estava completamente vestida, mas Habibullah rolou os olhos para o céu, a fim de evitar olhar para o rosto dela. Logo de imediato, ela passou um cachecol sobre o rosto e cobriu os cabelos. Habibullah relaxou. Mas nos avisou que Lori não deveria andar pela casa com véu ou sem véu, e que ele trataria de negócios conosco no nosso apartamento. Eu faria as refeições com ele. Lori seria alimentada no quarto dela, por mulheres.

Todas as negociações foram feitas por Lori, recitando rapidamente artigos de listas que ela sabia de cor. Ela queria três bons cavalos, um garanhão e duas éguas, roupas adequadas para uma viagem pelas montanhas e pelo menos duzentas balas para sua pistola e para cada um dos dois rifles. E também uma boa sela para se montar e duas albardas, comida para trinta dias e remédios que porventura existissem, além de mapas em grande escala e orientações verbais para atravessar o norte do Afeganistão e a Índia, indo até a China. Ela pagaria em ouro, através de Habibullah.

Os cavalos tinham de ser os melhores que houvesse, e ela deveria inspecioná-los e montá-los antes de fazer qualquer negócio. Ela se comunicava em inglês com Habibullah, que falava bem, como todos os afegãos instruídos e tantos outros que viviam nas partes rosa do mapa enquanto o sol se punha sobre o Império Britânico. Lori encontrou os cavalos que procurava

— não os belos corcéis árabes que Norman imaginara, mas rijos animais de andar seguro que não eram muito maiores do que pôneis.

— Naturalmente, ela cavalgava como um cossaco e sabia de tudo sobre cavalos — disse Norman. — O repertório de suas habilidades me impressionava. Ela adquirira a maioria quando era criança. Antes de Hitler, os alemães acreditavam muito na supereducação, e eu acho que aquelas realizações eram apenas coisas que se esperavam da filha de um barão prussiano. Exceto, talvez, a perícia no tiro ao alvo. O pai ensinara-a a atirar quando ela tinha 10 anos, disse ela, para o caso de um dia os russos atacarem.

Em menos de uma semana, Habibullah adquiriu tudo de que Lori precisava, inclusive a munição que ela especificara. Aquilo foi uma espécie de milagre, considerando-se onde ficava Herat no mapa e o fato de que a Europa estivera em guerra durante seis anos e durante todo aquele tempo ninguém fabricara munição para uso civil. Saber o que queria e nunca aceitar uma recusa a um pedido tinham sido partes importantes da educação prussiana de Lori.

— Ela não dizia nada sobre seus planos para o futuro, mas acontece que não tinha plano algum — disse Norman. — Uma certa manhã, eu acordei e ela tinha ido embora. Outra vez. Eu sabia que um dia aquilo iria acontecer, é claro, e o jeito de fazer amor na noite anterior — como se o orgasmo fosse um ponto no fim de uma frase — devia ter me dito que eu estava recebendo a única despedida que poderia ter algum dia. Ainda assim, foi um choque. Eu sabia o que tinha acontecido no momento em que abrira os olhos, mas não pensei mais em ir atrás dela do que pensaria se ela tivesse decepado meus pés, levando-os com ela. Não havia espaço para mim no lugar para onde ela estava indo, e eu não queria passar o resto da vida no meio daquele povo que ela iria encontrar quando chegasse aonde quer que fosse.

Daquela vez, Lori deixara uma carta para ele.

— Era muito impessoal, escrita em alemão, que era a língua em que ela e eu falávamos um com o outro — disse Norman. — Ela deixou junto a aliança de casamento, com as suas iniciais e as do marido, a data, e uma ou duas palavras a respeito do amor gravadas no lado de dentro. A carta não era para mim, ou mesmo para o marido dela, mas para Paul, caso algum dia ele aparecesse. Eu deveria entregá-la a ele e não dizer nada.

— Não dizer nada?

— Eu acho que ela queria que ele pensasse que o anel era uma prova de que ela tinha morrido. Por que outro motivo se separaria dele? Mas ela não iria me pedir que mentisse sobre o caso.

— E você fez o que ela pediu quando Paul finalmente o encontrou?

— Não.

— Por quê? Você achava que ela mudara de idéia?

— Dificilmente — disse Norman. — A verdade é que eu queria que alguém procurasse por ela. Eu passei a vida desejando ter colhão para fazer isso eu mesmo, mas queria estar com ela em Paris, não no meio do nada.

Ele ficou em silêncio. Os grandes olhos castanhos, vivos como os de um rapaz, estavam desfocados, olhando para o passado. Ele saiu sem se despedir.

CINCO

1

O nosso arabista, Ben Childress, e eu tínhamos combinado que jamais nos encontraríamos num lugar em que houvesse até mesmo a menor probabilidade de que pudéssemos ser vistos juntos por árabes. Ele escolheu a Irlanda, um hotel do interior à beira de Lough Swilly, braço de mar em Donegal, mais ou menos o máximo ao norte e fora do caminho que se possa chegar na Irlanda. Uma chuva incessante e um vento frio congelavam nossos ossos. Ben chegou no segundo dia, a tempo de tomar chá. Ele era de Massachusetts, criado numa fazenda de pedra no alto de uma montanha. Quando criança, ordenhara vacas e cortara madeira, indo a pé até uma escola de uma única sala. Sua família falava com um sotaque fanhoso que fazia com que Harley Waters parecesse um apresentador de rádio. O próprio Ben falava como um sujeito que tinha cursado Princeton, o que de fato ele fizera graças à Carta de Direitos dos soldados depois de desembarcar no Dia D com a Primeira Divisão de Infantaria e conseguir viver pelo restante da guerra.

Ben disse:

— Sinto muito, Horace, mas o que eu tenho para você poderá fazer com que se sinta o caçador branco no livro de histórias.

— Qual dos caçadores brancos?

— Aquele que persegue um tigre e que encontra as próprias pegadas numa trilha da selva, percebendo que tem andado num círculo e que o tigre o está espreitando.

— Continue, Ben — disse eu.

— Ibn Awad sabe que você está outra vez atrás dele.

— Você sabe que ele sabe?

— Sei.

— Então, sabe que ele está vivo?

— Tenho motivos para pensar que sim.

— Você o viu com seus próprios olhos?

— Ainda não. Mas vi a *fatwa* que ele emitiu contra você. Todos os crentes estão instruídos para matá-lo se o virem. Em anexo está uma descrição muito boa de você.

— Ibn Awad assinou essa *fatwa*?

— É uma pergunta capciosa — disse Ben. — É do seu conhecimento que ele não sabe ler nem escrever. Tal como o profeta. E como ele está oficialmente morto e quer continuar assim, fez com que a *fatwa* fosse expedida por outra pessoa. Mas partiu dele.

— Você sabe onde ele está?

— Ainda não. Ele está sempre se deslocando. Pelo que estou começando a desconfiar, não apenas de uma parte do deserto da Arábia para outra. De deserto para deserto, por toda a África e a Ásia, onde quer que haja muçulmanos.

Aquele *ainda não* era um Childress autêntico. Se Ben dissesse que sabia de alguma coisa, ele sabia. Ele possuía a arrogante certeza de Sherlock Holmes — conseguida, no seu caso, ao que eu saiba, sem o auxílio da cocaína. Ele até se parecia com Holmes ou, melhor dizendo, com Basil Rathbone no papel de Holmes — cabelos pretos, grande nariz aquilino, sorriso contido, dentes brancos curvos, solteiro de quatro costados, embora não tão indiferente às mulheres quanto Holmes tinha sido. Nem tão antipático para com os Watson deste mundo, cujas fileiras, na avaliação de Ben, incluíam a mim e a quase todas as demais pessoas que ele já conhecera.

Exceto os árabes. Depois de Princeton, Ben se formara em línguas orientais em Oxford. De seus tutores ou da língua que estava estudando ou talvez de um desejo de fugir da bolorenta melancolia da Inglaterra, ele pegara *arabitis*. Depois de receber o diploma, passara um ano vivendo no deserto Ar Rub al Khali com um bando de beduínos que alegavam ser os últimos descendentes da tribo *quraysh*, que era considerada pelos estudiosos como a que falava o árabe mais puro. Muita gente que viveu entre os beduínos acaba por querer, do fundo do coração, parecer-se o menos possível com eles. Ben, no entanto, achava-os maravilhosos. Ele se convertera — de coração — ao Islã e tornara-se um deles, e pelo resto da vida poderia tornar-se um deles outra vez sempre que a ocasião o exigisse. Isso era uma enorme vantagem para a Firma, que o recrutara na faculdade e pagara o seu curso em Oxford. Ele era um árabe de coração, mas um benfeitor americano por instinto. Queria salvar os árabes de sua própria ignorância e da espada da cristandade. Acima de tudo, não queria ser um T.E. Lawrence norte-americano, um de uma longa lista de idealistas que tinham sido cativados pelos árabes e acabaram por traí-los. No entanto, era um idealista. Queria, acima de tudo, salvar os árabes uns dos outros, motivo pelo qual me ajudara na operação Ibn Awad original. Ele compreendera, antes de qualquer outra pessoa, que o velho estava maluco e que tinha o poder de fazer cair sobre o seu povo inocente a ira profana do Ocidente.

Ben era um protetor de suas fontes. Apesar disso, fiz a pergunta necessária — mas com cautela.

— Posso ter algum esclarecimento para tudo isso? — perguntei.

— Você quer dizer nomes? — disse Ben.

— Não é bem assim, Ben. Mas é da minha pele que estamos falando.

— O mesmo tipo de fontes de costume — disse Ben. — Tenho um velho amigo cujo neto é membro de uma célula terrorista. Meu amigo já foi terrorista também, de modo que, como todo avô que teve uma juventude agitada, se preocupa com o garoto, queria que ele tivesse ouvido seus conselhos e exercido a medicina.

— Mas ele não cursou a faculdade de medicina?

— Cursou, é médico-cirurgião, estudou nos Estados Unidos. Só que sua prática está limitada a terroristas. Ele está sempre viajando, cuidando dos feridos — uma espécie de Firma médica.

— Como é que ele sabe para onde ir?

— Ele recebe um e-mail de quem quer que o controle e pega um avião.

— Então, como é que ele sabe alguma coisa sobre Ibn Awad?

— Porque o último paciente de quem ele tratou, num acampamento no deserto, na Tunísia, foi o médico alemão de Ibn Awad. Ele está com câncer.

Tunísia? Será que isso queria dizer que Ibn Awad tinha se mudado para o Saara? Ben Childress achava que não.

— Em primeiro lugar, o nosso jovem médico — chame-o de Mubarak — não tinha certeza de que estivesse na Tunísia — disse Ben. — Ele tirou essa conclusão com base no fato de que fora levado num avião particular até uma pista de pouso entre dunas de areia como as do deserto tunisiano. Quando voltou para casa, descreveu o médico alemão para o avô e o velho percebeu que se tratava de Claus Bücher.

— Como é que ele podia ter certeza?

— Ele não podia ter certeza. Mas conhecia Bücher de vista e pelo comportamento. Muita gente o conhecia em outros tempos, antes de Ibn Awad ter sido supostamente assassinado. Àquela altura, Bücher desapareceu. Mas, antes disso, era um homem badalado. Não havia nada de secreto quanto à posição de Bücher na equipe de Ibn Awad.

O chá veio numa bandeja carregada por uma jovem garçonete de cabelos claros. Ben travou uma conversa com ela e em questão de minutos estava de posse de seu *curriculum vitae* completo. Ela podia ter começado pensando que falava com um simpático cavalheiro de idade, mas depois das primeiras cinco sentenças a idade de Ben deixou de ter importância. Ele era simplesmente um homem esguio e faminto, com uma expressão interessada no olhar. Ben aprendera muito com os beduínos, mas asceticismo não era uma das lições. Ele era famoso pelo encanto que provocava nas mulheres. Em coquetéis eu observara mulheres de outros homens tirarem os sapatos, removerem os brincos, sacudirem os cabelos, dançarem ao som de uma música inaudível enquanto simplesmente conversavam com Ben a um canto da sala.

Quando a garçonete nos deixou, relutante, perguntei a Ben por que ele achava que Ibn Awad estava deslocando o seu esconderijo. Ele acabou de comer um *scone* com manteiga antes de responder.

— Porque Mubarak foi chamado de volta para tratar de Bücher — disse Ben. — Dessa vez, ele voou para Teerã num jato comercial e foi levado em mais um vôo num avião particular. Depois, um longo vôo de helicóptero. Foi parar num lugar completamente diferente do da última vez.

— Também no deserto?

— Também. Paisagem totalmente diferente, toque diferente. Mas as mesmas tendas, que incluíam um hospital portátil plenamente equipado. Sala de cirurgia, todos os instrumentos e aparelhos de último modelo. Ele diz que era um hospital de campo do Exército dos Estados Unidos.

— Como é que ele ia saber disso?

— Talvez ele assistisse ao *M.A.S.H.* Seja como for, foi essa a impressão que ele teve.

— Por que voltou?

— Para informar resultados de biópsia — respondeu Ben. — Os testes confirmaram que Bücher tinha câncer no pâncreas. Isto é invariavelmente fatal. O paciente não aceitou o diagnóstico. Eles discutiram em árabe. Dessa vez, Bücher disse a Mubarak quem ele era. Mencionou seu diploma da Universidade de Viena, a mais famosa faculdade de medicina do mundo quando ele lá estivera. Salientou o fato de que tinha sido o médico pessoal de Ibn Awad durante muitos e muitos anos.

— Bücher simplesmente deixou escapar esse segredo?

— Ele queria respeito profissional. Não estava bem preparado para enfrentar o Juízo Final. Queria que Mubarak *fizesse* alguma coisa.

— Que o salvasse.

— Que o operasse. Mas Mubarak não tinha qualificações para realizar aquele tipo de cirurgia. Além do mais, mesmo quando é bem-sucedida, o que raramente acontece, ela apenas aumenta a expectativa de vida por alguns meses.

— Quanto tempo Bücher pode viver sem a cirurgia?

— Com os remédios mais recentes, que estão sendo ministrados, entre três e seis meses. O caso dele foi diagnosticado há cerca de três semanas.

— O que acontece agora?

— Ele já está com icterícia e pele pruriente que não pode ser tratada — respondeu Ben. — Em seguida vêm dor, insônia, perda de peso, fadiga profunda, anemia.

— Amnésia?

Ben lançou um de seus frígidos olhares de Sherlock Holmes, de alto a baixo, como se ele fosse um homem muito mais alto. O que me fizera pensar que ele fosse omitir um detalhe tão importante assim?

— Isso não é inevitável — disse ele. — Mas é claro que a dor e a fadiga atingem em pouco tempo um ponto em que a vítima não se importa em lembrar coisa alguma ou está tão drogada que não consegue se lembrar.

Ben se pôs de pé.

— Está na hora de uma caminhada — disse ele.

Andamos numa névoa que congelava, ao longo da praia cinzenta ao lado da cinzenta água indolente de Lough Swilly. Tínhamos de gritar para sermos ouvidos acima da chuva que tamborilava nos nossos chapéus, o mar contido batendo na costa, o vento que gemia. Caminhamos em silêncio por quase dois quilômetros antes de voltar. A noite caía, e as ondas de crista espumosa tornaram-se menos visíveis e, depois, fosforescentes. Chegamos ao caminho que levava ao hotel. Àquela altura já era noite plena, e Ben e eu não conseguíamos ver um ao outro. Mas eu sentia o cheiro dele — tweed molhado, chá e bolos no hálito, sabão de barba.

— Suponho que gostaria de conversar com Bücher antes que ele morresse — disse ele.

— Isso adiantaria.

— Você praticamente não poderia fazer isso pessoalmente — disse Ben. — Por isso, a pergunta é: quem pode, sem ser morto?

— Mubarak.

— O principal candidato, mas inabordável.

— Ele não parece ter tanto escrúpulo assim no que se refere a revelar segredos ao avô.

— É verdade, mas ele não sabe o que precisamos saber, isto é, exatamente onde Ibn Awad está, exatamente onde estão as bombas.

— Exatamente o que queremos perguntar a ele.

— Bücher também pode não saber — disse Ben. — Não há motivo para que saiba. Falando nisso, especialmente agora que Bücher está morrendo e não tem utilidade médica alguma, há pouco ou nenhum motivo para que ele e Ibn Awad devam estar no mesmo lugar ao mesmo tempo.

Ben sempre me irritara.

— Eu não estou interessado no que Bücher *não sabe* — disse eu. — Estou interessado no que ele sabe.

— Nesse caso, tudo o que temos de fazer é tirá-lo de seu leito de morte ou mandar alguém em quem ele confie para falar com ele — disse Ben. — Alguém a quem ele queira confessar.

Elementar, meu caro Watson.

2

O fato de ser objeto de uma *fatwa* faz com que sua cabeça trabalhe maravilhosamente. Acrescente a isso o espírito vingativo da máfia russa, os impulsos homicidas de dois veteranos da Schutzstaffel, a alegre ambigüidade de Kevin e sua Força Cinzenta (se era isso que ela era) e a aritmética de ser um passageiro freqüente em aviões na era do terrorismo, e você aprontou para si mesmo um problema de palavras cruzadas atuarial. A paranóia não era uma novidade em minha vida. Você não pode deixar que ela atrapalhe o seu trabalho ou estrague suas horas de lazer. O truque, como me diziam os que na época eu considerava velhos instrutores experientes quando eu fazia meu treinamento, é evitar meter-se em situações da qual não há como escapar. Sempre examine o local com cuidado antes de entrar, sempre se sente de costas para a parede, sempre se certifique de que há uma porta dos fundos. A maioria dos meus colegas de turma levou aquele conselho a sério e dali para a frente não foram bons para com eles próprios ou para com outra pessoa qualquer. Na prática, você tem de entrar direto e sentar-se. Às vezes, sair pela porta dos fundos envolve quebrar o pescoço de alguém numa escada escura.

Na verdade, se me permitem uma lição por um instante, o truque é encontrar um jeito de voltar a ameaça para o ameaçador. Ele se decidiu por uma ação, de modo que está na hora do jiu-jítsu; você usa a energia do seu atacante para destruí-lo. Isto significa ficar perto do adversário, significa dominar o instinto de ficar o mais distante possível da pessoa que esteja tentando destruí-lo, o mais depressa que lhe for possível. No entanto, em operações a pergunta não é: como é que eu saio desta? É: o que é que eu posso fazer ao outro cara em seguida? Deve-se sempre ser o agressor, nunca o defensor. Sempre o gozador, nunca o motivo da gozação. Sempre o despreocupado jovem norte-americano (pense no Kevin) de quem nunca se desconfie que seja capaz de uma maldade, até que seja tarde demais. As chances nunca são o que parecem. Seu oponente, atravessando a linha da escaramuça ao fazer um cavalo-de-pau, pode ter mais força do que você, mas você tem a inestimável vantagem de ele acreditar que você não vai ser problema para ele só porque *é* mais fraco do que ele.

No entanto, teoria é uma coisa, realidade, outra. Depois de dar boa-noite a Ben, me deitei na cama em Donegal e fiquei fazendo o que tinha feito quando era um estudante corredor de *cross-country*, quando fui da infantaria, quando era um agente, quando era um prisioneiro do meu próprio governo — contar cem relutantes passadas, depois mais cem e depois outras cem, como meio de continuar avançando para um futuro indesejável. Nós tínhamos colhido uma porção de informações, muito mais do que eu esperara, num tempo relativamente curto. Dizem que o tempo voa para as pessoas de cabelos grisalhos, mas parecia fazer muito tempo que David, Harley, Jack, Ben e eu tínhamos deixado Washington. Minha mente estava no futuro. Imagens de Simon Hawk em Manaus, do capitão Zhang em Xinjiang, até mesmo as novas recordações de Mikhail em Moscou já estavam esmaecendo em minha memória. Na verdade, mal fazia um mês que a Turma dos Velhotes estava em campo. Apesar disso, estávamos avançando muito devagar; *estávamos* atrasados na nossa agenda. Sabíamos, agora, mais do que sabíamos para ter como começar, mas não o suficiente para agir. Ainda estávamos num estado passivo, observando, ouvindo, cheirando o ar. Ainda não sabíamos exatamente para onde ir ou exatamente o que fazer quando chegássemos lá. Isso nada tinha de anormal. As operações se desenvolvem como a sedução de uma mulher que sabe que vale qualquer grau de dificuldade — falsas esperanças, passos em falso, desentendimentos, recusas, zonas de silêncio, olhares demorados para olhos aparentemente sinceros que não respondem à mais simples das perguntas. E então, quando você já perdeu a esperança de um dia agarrar o momento, ele chega.

Embora Ben Childress e Jack Philindros pudessem discordar de mim sobre isso, não é necessário saber tudo, amarrar todas as pontas concebíveis, antes de dar o salto. Pelo menos, estávamos começando a separar as coisas. Tinham surgido opções. Philindros e Childress tinham fornecido excelentes pistas. Jack me lembrara de que a caça era Ibn Awad, e o prêmio eram as bombas dele. Ben salientara que achar Claus Bücher não era o mesmo que achar Ibn Awad. Mas acontece que nenhum dos dois compreendia que achar Paul Christopher poderia ser a chave de tudo. E nenhum dos dois mencionara uma coisa que, para mim, era óbvia — que, onde quer que Ibn Awad estivesse, ele e as bombas não estavam, necessariamente, no mesmo lugar. Se ele estava se deslocando de um lugar para outro, dificilmente poderia levar na bagagem doze artefatos nucleares sem proteção. Achar as bombas sem achar Ibn Awad, ou vice-versa, seria um bom resultado, mas o único resultado aceitável seria achar os dois. As bombas sem Ibn Awad significavam que quem as estivesse guardando para ele estaria livre para usá-las como achasse melhor. É melhor o louco que você já conhece etc.

O que nós queríamos eram as bombas e a cabeça de Ibn Awad. Nada de apocalipse, nada de outras ressurreições. E a maneira de conseguir isso — a única maneira, na verdade, a meu ver — era possuir algo que Ibn Awad quisesse de todo o seu coração deformado.

O Pergaminho da Ânfora. Mas como avisá-lo de que eu estava com o pergaminho, mesmo não estando?

Depois do café-da-manhã, o tradicional conjunto irlandês de ovos com tudo o mais, inclusive pudim preto, Ben e eu fomos dar mais uma caminhada na chuva que provocava névoa. Na praia, vimos as marcas frescas de patas de dois cavalos que galopavam, e pouco depois os próprios cavalos voltando, cavaleiros em pé, levantando areia e enviando pulsões de som pelo chão poroso sob os nossos pés. Não havia outro sinal de vida sob o céu de peltre, nem mesmo uma gaivota.

— Me diga, Ben — disse eu. — Você acha mesmo que encontrar uma utilidade para Mubarak está acima de nossa capacidade?

— Como um trunfo consciente, esqueça — disse Ben. — Mas mesmo que Mubarak não saiba o que se passa com ele, a motivação para cooperar teria de ser muito forte.

— Como o quê?

— Houve época em que dinheiro sempre era de bom gosto naquela parte do mundo, mas dinheiro nada significa para um homem como Mubarak. Ainda que tivéssemos o bastante para alugá-lo por algum tempo, e presumo que não temos.

— Não o suficiente para competir com Ibn Awad — disse eu. — Ele teria de ser inconsciente. O convite teria de partir de alguém em quem ele confie.

— Se você se refere ao avô dele, esqueça isso também — disse Ben.

— Eu me refiro a Ibn Awad.

— Não entendi.

— Ibn Awad vai precisar de um novo médico. É possível que ele tenha colocado um anúncio na internet terrorista, e Mubarak seja o primeiro candidato a ser entrevistado.

— Isso é pensamento criativo, sem dúvida — disse Ben. — Mas o que é que adiantaria para nós?

— Mubarak poderia colocar Ibn Awad nas nossas mãos.

— Como iríamos nos aproximar o suficiente para levá-lo a fazer isso?

— Suponha que tenhamos o objeto que Ibn Awad mais deseja no mundo?

— Uma bomba de hidrogênio?

— Pense em algo menos importante.

— O Pergaminho da Ânfora.

— Acertou!

Ele continuou avançando com dificuldade contra o vento ensopado, cabeça baixa, calado. Claro que sabia perfeitamente bem o que eu tinha em mente. Esperei em vão que ele o dissesse. Em Lough Swilly apareceu uma vela branca contra o céu e a água, que eram do mesmo tom de cinza. Nos serviços de ajuda que lhes custara o futuro, os Christopher tinham navegado no *Mahican* em águas como aquelas e sob semelhantes condições meteorológicas.

— O que precisamos é de um mensageiro em quem Ibn Awad possa acreditar, como o seu médico — disse eu. — Se Mubarak lhe revelou quem está de posse do Pergaminho da Ânfora, isso deverá resolver o caso.

Ben parou de estalo.

— Era isso que eu receava que você fosse sugerir — disse ele. — Horace, você está maluco.

— Você não acha que Ibn Awad quer o pergaminho?

— Ele quer a sua cabeça decepada.

— Não antes de eu lhe dizer o que ele está doido para saber.

— Mas você não sabe onde está o Pergaminho da Ânfora — disse Ben.

— Nesse caso, eu não iria ceder sob um interrogatório, iria?

Ben apressou o passo, deixando-me para trás. Não tentei acompanhá-lo, apesar de minhas pernas serem mais compridas do que as dele — teria sido muito fácil. Aquilo continuou muito mais do que cem passos. Ele estava pensando, tirando deduções. Ben não gostava de idéias que não fossem suas. Esta era uma fraqueza que o livrara dos inconvenientes de uma chefia graduada na Firma. O sangue vital da velha Firma tinha sido uma combinação de jovens brilhantes com liberdade de expressão e homens mais velhos que os ouviam porque já tinham sido jovens brilhantes no passado. Ben tinha sido, certa vez, um jovem brilhante. O problema era que continuara um jovem brilhante até uma idade bem avançada. Teimoso. Não era um bom ouvinte. Mas um homem que adorava idéias ousadas desde que pensasse que fossem dele.

Observei o barco a vela enfrentando um vento de vinte nós — um marinheiro muito bom no leme e nas velas. Por fim, Ben parou, girou nos calcanhares e ficou à minha espera. Quando o alcancei, ele disse:

— Eu entendo o que você pretende, mas também vejo grandes problemas.

— Eu sabia que você ia entender, Ben. É por isso que preciso de suas reflexões. Afinal de contas, foi você quem me deu a idéia.

— Eu não, meu chapa.

— É mesmo? Você se lembra de ter dito que eu não poderia fazer isso pessoalmente, isto é, chegar perto bastante de Ibn Awad para pôr as mãos nele? Foi isso que deu início à cadeia de raciocínio.

— Eu me lembro das palavras. Mas não me lembro de aconselhá-lo a colocar a cabeça na boca do leão. Você está agindo como o Christopher.

— Há modelos piores.

— Certo. E veja toda a felicidade que o fato de bancar o Sr. Intrépido proporcionou a Paul — disse Ben. — Horace, esse plano de nada adianta, a menos que você possa nos dizer exatamente onde está e manter-se vivo o tempo suficiente para a cavalaria chegar.

— E se eu conseguir isso?

— Ainda não teríamos cavalaria alguma. Será que Harley, Jack, David e eu, com idades que somam aproximadamente três séculos, devemos cair do céu, matar os malfeitores e salvar você e a donzela?

— Não — disse eu —, mas eu não estou planejando ser preso. Quero apenas que Ibn Awad chegue mais perto ou então nos dê um sinal para que nos aproximemos mais dele.

Ficamos onde estávamos, tremendo, o vento roubando-nos as palavras à medida que eram ditas, enquanto eu contava a ele o que tinha em mente.

No fim do discurso, ele se limitou a sacudir a cabeça.

— Isso significa que você está comigo? — perguntei.

— Eu me comprometi com você para o que desse e viesse — respondeu Ben. — Mas você percebe que está sacudindo uma lata de café cheia de peças velhas de relógio e espera encontrar um Rolex quando abrir a tampa, não é?

— Talvez. Você tem uma idéia melhor?

— Qualquer idéia seria uma idéia melhor — disse Ben. — Mas vou espalhar a notícia de que você está com o Pergaminho da Ânfora, e Deus o ajude.

3

A tecnologia é amiga do homem. Um exemplo ilustrativo é a identidade de quem telefonou. Meu telefone via satélite estava equipado com um sistema desses, e arquivado na memória dele estava o número do telefone que Kevin usara para me telefonar na escada do lado de fora do apartamento de Mikhail em Moscou. Uma delação involuntária não é tão rara nos círculos clandestinos quanto se possa pensar. Muito tempo atrás, eu tinha um informante nas entranhas do governo chinês que sempre escrevia seu nome e endereço autênticos nos envelopes que continham os relatórios que ele me mandava pelo correio. Um experiente burocrata. Ele achava que a ausência de um endereço do remetente teria maiores probabilidades de atrair mais atenção dos inspetores postais dominados pela rotina do que a sua descarada presença no canto superior esquerdo de seus traiçoeiros comunicados. Ele devia estar certo, porque nunca foi descoberto.

Quando liguei para o número de Kevin, atendeu uma caixa postal — o que não foi uma surpresa —, que pediu, numa jovial voz feminina, em russo, que eu deixasse nome e número. Eu disse:

— Aqui é Horace Hubbard ligando para Kevin Clark com uma fabulosa e única oferta. Por favor, ligue para mim no número que você já sabe. Tchau!

Comi o sanduíche seco e bebi a água engarrafada que comprara de manhã numa loja de conveniência de um posto de gasolina na estrada para Belfast.

Eu estava no alto de um morro, ao lado do pequenino carro de aluguel, numa pequenina estrada de chão batido, num lugar tão isolado que dificilmente parecia possível que pudesse estar escondido numa ilha tão populosa quanto a Irlanda. Nada tão selvagem e despovoado existia em Xinjiang ou entre vidoeiros russos. Fora a estrada, não havia sinal algum de que a mão humana algum dia tivesse perturbado qualquer coisa até onde a vista alcançava. Centenas de ovelhas de caras pretos, sem ninguém tomando conta, a lã gotejando de água da chuva, pastavam como animais selvagens. Pássaros alimentavam-se dos excrementos delas. Ovelhas e pássaros estavam mudos; um silêncio algodoado reinava. Turfa verde molhada, a cor intensificando-se quando o sol achava uma brecha nas nuvens perpétuas, cobria a terra de horizonte a horizonte.

O tráfego da telefonia por satélite entre os Velhotes ficara reduzido depois que aquilo deixara de ser novidade. Aqueles eram elementos cuja profissão os ensinara a não confiar em telefones. Os velhos espiões gostam de trabalhar sozinhos, em silêncio, observando os rostos de suas fontes à procura de sinais reveladores, como ganância e medo — às vezes até mesmo idealismo altruísta —, que digam ao olho experiente se o ouvido que crê em tudo está escutando a verdade ou coisas sem valor.

Meu telefone via satélite tocou. Eu pensei: *Essa foi rápida, Kevin.* O telefone estava no carro, dentro de minha maleta de lona. Ficou tocando até que abri o zíper da maleta e atendi.

Harley Waters perguntou:

— Você ainda está em Jerusalém?

— Não, estou cuidando do meu rebanho em outro local.

— É mesmo? — disse Harley. — Tome cuidado para não ficar solitário demais. Acho que tenho alguma coisa para você. Pode ir para Budapeste de onde está?

Seu tom de voz me disse que ele estava doido para me dizer alguma coisa que não podia dizer pelo telefone.

4

Madame Károlyi, uma mulher idosa que parecia um pequeno pintassilgo a quem Harley me levou para conhecer em Budapeste, falou sobre épocas sombrias enquanto servíamos café e comíamos doces na sua sala de visitas. Era um pequeno cômodo empoeirado, acima de uma rua estreita: abajures com franjas, xales com franjas cobrindo a mobília, formas oblongas escuras em papel de parede desbotado onde antes houvera quadros pendurados. Ela vestia o que parecia um costume Chanel da década de 1960; era rosa, com grandes botões espelhados. A saia era curta. As meias formavam joelheiras.

— Era muito curioso como as pessoas confiavam em assuntos sexuais sob o comunismo — disse ela. — Acreditava-se que a única fuga para a privacidade em relação à polícia secreta era meter-se na cama com alguém. Um caso de amor é algo que todo mundo sabe como manter em segredo, talvez tenha sido por isso que Deus cuspiu no punhado de terra, de modo que acreditávamos estar seguros se estivéssemos nus com um amante. A ocupação soviética pode ter sido o período mais erótico da história húngara, o que é dizer bastante.

Ela me ofereceu mais uma bomba. Lamentei a interrupção. Fazia anos, se é que algum dia acontecera, que eu não encontrava uma mulher que representasse o papel de si mesma com tanta perfeição. Cada mudança de tom, cada gesto, as roupas de museu, o recatado ângulo dos pés velhos em seus sapatos rosa de fetichista, era um retrato com flash da beleza que um dia ela fora. Dava para ver as jóias invisíveis que ela usava, as fisionomias maliciosas dos quadros que tinham desaparecido. Não era de admirar que Harley, que a dirigira como agente durante vinte anos, olhasse para ela como um homem perdidamente apaixonado. Ele devia ter recebido os relatórios dela numa cama de baldaquino.

— E o *dénouement*! — disse ela. — Uma peça de Molnár! Quando os arquivos da polícia secreta foram abertos, após a derrubada dos comunistas, revelou-se que todo mundo, *todo mundo*, estivera comunicando à polícia secreta todas as palavras ditas na cama, cada tremor de êxtase, cada piada política sussurrada pelos amantes. E não eram apenas os adúlteros *cinq-à-sept*. Esposas denunciavam maridos, maridos denunciavam esposas. É claro que isso era de se esperar. Mas amantes ternos? *Quel chagrin!* O perdão e o esquecimento em massa foram necessários quando tudo foi revelado; caso contrário, ninguém na Hungria teria feito sexo outra vez.

Madame Károlyi, nome de batismo Marie, tinha um dos sobrenomes mais antigos da Hungria, apesar de ter-se casado com um membro da família depois da chegada do Exército Vermelho, tarde demais para tirar grande proveito de pertencer à mais alta aristocracia. Ela mesma era descendente remota de Sigismund Bathory, que derrotou os turcos em Valáquia em 1595, e da famosa condessa de sangue Elizabeth Bathory.

— É claro que você já ouviu falar nela; ela se banhava no sangue de jovens camponesas virgens, como um afrodisíaco.

Madame Károlyi deu aquela informação com o mesmo tom de alta diversão com que descrevera os *ménages à trois* nos quais a AVH, a polícia secreta húngara, era quem ficava no meio. Quando agente em Budapeste, Harley tinha sido o terceiro elemento em alguns dos casos da condessa com comunistas de destaque. Entre eles havia um embaixador soviético que acabou sendo chefe da KGB. E também um primeiro-ministro da Hungria, um fantoche, que tinha sido um dos amantes dela quando ela era adolescente e que voltara da Rússia depois da guerra em condições alteradas: a KGB o havia castrado, uma técnica oriental tradicional destinada a garantir sua eterna obediência. O detalhado informe de madame Károlyi para Harley sobre o testemunho ocular das condições daquele homem, feito durante a fracassada revolta húngara de 1956, fora considerado um dos mais deliciosos golpes de informações na época. Houve outros, alguns ilustrados com fotografias. Quando ela já não era mais um objeto sexual, os depósitos que Harley fizera na conta dela num banco suíço tinham-na tornado uma mulher rica segundo os padrões da aristocracia arruinada. Ela vivera como vivia agora, como uma miserável, porque sabia que não devia chamar a atenção. Os que passaram a assumir o poder na Hungria achavam que ela fora colaboradora dos soviéticos. Ela não tinha como se defender, revelando que fizera tudo aquilo pela civilização ocidental e pelo dinheiro da Firma. Para madame Kórolyi, aquela era a última ironia numa vida que ela parecia considerar uma longa piada.

Harley, que devia ter ouvido as histórias dela muitas vezes, escutava com um brilho nos olhos e um sorriso de lembrança que eram reflexos da própria expressão vivaz de madame Károlyi. Maestro que era, ele sabia que a conversa de sua agente era apenas a maneira de ela chegar ao assunto principal.

O assunto era que ela era prima em terceito grau de Lori Christopher. Ela forneceu a genealogia completa — um bisavô prussiano se casara com uma bisavó húngara, acho eu. Em 1942, madame Károlyi tinha sido uma condessa de 12 anos de idade chamada Marie Bathory que vivia com os pais, irmãos e várias tias, tios e primos na propriedade da família perto da fronteira tcheca.

— A propriedade não está mais nem na Hungria, e sim na Eslováquia, mas na verdade nunca foi deste mundo — disse madame Károlyi. — Três mil hectares de terra tão mal administrados que nem mesmo os camponeses podiam produzir gêneros alimentícios suficientes para alimentá-los. É claro que eles nos alimentavam primeiro, porque nós éramos os donos da terra, e trabalhavam sem salário na casa pelo mesmo motivo. As famílias deles eram tão antigas quanto a nossa e sempre estiveram vinculadas à família Bathory, e, assim, o que mais poderiam ter feito? Se não tivessem cumprido com o seu dever, minha família os teria expulsado da terra. Injustiça social? Inacreditável. Mas naquela época, ninguém, nem senhor nem camponês, ouvira falar nesse conceito.

Em 1942, a Hungria ainda não tinha sido ocupada pelo Exército alemão, embora o país tivesse um governo fascista e fosse aliado do Terceiro Reich. O Exército húngaro lutava ao lado da Wehrmacht no front russo e sofria ruinosas baixas. A família de Marie tentava isolar-se do governo Horthy, direitista, cuja desconfiança em relação aos aristocratas era quase tão letal quanto a dos nazistas alemães e dos comunistas que vieram depois deles. A propriedade ficava a cerca de 112 quilômetros de Budapeste, muito depois da última estação de estrada de ferro, e na segunda metade daquela distância só podia ser acessada por trilhas ou caminhos usados por carroças.

— Não havia eletricidade, telefone, nem água corrente — disse madame Károlyi. — Uma vez por mês, todas nós, as crianças, tomávamos um banho juntas numa enorme banheira de madeira cheia de água tépida aquecida pelos camponeses sobre fogueiras ao ar livre. No meu décimo segundo aniversário, fui expulsa da banheira, e, depois disso, lavava apenas o rosto e as mãos, a virilha e as axilas, como os demais adultos. O tempo era um branco total. Não acontecia absolutamente nada. Nada de jogos de cartas, nada de caçadas, nada de charadas, nada de conversas, nada de caminhadas pelo bosque, exceto para fins de incesto. Eu lhe peço que imagine! O tédio era tão intenso, que um de meus primos tornou-se um famoso teórico do tédio. Quando professor de filosofia nos Estados Unidos, ele escreveu tratados explicando que o tédio era a raiz de todos os males, especialmente da política. Na minha opinião, esse foi o mais brilhante avanço intelectual da era presente, mas é claro que ninguém deu a mínima atenção.

Mais uma bomba? Não, obrigado. Tem certeza? Elas estão deliciosas. Não, mesmo. Mas como tudo isso é fascinante!

— Fascinante? — disse madame Károlyi. — O senhor não teria pensado assim se nunca trocasse de roupa, nunca comesse um doce, vivesse entre pessoas que tinham sido perfeitamente encantadoras em Budapeste mas que agora formavam uma coleção de sonâmbulos que jamais sorriam e praticamente nem mesmo falavam. Tinham perdido o dinheiro que possuíam, o que para elas era a mesma coisa que perder a alma. Estava além de Tchekhov, meu caro. Era puro Kafka! E então, como que por milagre, surgiu aquela visão. Lori.

Lori Christopher chegou, a pé, uma sacola nas costas, no princípio do inverno de 1942. Ninguém sabia como é que ela achara o caminho. Ela passara um verão na propriedade quando criança. Como poderia ter-se lembrado das trilhas através dos bosques, como teria escapado de estupro, assalto, assassinato, de ser comida por lobos? No entanto, lá estava ela.

— "Eu vim procurá-los", disse ela, "porque não tenho outro lugar para onde ir" — disse madame Károlyi. — Parecia uma novela. Ela estava fugindo dos nazistas, na época as pessoas mais perigosas na história do mundo. No entanto, estava linda. Quando viram a expressão no olhar dos maridos, as mulheres disseram, abanando a cabeça em uníssono: "Ela está nos ameaçando." Mas a minha mãe, que era a mulher de maior categoria na propriedade, disse: "Ela fica!"

Durante a visita que Lori fizera à propriedade na infância, ela e a mãe de madame Károlyi tinham ficado muito amigas, e durante toda a vida dali por diante, até que a guerra estourou e o sistema postal parou, as duas se correspondiam com regularidade. Muito antes da guerra, a mãe, cujo nome era Nandine Bathory, e seu novo marido visitaram Lori e Hubbard em Berlim. Nandine conhecera Paul quando este começava a aprender a andar. A existência dele a inspirara a ficar grávida de Marie.

— Mamãe sonhava que Paul e eu, que tínhamos apenas uns dois anos de diferença de idade, um dia poderíamos nos casar, muito embora ele fosse meio americano — disse madame Károlyi. — Era a costumeira amizade entre moças, uma, bela e brilhante, a outra, minha mãe, nem tanto. Uma, a amiga ardente, a outra, aceitando delicadamente a situação.

Lori não explicou aos Bathory o motivo pelo qual estava na Hungria Superior no meio de uma guerra que a Alemanha estava ganhando, ou de onde tinha vindo. Na verdade, ninguém queria saber; um conhecimento daquela natureza era perigoso. Pelas cartas de Lori, Nandine sabia de suas simpatias políticas, mas achou prudente não tocar nisso com o marido ou com outros membros da família.

— Não eram muitos os que realmente se lembravam de Lori — disse madame Károlyi. — Mas todos sabiam onde ela se colocava na árvore genealógica da família, e isso, aliado à identificação positiva de mamãe e sua insistência em conceder abrigo, era suficiente. Lori contou sua história a mamãe; não toda, não a ponto de colocar mamãe em perigo no caso de cair nas mãos da Gestapo, mas o bastante para que mamãe acreditasse que Lori tinha o direito de estar muito, muito triste. Mas, pelo que me lembro, ela não estava triste, pelo menos não o demonstrava.

Lori tinha dinheiro.

— Marcos alemães e também moedas de ouro — disse madame Károlyi. — Naturalmente, isso fez com que ela fosse muito bem recebida. Ela comprava pequenos objetos de luxo, como sabonete e açúcar. Não que houvesse muita coisa que se pudesse comprar naquela época, mas aquilo fazia com que as pessoas se sentissem melhor ao saberem que de certo modo as coisas estavam como deviam estar porque havia dinheiro escondido em algum ponto da casa. Ela contratou músicos ciganos, os alemães ainda não tinham começado a liquidar os gitanos, e nós dançamos. Ela dançava muito bem a *csárdás*, que é uma dança húngara rápida, e o *lassú*, que é uma dança langorosa. Todos os homens queriam ser seu par.

Madame Károlyi fez uma pausa momentânea e pediu licença. Enquanto ela desaparecia no banheiro, Harley sorriu acompanhando a figura cambaleante, feliz da vida consigo mesmo. Ele tinha razão de estar assim. Em nenhuma outra operação na vida eu fora tão feliz quanto às minhas fontes de informações como naquela. Todas elas eram idosas e loquazes. Bastava colocá-las no trenó e dar-lhes um empurrão montanha abaixo. Depois disso, era Marie, Marie, agarre firme! Isso não significava que elas fossem desprovidas de malícia ou duplicidade ou que suas lembranças fossem sempre exatas e que elas não se esforçassem para agradar à platéia. Mas pelo menos tinha-se uma quantidade enorme de material à escolha, desde que não se esquecesse de que elas ainda eram os caracteres escorregadios que sempre tinham sido. E não somos todos?

Ao Harley, eu disse:

— O quanto disso tudo você acha que é verdade?

— As partes que eu já sei estão corretas. Ou pelo menos batem com as histórias que ela mesma me contou — respondeu ele. — Os trechos sobre Lori são novos para mim, mas é provável que também tenham base na realidade.

— Eu espero que sim. O que virá em seguida?

— Não tenho a mínima idéia. Ela conhece todos os fantasmas da Europa Central.

Madame Károlyi voltou, trazendo uma bandeja na qual garrafas e copos eram equilibrados. Eram 16 horas.

— A hora das bruxas — disse ela. — Harley, querido, quer fazer as honras? Temos uísque, xerez e uma bebida húngara.

Ela havia retocado a forte maquiagem e afofado os cabelos cor de amarelo-canário. Harley serviu-lhe uma dose grande de uísque, puro.

— Eu acho que estou aborrecendo o senhor — disse-me madame Károlyi.

— Ao contrário, madame Károlyi. Por favor, continue. Eu estou fascinado.

— Nem todo mundo tem a delicadeza de dizer isso. Eu me tornei uma velha chata. *Santé!*

Ela bebeu o uísque num gole só e estendeu o copo para que Harley pusesse outra dose. Eu devo ter franzido o cenho, porque madame Károlyi me deu um tapinha no joelho e disse:

— Essa história de sorver coquetéis é uma coisa que a nova geração inventou. É *muito* delicada. Na minha época, era na base do vira-vira. — Ela bebeu o segundo copo.

— E então — disse eu. — O que foi que aconteceu depois?

— Depois? Depois do quê?

— Depois que a prima Lori organizou o baile.

— Um inverno horrível. Havia lobos no jardim. Ninguém passava um inverno na propriedade. Era um inferno: tosse, espirro, enregelar, água congelada na bacia todas as manhãs. Toda uma geração de nossos parentes jovens morreu naquele inverno, lutando na Rússia. Os Bathory eram uma família de militares. Todos tinham sido oficiais da reserva. Os que sobreviveram à guerra foram depois fuzilados pelos russos. Meu primo András, por exemplo, um major da guarda, bonito que só um sonho, cantava como um anjo...

Eu interrompi.

— Na verdade, eu sou fascinado pela sua prima Lori.

Ela franziu o cenho e depois bebeu um terceiro uísque, cerca de quatro doses juntas. Nenhuma lágrima no olho, nada de contração da garganta.

— Ah, Lori. Por que o senhor está interessado nela? Ela estava *de passage*.

— Ainda assim, uma figura romântica — disse eu. — O que houve com ela?

— Acha que ela era uma figura romântica? Claro que era, loucamente romântica, mas evitava essa impressão. Não dizia quase nada sobre ela mesma, e é claro que isso aumentava o romance, mas ela queria que seu silêncio fosse considerado como modéstia, não como mistério. Com ela, aprendi que o verdadeiro misterioso nunca se porta misteriosamente. Uma lição para mim numa idade mais avançada. Pergunte ao Harley.

Ela estendeu o copo.

— Outra dose, Harley, por favor — disse ela. — Vejamos. Lori. Ela comprou um cavalo de um camponês, um belo animal, um capão baio, e saía para longos passeios pela neve. Nas suas saídas, levava uma pistola, e com ela matou um lobo. O lobo e alguns amigos dele a estavam seguindo pela floresta. Cheiro de sangue. Ela estava menstruada. Meu pai se apaixonou por ela. O fato de ela matar o lobo deve tê-lo excitado.

— Isso deve ter sido triste para sua mãe — disse eu.

— Por que deveria ser? Homens são homens. Lori era bonita, era exótica, matava lobos. Não havia privacidade na casa. Papai tinha desejos de longe, não por escolha dele, é claro, mas Lori o mantinha distante. Lori e minha mãe riam disso.

Fiquei impaciente com toda aquela sofisticação agitada. Isso ficou evidente, e Harley me lançou um olhar que dizia: *Não pressione, deixe-a falar.*

— Um dia a Gestapo chegou, é claro — disse madame Károlyi ao apontar para o seu copo e dirigir a Harley mais um estonteante sorriso. — Eles estavam à procura de judeus ou gitanos ou fosse lá quem fosse que estavam fuzilando naquela semana. Àquela altura, Lori parecia ser uma de nós. Fosse como fosse, eles não estavam interessados especialmente em mulheres. Ela tinha documentos. Antes de Horthy despedi-lo, meu pai tinha trabalhado no Ministério das Relações Exteriores. Todos os homens da família Bathory eram funcionários públicos, se não fossem soldados. Não tinham idéia nenhuma quanto a comércio ou política. Para eles, a terra era dinheiro, mesmo quando estava afundando. De qualquer modo, papai ainda tinha amigos discretos no ministério e conseguiu para Lori uma carteira de identidade com um nome húngaro, de modo que ela estava limpa. Os nazistas só estavam interessados em pessoas que eles queriam exterminar. Mesmo em farrapos, fedendo a camponesa, ninguém parecia menos uma judia ou uma cigana do que Lori.

— A senhora se lembra quando foi isso?

— Provavelmente em 1944. Os alemães chegaram em 1943 e saíram em 1945. Não me pergunte o mês. Na época, nós não tínhamos idéia. Deve ter sido no verão ou no outono, porque eles não teriam conseguido atravessar a neve no inverno ou a lama na primavera.

Àquela altura, ela já devia ter bebido aproximadamente 400ml de uísque Dewars e estava pedindo mais um copo, mas não mostrava mais efeito do que se tudo aquilo tivesse sido água mineral. Não era possível que seu corpo emaciado pudesse absorver todo aquele álcool. Ela era pele e osso. Devia ter um fígado impressionante.

— Os alemães tornaram ainda mais inconveniente viver no interior, porque levavam a maioria dos camponeses — disse madame Károlyi. — Mas finalmente a guerra acabou. Fomos libertados pelo Exército Vermelho. Não sei por que, mas ninguém tinha a menor idéia de que os russos fossem ficar para sempre. Àquela altura, eu estava com 15 anos, ansiosa por viver. Lori era minha confidente. Ela me aconselhava a procurar o amor no mundo porque ele tornava o sexo muito mais prazeroso. Perguntei quanto aquilo ia demorar.

Ela respondeu: de seis a cinco anos. Depois disso, eu deveria viver como se fosse ficar sozinha, porque de uma maneira ou de outra todas as mulheres acabavam sozinhas. "O amor virá, se vier, numa forma que irá surpreendê-la", dizia ela. "Aceite-o enquanto ele durar." Minha esperança era que ele viesse várias vezes, começando muito em breve. Ela não via nada de errado nisso, muito embora parecesse ser uma monógama fanática.

— Ela falava no marido?

— Nunca. Uma certa manhã da primavera de 1945, quando os alemães tinham ido embora e os russos ainda não tinham descoberto a gente, eu acordei e encontrei vinte moedas de ouro Maria Theresa, uma fortuna, embrulhadas num lenço preso à minha camisola com um alfinete. Lori tinha ido embora.

— Ela deixou um bilhete?

— Não. E nem mesmo minha mãe tinha qualquer idéia de que ela iria nos deixar.

— E o cavalo dela?

— Era um baio. Seu nome era Maxel.

— Ela o levou consigo?

— Não. Deixou-o para minha mãe.

— Algum dia vocês tiveram notícias dela outra vez?

— Como é que poderíamos ter tido? A Hungria estava isolada pelos russos e ficou isolada por quase cinqüenta anos. Mamãe acreditava que Lori tinha conseguido chegar a Shangri-La. Mas o Exército Vermelho era uma grande rede de pescar estendida de um lado a outro da Europa. Ela devia ter nadado para dentro dela, como todos os demais. Eu presumo que os russos a pegaram e a mataram, depois de fazerem o que os soldados vermelhos faziam com mulheres desgarradas.

Eu disse:

— Uma pergunta, se me permite. Ela levava qualquer coisa com ela, quaisquer pertences além da pistola?

— O dinheiro dela, é claro — disse madame Károlyi. — Uma espécie de tubo de vidro, grande e pesado. Para ela, era precioso. Depois que os alemães ocuparam a Hungria, ela o embrulhou numa lona e escondeu-o dentro de uma árvore oca que mostrei a ela. Deus sabe se ela tornou a encontrar a árvore. Eu nunca consegui.

— Me diga — disse eu —, a senhora alguma vez conheceu o filho de Lori?

— Não, claro que não — disse madame Károlyi. — Ela encontrou o amor no mundo?

— Não há dúvida de que o procurou — respondi.

5

Madame Károlyi havia ligado um ponto ou dois. Mas também apagara algumas coisas. Nós agora sabíamos que Lori conseguira um jeito de chegar até a Hungria depois do assassinato de Heydrich. Havia uma certa lógica naquilo. Em 1942, a Hungria era o único país para o qual se podia ir a pé de Praga que não estava ocupado pelo Exército alemão. Sabíamos que ela deixara seus primos húngaros sem aviso prévio ou explicação, tal como deixara os pais de Norman e o próprio Norman e, antes disso, o marido e o filho. Você pode perguntar: que diferença isso faz? Talvez nenhuma; talvez toda a diferença do mundo. Conhecer os hábitos dela quando jovem — o comportamento que surgia de sua natureza fundamental — nos dava uma idéia de como ela poderia se portar quando nonagenária. O que agora sabíamos sobre Lori, depois de todo o nosso trabalho, era que encontrá-la não era suficiente. Ela poderia ficar contente por nos ver, poderia passar a noite conosco, poderia dançar a *csárdás*, fazer gentilezas, ou casualmente matar um lobo ou nove camelos. Mas, cedo ou tarde, iria sumir ao amanhecer. Em Xinjiang, soubemos que Paul estava muito perto de encontrá-la. Sendo quem era Paul, ele podia até tê-la encontrado. Mas sua mãe já o abandonara antes e, se agisse de acordo com a sua índole, iria abandoná-lo outra vez. A vida toda, desde Heydrich, ela abandonara todo mundo, tudo, sem aviso prévio. E Paul era exatamente igual a ela.

Ela abandonara tudo, isto é, exceto o Pergaminho da Ânfora. E era o pergaminho, não Lori, que tínhamos de achar. Se a encontrássemos, será que ela o entregaria, mesmo que não lhe disséssemos que queríamos usá-lo como isca para atrair um lunático que o considerava uma licença para mandar Washington, Manhattan e Chicago pelos ares?

No dia seguinte ao nosso divertido bate-papo com madame Károlyi, esperei por Harley num café maltratado que tinha uma bela vista de uma das pontes do Danúbio, que através da vidraça suja parecia ter sido colada nas sombras cinza da tarde de inverno. Harley tinha levado madame Károlyi para almoçar, uma ocasião sentimental porque, com quase toda certeza, aquilo seria o último encontro deles. Eu não quis atrapalhar. O café era o instantâneo com chantilly. Num lugar em que um cigano devia estar tocando cítara, Nat King Cole cantava "Sweet Lorraine" e "Embraceable You" em alto-falantes que chiavam. Quando "You're Nobody Till Somebody Loves You" ia pelo meio, o alto e ossudo Harley chegou e dobrou-se como uma figura de vara na cadeira de madeira curvada em frente.

— Isto é para você, um presente de Marie — disse ele, tirando um pacote do bolso interno e colocando-o na mesa entre nós.

— Sabe o que é? — perguntou ele, dando uma batidinha no pacote, que estava envolto numa espécie de escorregadio tecido amarelado.

— Não.

— Tecido impermeável. Ninguém fez tecido impermeável desde que Hannah era jovem e inexperiente.

— O que tem dentro?

— Abra — disse Harley.

Dentro de tecido impermeável havia um envelope, velho, com manchas de graxa, que tinha um leve perfume de lanolina. O envelope não estava fechado nem endereçado. Continha cinco páginas de papel de carta aveludado de antes da guerra, cobertas na frente e no verso com uma decisiva caligrafia vertical escrita em tinta preta com uma caneta-tinteiro de ponta fina. Arte desaparecida, instrumento desaparecido. As linhas atravessavam a página em linha reta, como se esta fosse pautada. Nenhuma palavra riscada ou corrigida. À luz direta, a idosa tinta preta mostrava destaques esverdeados.

— Você lê alemão, não lê? — perguntou Harley.

— Quase nada — respondi. — O que é isso?

— Marie não sabe. Eu creio que seja a tradução que Lori fez do Pergaminho da Ânfora. Ela a deixou com Nandine. Marie a achou quando a velha senhora morreu.

Fiquei perplexo, profundamente cético. Não que não acredite em coisas caídas do céu. Tal como atividades mais respeitáveis, como pesquisa científica, corretagem e a prática da advocacia, a espionagem é uma busca organizada de golpes de sorte. Mas aquilo? Em Budapeste, onde ninguém dava a alguém coisa alguma, nem mesmo amor, de graça?

Eu disse:

— Por que ela está nos entregando isto?

— Novamente segundo Marie, todos os parentes dela morreram, estão desaparecidos ou no exílio — disse Harley. — Ela achou que isto devia ficar na família de Lori, da qual você é membro.

— Que impulso nobre!

— Foi o que pensei. Por isso, comprei um casaco de pele para ela.

Apesar do valor da mercadoria que eu tinha na mão, fiquei pasmo e demonstrei isso. Um casaco de pele? Será que ele pensava que dinheiro dava em árvores?

— Não se preocupe — disse Harley, como sempre lendo perfeitamente o meu pensamento. — Não era de zibelina. Ou mesmo novo.

Harley foi ao sanitário masculino. Nos últimos dez minutos, ele havia atraído toda a minha atenção, mas antes disso eu percebera um rapaz do outro lado da sala. Ele chegara pouco depois de mim, sentara-se a uma mesa junto à janela e pedira um café. Usava pequeninos fones de ouvido. Talvez estivesse ouvindo música, embora não parecesse que fosse isso, porque não estava balançando o corpo com o ritmo ou cantando junto, como a sua geração costuma fazer. Usava uma *parka* verde-floresta por cima de uma camiseta com "UCLA Football XXL" estampada no peito. Boné de beisebol, calças de veludo cotelê e sapatos esportivos multicoloridos com solas corrugadas completavam o conjunto. Aquela fantasia o tornava chamativo numa sala cheia de homens e mulheres de idade vestidos como Ronald Colman e Bette Davis. Ele parecia vagamente ser do Oriente Médio — não um árabe, talvez turco ou armênio.

Será que estava me seguindo? O fato de ter escolhido sentar-se perto da janela — havia mesas menos expostas por toda a sala — fazia com que ele tivesse o benefício de minhas vagas dúvidas. Nenhum homem treinado faria uma coisa daquelas — a menos, é claro, que estivesse mantendo contato visual ou eletrônico com alguém na rua. A luz da tarde, a pouca que existia, estava por trás dele, o que tornava difícil ver o rosto. Seria uma técnica ou um acaso? O rosto, com a barba raspada, franco e cordial, podia até ser norte-americano.

Harley voltou. Eu pedi a conta. Enquanto pagava, o jovem levantou-se e saiu. O asmático garçom idoso, ainda mais paranóico do que eu, dirigiu-se depressa para a mesa abandonada, ofegante de ansiedade. Pareceu tranqüilizado, até mesmo satisfeito, pela nota que achou sob a xícara de café do jovem.

Lá fora, na rua, não havia sinal do rapaz. Eu o descrevi para Harley. Ele olhou à sua volta e disse:

— Nenhum sinal dele agora. Quer andar um pouco?

— Eu gostaria de arranjar um dicionário de alemão-inglês.

— Venha comigo.

Ele partiu no seu habitual ritmo de cento e vinte passos por minuto. Depois de andar num círculo através de um bairro superpovoado de ruas medievais, chegamos a uma livraria internacional. O rapaz já estava lá dentro, fones de ouvido no lugar, consultando um guia Michelin da Hungria em francês.

— Eu gostaria de saber como ele chegou aqui primeiro — disse Harley. — Deve ter sido algo ligado aos fones de ouvido.

Encontrei um dicionário de alemão de bolso, paguei e saí. Harley ficou por lá até que o rapaz saiu atrás de mim. Então, foi atrás dele. Será que o rapaz iria perceber o sanduíche? Pareceu que não, mas, àquela altura, o que é que as aparências significavam? Ele foi olhando vitrines atrás de mim, em seus sapatos multicoloridos.

Depois de dez minutos daquilo, eu parei na entrada de um beco estreito que passava entre as empenas de dois grandes prédios e esperei até o rapaz se aproximar.

Quando ele chegou perto, afastei-me e disse, em inglês:

— Você primeiro, garoto.

Sem alvoroço ou mudança de expressão, ele entrou no beco. Harley ficou esperando na entrada. Depois de um instante, um outro rapaz, também vestido pela Land's End, atravessou a rua contra a luz, deu uma batidinha no ombro de Harley e disse.

— O *senhor* primeiro.

Agora, Harley e eu éramos o presunto e o queijo no sanduíche.

Ao rapaz original, eu disse:

— Em que posso servi-lo?

O rapaz estava em ótimas condições físicas. Ombros largos, barriga chata, queixo quadrado, atentos olhos castanhos sem um único ponto de vermelho no branco; um abstêmio. Tinha grandes mãos ossudas que podiam se transformar num instante em grandes punhos ossudos. Não havia nada no seu hálito, a não ser café e pasta de dentes fortemente perfumada. Seu protetor encaixava-se quase que perfeitamente na mesma descrição.

O rapaz disse:

— Quando um homem da sua idade convida um homem da minha idade para entrar num beco, a pergunta, em geral, é o que o jovem pode fazer pelo velho, e a que preço.

Ele falava inglês com sotaque, leve e indefinível ao meu ouvido. Ouvi Harley dizer: "Cuidado!" Ele engasgou nas palavras. Tirei meus olhos do rapaz por instante e vi que o outro jovem estava com o antebraço passado pela garganta de Harley. Na outra mão, empunhava uma faca, o lado cego da lâmina atravessado sobre a ponte do nariz de Harley. Senti metal contra a minha pele, olhei para baixo e vi que o rapaz pressionava o cano de uma pistola engatilhada contra o meu pomo-de-adão.

Ele era muito mais baixo do que eu. Em tom razoavelmente delicado, eu disse:

— Por favor, não cometa nenhuma bobagem.

Ao menos por enquanto, ele nada tinha com que se preocupar. Mas eu estava preocupado com o coração do Harley. Ele estava pálido e mole e parecia respirar com dificuldade.

— Meu amigo está com problemas — disse eu.

— Você também — disse o rapaz. Ele abriu um celular, apertou um número com o polegar e falou. Em árabe precário. Em russo, ele me disse: — Daqui a pouco um carro virá nos buscar no fim do beco. Você vai vir conosco, quieto. Seu amigo vai ficar aqui. Nós não estamos interessados nele.

— Qual é o seu interesse por mim? — perguntei.

O telefone dele tocou. Ele atendeu. Harley, agora, respirava em convulsões, como se aquelas fossem as últimas tomadas de ar que iria inalar. De repente, ficou mole, as juntas desabando como se a espinha tivesse sido cortada. O rapaz que tomava conta dele — acho que desconfiando de uma artimanha — aumentou a pressão na sua garganta e ergueu a faca como se fosse esfaqueá-lo. Meu captor ainda estava ocupado ao telefone, falando árabe depressa demais para que eu conseguisse entender. Ele estava de costas para Harley e para o rapaz com a faca. Cometi o erro de pensar duas vezes sobre fazer algo violento enquanto ele estava distraído, mas tive medo de que Harley pudesse ser esfaqueado se eu me mexesse. Parecia que Harley já estava morto, mas de alguma maneira parecia pior seu corpo ser esfaqueado depois de morto do que enquanto ainda vivia. Os olhos do homem da faca mexeram-se ligeiramente, como se ele visse alguém atrás de mim. Ouvi o discreto espocar de uma pistola com silenciador. O olho direito dele, que tinha estado escuro e líquido, transformou-se numa bolha de sangue. Ele largou a faca e caiu para trás. Eu dei um empurrão para trás, contra o meu captor, com a violência possível, e nós dois caímos juntos, ele disparando sua pistola para o ar enquanto caía. Os tiros foram virtualmente silenciosos. Ele caiu sobre os corpos enredados de Harley e do outro homem. Um homem usando um gorro de malha preto, de marinheiro, e um blusão de couro preto, saltou perto de mim, tirou com um pontapé a arma da mão do pistoleiro e depois o fez perder os sentidos e a voz, se não o tivesse matado, com um golpe de caratê no pomo-de-adão. Ergueu o homem inconsciente, jogou-o sobre o ombro, correu pelo beco até uma janela aberta e atirou-o por ela. Um outro homem, também usando gorro de malha, de marinheiro, e blusão de couro pretos, fez o mesmo com o corpo do rapaz que estivera com a faca. Foi tudo muito profissional.

Um terceiro homem, vestido igual aos outros dois, disse, num monótono inglês de Ohio:

— Desculpe tudo isso.

Era Kevin. Eu disse:

— Não precisa se desculpar por nada.

Seus homens estavam limpando o ponto em que o morto estivera caído. Não demoraram, em parte porque sabiam exatamente o que faziam e, em parte, porque o homem havia caído de costas e o sangue se mantivera dentro do crânio.

Meros segundos tinham sido consumidos por toda aquela ação. Harley agitou-se e apertou o peito com as mãos. Empurrei Kevin para o lado e segurei Harley. O corpo todo tremia com violência. No bolso interno do seu paletó, encontrei o tubo de pílulas de nitroglicerina e coloquei duas sob a língua dele. Ele respirou com mais facilidade.

Em voz fraca, disse:

— Estou com vontade de vomitar. Mau sinal.

E tornou a perder a consciência.

Kevin e seus soldados entraram imediatamente em ação. Um deles digitou um número num celular e falou em magiar. Kevin e o outro homem estenderam Harley no pavimento e começaram a aplicar-lhe uma RCP. Kavin fazia uma respiração boca-a-boca, enquanto o outro sujeito arrancava os botões da camisa de Harley e batia em seu peito. Sob a pele lívida do torso, Harley tinha uma caixa torácica como a de um tordo. Fiquei com medo de que o sujeito que praticava musculação fosse estilhaçar-lhe as costelas.

— Ele está respirando — disse Kevin.

O outro homem tomou o pulso de Harley e depois o antebraço.

— Não consigo sentir o pulso — disse ele.

Kevin assumiu a massagem no peito. Depois de um instante, disse:

— O coração está batendo. Mas está lento e muito fraco. A pele está fria. Vamos cobri-lo.

Cobri-lo? Precisávamos mantê-lo aquecido. Deitaram-no sobre o seu casaco forrado de pele e envolveram-no em suas *parkas*. Acrescentei minha capa de chuva. O rosto de Harley, brilhante devido ao suor frio, tinha a cor de sebo. A arma que o rapaz pressionara contra a minha garganta jazia à vista de todos no pavimento, ao lado da cabeça de Harley. Seria possível acabar tendo uma bela coleção de armas de fogo andando-se com aqueles cowboys. Apontei para a arma. Antes que os paramédicos chegassem, Kevin apanhou-a e colocou-a num bolso de sua *parka*.

Eles levaram Harley para a boca do beco. Um carro chegou, ao que parece instantaneamente. Kevin assumiu o volante. Os outros colocaram Harley no banco de trás. Eu entrei com ele e segurei-lhe a cabeça no colo durante a ida para o hospital. Quando chegamos à entrada de emergência, dois homens e uma mulher alta, desajeitada, com um punhado de esvoaçantes madeixas pretas, atravessaram a pista correndo, empurrando uma chocalhante maca de rodas. Levaram Harley.

Kevin estacionou o carro e depois foi juntar-se a mim lá dentro. O gesto me surpreendeu, mas não tanto quanto a sua evidente preocupação com Harley. Podia-se pensar que ele fosse neto do paciente. Enquanto esperávamos que a médica surgisse com uma notícia, Kevin estava sempre indo até o guichê e pedindo boletins no que me pareceu um magiar fluente, uma língua que praticamente nenhum não-húngaro fala. Ele tinha de aguardar na fila. A mulher de voz rouca que estava de serviço parecia Leonid Brejnev depois de uma operação para mudar de sexo. Não dizia nada a ele.

Não havia cadeiras sobrando na lotada sala de espera. Kevin tocou-me o ombro e guiou-me para fora. O barulho do tráfego, o distorcido *DUTE-dute* em tom menor das ambulâncias que chegavam, a confusão no ponto de desembarque tornavam uma conversa razoavelmente segura.

— O que foi tudo aquilo? — perguntei.

— Sei lá — disse Kevin. — Aqueles caras eram chechenos, pistoleiros contratados.

— Contratados por quem?

— Há uma *fatwa* sobre você. Você sabia?

— Ouvi falar alguma coisa sobre isso.

— Pode estar associado a isso — disse Kevin. — Há uma grande recompensa por você. Ou pode ser outra coisa. Você fez inimigos em Moscou.

— E você estava em Budapeste por acaso e decidiu vir em meu socorro na hora exata?

— Na verdade, não. Nós estávamos protegendo você.

— Muitíssimo obrigado. Mas por quê?

Antes que ele pudesse responder, vi a médica pela porta de vidro. Ele também a viu. Disse:

— Encontre-se comigo à meia-noite na ponte ao lado da cafeteria onde você se encontrou com o Harley hoje.

E então ele girou sobre os calcanhares e afastou-se a passos rápidos em direção ao estacionamento. Eu entrei. A médica usava um longo jaleco branco com seu nome, Józsa Fodor, bordado acima do bolso. Tinha os olhos desconfiados e firmes de uma mulher que sabia o quanto era atraente mas não queria nenhum sinal de minha parte de que eu também percebera isso.

Num inglês norte-americano em *staccato*, ela disse:

— Seu amigo teve um episódio de fibrilação auricular-ventricular. Ele vai se recuperar.

Ela esperou uma pergunta, e quando não fiz nenhuma, continuou a falar.

— O pulso estava abaixo de trinta, a pressão muito baixa. Ele não teve ferimentos, a não ser um pequeno corte no nariz. O senhor pode explicar isso?

— Não.

— Nós lhe demos drogas para restaurar o ritmo do coração e afinar o sangue. Ele poderia ter um ataque de coração. Deve providenciar a implantação de um marcapasso-defibrilador. Mas nos Estados Unidos, onde isso será coberto pelo Medicare. Os marcapassos europeus não podem ser monitorados adequadamente na América.

— A senhora estudou nos Estados Unidos?

Em vez de responder à pergunta, ela disse, com um forte contato ocular para dar ênfase:

— Ele deve ter mais cuidado, no futuro.

Concordei plenamente.

— É claro que ele devia cuidar mais de si mesmo — disse eu. — Quando é que eu posso vê-lo, doutora?

— Agora, se quiser. Ele vai passar esta noite no hospital. Amanhã, terá alta, se não houver complicações o que eu presumo não acontecerá.

— Onde ele está?

— Venha comigo.

Ela me levou até a porta do quarto e nos deixou a sós. Harley estava recostado na cama. A cor estava um pouco melhor do que estivera no beco, mas ele parecia velho e exausto. Estava ligado a um tubo intravenoso e um monitor de eletrocardiograma. Os ralos cabelos estavam despenteados, as acentuadas clavículas esticavam a pele, que parecia um pergaminho. Ele ergueu o olhar para mim com olhos leitosos.

Eu disse:

— Desculpe tudo isso, Harley. A culpa foi minha.

— Na hora, pareceu uma boa idéia — disse Harley. — O que aconteceu com aqueles caras? Você torceu o pescoço deles?

— Não foi preciso. A cavalaria chegou.

— Nossa, ou deles?

— Kevin e dois de seus comandos vieram nos salvar. Ele disse que tudo foi apenas uma coincidência.

— Disse? É melhor você ter uma conversa com aquele rapaz, Horace. Ele precisa de orientação.

A voz de Harley apagou-se mesmo antes de ele pronunciar o *ão* final. Os olhos se fecharam. A boca se abriu. Ele emitiu um gargarejo sem palavra alguma. Com medo, pronunciei o seu nome. Quando ele não respondeu, meti a cabeça fora da porta e gritei pela médica. Ela veio correndo, as madeixas balançando, mas Harley apenas caíra no sono.

6

Encontrei-me com Kevin na ponte, na hora marcada. A cidade sombria parecia estar dormindo a sono solto. Lâmpadas das ruas traçavam o perfil de uma montanha com um bulboso campanário de igreja no topo. Durante a ocupação soviética, segundo Harley me dissera, aquela ponte tinha sido um ponto de encontro tão ideal para espiões, contra-revolucionários e amantes subversivos, que a polícia secreta instalara microfones nos parapeitos. Sob o comunismo não houvera barulho de tráfego suficiente para provocar interferência nos microfones. Era evidente que Kevin nunca ouvira essa história ou acreditava que a nova Hungria democrática arrancara a fiação, porque quando tornei a perguntar por que ele vigiava o Harley, por que se dera ao trabalho de nos salvar, e o que eu deveria pensar dele, ele começou a falar como se o amanhã não existisse.

— Escute — disse ele. — O senhor está sendo vigiado. Todo telefonema que dá, cada vôo em que faz uma reserva, cada carro que aluga, cada pessoa com quem se encontra aparece na tela. Exemplo: ontem, o senhor esteve com Marie Károlyi, uma ex-garota de programa de Yuri Andropov, entre outros inimigos da humanidade, e cada palavra da conversa de vocês, que durou duas horas e quarenta e dois minutos, foi captada por um transmissor. O senhor está no terreno de outra pessoa, pisando nas pegadas. Eles o querem fora dele.

— Quem me quer fora dele? — perguntei.

— Não se trata só do senhor. É todo o seu bando. O Bando do Outro Lado da Montanha; é assim que eles chamam vocês. E estão muito chateados.

— Já entendi. Agora, deixe-me perguntar outra vez: quem são *eles*?

Ele disse:

— O Sistema.

— Ah, os guardas da Keystone. Para quem você foi designado como mensageiro?

Kevin retraiu-se, assustado.

— O mundo mudou — disse ele. — Não importa o que o senhor e seus companheiros foram, agora são amadores. Estão fora de moda, fora de esquadro, senis, são um perigo para os senhores mesmos e para todos os demais. Afinal, estamos falando de armas nucleares.

— Você admite que Ibn Awad tem armas nucleares?

— Estou falando sobre a hipótese. Essa é uma das objeções que se fazem aos senhores. Os senhores têm essa hipótese que estão tentando provar, em vez de se basearem nos fatos crus.

Fatos crus, na minha experiência, significam tanto em relação entre si quanto que uma colher de limalha de ferro presa a um ímã. O que conta é o que as pessoas realmente fazem, não o que você pensa que sabe a respeito das suas intenções. Eu disse:

— É essa a sua objeção pessoal?

Kevin sorriu e disse:

— O senhor mencionou uma fabulosa oferta única na mensagem que deixou para mim.

— Aquilo parece que foi um caso de escolher a hora errada — disse eu. — Talvez eu volte a falar com você.

Kevin acenou com a cabeça e me entregou um cartão de visita em alto-relevo: *Mr. Osborn Denison*. Escrito no verso estava um código de país que eu não conhecia.

— Se voltar, use esse número — disse Kevin. — Chame de uma linha fixa, de fora dos Estados Unidos.

Foi a minha vez de sorrir. Seria possível que eu tivesse feito um amigo?

7

Meu alemão nunca foi mais do que razoável. Durante a minha visita de treinamento em Frankfurt, agentes alemães que falavam inglês — veteranos arrogantes da Abwehr que agiam, não sem razão, como se seus controladores norte-americanos trabalhassem para eles, e não o contrário — faziam todo o trabalho. Eu praticamente não punha os pés fora do prédio I. G. Farben. Depois de ficar acordado a maior parte da noite com a tradução de Lori do Pergaminho da Ânfora e meu dicionário alemão-inglês, percebi que decifrar o manuscrito estava acima de minha capacidade. Eu iria precisar da ajuda de alguém em quem pudesse confiar, e confiar de forma absoluta. Um membro da família. Reservei dois lugares num vôo à tarde para Washington.

No hospital, encontrei Harley bem desperto e animado, lendo o *Hetek*, um jornal de Budapeste. Ele parecia ler magiar com a mesma facilidade do russo.

Perguntei como se sentia.

— Às mil maravilhas — disse Harley. — Esperando que a médica me libere.

— Ótimo, porque nós estamos no vôo das duas horas para Frankfurt.

— O que é que há em Frankfurt?

— Nada, exceto uma conexão para o aeroporto Dulles. Nós dois precisamos de uma pausa para descansar e relaxar.

Para minha surpresa, Harley não discutiu. Praticamente não teve tempo, porque no instante seguinte a Dra. Józsa Fodor, das pernas compridas, chegou se agitando. Sem uma palavra de saudação para qualquer um dos dois, aplicou o estetoscópio ao peito do paciente. Ordenando que ele respirasse fundo, bateu e escutou o peito e as costas por um instante, tomou-lhe a pressão, apertou-lhe os tornozelos nus com a ponta de um dedo, para verificar a existência de fluido.

— O senhor não está mais em fibrilação — disse ela a Harley. — As batidas do coração e a pressão sangüínea estão baixas, mas voltaram para a faixa normal. Tudo isso se deve ao choque elétrico e à medicação, mas não vai durar. O senhor deve consultar um cardiologista tão cedo quanto possível. Nos Estados Unidos.

— Isso quer dizer que eu posso viajar? — perguntou Harley.

— Hoje, se quiser, e eu o aconselho a ir imediatamente para os Estados Unidos. Mas evite situações que o agitem.

A Dra. Fodor tocou o jornal amarfanhado de Harley com o dedo indicador e fez uma pergunta em magiar. Ele respondeu na mesma língua e, por ser quem era, pronunciou mais algumas sentenças. Ela sorriu surpresa, uma transformação cintilante, e respondeu, também demoradamente. Pela primeira vez, percebi que a doutora tinha sardas — estranhas numa jovem morena. Eu a imaginei apaixonada, chegando impetuosamente num terno encontro amoroso. Ela me lançou um olhar de esguelha feminino, como que interceptando meus pensamentos. Eu estava tão surpreso com aquelas agitações em meu corpo sem uso e minha imaginação quanto ela parecia estar com o idiomático magiar do Harley. Eu não pensara numa mulher como mulher desde quando tinha ido para a prisão.

Então, com um forte aperto de mão em Harley e um curto aceno de cabeça para mim — será que havia uma diversão feminina em seus olhos? —, a Dra. Józsa Fodor se afastou com rapidez.

Perguntei:

— O que foi todo aquele magiar?

— Sobre você, a maior parte — respondeu Harley. — Ela queria saber se você era o mesmo sujeito corpulento, alto que ela vira na TV americana dois anos atrás.

Ah, outra vez a fama. Perguntei:

— Você pegou o número do telefone dela?

— Peguei — disse Harley, com um sorriso lascivo. — Quanto é que ele vale para você?

Infelizmente, nada.

SEIS

1

Não havia nada para ser visto entre Budapeste e Frankfurt da janela do Airbus. A trinta mil pés, a luz do sol era brilhante, mas um continente desabitado poderia perfeitamente estar embaixo do ininterrupto teto de nuvens que isolava a Europa Central do sol de inverno. Lá embaixo, eu sabia, o mundo tinha a cor de concreto, estava triste e úmido, e continuaria assim até junho. Não era de admirar que o solstício do verão tivesse sido um dia tão alegre no norte da Europa antes de os missionários cristãos chegarem do sul ensolarado. Se os padres não tivessem empurrado o sexo para a clandestinidade, como teria sido o norte? Será que a arte teria florescido na ausência da repressão sexual? E a artilharia e as fortificações? A Reforma? A Guerra dos Trinta Anos? A Revolução Francesa? O aperfeiçoamento definitivo do assassinato como esporte sangrento em Verdun, em Dresden e no Gulag?

Em suma, onde estaríamos sem Jesus? Eu compreendera o suficiente da carta de Septimus Arcanus para me fazer pensar. O que o Pergaminho da Ânfora nos dizia, presumindo que o que eu havia lido fosse uma tradução fiel de um documento que, por sua vez, tinha sido uma descrição fiel de eventos, era o seguinte: Joshua ben Joseph realmente existira e fizera as coisas que o Evangelho dizia que ele tinha feito. Se seus atos eram milagres ou o resultado de uma inteligente manipulação por parte de um agente romano, era uma questão de fé, de modo que estávamos de volta ao ponto inicial. Era inteiramente possível que o agente encarregado daquela operação específica tivesse cometido o erro comum de superestimar a importância de seu próprio papel. Não era possível que ele tivesse superestimado as involuntárias conseqüências de um pequeno projeto atraente que provavelmente achara divertido. Pela segunda vez naquele dia, eu sentia algo de humano se agitando dentro de mim. Primeiro, Józsa Fodor fizera com que eu me lembrasse da paixão. Agora, atravessando séculos, Septimus Arcanus fazia com que eu me lembrasse do sentimento religioso. Que milagrosa gozação de todo mundo seria se aquela carta de Jerusalém que parecia apagar a história de Jesus acabasse por confirmá-la!

Harley Waters, de volta da porta da morte, dormia irrequieto ao meu lado, falando magiar e sonhando, talvez, com Marie Káloyi quando ela era jovem. Ou, velho tarado, com Józsa Fodor tal como ela era agora.

2

A última pessoa que eu queria encontrar em Washington era a Dra. Stephanie Webster-Christopher, de modo que, naturalmente, foi dela o primeiro rosto conhecido que vi depois de aterrissar no Dulles. Ela estava saindo de um táxi, uma grande bolsa cheia como um estômago de ovelha pendurada em um ombro, laptop no outro, um saco com cabide e rodas sacolejando atrás dela, uma inchada pasta 007 na mão livre.

Tentei escapulir, mas Stephanie me dirigiu um olá. Eu estava olhando direto para ela, de modo que nem dava para fingir que não a tinha visto ou ouvido.

— Stephanie! — disse eu. — Está chegando ou indo?

— Indo — disse ela, curvada e séria sob o peso da bagagem. — Foi por isso que *saí* do táxi.

Ponto para as meninas. Stephanie era uma mulher pequena e sempre parecia estar em ótimas condições. Corria oito quilômetros por dia, exercitava-se no ginásio e, pelo que eu sabia, lutava boxe. No total, ela tendia a esperar mais de si mesma, fisicamente, do que seu corpo podia proporcionar.

— Deixe-me pegar essas sacolas.

— Não é preciso.

Aquilo era uma autobiografia política, em três palavras, da feminista implacável que ela era. Os padrões desastrados de falar de Stephanie tinham sido muito ternos quando ela era mais jovem e mais bonita, e atenuados pelo amor dedicado ao marido. Agora, não eram tanto assim.

— Então — disse ela, inserindo na pequena palavra todo o desespero que parecia sentir. — Você provou a negativa?

— Que negativa é essa, Stephanie?

— Que Paul não morreu.

— Provei? Não.

Ela me encarou, sem expressão.

— Então, o que houve?

— Ouvi algumas histórias interessantes, mas não cheguei perto bastante para perceber o que aconteceu ao Paul.

— Quando se trata de Paul, sempre há histórias interessantes e ninguém consegue chegar perto — disse Stephanie. — Já lhe passou pela cabeça que você está criando uma falsa esperança e que isso é uma coisa muito cruel para se fazer?

Ela falava com energia. Isso atraía olhares espertos de outros viajantes que passavam apressados. Era evidente que ela estivera tendo pensamentos maldosos sobre mim na minha ausência. De nada adiantava responder. Não era de informação que ela estava atrás, e nenhuma resposta que eu pudesse dar iria apaziguá-la.

— Você podia pensar em termos da paz de espírito das filhas de Paul — disse ela. — Lori tem pesadelos sobre o pai de volta a um campo de prisioneiros na China. Quem sabe o que passa pela cabeça de Zarah, já que o pai dela já foi dado como morto e reapareceu vivo antes?

Stephanie tinha uma boa voz alta, e, enquanto falava, uma corrente contínua de totais estranhos, condicionados por uma vida inteira de ver televisão a serem distraídos tendo a atenção desviada para coisas sem importância, pegava trechos de seu monólogo enquanto passava apressada. Devíamos estar parecendo um casal cujo casamento estava em frangalhos.

Havia pouco que eu pudesse dizer em minha defesa, dada pelo menos a existência de uma chance de que Paul estivesse, de fato, de volta a um campo de prisioneiros chinês. Aquele era um pensamento que durante várias semanas eu não me permitia ter. Que boa psicoterapeuta Stephanie devia ser, para trazer à superfície, daquela maneira, pensamentos ocultos.

Eu disse:

— Desculpe essa coisa toda, Stephanie. Para onde você está indo?

— Uma conferência em Cancún. Quanto tempo você vai ficar na cidade?

— Não tenho certeza. Quando é que você volta?

— O quê?, para você dar o fora antes de eu voltar?

Aquilo é que era leitura de pensamento. Eu começava a pensar que fora eu, e não meu infeliz primo, que já tinha sido casado com aquela mulher. Por outro lado, era impossível imaginar alguém falando com Paul como ela falava comigo. O silêncio e um sorriso de compreensão eram as melhores defesas.

Stephanie disse:

— Eu vou ficar fora dez dias. Você vai ficar na sua casa?

— Pelo que sei, vou.

— Eu te telefono quando voltar.

Que feliz perspectiva!

Ela disse:

— Eu tenho que correr.

Então, sem motivo, sorriu — um completo sorriso infantil, olhos maliciosos e tudo o mais. Ela estava de rosto rosado devido à emoção e também, acho eu, ao esforço de se recusar a colocar toda aquela bagagem no chão enquanto me censurava.

— Eu gosto de você, Horace — disse ela. — Mas você tornou a forçar a barra. Sabe disso, não sabe?

Gostava de mim? Eu disse:

— Já? Eu estou aqui parado pensando que posso forçar a barra a qualquer momento.

Mas ela se afastou antes que eu pudesse terminar a frase, arrastando o cabide de roupa, avançando e dando voltas no meio da multidão.

3

Minha casa, mais ou menos do tamanho de uma garagem, ficava metida entre duas estruturas muito mais imponentes. Parecia a mesma, mas eu presumi, por um princípio da minha profissão, que deviam ter entrado nela sorrateiramente na minha ausência. Talvez aparelhos de escuta tivessem sido instalados, o telefone grampeado, o café envenenado, um fio ligado a uma bomba atravessado no caminho. Entrei pela porta dos fundos — a da frente estava bloqueada pelo lado de dentro por uma pilha de correspondência com material de propaganda, que ia à altura do joelho — e verifiquei as várias armadilhas que eu instalara para revelar se alguém tinha estado ali na minha ausência. Os fios de cabelo que eu esticara nas frestas entre as portas e os batentes tinham sido rompidos, mas depois retirados de maneira profissional e substituídos por fios de cor ligeiramente diferente. E também a armadilha patenteada do tio Horace para pegar intrusos tinha apanhado um. Um vaso sanitário que eu deixara sem puxar a válvula tinha tido a descarga puxada na minha ausência. Pouquíssimos intrusos, não importa o grau de treinamento que tenham tido para deixar tudo exatamente como encontraram, conseguem esquecer a voz de descompostura das mães ao se depararem com um vaso sanitário em que não se deu a descarga. Eles a acionaram antes de raciocinar.

Meu estômago teve espasmos. Eu me sentei. Logo depois, estava absorvido por pensamentos. Como iria evitar Stephanie? Como iria visitar Zarah sem expô-la a algum risco?

Meu corpo acabou o que estivera fazendo. Automaticamente, estendi o braço para trás à procura da alavanca do vaso sanitário. Na minha memória, vi a imagem do vaso. Uma mensagem subiu pelo meu braço e entrou na cabeça. Tirei a mão da alavanca, ergui as calças e fui até a cozinha em busca de uma faca e uma lanterna. Com aquelas ferramentas, examinei a tampa do reservatório de água e, não encontrando fios, levantei-a desajeitado, olhando embaixo dela. E sem dúvida, pessoal, tal como no gasto clichê da velha literatura policial que aquilo era, ali no facho de luz da lanterna estava cerca de meio quilo de *plastique* preso com fita gomada no lado inferior da tampa. Estava armado com um único fio para explodir quando a descarga fosse puxada. O sujeito que armara a bomba tinha puxado a válvula do vaso fedorento para certificar-se de que ninguém mais a puxasse antes que eu chegasse em casa e fizesse o mesmo.

Desarmei a bomba, que tinha mais ou menos o tamanho de uma laranja, depois embrulhei o *plastique* numa folha de alumínio e coloquei-o no bolso da minha capa de chuva para mantê-lo em lugar seguro. Feito isso, comi uma terrina de mingau de aveia instantâneo e depois subi para o segundo andar e tomei um banho de chuveiro. Tive mais alguns pensamentos enquanto a água quente caía sobre mim. O que iria acontecer em seguida? Quem eram aqueles caras? Não que eu não soubesse quem eles eram em teoria: no particular, é claro, eram gente sem importância e eu não teria sabido quem eram se alguém sussurrasse seus nomes ao meu ouvido ou me mostrasse as fotos deles. Mas por que todo aquele absurdo de filme de emoção, com bombas? Por que simplesmente não me dar um tiro ou me esfaquear? Quem iria se importar? Eu mesmo estava cansado demais, enojado demais para ligar. Antes de me recolher para dormir, instalei algumas armadilhas só por precaução, mas não parecia provável que quem tivesse instalado a bomba fosse querer tornar a entrar na minha casa enquanto a bomba não tivesse explodido. Cansado, subi a escada e me deitei, pela primeira vez em semanas, numa cama que acomodava o meu corpo, e dormi o sono dos justos.

4

Quando acordei, estava escuro, mas ainda eram apenas 18 horas. Na casa não havia nada para comer ou beber, e por isso desci a pé o morro até a M Street e disquei o número da casa de Zarah Christopher de um telefone público.

— Aqui é o Horace. Posso levá-la para jantar?

— Venha até minha casa — disse Zarah. — Você sabe cozinhar.

Como me cabe desconfiar de todo mundo, eu nem poderia pegar um táxi numa cidade em que era evidente que quase todos os taxistas usavam luxuriantes suíças e portavam-se como espiões do *jihad*; e por isso segui a pé o trajeto todo, uns três quilômetros e meio em linha reta mas mais distante do que isto pelo caminho indireto que tomei. Fiquei bem atento com a minha retaguarda, é claro, mas Washington não é uma cidade de pedestres e eu era o único nos luxuosos bairros que atravessei e talvez corresse menos perigo de ser assassinado do que de ser confundindo com um vagabundo e denunciado à polícia.

Zarah morava numa casa em estilo Tudor sem aquecimento adequado, que se pendurava sobre um setor espinhoso do Rock Creek Park mas não dava vista para ele. O antigo proprietário a equipara com todos os tipos de aparelhos, inclusive uma cozinha ao estilo de um restaurante, com um fogão Viking de seis bocas, um conjunto completo de panelas e frigideiras penduradas numa série de ganchos acima dele, e uma grande seleção de facas alemães afiadíssimas. Cozinhar, para mim, é o que o golfe parece ser para homens que gostem mais de viver em clubes, algo que tira a mente do trabalho diário porque exige um certo grau de habilidade e concentração, sendo, no entanto, ao mesmo tempo, um meio para fins de caráter social.

Enquanto eu preparava uma *poule au pot* com os ingredientes que comprara a caminho da casa de Zarah, ela ficou sentada em cima do balcão, tornozelos cruzados, sorvendo uma taça de Grgich Chardonnay. Uma garrafa aberta de Beaune estava na mesa da cozinha, respirando. Um pedaço de queijo Reblochon amaciava numa tábua ao lado de uma terrina de uvas pretas. Zarah providenciara os vinhos, a fruta e o queijo. E também a conversa. Não dizia nada sobre pessoas que nós dois conhecíamos. Falou sobre filmes que tinha visto, livros que tinha lido, alguma coisa de sua experiência, quando criança, com a caça com falcões.

Zarah, pelo que se viu, sabia tudo a respeito de pássaros predadores — como são treinados, como se lida com eles e como eles são recompensados, como eles matam. Nos Montes Atlas do Marrocos, onde ela crescera enquanto sua vingativa mãe escondia sua existência do pai, os berberes tinham caçado gazelas e chacais com águias douradas. Era preciso ser um homem muito forte para levar um daqueles pássaros no braço. Para os povos do deserto, como eu já sabia, a falcoaria era uma arte mística, que valia qualquer dificuldade ou quantia. Meu conhecimento superficial sobre questões desse tipo não era nada comparado com o de Zarah. Na Antiguidade, só os reis podiam caçar com águias. A nobreza menor ficara com os falcões peregrinos, os mais rápidos e mais poderosos dos vários tipos de falcões e gaviões — ela citou todos — usados no esporte. Árabes ricos pagam praticamente qualquer preço por um espécime excepcional. Se tiverem uma riqueza ilimitada, como os príncipes sauditas, podem possuir dezenas dos pássaros, trazidos de todos os pontos da Ásia. O falcão peregrino pode localizar sua presa a distâncias enormes, e quando cai do céu para o golpe fatal, pode voar a velocidades impressionantes — mergulhando tão velozmente quanto um avião pequeno pode voar. Zarah descreveu explosões de penas em céus azuis do deserto, salientou a ausência de memória do olho amarelo do falcão depois de matar a presa.

— Os falcões se lembram da última vítima, ou o cérebro lhe manda uma instrução gravada toda vez que eles localizam uma presa? — perguntou ela. — Parece que ninguém sabe.

— Ibn Awad era falcoeiro — disse eu. — Seus pássaros sentavam-se em poleiros atrás dele quando ele jantava com alguém; vinte ou mais deles, todos em fila, usando capuzes.

— Vinte? — perguntou Zarah. — Isso é cerca de meio milhão de dólares em pássaros.

Eu não fazia idéia.

— Ele podia pagar isso — disse eu. — E não tinha nenhum outro vício.

Exceto uma sede por assassinar infiéis, é claro.

Bebemos o que sobrara do Chardonnay e depois passamos para o frango e o borgonha. A conversa — pelo menos a metade que cabia a Zarah — cintilou até que chegamos ao queijo e às uvas. Aí, de repente, o sorriso dela desapareceu.

Ela perguntou:

— Horace, você acha que eles estão vivos?

— Vamos andar um pouco.

Zarah morava num bairro tranqüilo, para não dizer silencioso, e àquela hora da noite não encontramos outros pedestres, exceto pessoas levando cachorros para passear. Fazia frio e estava úmido, mas nada comparado ao norte da Europa. Andamos o tempo necessário para que eu dissesse a ela tudo o que ficara sabendo em minhas viagens. Horas. Ela não me interrompeu uma única vez enquanto não terminei.

Então, perguntou:

— Então você acha que os dois estão vivos?

— Eu trabalho com base na suposição de que a resposta é afirmativa. Caso contrário, de que adiantaria continuar? Se Paul e Lori estão juntos, é outra questão.

— Mesmo ele estando perto de encontrá-la?

— Lori pode não ter querido ser encontrada.

— Pelo próprio filho?

— Você está me pedindo para ler o pensamento dela. Tanto quanto posso imaginar, ninguém conseguiu fazer isso até agora. Nem mesmo Paul, e de certo modo ele dedicou a vida à tentativa.

Zarah parou. Nós estávamos do outro lado do parque, em pé debaixo de uma grande árvore num bairro de mansões suavemente iluminado, adormecido. Eu não tinha idéia do lugar exato em que nos encontrávamos.

— Eu tenho feito a mesma coisa, sabe? — disse Zarah. — Quando eu era criança, muito antes de nos conhecermos, meu pai era o meu amigo imaginário. Ele me contava histórias maravilhosas.

— Mesmo sem estar presente?

— Exatamente. Ele estava na China, embora na época eu não soubesse disso. Minha história favorita era sobre os dinossauros. Na história que ele contava, eles eram criaturas cobertas de penas e cantavam como fazem os pássaros, só que o som era muito mais possante, órgãos de tubo em vez de pícolos. Ele descrevia uma planície gramada cheia deles, um arco-íris de cores à luz do sol, cada tipo de dinossauro com sua plumagem própria e sua voz, mas todos eles num maravilhoso tipo de harmonia.

— Que idade você tinha quando inventou isso?

— Eu tinha uns dez anos. E não inventei isso. A idéia me veio à cabeça.

Eu disse:

— Você era uma menina cheia de imaginação.

— Será? Eu gostaria de saber.

Uma figura aproximou-se, saída das sombras — uma mulher de meia-idade envolta numa *babushka* e num casaco Burberry, fedendo a uísque, cambaleando ligeiramente em cima de saltos altos e olhando para Zarah e para mim de olhos arregalados enquanto o seu *schnauzer* em miniatura que latia a rebocava pela rua.

Zarah e eu seguimos a pé de volta para a sua casa. Felizmente, ela sabia como sair daquele estranho bairro no qual tínhamos entrado ao andar a esmo. Eu tinha no bolso a única cópia da tradução que a sua avó fizera do Pergaminho da Ânfora. Enquanto ainda estava em Budapeste, eu percebera, sem mais nem menos, que Zarah era a pessoa — a única pessoa possível

— para traduzir a versão alemã do Pergaminho da Ânfora. Agora, entreguei-lhe o manuscrito de Lori, ainda no invólucro de lona. Ela abriu o embrulho e viu a caligrafia.

— De quem é essa caligrafia?

Eu disse a ela. E perguntei

— Você pode traduzir isso para o inglês?

Ela leu mais uma página e confirmou com a cabeça. Andamos de volta para a sua casa em silêncio. Deixei o manuscrito aos seus cuidados. Vou lhes revelar um detalhe curioso: eu não me preocupara em fazer uma cópia daquele singular e insubstituível documento. Isso contrariava os hábitos de uma vida inteira, mas a verdade é essa. Eu parecia estar me tornando um Christopher, de repente confiando no impulso da mesma maneira cega com que sempre colocara, antes, a fé na conjetura.

5

Embora eu tivesse visto a maior parte deles um a um e conversado com todos pelo telefone, em geral tirando disso um grande proveito, a Turma dos Velhotes não tinha se reunido com todos presentes desde o nosso último encontro em minha casa, havia menos de um mês. O tempo voara para mim, porque eu me divertira muito em Xinjiang, Moscou e Jerusalém, mas eu percebia que se arrastara um pouco para alguns dos outros. Estava na hora de uma reunião. Apesar da minha profunda crença, baseado em horas e horas de chatice, de que reuniões de mais de duas pessoas são ladras de tempo em que jamais se consegue algo importante, pedi a Charley Hornblower que convocasse uma. Naquelas circunstâncias, não tínhamos como nos reunirmos em minha casa, e por isso pusemos gravatas e nos encontramos no clube, a tempo de tomar chá.

A sede do clube estava mais ou menos deserta entre o almoço e o jantar, exceto por uns poucos sem-teto mal-ajambrados como nós. Pelo fato de Ben Childress e David Wong estarem em campo, na reunião éramos só quatro — Jack, Harley, Charley e eu. Eu ainda era um sócio conceituado. Enquanto estivera na cadeia, na verdade, tinham me cobrado as mensalidades reduzidas para um sócio que morasse fora da cidade. Naturalmente, fora Paul, para cujo endereço toda a minha correspondência era encaminhada, quem pagava por mim. As regras do clube nada diziam sobre expulsar condenados, desde que não cometessem o pecado mortal de discutir assuntos de interesse do clube em seus depoimentos ou em outro lugar qualquer em que os jornais pudessem conseguir uma cópia.

Nós nos encontramos na sala de sinuca, que não tinha janelas e estava mais bem aquecida do que algumas outras partes da velha mansão. Como o aposentado mais graduado entre nós, Jack presidiu a reunião. Jack adorava reuniões. Ele estava cheio de perguntas. Como acontecera tantas vezes no passado, o objeto de sua curiosidade — eu poderia até dizer desespero — era eu.

Antes que ele pudesse lançar-se no que eu sabia que seria sua comprida lista de perguntas sussurradas, desembrulhei meu meio quilo de *plastique* e atirei-o na mesa de sinuca. Todos os presentes o reconheceram imediatamente. Ninguém fez pergunta alguma, mas todos os olhares estavam dirigidos para mim — olhares ressentidos, porque eu violara a principal regra de todas as reuniões: nunca surpreenda ninguém.

Contei a eles a história da bomba e informei-os sobre o resto de minhas aventuras. Ainda assim, não houve comentário algum — nada de "Puxa, Horace! Essa foi por um triz!" Nada de "Que tipo de pessoa faria uma coisa dessas?" Nós todos sabíamos exatamente que tipo de pessoa faria uma coisa daquelas. Mas não havia respostas para perguntas vazias, e todos nós tínhamos sido ensinados a nunca fazê-las.

Harley perguntou:

— Você vai se mudar?

— Não. Devido às circunstâncias, seria antiético alugar a casa ou vendê-la. Seja como for, eu praticamente nunca estou lá, e, de qualquer forma, é provável que eles não tentem a mesma coisa duas vezes.

— Mas parece que você tentaria — disse Jack. — Horace, que história é essa que Ben nos contou sobre lançar uma operação tentação contra Ibn Awad?

Tentação, devo explicar, é uma operação na qual se coloca alguém ou alguma coisa diante de um adversário na esperança de que este morda a isca. Se morder, os benefícios podem ser bem grandes. Se, por exemplo, o infame Aldrich

Ames tivesse sido uma tentação em vez de uma maçã podre, poderia ter identificado falsamente os melhores agentes russos como agentes norte-americanos e sorrido enquanto os russos os atiravam na fornalha. Em vez disso, é claro, ele dedurou agentes norte-americanos legítimos e foram eles os cremados vivos.

Eu perguntei:

— O que foi que Ben lhe contou?

— Que você vai usar o Pergaminho da Ânfora.

— É isso mesmo.

— E se ele não existir?

— Mas existe.

Os inexpressivos olhos castanhos de Jack me examinaram como se estivessem lendo o E grande numa tabela de exame de vista. Ele me conhecia. E eu o conhecia.

— Você percebe que eles virão atrás de você?

— Está começando a parecer que já vieram.

— Talvez — disse Jack. — Eu apenas gostaria de ter a sua garantia de que não tem plano algum de se expor mais do que já se expôs.

— Não existe um plano desses.

— É um prazer ouvir isso — disse Jack. — Como estou certo de que cada um dos aqui presentes também sente o mesmo.

A expressão no seu rosto — mais precisamente, a ausência de expressão no seu rosto — me disse que ele não acreditava em mim. Os outros rostos na sala estavam tão inexpressivos quanto o dele. Se Ibn Awad decidisse me matar, teria que matar todos nós, e os septuagenários não são mais filosóficos quanto a uma bala no cérebro do que qualquer outra pessoa. Quando nada, são menos. Quanto mais perto se está do inevitável, mais desejável se torna um adiamento. Nós seis talvez estivéssemos pagando mais, coletivamente, por pílulas do que jamais tínhamos gasto, como um grupo, com álcool, e isso já dizia muito.

Está na hora de mudar de assunto, pensou Charley.

— Nós devíamos parar de usar os telefones via satélite — disse ele. — Aqueles caras em Moscou, sejam lá quem forem, conseguiram o número do

Horace e ligaram para ele. Eles o seguiram até Budapeste. Eles também não lhe disseram que estavam interceptando todos os nossos telefonemas, Horace?

— Disseram que alguém estava — respondi. — Mas duvido que seja verdade. Existem conversas demais ricocheteando em satélites e torres de retransmissão, milhões de instrumentos diferentes afinando-se 24 horas por dia, para que alguém ouça doze gaitas de sopro na parte de trás da orquestra.

— Uma metáfora vívida — disse Jack. Ele *estava* chateado. — Então, como foi que conseguiram o seu número?

— Talvez tenham investigado as lojas na área de Washington, encontrado aquela em que comprei os telefones e pressionado o gerente até ele se lembrar de que era um bom norte-americano e lhes dar o número.

— Você não pagou os telefones com dinheiro vivo?

— Claro que paguei, mas isso é um ato suspeito numa era em que todo homem honesto paga com cartão. No entanto, se você me descrevesse para um vendedor e sugerisse que eu era um terrorista, não acha que ele iria se lembrar de mim?

Jack disse:

— Você sempre chamou a atenção, Horace.

O que é que se passava com ele? Eu não era o único a querer saber. Harley Waters, pálido e encolhido, mantivera-se calado durante aquilo tudo. Agora, disse:

— Eu tenho uma sugestão. Jack, Horace, parem de brigar. Faz mal à digestão.

Depois de lançar aquela centelha, Harley recolheu-se ao silêncio. Escarrapachou-se na cadeira, olhos desviados, mente em outro lugar qualquer.

Eu disse:

— Há um fato não comunicado. Graças ao Harley, temos nas mãos o que pensamos ser uma cópia original da tradução que Lori Christopher fez do Pergaminho da Ânfora.

Charley perguntou:

— Tradução para que língua?

— Alemão.

— Eu posso cuidar disso.

— Eu sei que pode, Charley. Pedi a Zarah Christopher que fizesse a primeira tradução para o inglês. Nós vamos querer que você faça uma leitura independente.

Jack perguntou:

— Você disse Zarah Christopher?

— Disse. Ela é fluente em alemão.

— É? Como foi que isso aconteceu?

— Ela estudou quando criança. Queria supreender o pai quando eles se encontrassem. E depois o aperfeiçoou conversando com Paul assim que eles tornaram a se reunir.

— Mas ela não faz parte deste grupo.

— É verdade, Jack. Mas ela é uma Christopher. A tradução pertence à família Christopher, se pertencer a alguém.

— Lindo sentimento, Horace.

Não é freqüente eu ser acusado de sentimentalismo. Eu disse:

— Minha idéia era que Zarah poderia ver coisas, compreender coisas que um não-Christopher poderia não perceber.

— Compreender ou romantizar?

Harley se levantou.

— Eu estou indo — disse ele.

Eu não o culpei. Charley disse:

— Vamos, Harley, nós precisamos de você.

— Não é nada pessoal — disse Harley. Embora parecesse sem firmeza nos pés, ele tinha saído pela porta antes que eu pudesse falar com ele.

— Escutem, eu também vou indo — disse eu. — Ele não deve ficar sozinho.

Jack se levantou no mesmo momento que eu.

— Eu vou com você — disse ele.

Não tivemos problema em alcançar Harley, que estava atravessando a larga avenida tão devagar que o sinal mudou antes que ele conseguisse chegar à calçada do outro lado. Motoristas de táxi vindos de todas as partes do mundo muçulmano tocaram suas buzinas. A maioria deles jamais vira um relógio em suas aldeias natais. Agora os Estados Unidos tinham feito sua mágica, e tempo era dinheiro. Eles sacudiam os punhos para aquele velhote abandonado que lhes roubava segundos preciosos.

Jack e eu driblamos o tráfego para alcançar Harley. Jack, sempre aquele que tinha presença de espírito, parou um táxi. Colocamos Harley dentro. Ele apoiou a cabeça no banco e fechou os olhos. Seu aspecto era terrível — veiazinhas azuis nas pálpebras, uma visível pulsação na têmpora. Dificuldade de respiração. Suor na testa. Palidez.

— Sala de emergência do George Washington, rápido — disse Jack ao motorista num barítono tão ressonante que me espantou. Qualquer coisa mais alta do que um sussurro teria feito o mesmo efeito, vindo de Jack.

Chegou até a despertar Harley.

— Eu não sabia que havia todos esses decibéis dentro de você, Jack — disse ele, numa voz tão esforçada que mal dava para que eu entendesse as palavras.

6

Na sala de espera, ficamos cercados pelos desgraçados da cidade. Porque a maioria deles falava sem parar em celulares ou entre eles, soubemos que ferimentos a bala e a faca e overdoses e a súbita ocorrência de dores do parto eram as suas preocupações. Até Jack percebera que aquelas pessoas não tinham interesse algum em bisbilhotar, mesmo que a audição delas fosse sensível o bastante para captar as palavras dele em início ao barburinho.

Meia hora depois, enquanto esperávamos por um médico que nos trouxesse notícias de Harley, eu disse:

— Jack, que história foi aquela, lá no clube?

— Nós todos estamos preocupados — disse Jack. — Você se fixou nos Christopher.

— E o que é que isso significa?

— Isso o torna imprevisível. Zarah é a última dos Christopher. Você acha isso motivo suficiente para romper a segurança e confiar a ela a mais importante prova que já descobrimos. E faz isso sem consultar ninguém.

O resumo de Jack constituía uma definição impecavelmente precisa da situação.

Eu disse:

— Eu não tenho certeza de que compreendo por que isso estaria perturbando vocês. Ela não vai mandar uma cópia para Ibn Awad.

— O detalhe não é esse.

— Então, por favor, me diga qual é, Jack.

Jack olhou fixo para mim como se perplexo pela minha cabeça dura. Seu rosto trabalhou — na verdade, mudou de expressão. Em qualquer outra pessoa aquilo seria um sinal de emoção. Mas no Jack?

Ele respirou fundo.

— Eu fiz o controle dos danos quando Zarah voltou daquela bagunça para a qual David Patchen a levou — disse ele. — Aquilo também foi uma operação tentação. Como diretor da Firma, *diretor da Firma*, o próprio Patchen foi a principal isca. Ela o acompanhou, ela fazia parte da tentação; suponho que por querer agir como o pai.

— E?

— Ela sofreu muito. Patchen armou a coisa de modo a que ele fosse raptado. A coordenação deu errado e ela foi raptada junto com ele. Ele sustentava uma teoria demente de que, se fosse capturado e torturado, a Firma ficaria tão prejudicada que teriam de reorganizá-la. Tirá-la da presidência. Torná-la independente. Começar de novo. Ele protegeria a Firma de seus inimigos.

Eu disse:

— Foi exatamente isso que aconteceu.

— Foi. E o resultado não foi uma maravilha?

— Não tão maravilhoso para você e eu, eu admito.

— Também não foi tão maravilhoso assim para Zarah — disse Jack. — Você tem alguma idéia do que aconteceu a ela?

Eu tinha. Na verdade, sabia exatamente o que acontecera a ela. Mas ouvira as informações como segredo de família, confidenciado por Paul. Eu não tinha nada que dividi-lo, mesmo com Jack Philindros. Além disso, não queria ouvi-lo outra vez.

Eu disse:

— Não precisa me contar.

Jack ignorou minhas palavras. E disse:

— Eles a encheram de drogas e a estupraram enquanto ela estava inconsciente. Ela não se lembrava de nada disso.

Seu rosto, antes impassível, modificava-se como se algo sob a pele estivesse para vir a furo. Eu poderia ter dito qualquer coisa àquela altura, para tornar as coisas mais fáceis para ele. Mas havia um bom motivo para não dizer nada.

— Coube a mim dizer a ela o que acontecera — disse ele.

Uma vez mais, não expressei incentivo algum. Não teria adiantado nada mandar que ele se calasse. Jack estava revelando um segredo. Aquele era um raro, talvez até sem igual, acontecimento em sua vida.

Ele disse:

— Eu *tinha* de dizer a ela. Dois dos estupradores eram HIV positivos. Paul e sua equipe de resgate mataram todos eles, mas o resultado apareceu nas necropsias.

Ele parecia arrasado.

Eu perguntei:

— Vocês fizeram um exame de sangue nela, primeiro?

Jack disse:

— Nós teríamos que obter a permissão dela para fazer isso.

— Precisavam da *permissão* dela?

— É a lei.

— Mas ela fez o exame?

— Fez, e deu negativo — disse Jack. — Mas ela não acreditou nos resultados.

Fiquei sem saber o que dizer. Eu sempre me perguntara qual fora o gênio que dera a notícia a Zarah. Jack Philindros, um túmulo de discrição, era a última pessoa de quem eu teria desconfiado. Àquela altura, no momento exato, Charley apareceu.

Harley iria se recuperar. Tinham recomendado um marcapasso para ele. Exatamente o que a médica húngara receitara. Charley estava até mais contente do que o normal por ser o portador de boas notícias. E devia estar mesmo.

— Quando é que vão fazer isso? — perguntei.

— Estão instalando neste exato momento — disse Charley. — Se tudo correr bem, ele poderá ir para casa amanhã. Harley vai ficar como novo. Ele pode ir para a minha casa.

Depois que Charley se retirou, Jack disse:

— Escute, desculpe o acesso de raiva — disse ele. — Eu acho que não sabia o quanto aquele caso de Zarah me afetara até que comecei a falar nele.

— Pois então, foi bom desabafar — disse eu.

— Talvez. Mas ela não devia ter de passar por qualquer coisa parecida outra vez.

— Concordo — disse eu. — Mas isso cabe a ela decidir, não é?

— É provável que tenha sido isso que Patchen disse a si mesmo — respondeu Jack.

— Ele era um elemento da sede.

Jack também era, é claro. Mesmo quando no exterior, ficava atrás de uma mesa numa embaixada enquanto terceiros faziam a bagunça e depois a limpavam. Ele apenas lia sobre elas, escrevia sobre elas e assinava os vales. Quanto a isso, eu não era tão diferente assim.

Jack disse:

— "Ele era um elemento da sede?" O que é que isso quer dizer?

— Sangue e tinta não têm o mesmo cheiro, de maneira alguma.

Jack me examinou com o olhar, olhos espertos da cor de cascas de ovo pardas e tão expressivos quanto elas.

7

Àquela altura, já estava na hora do rush. Só na Massachusetts Avenue, em fila compacta da Union Station até a fronteira de Maryland, os automóveis provavelmente valiam mais, coletivamente, do que o produto nacional bruto da maioria dos países que possuíam embaixadas na Embassy Row. Nunca na vida usei um veículo para ir trabalhar e voltar para casa. Tal como o Harley, as pernas têm sido o meu transporte, e eu tenho tido muita sorte, graças a contribuintes como aquela gente ociosa em seus ociosos Fords e Toyotas, por viver a maior parte da vida em cidades onde andar a pé é um prazer.

Washington é uma dessas cidades, ainda que apenas nas semanas frias entre meados de outubro e meados de março, quando o exercício ao ar livre é possível sem que você se afogue no próprio suor. Naquele momento, eu estava passando a pé pela residência fortificada do vice-presidente, a caminho da loja Whole Foods, na Winsconsin Avenue, para comprar gêneros alimentícios e ser desprezado pela clientela habitual politicamente obstinada, que sabia dizer, só de olhar, se o seu carrinho de compras continha legumes contaminados por produtos químicos e pesticidas ou galinhas que não tinham sido criadas livremente antes de terem a cabeça decepada.

Eu sentia falta de oxigênio depois de respirar fumaça de canos de descarga durante quase uma hora subindo a ladeira a pé. Não admira que os motoristas parecessem tão tontos, tão dominados. Alguém acertara o passo para andar ao meu lado. Olhei por cima do ombro e vi mais dois pedestres, um deles cerca de dez metros atrás, o outro do lado oposto da rua. Nossos velhos amigos A, B e C outra vez. Dessa vez, não eram russos, chineses ou rapazes bem vestidos de Ohio com Glocks nos jeans, mas sujeitos com capas de chuva escuras e chapéus de tweed de poliéster.

Quando dobrei a esquina para a rua transversal que levava à Wisconsin Avenue, o que estava ao meu lado, um homem corpulento, de ombros largos, com uma barba nixoniana apontando como uma sombra no rosto, ergueu os olhos para mim e sorriu.

— Olá — disse ele.

Vamos chamá-lo de "A".

Eu disse:

— Boa noite.

A disse:

— Meus amigos e eu gostaríamos que você se juntasse a nós para beber alguma coisa. Nosso local fica logo depois da esquina.

— É muita delicadeza sua — disse eu. — Mas eu tenho que fazer compras.

— Não vai demorar. Só em consideração ao passado.

— Talvez numa outra hora.

— Agora seria melhor para nós.

A me mostrava alguma coisa. Era uma daquelas carteiras de couro dobráveis que você vê na televisão quando agentes federais exibem num gesto rápido a sua identidade, e todos os demais personagens começam a cooperar ou a atirar. Era evidente que A a considerava um talismã. Eu a tirei de sua mão — não houve um cabo-de-guerra; ele me deixou pegá-la. Uma foto, sem dúvida alguma, de A, um nome fictício, Robert F. Gordon, e o nome oficial da Firma gravada acima do selo oficial. O quê, nada de distintivo?

Devolvi a carteira a ele e disse:

— Eu pensava que os agentes secretos nunca levavam credenciais.

— Os tempos mudaram, Horace — disse A. — Por aqui, por favor.

Atarracado e musculoso e certo quanto à sua força, ele me fez lembrar do homem no poço da escada em Moscou.

Nós estávamos em pé ao lado da grade de ferro que marca os limites da área do vice-presidente, o que não era o melhor lugar para uma conversa clandestina. Aquele perímetro estava cheio de câmeras, aparelhos de escuta e detectores de movimento escondidos, e nas circunstâncias atuais, talvez até vaporizadores cheios de algum tipo de gás secreto que imobiliza os invasores na hora. Com os pés plantados na calçada, A assumira o que os manuais de treinamento da polícia chamam de postura de autoridade, não exatamente bloqueando o meu caminho mas dando-me uma ampla idéia típica das revistas especializadas em gente musculosa de que seria tolice tentar passar por ele.

Eu disse:

— Vou lhe dizer uma coisa, meu amigo. Eu me encontro com quem quer que esteja esperando por mim na esquina no café da Whole Foods daqui a meia hora. Sozinho. Ele ou ela deve apanhar dois tomates ao entrar e colocá-los em cima da mesa quando se sentar comigo.

— Não era isso que nós pretendíamos — disse A.

— A vida é cheia de correções.

— Você está criando dificuldades desnecessárias.

— Bem, você e seus amigos podem me dominar, se você acha que é boa idéia — disse eu. — Mas, como você sabe, eu tenho um amigo me vigiando, pronto para discar 911 e tirar fotos do assalto com um celular maneiro enquanto espera os tiras chegarem. Ou talvez as câmeras de segurança do vice-presidente captem a ação. "Esquadrão de Assalto Ataca Notório Ex-Espião." O noticiário das dez vai adorar.

— Um minuto — disse A. Ele se afastou, virou de costas e fez uma ligação no seu celular. Depois, disse: — Está bem, no café da Whole Foods às 17h55.

— Estarei lá — repliquei. — E não se ofenda, mas eu preferiria não ver você ou seus amigos no elevador ou comprando repolho.

A se controlou com muita classe.

Precisamente às 17h55, justo quando eu começava a beber um escaldante café com leite que tinha leite demais e muito pouco café, um casal na casa dos 30 anos, usando casacos enormes por cima de trajes normais de passeio, juntou-se a mim no café. Carrancudo, o homem colocou sobre a mesa dois tomates vermelhos, amadurecidos no pé. Ele os apanhara como se fosse um ladrão de loja, como se eles pudessem ser de um tremendo interesse para quem quer que estivesse nos seguindo. A mulher era mais esguia, com cabelos cortados curtos com máquina elétrica e discretos brincos de ouro e olhos ligeiramente desfocados, grandes e azuis, por trás de lentes de contato. Ela não sorriu em resposta ao meu sorriso. Os dois usavam alianças de casado. Os anéis eram de desenhos diferentes. Parecia não serem casados um com o outro, exceto profissionalmente. Lembravam jovens funcionários ambiciosos, GS-12 ou GS-13, que acabavam de começar a subir pelo gargalo da carreira que provavelmente estaria arrolhado, para eles como para a maioria, no GS-14.

Os dois olharam à sua volta, temerosos. Todas as mesas do café se achava ocupadas por advogados e semelhantes que estavam indo para casa, de modo que estávamos colados num salão cheio de bebedores de sucos de frutas e café com leite, nenhum dos quais tinha o direito de ouvir a nossa conversa.

— Estas não são circunstâncias ideais para este encontro — disse o homem.

Do seu ponto de vista, ele estava muito certo. Com clareza e distintamente, eu disse:

— Meu nome é Horace Hubbard. Como é que eu devo chamá-los?

— Eu sou Don — murmurou ele. — Esta é... Mary.

— Don e Mary, ajam como se nunca tivessem ouvido a palavra *segurança*, e tudo deverá dar certo. Querem beber alguma coisa? Eu estou pagando. Mary? Não?

Os dois abanaram a cabeça ao mesmo tempo. Os olhos deles estavam fixos em mim, comparando o que observavam com a descrição que lhes tinha sido fornecida. Imaginei que eu tivesse sido pintado como um dinossauro difícil, imprevisível, caído em desgraça. Tive a impressão de que iria me encaixar nas piores expectativas deles, por mais que tentasse ser uma boa companhia.

— Se não estiverem com sede — disse eu —, por que não acabarmos logo com isso? Em que posso servi-los?

— Nós temos uma notícia desagradável — disse Don. — Você está sendo procurado por assassinato em Moscou.

Claro que estava. Não fiz nenhuma pergunta, e, assim espero, não dei sinal de preocupação.

— Eu sou inocente.

— Eles têm uma testemunha ocular — disse Don.

Claro que tinham.

— Eles também têm um tratado de extradição com os Estados Unidos? — retruquei.

Era a vez de Don não responder.

— Isso não é tudo, Horace — disse Mary. — Um raro e valioso quadro pintado por Edward Hicks, que se sabia ter pertencido ao falecido Paul Christopher, apareceu no mercado de arte de Paris. — Para combinar com os grandes olhos azuis, ela tinha uma doce voz de menininha. — De acordo com nossa informação, o quadro foi vendido para um particular — disse ela. — Se foi vendido por um cidadão norte-americano, essa pessoa infringiu uma lei federal.

Tomei um gole do meu café com leite e fiquei calado. Aquilo teve o efeito de costume. Meus interrogadores preencheram o silêncio.

— Você tem gasto muito dinheiro ultimamente, Horace — disse Mary. Passagens aéreas, hotéis, restaurantes finos.

Não me lembrei dos restaurantes finos, mas não neguei nada.

— Esse padrão de gastos é interessante — disse Mary. — Faz com que as pessoas pensem.

— Faz quais pessoas pensarem em quê? — perguntei.

— Ora, na verdade, em duas coisas — disse Don, com um toque de sarcasmo na voz. — Por que você está gastando esse dinheiro todo e onde foi que o conseguiu.

— A resposta à primeira pergunta é do conhecimento geral — disse eu. — Estou tentando encontrar meu primo, Paul Christopher.

— Mas ele morreu.

— Isso é a informação oficial. Acontece que eu não aceito sua exatidão.

— Onde foi que você arranjou o dinheiro? — disse Don, atacando.

— Que pergunta malcriada, Don. Isso não é da sua conta, é? — respondi.

— A Receita Federal poderá achar que é da conta dela.

— Você quer dizer que não trabalha para a Receita Federal?

Mary piscou com rapidez, como se o insulto — Receita Federal, vejam só! — fosse um cisco que tivesse caído em seu olho. Don ruborizou-se e injetou mais ameaça no tom de voz.

— Você pode achar que essa situação é engraçada — disse ele. — Mas eu lhe garanto que não é.

— Então, acho que deve me dizer do que se trata.

— Nós temos tentado fazer isso.

— Pois então, façam o favor de se esforçar mais. Vocês são muito sutis para mim.

Depois de um longo momento de duro contato ocular, Don disse:

— Mary, tente você.

Mary, a boa policial, disse:

— Na verdade, Horace, é muito simples. Nós só estamos tentando lhe dar um conselho de amigos.

— Muito obrigado. Sobre o quê? E por quê?

— Como ex-colegas — disse Mary. — Você corre perigo. Deve tomar precauções, antes que seja tarde demais.

Primeiro, vocês tentam raptar um sujeito em plena luz do dia, e depois o aconselham a tomar precauções? Quem foi que escreveu esta história em quadrinhos?

— Engraçado — disse eu. — Há apenas dois dias, eu tive essa mesma conversa com uns bons rapazes em Budapeste e, antes disso, em Moscou. Só que eles estavam armados até os dentes. Amigos seus?

Don disse:

— Eu não sei nada sobre isso.

Eu acreditei nele. Ele e Mary não estavam num ponto suficientemente alto no poste de totens para serem informados sobre pessoas interessantes como Kevin.

— Escute, é muito simples — disse Mary. — Nós gostamos de gente como você. Você é lembrado com prazer e com gratidão. Mas você e seus amigos aposentados estão provocando muita encrenca desnecessária. Estão se metendo entre a nossa gente e um alvo importante. O que se deseja, e isso vem do nível mais alto que existe, é que você e sua equipe de *shuffleboard* saiam do caminho. E fiquem fora dele.

Talvez, no final das contas, Mary não fosse a boa policial.

— Não estou entendendo bem — disse eu. — Tudo o que estou fazendo é procurar pelo meu primo desaparecido, que, se me permitem dizer, deveria ser realmente lembrado com carinho e gratidão.

Os olhos vidrados de Mary entraram em foco por trás das lentes de contato. Entre dentes, ela disse:

— Escute, Horace. A mensagem é simples. Vou transmiti-la mais uma vez. Saia da frente. Se prefere zombar de nós em vez de fazer a coisa sensata, fique à vontade. Você pode ser cortês ou pode ser outra coisa que começa com *c*.

Que coisa chocante para Mary dizer! Olhei espantado para ela.

— Você já nos colocou em situações embaraçosas no passado — disse ela. — Tudo o que estamos pedindo é que você e seus patéticos amigos não sejam mortos e nos embaracem ainda mais. — Com um rinchar de pés de cadeira, Mary se levantou. — Espero que não seja pedir demais — disse ela. — Porque esta é a última vez que vamos lhe pedir com delicadeza.

A Firma, sem dúvida alguma, estava usando um vocabulário mais duro desde que começara a recrutar agentes femininos.

Mary se retirou. Saltos batendo, pernas bem-feitas, saia um tanto curta. Don foi atrás. E esqueceu os tomates.

8

Quando surgi na Wisconsin Avenue com uma sacola de compras cheia de gêneros alimentícios, encontrei A, B e C esperando por mim. Eles estavam agrupados junto à faixa de pedestres, como tantos alunos de colégio que se encontravam numa esquina. Todos três olharam ostensivamente para mim, avisando-me que tinham testosterona para queimar e nenhuma intenção amigável. Uni-me a eles no meio-fio e esperei que o sinal de PARE mudasse. Com os olhos fixos no sinal de trânsito, A disse:

— Dê uma boa olhada na multidão.

— O que devo procurar?

— Tente características étnicas.

Do outro lado da rua, vi três tipos do Oriente Médio, um deles falando a um celular. Um pouco mais adiante na avenida, um outro falava ao *seu* celular. Presumi que estivessem falando um com o outro e talvez com outros em algum ponto da multidão. Então, eu os vi onde quer que olhasse. Era como se fosse hora de sair da mesquita. Era difícil acreditar, mas parecia que eu estava sendo cercado por um enxame. Aquilo era um cumprimento inesperado. Um exercício daquele tipo, chamado de vigilância em cascata no jargão, é muito, muito caro e pode ser visto como uma admissão de derrota por parte das pessoas que o estão vigiando. A vigilância em cascata envolve caminhar direto para o alvo, cara a cara, e fazer contato ocular em vez de se esgueirar atrás dele do modo usual. Requer um pequeno exército de agentes, todos concentrados numa única pessoa, que teria, é claro, de ser cega ou boba para não compreender o que se passava.

A idéia toda é que a vítima sabe mesmo o que se passa, que ela não pode deixar de perceber. O objetivo é dar uma demonstração de intimidação, estragar o dia, se não a vida, de alguém que você sabe que é um bandido mas que, por um ou outro motivo, você não pode neutralizar por meio dos golpes sujos de costume. A menos que queira manter isso pelo resto da vida do sujeito e estourar seu orçamento, a idéia é amedrontá-lo tanto no primeiro dia que ele adote outra linha de trabalho ou fuja do país. Ou, se estiver realmente chateado, poderá matá-lo ou aleijá-lo quando acabar de brincar de gatão e ratinho com ele. Será que aquilo era algum tipo de operação maluca da Firma? Não parecia provável, mas nós estávamos vivendo numa nova era, com uma nova ética, e era inteiramente possível que o pessoal da nova Firma tivesse se tornado o que Hollywood e os meios de comunicação e a academia tinham ensinado insistentemente à jovem o que a velha Firma era — uma implacável agência fora da lei constituída de maníacos homicidas.

A vigilância em cascata funciona com o máximo de eficiência em bairros desertos, onde o alvo pode ver nitidamente seus adversários e fica imaginando quando o medo que lhe vai no coração será extinto por uma bala. No entanto, tratava-se de um entardecer de sexta-feira na zona norte de Georgetown, o dia e a hora em que os jovens com dinheiro no bolso, vozes educadas e sorrisos radiantes atacam os bares e os restaurantes. Fora os que usam barba e têm olhos que refletem raiva, aqueles jovens soavam como uma convenção de Kevins. Não era o tipo de turma no meio da qual eu poderia desaparecer. Claro, nem os outros sujeitos poderiam. No entanto, aquilo era a América, não Xinjiang ou a Rússia, e nem tudo estava perdido — pelo menos, por enquanto. O salvamento era possível, ao menos em teoria. Eu podia chamar a polícia e contar exatamente o que se passava. Nesse caso, os tiras teriam me levado para o St. Elizabeth, o cesto de malucos local, para uma noite de observação, e eu teria ficado inacessível — o que não era um resultado tão ruim assim. O que eu precisava era de um abrigo, um lugar no qual meus inimigos não pudessem entrar. Era praticamente impossível fugir deles, mas eu poderia conseguir confundi-los, ainda que apenas na fração de um minuto de que eu precisava para escapar da rede.

O sinal não mudara. Era a hora do rush, e os carros tinham preferência, de modo que o sinal estava regulado para uma pausa muito longa. A e seus amigos ainda estavam ao meu lado. Ainda olhando fixamente para o sinal PARE, os lábios praticamente sem se mexer, A sussurrou:

— Como dissemos, você está com problemas. E não há nada que possamos fazer para ajudá-lo.

— Eu estava pensando em chamar a polícia.

— Nada que eles possam fazer. Aqueles caras não fizeram nada, a não ser ficar na calçada e falar ao telefone. Estamos num país livre.

Ah, era *esse* o problema?

Mesmo assim, eu tinha certas vantagens. Taticamente, aquele era um mau lugar para executar uma vigilância em cascata, porque estávamos no meio de um morro íngreme e não havia ruas transversais por dois quarteirões, em qualquer dos dois sentidos. Numa operação dessas, os agentes passam pelo alvo, dobram a esquina para a primeira rua transversal, pulam para um carro ou uma van que esteja esperando e são levados dois ou três quarteirões na direção em que o alvo está andando. Depois, voltam para a calçada outra vez e caminham direto para o pobre sujeito, fazendo caretas horríveis. Se você tiver temperamento para isso, é muito divertido.

Minhas vantagens eram as seguintes: (1) eu sabia para onde estava indo, e meus atormentadores não sabiam; (2) meus perseguidores se destacavam naquela multidão, pelo menos tanto quanto eu: (3) estava escurecendo depressa; e (4) eu tenho temperamento para isso.

Não é preciso dizer que eu não estava raciocinando na mesma seqüência que isso sugere. O momento que me esforcei tanto para descrever foi apenas isso — um momento. O que fiz em seguida foi sem um pensamento consciente. O único bilionésimo de segundo no qual é possível fugir da corredeira é o primeiro, antes de você ser lançado queda abaixo. Até ali, todos os capangas que eu localizara estavam ladeira abaixo em relação a mim. Minha casa ficava a apenas poucos quarteirões naquela direção. Era evidente que aquela gente era suficientemente cabeçuda para presumir que eu fosse tão humano a ponto de ir para casa.

Olhando ladeira acima, a única saída, vi um ônibus do metrô se aproximando e pessoas esperando por ele a meio quarteirão de distância no lado oposto da Wisconsin Avenue. O sinal finalmente deu um estalo e mudou para SIGA. Eu me meti no tráfego antes mesmo que ele parasse. Levei cerca de trinta segundos — apesar, é claro, de me lembrar de tudo isso em câmera lenta — para atravessar a rua correndo e saltar na porta do ônibus antes que ela se fechasse com um chiado depois de eu passar e o veículo se lançasse para a frente. Juntamente com duas outras pessoas que também não tinham tido tempo de arranjar lugar para sentar, lutei para manter o equilíbrio. Nunca na vida eu estivera num ônibus do metrô, e não fazia idéia de para onde ele estava indo ou quanto era a passagem ou como pagá-la. Uma haitiana de tipo maternal, usando um uniforme de criada sob o casaco, ajudou-me a contar os trocados enquanto o ônibus descia a avenida, ganhando velocidade a cada girar das rodas.

Fui de ônibus até a M Street. Nenhum gorila subiu a bordo em qualquer das duas paradas intermediárias, talvez porque estivessem todos apontados na outra direção e não tivessem sido reprogramados. Deixando meus gêneros alimentícios num lugar vago e com a esperança de que a senhora haitiana os levasse para casa com ela, saí pela porta traseira, saltei para dentro de um táxi que já tinha duas testemunhas oculares no banco de trás — compartilhar táxis é um singular hábito antigo em Washington — e pedi ao motorista *punjabi* para me levar até o clube.

Ele se revelou um motorista nato para fugas. Enquanto serpenteava por entre o tráfego e avançava sinais vermelhos, conversávamos sobre seus primos, meia dúzia dos quais também eram motoristas de táxi no Distrito de Colúmbia. Por fim, ele fez uma curva fechada para a esquerda atravessando o tráfego, pneus rinchando, e entrou rápido na pista circular do clube e me largou em frente à porta. Eu nem precisei atravessar a calçada. Dei a ele uma bela gorjeta, entrei no saguão e fiquei tão protegido contra meus inimigos quanto um dos fugitivos nobres de Dumas na Catedral de Notre-Dame. Ninguém podia entrar ali, a não ser os sócios e seus convidados, e ninguém que eu encontrara até ali, naquela noite, tinha muita chance de ser indicado para sócio — ou mesmo de ser convidado para almoçar.

Felizmente — aquele parecia ser o meu dia de sorte — a gerência acabara de receber um cancelamento de alguém que reservara um dos quartos maiores no andar de cima para o fim de semana, de modo que pude me instalar assim que cheguei. O quarto tinha muitas vantagens, além de uma cama confortável, toalhas ilimitadamente limpas e uma prateleira de livros ilegíveis escritos por sócios. A principal delas era um telefone não grampeado, de uso garantido pelo menos por enquanto.

Liguei imediatamente para Zarah e descrevi minha situação. Convidei-a para almoçar no clube no dia seguinte. Zarah aceitou calmamente. Não houve necessidade de explicar que não era prudente, no momento, eu ir à sua casa. Aquilo parecia que iria continuar até que a agitação presente desaparecesse. Pelo rumo que as coisas estavam tomando, não parecia que isso fosse acontecer enquanto eu estivesse vivo.

9

— Isso está me deixando perplexa — disse Zarah

— A *fatwa*?

— Não — respondeu ela. — O que você me pediu para fazer.

Nós estávamos sentados a uma pequena mesa numa alcova do salão de jantar do clube. Eu estava ciente de que Zarah não usava perfume algum e percebi, pela primeira vez, que ela nunca usara. Ela cheirava a pele e cabelos, dentes escovados, à lã do vestido, ao couro dos sapatos, ao cheiro penetrante do polidor de metais no belo cinto de prata árabe que usava.

— Está achando a tradução difícil? — perguntei.

— Não, a tradução de Lori está em palavras cujo significado não dá para confundir — disse Zarah. — Mas é desconcertante ler um quinto evangelho que parece ter sido escrito por um jornalista investigativo. Esse Septimus Arcanus tem sua própria opinião sobre os milagres. Ele os vê como uma série de travessuras inventadas pelos agentes romanos. E está *rindo* daqueles trouxas.

— Ele descreve os propósitos romanos para executar essa operação?

— Nos termos mais claros possíveis. O clero israelita era um espinho na carne do governador romano, fomentando agitação. Os romanos queriam colocar os padres como pecadores, para que pudessem controlá-los. Por isso, inventaram uma ameaça à autoridade deles, um tal de Joshua ben Joseph, financiaram a falta que ele cometera e depois fizeram com que o problema acabasse, crucificando-o.

— E isso a incomoda?

— Alguma coisa está sempre me aconselhando a não acreditar nisso.

— Uma voz vinda do alto?

— Vinda de dentro — disse Zarah. — O simples fato de ler o despacho de Septimus Arcanus me dá a sensação de que estou fazendo algo proibido. Eu não me sinto sozinha em casa.

Ela estava séria. Nenhum sorriso de censura.

— Meu Deus — disse eu. — Não percebi que você era cristã. Se tivesse sabido, não a teria colocado numa posição assim tão incômoda.

— Eu não sou cristã. Não fui criada como cristã. Os *jawabi*, a tribo berbere com a qual vivíamos no Marrocos, acreditavam que eram judeus que tinham fugido de Israel na época do rei Davi. Eles consideravam o Deus do Antigo Testamento como um psicopata imprevisível que mandava pragas, enchentes, guerra ou exílio, a menos que estivesse sempre sendo satisfeito. Achavam que ele era um deus local que eles tinham deixado para trás, mas ainda rezavam para ele e sacrificavam animais quatro mil anos depois, só para a eventualidade de seu reaparecimento. Mamãe contratou um clérigo inglês para me ensinar a Bíblia. Ele era muito culto e devoto, mas depois de ler o texto todo, linha por linha, eu fiquei com a impressão de que os *jawabi* estavam certos quanto a Javé e que a história que estava no Novo Testamento era simplesmente inacreditável. Eu nunca consegui entender o seu poder sobre tantas mentes.

— Até agora.

— Isso mesmo — disse Zarah. — À luz do dia, digo a mim mesma que isso é apenas o efeito de dois mil anos de superstição. Quando o sol se põe, não tenho tanta certeza.

— Talvez o que a esteja incomodando seja a história dos Christopher, e não a história que está no pergaminho.

— Talvez — disse Zarah. — Afinal, está na caligrafia de minha avó, como se ela estivesse escrevendo para mim.

A comida chegou. Zarah, que normalmente era a alma de bondade para com os garçons, comportou-se como se a garoupa grelhada — nós tínhamos pedido a mesma coisa — e a mulher que a trouxe fossem invisíveis.

Ela disse:

— Você deve estar pensando que o meu juízo tirou férias.

Nenhum Christopher que eu já conhecera chegara tão perto assim de pedir um conforto. Fiquei perplexo.

Eu disse:

— Em absoluto. Eu tenho muito mais tempo de pagão do que você, e tive pensamentos semelhantes sobre o Pergaminho da Ânfora. Mas, francamente, não sei por quê, ele me deixa nervoso.

Zarah havia levado a tradução de Lori com ela.

— Eu não quero, mesmo, ficar com o original — disse ela.

— Mas ele é seu, por direito de herança — disse eu.

— Se não fosse você, eu jamais teria sabido que ele existia — disse Zarah.

— Isso quer dizer que não quer fazer a tradução? — perguntei.

— Eu fiz.

Ela a entregou a mim, impressa em Times New Roman em folhas de papel branco.

— Você está com isso arquivado em seu computador?

— Não. Está num disquete.

— E ele está em lugar seguro?

— Está no cofre que não existe.

Custei um pouco a perceber que ela se referia ao cofre do pé da mesa de Paul — aquele no qual Stephanie se recusava a acreditar.

— Você tirou cópia do original?

— Tirei, três. Uma está arquivada com o disquete, a outra está numa caixa num cofre e a terceira é a que você tem em mãos. Também fiz um disquete para você. Está tudo neste envelope.

Ela o empurrou por cima da mesa também. Dois sócios nonagenários, observando aquilo tudo da mesa ao lado, franziram o cenho em sinal de desaprovação. Era contra o regulamento ter documentos à vista no recinto do clube. Além disso, a idéia toda por trás de um clube de homens era que se tratava de um refúgio contra as mulheres. Por isso, o que é que mulheres estavam fazendo ali?

Um telefone tocou. Os velhos idiotas olharam fixo para Zarah — típico de uma mulher! —, mas era o meu celular via satélite. Normalmente, eu não teria infringido as regras do clube e atendido, mas nas presentes circunstâncias um dever mais alto exigia que o fizesse. Era Ben Childress, telefonando do Iêmen. Ele estava ao ar livre, aparentemente em meio a uma tempestade de areia. Eu ouvia o vento noturno uivando. Como sempre, Ben foi curto e direto. Ele tinha excelentes notícias de Claus Bücher. Claro que não o chamou por este nome ao telefone, mas me fez compreender de quem estava falando. Enquanto ele falava, uma idéia — não, uma inspiração — formou-se em minha cabeça.

Desliguei e disse:

— Zarah, você gostaria de ir a Viena?

10

Viajamos em vôos separados, eu via Frankfurt pela Lufthansa, Zarah, um dia depois, via Paris, pela Air France. Não vi vigilância alguma ao sair do clube, e nenhuma no Dulles, mas isso não significava que ela não existisse ou que não estaria à minha espera quando eu aterrissasse. O motivo da Firma para me afastar a toda hora era um mistério para mim. Eu disse isso. Charley Hornblower, que jogava paciência num laptop no assento ao meu lado, expressou uma opinião.

— O mundo que nós conhecemos não existe mais — disse Charley. — Não há regras, não há limites, não há penalidades. Esse aparelho de guerra ao terrorismo é o Tyrannosaurus Rex, cérebro muito pequeno e apenas uma idéia: "Se se mexer, coma." Você se mexeu.

— Charley, isso é realmente poético.

— Na verdade, alegórico. Quando é que vou ver a tradução que a bela mulher fez do alemão?

Entreguei a ele o disquete de Zarah. Charley inseriu-o no laptop e fez o texto aparecer na tela. Enquanto ele o desenrolava na tela, eu olhava pela janela. Lá embaixo, nuvens baixas eram levadas pelo vento para o leste, pelo Atlântico Norte, em direção à invernosa cidade cinzenta para onde seguíamos. Como destinações assim tinham parecido românticas quando Charley e eu éramos jovens e a Firma entregava pedaços do Velho Mundo que tremia a garotos como nós e nos instruía para que os protegêssemos do mal. Como pareciam sinistros, agora que tínhamos matado o dragão e descoberto que a donzela, longe de gritar "Meu herói!", lamentava a perda da desprezível criatura.

Charley acabou de ler com um grunhido.

— Um artefato e tanto — disse ele.

— Sua opinião?

— Queime-o antes que alguém nos queime. Na estaca.

11

A boa nova de Ben Childress foi a seguinte: o Dr. Claus Bücher tinha tido satisfeito o desejo de ser salvo por médicos vienenses. Claro que não havia como salvar um homem com aquele tipo de câncer, e seu nome não era realmente Claus Bücher, e ele era austríaco, não alemão, mas o importante era que, finalmente, sabíamos onde encontrá-lo.

— Foi um caso de "Wien, Wien, nur dur allein" — disse Ben Childress quando nos encontramos num museu deserto. — Só Viena serviria. Mubarak cedera à histérica insistência de Bücher de que uma cura para o câncer pancreático fora aperfeiçoada pela medicina vienense.

— E foi?

— Claro que não. O verdadeiro propósito de Bücher parece ter sido vir para sua terra para morrer. Pela primeira vez desde 1945 ele pode fazer isso sem ir para a prisão pelo resto da vida. No caso de Bücher, isso seria uma sentença de uma ou duas semanas, segundo Mubarak.

— Você falou pessoalmente com o Mubarak sobre isso?

— Nada. Mas o avô dele me deu as informações. E há isto aqui.

Ben me entregou uma fotografia de uma bela mulher loura de mão dada com uma criancinha loura que devia estar começando a andar. A julgar pela roupa e pelo penteado da mulher, parecia que a foto datava da década de 1970. Ela sorria, a criança dava uma risadinha. As duas estavam ao ar livre, talvez num parque, observando alguma coisa que estava fora da foto que as divertia. A criança, uma menina, apontava um dedo rechonchudo. As imagens estavam ligeiramente distorcidas. Devido a uma vida inteira de olhar fotos de vigilância, eu fazia uma idéia do motivo. A fotografia devia ter sido tirada com uma lente de telefoto e depois aparada e ampliada.

Ben deu uma batidinha na foto.

— É por isso que Bücher está em Viena. A menina é sua única neta. Está agora na casa dos 30. Ele quer vê-la antes de morrer, conhecer os filhos dela, se ela tiver algum, e chorar bastante. É uma história triste.

— Conte.

Ben disse:

— Bücher teve mulher e filhos. Quando fugiu em 1945, deixou-os em seus aposentos em Treblinka, sem dinheiro e sem lugar onde morar. Quando a exata natureza do serviço de Bücher ao Reich veio à tona, sua família foi evitada pelas pessoas de bem, naturalmente. A mulher, que conseguira ir para Viena, foi deserdada pela própria família. Durante dois anos depois da guerra, ela teve de trabalhar como prostituta para alimentar e vestir os filhos. Eles eram três. Um menino morreu de peritonite enquanto a mãe passava a noite em algum outro lugar, um segundo simplesmente desapareceu. Sobrou só a filha, que era a mais moça: Renata. Ela odiava o pai, não queria se comunicar com ele depois que a mãe morreu, mas Bücher se mantinha informado sobre ela através de velhos companheiros. Chegou até a conseguir algumas fotos dela. É ela na foto. A menina é sua filha.

— Ele está em contato com essa neta?

— Não. Nunca esteve. Mas sabe que ela existe e sabe o nome de batismo dela, Gretchen. Não sabe o nome de casada, se é que ela o tem. Acredita que ela irá vê-lo se souber que ele está em Viena.

— Nós temos o nome de casada?

— Não — disse Ben. — Mas Bücher também não. Ele colocou anúncios em todos os jornais. "Ex-monstro de Treblinka, nome verdadeiro dado a pedido, agora morrendo de um câncer incurável num hospital de Viena, procura a neta Gretchen, filha de Renata, para um encontro no leito de morte. Por favor, ligue para este número."

Ele me entregou um pequeno recorte tirado do *Wiener Zeitung* da véspera. Se você lesse nas entrelinhas, a mensagem não era tão diferente assim da versão burlesca de Ben.

Eu disse:

— Ele pensa que ela vai ler isso e responder?

— Duvido. Acho que ele está à procura de publicidade. Tem a esperança de que um redator-chefe responsável pelos assuntos da cidade veja o anúncio e mande um repórter para entrevistá-lo. Se ele conseguir uma reportagem com fotos, inclusive essa aí — ele apontou para a foto na minha mão —, talvez ela veja. E, num passe de mágica, apareça.

— Para que ter a própria foto no jornal e arruinar sua vida e a dos filhos, se tiver algum?

— Nós não estamos lidando com um homem que tenha uma grande folha corrida como realista — disse Ben. — Mas isso nos dá uma oportunidade.

Eu já tivera a idéia que eu sabia que Ben estava para expressar. Mesmo assim, lancei-lhe um olhar encorajador. As oportunidades de pensar a mesma coisa que Ben Childress eram raras.

— Se pudermos achá-la e convencê-la a visitar o avô — disse Ben —, talvez possamos escutar a conversa.

— Você se refere a instalar um microfone nela?

— Algo parecido. Pelo menos, sugerir-lhe algumas perguntas para fazer.

— Você acha que ela se deixaria usar por dois americanos maus?

— Você tem uma idéia melhor?

Na verdade, eu tinha — Zarah iria fazer-se passar por Gretchen. Eu disse a Ben o que tinha em mente. Seria um exagero dizer que a admiração surgiu em seus olhos, mas creio que posso dizer, sem falso orgulho, que o surpreendi. Agradavelmente? Isto é outra história.

Ben disse:

— É da filha de Paul Christopher que estamos falando?

— Isso mesmo.

— Aquela que David Patchen e o pai dela quase mataram?

— Eu não acho que o pai teve muito a ver com isso.

— Ela está em Viena, fala alemão o suficiente para desempenhar o papel, está disposta a fazer isso?

— Ela chega amanhã. A resposta a suas perguntas é afirmativa.

— Mal posso esperar para conhecê-la — disse Ben.

— Seria melhor evitar isso por enquanto — disse eu. — Nesse ínterim, vamos fazer Charley pesquisar os arquivos locais à procura da neta. A identidade dela não deve ser muito difícil de descobrir, já que temos o verdadeiro nome de Bücher e o nome de solteira dela, e os austríacos são grandes mantenedores de registros.

— E são mesmo, que Deus os abençoe — disse Ben.

12

Usando óculos baratos, uma peruca cheia de fios grisalhos e um vestido de corte ruim do equivalente vienense às Good Will Industries, Zarah parecia um pouquinho com Donna Reed como a tímida bibliotecária solteirona na seqüência extracorpórea em *A Felicidade Não Se Compra.* Mesmo assim, ela era tudo o que Claus Bücher jamais sonhara numa neta, com sobras. Quando ela se identificou como tal, Bücher disse:

— Você tem um sotaque berlinense, Gretchen.

Foi um momento tranqüilizante. O amigo austríaco de Charley Hornblower tinha vetado o alemão de Zarah com base numa fita e o declarara antiquado e prussiano demais para seus ouvidos, mas discutivelmente nativo. Zarah limitou-se a sorrir diante da observação de Bücher, como se a considerasse um cumprimento. Na verdade, não era necessário que dissesse qualquer coisa a Bücher. Apesar do fato de estar num estado muito avançado de falência congestiva do coração e mal tivesse fôlego suficiente nos pulmões para pronunciar sofregamente mais de uma ou duas palavras de cada vez, ele falou o tempo todo. Aquele era o último papel que ele jamais representaria depois de sua longa vida de representação. Ele não estava interessado nos detalhes da vida da neta. Estava ali para contar a ela a história de sua vida, para que ela e os filhos dela se lembrassem dele como o destemido Pimpinela Negro que fora.

Bücher disse a Zarah como tinha sido de partir o coração separar-se da avó dela e dos filhos no caos da rendição alemã. Mas ele era forçado, pela própria consciência, a continuar a cumprir o seu dever com o Reich. Seu juramento à Schutzstaffel era vitalício, de modo que ele não tinha opção. Ficava-se imaginando, disse Zarah depois, como uma verdadeira neta austríaca teria reagido diante daquele sentimento específico. Bücher não podia contar a ela tudo o que tinha feito — era melhor que ela não soubesse —, mas o trabalho ao qual dedicara a vida tinha sido feito para o bem dela e para o bem dos filhos dela. Por falar nisso, quantos filhos ela tinha?

— Nenhum — disse Zarah, triste. Ela e o marido, Horst Zechmann, um homem maravilhoso, simplesmente tinham sido incapazes de gerar filhos.

E o que é que Horst fazia?

— Ele é um chef.

Um *chef*? Sua neta — a descendente de um oficial alemão e médico educado em Viena — estava casada com um cozinheiro e, na verdade, tentava ter um filho com essa criatura subumana?

Zarah, lendo o ultraje nos olhos dele, disse:

— No ano passado, Horst ganhou o concurso de melhor bolo floresta negra de toda a associação austríaca de pequenos hotéis.

Bücher respondeu àquela altiva declaração com o que na fita pareceu o colapso de um pulmão.

A piadinha de Zarah sobre o bolo floresta negra quase estragou nosso plano. Tornou-se evidente que Bücher se perguntou — podia-se ouvir isso na condescendência de sua voz — se aquela relaxada desclassificada merecia saber das grandes coisas que ele realizara ao longo de uma vida de sacrifício solitário. Por fim, concluiu que merecia — ou, de qualquer modo, percebeu que ele não tinha outra pessoa a quem contar senão a ela. Por isso, seguiu em frente. Foi um processo doloroso, devido ao problema respiratório, que parecia piorar a cada instante. De vez em quando, ele tossia espasmodicamente. Deus sabe o quanto custou a Zarah, psicologicamente, simplesmente ouvi-lo, devido à história da família dela em relação aos nazistas. Mas ela fez o papel de enfermeira, dando a Bücher goles de água, enxugando mucosidade dos lábios dele com Kleenex.

Ele disse:

— Quando voltei do front — aparentemente, era lá que ele pensava estar quando realizava seus experimentos em Treblinka — e vi o prejuízo desumano que os ingleses e os norte-americanos tinham causado a cidades alemãs e ao pobre povo alemão, percebi que não poderia descansar enquanto aqueles que tinham cometido tais crimes contra o nosso povo e a nossa cultura não sentissem também a dor, a perda e a tristeza que nós tínhamos sentido.

Ele perambulara pelo mundo, disse Bücher, vivendo em segredo, cumprindo com o seu dever, mas sempre esperando o dia em que as coisas voltassem a ser o que tinham sido. Nunca, por um só momento, duvidara de que isso iria acontecer. E sua neta também não devia duvidar. E devido ao fato de que eles jamais tornariam a se encontrar, e porque em sua mente seus filhos e os filhos deles sempre foram mensageiros daquele futuro maravilhoso que ele tentara a vida toda conseguir para eles, iria dar a ela uma notícia maravilhosa.

A respiração ofegante, alimentada pela emoção, piorava a cada palavra.

— Eu ensinei a você, pelo exemplo de minha vida, o poder de um juramento — disse Bücher a ela. — Agora, você tem que me jurar que jamais contará o segredo que eu vou lhe contar.

Zarah confirmou com a cabeça. Não foi suficiente.

— Ponha a mão sobre o meu coração e jure — disse Bücher.

Foi o que Zarah fez. Uma vez mais, não consigo imaginar como ela dominou suas lembranças sangrentas e realmente tocou naquele homem, mas o fato é que tocou.

— Ótimo — disse Bücher. — Agora, escute. Há um homem, um árabe, uma espécie de rei, que é inimigo dos nossos inimigos. O destino trabalha por meios maravilhosos. Eu nunca poderia ter imaginado que esse velho de nariz aquilino, barbudo e circuncidado e tão impressionantemente parecido com...

Naquele ponto, o estômago de Zarah avisou-a de que não devia deixar que ele continuasse. Ela disse:

— Poupe sua energia. Quem é esse homem?

— Não posso dizer o nome dele, nem mesmo para você, mas dentro em pouco você vai saber. O nosso pior inimigo, a América, destruidora da velha Alemanha, acha que seus assassinos o mataram há anos. Mas estão enganados. Esse homem está vivo. Na semana passada, ele me abraçou e me agradeceu e me disse adeus. Nós dois sabíamos que nunca mais tornaríamos a nos ver. Como você e eu também, minha querida. Eu vivi com esse homem durante anos. Salvei a vida dele depois que ele foi ferido por um assassino norte-americano. Desde então, cuidei dele, porque ele tem um grande plano e os meios para executá-lo.

Zarah esperou pelo resto em silêncio.

— Em breve ele irá ressuscitar — é o que os norte-americanos vão pensar — e fazer com as vulgares e horríveis cidades norte-americanas o que bombardeiros norte-americanos fizeram com as nossas belas cidades antigas alemãs. Nova York vai pegar fogo como Hamburgo. San Francisco será pulverizada como Dresden. Washington será transformada em cinzas.

Zarah perguntou:

— Esse árabe tem armas nucleares?

— Muitas, muitas, muitas — respondeu Bücher. — Escondidas no deserto. Ninguém irá achá-lo.

— Em que deserto?

Bücher respondeu com o que pareceu um nome. Mas o nome, se era mesmo um nome, foi envolto em tamanho paroxismo de tosse que nós não conseguimos entendê-lo, não importa quantas vezes ouvimos a fita, não importa o quanto os magos de Charley tentaram melhorá-la.

Aquela foi, na verdade, a última palavra dele. Não conseguimos enganá-lo a ponto de repeti-la, porque ele entrou em coma imediatamente depois de pronunciá-la. Levou quase uma semana para morrer, mas durante aquele espaço de tempo jamais recuperou a consciência. As enfermeiras disseram que ele não sabia que estava sofrendo, que mentalmente estava em outro lugar qualquer, em algum lugar para onde muitas vezes vão aqueles que estão morrendo.

Era de se ficar imaginando onde seria, no caso de Claus Bücher.

SETE

1

Depois da entrevista com Bücher, Zarah passou a fita que gravara para Charley Hornblower, que esbarrou nela de acordo com o combinado, num corredor do hospital. Depois, ela foi direto para a estação ferroviária e pegou um trem para Istambul. Quando Charley, Ben e eu chegamos a Istambul dias depois — esperamos em Viena até Bücher morrer e depois viajamos em separado —, não conseguimos encontrar Zarah. Ela não estava registrada no Hilton como se esperava. De acordo com o funcionário da portaria, ela não tinha reserva. Aquilo era alarmante. Nós não a tínhamos visto entrar realmente no trem, nem ela telefonara ou se comunicara por qualquer outro meio.

E se ela tivesse sido seqüestrada pela mesma turba de patetas que estava me perseguindo — ou, o que era pior, caído nas garras de alguma Schutzstaffel equivalente aos Velhotes? Claus Bücher devia ter dinheiro escondido em algum lugar. Segundo a informação de Charley Hornblower e minhas impressões do andrajoso Simon Hawk, o velho aparelho de Bücher estava faminto em relação a fundos. Zarah tinha ido para a estação no seu disfarce de Gretchen Zechmann. Teriam os velhos companheiros de Bücher presumido que ela era a herdeira de verdade? Estariam eles, naquele momento, dirigindo uma luz ofuscante aos olhos dela e perguntando onde estava o dinheiro do seu avô?

Ben Childress achou que a minha imaginação estava em fúria cega.

— Controle-se — disse ele. — Ela pode ter saltado do trem em algum lugar. Você disse exatamente quando chegaríamos a Istambul?

— Não.

— Então, por que ela iria se apressar?

— E por que iria saltar do trem?

Ben olhou do alto do Olimpo e disse:

— O trem para Istambul passa por Praga e Budapeste, não passa?

Claro que passava, e Zarah podia muito bem ter saltado para fazer alguma pesquisa genealógica por conta própria. Tudo o que Ben dizia fazia sentido. Fazer sentido era sua especialidade. Apesar disso, nunca na vida senti uma angústia maior do que a que sentia naquele momento, olhando pela janela para o interminável emaranhado de telhados sob os quais Istambul se escondia.

Por cortesia de outro colega de classe de Charley, desta vez o herdeiro de uma fortuna relativa a uma goma de mascar turca, estávamos morando numa mansão à beira-mar, numa ilha no Bósforo. Estávamos sendo circunspectos, é claro — todos vindos de um ponto diferente da bússola. Só um de nós fora de casa a qualquer momento, e nunca antes de escurecer, nada de telefones, nada de caras nas janelas, nada de música barulhenta. Como a nossa casa segura improvisada era uma residência de verão e estivéssemos agora no meio do inverno, não havia criado algum. No entanto, ela fora acompanhada por uma despensa cheia e uma adega no porão estocada com vinhos turcos tintos, brancos e borbulhantes *rosés* perfeitamente aceitáveis. Não havia nada a fazer, a não ser esperar e procurar entre o que sabíamos e conversar sobre o que poderia acontecer em seguida. Não fazíamos a mínima idéia. Faltavam peças do quebra-cabeça. Tínhamos obtido nossos pequenos sucessos, mas não sabíamos para onde ir. Passamos muito tempo ouvindo a fita da última conversa de Bücher com Zarah. Havia palavras que não entendíamos, referências que nos desconcertavam.

— Será que isso tem algum valor? — perguntou Ben.

— Isso não está funcionando como devia — disse Jack.

O que nós realmente precisávamos era de um golpe de sorte. Todas as operações chegam a um ponto em que nada faz sentido. Então, um único pequeno fato cai no nosso colo e tudo se encaixa em seus lugares. Como Harley poderia dizer, isso acontece sempre, exceto quando não acontece.

Estávamos cada vez mais preocupados com Zarah, em especial Jack. Ele falava turco e comprara um celular em Istambul. Usava-o, andando uma longa distância da mansão antes de ligá-lo, para telefonar para o Hilton e pedir informações sobre Zarah. Ao término do terceiro dia — quer dizer, no oitavo dia desde que tínhamos saído de Viena — não havia resposta. Até Ben começou a parecer preocupado.

Na quarta noite, já tarde, eu estava vendo uma versão de *Bonanza* em turco quando ouvi tocar a campainha da porta. Ben, que devia estar dormindo, chegou à porta antes de mim. Zarah entrou. Usava jeans e sapatos esporte e uma capa de chuva de couro, preta. Os cabelos estavam enfiados sob um boné de tricô que parecia o *cloche* da agitada década de 1920 que minha mãe usava nos instantâneos da família. Em resumo, era um traje muito mais cativante do que o que ela usara como Gretchen. Penso que eu devia ter tido vontade de beijá-la, mas esse pensamento não me passou pela cabeça. Fiquei no que esperava ser um sorriso caloroso, mas pode ter parecido uma careta de dor, a julgar pela expressão intrigada nos olhos de Zarah.

Eu disse:

— Olá. Fez boa viagem?

— Interessante — disse Zarah. — Fiz uma parada em Praga e em Budapeste. Espero que vocês não tenham ficado preocupados.

— Um pouco impacientes, talvez.

Ben disse:

— Antes de voltar para a cama, posso fazer uma pergunta? Como foi que você achou esta casa?

— Horace mencionou o nome desta ilha para o caso de perdermos o contato — disse Zarah. — Fui até a beira-mar e perguntei a um barqueiro se três norte-americanos da idade de vocês tinham alugado um táxi aquático nos últimos dias. Ele perguntou: "Um deles é muito alto?" Eu disse que era, e ele me trouxe para a ilha. Depois que desembarcamos, ele fez uma ou duas perguntas a outros barqueiros e me explicou como chegar a esta casa.

— Maravilha — disse Ben. — Boa noite, minha cara.

2

No dia seguinte, Zarah apareceu para o café-da-manhã às 6h30, parecendo ter dormido oito horas em vez das três ou quatro que realmente passara na cama. Preparei uma omelete de cogumelos com iogurte batido com ovos. Charley tinha descoberto uma cafeteira elétrica e um pacote de meio quilo de Maxwell House. Ben, que preferia o café árabe, sorvia aquela leve infusão como se suas tripas estivessem sendo dissolvidas em ácido de bateria. Antes de tirados os pratos, Ben exibiu um Walkman no qual estava inserida a fita da conversa de Zarah com Claus Bücher.

— Isto aqui são você e o Bücher — disse ele a Zarah. — Ele pronuncia uma palavra bem no finzinho que nenhum de nós consegue entender. Talvez você possa, já que estava lá.

Zarah colocou os fones de ouvido e ouviu. A expressão em seu rosto era absolutamente neutra. Ela rebobinou o final da fita uma ou duas vezes, prestando atenção à misteriosa palavra.

Por fim, disse:

— Ele está falando árabe, ou pensa que está. Na hora, pensei que a palavra fosse *houbara*. Agora, tenho certeza. Ele está engolindo a última sílaba, mas talvez seja assim que os árabes que ele conhece a pronunciam.

— *Houbara* é uma palavra árabe? — perguntou Charley.

— É um pássaro — disse Zarah. — A abetarda *houbara*. Eu tinha acabado de perguntar a ele onde Ibn Awad ou as bombas podiam ser encontradas, e ele estava respondendo à minha pergunta.

— Com o nome de um pássaro? — disse Ben. — O que é isso, um codinome?

— Eu acho que não — disse Zarah. — A abetarda *houbara* é o pássaro dos pássaros se você é um falcoeiro.

Era evidente que Ben já sabia disso.

— Ainda existem falcoeiros no mundo? — perguntou Charley.

— Em grande quantidade — respondeu Zarah. — Árabes ricos viajam centenas de quilômetros para caçar a abetarda *houbara* com falcões. Eles o fazem, em parte, pela emoção da caça, mas também porque acreditam que esse pássaro é um afrodisíaco. E as comem às centenas na temporada de caça.

— O Viagra voador — disse Charley. — Puxa! Há algum grau de verdade nessa crença?

— Você vai ter de perguntar ao homem que comeu uma — disse Zarah.

Ben ficou chateado com aquela brincadeira. O momento não era de despreocupação. Ele estava processando novas informações. Eu também estava muitíssimo interessado.

Charley perguntou:

— Onde esse pássaro é caçado?

— Em vários lugares, mas sempre no deserto — respondeu Zarah. — Ele se reproduz na Ásia Central e no oeste da China no verão, e depois migra para a África. Durante a parte final do inverno, torna a voar para o norte. Há uma grande caçada no Beluchistão todo mês de janeiro.

— Então, onde estão as abetardas agora? — perguntei.

— Depois do Beluchistão, elas continuam para a Ásia Central e vão além — disse Zarah. — Turcomenistão, norte do Irã, Afeganistão ocidental. Depois disso, Casaquistão, Tajiquistão, Xinjiang, Mongólia. Não são todas as que começam no mesmo lugar ou exatamente ao mesmo tempo, de modo que não chegam todas simultaneamente.

— Qual é a faixa de tempo? — perguntou Ben.

— Eu não sei bem.

Ben ficou profundamente desapontado com aquele hiato no conhecimento de Zarah. O mesmo aconteceu com o resto do grupo. Nós todos entendíamos o que aquela informação poderia significar, se viesse a significar alguma coisa.

Ben disse:

— Zarah, como é que você consegue ter todas essas histórias na ponta dos dedos?

— Eu conheci gente que caçava a abetarda *houbara* com falcões no Marrocos — respondeu ela. — Eles eram vidrados na *houbara*. Foi por isso que achei que compreendia o termo árabe que Bücher estava usando.

Perguntei:

— Então, daqui nós vamos para onde?

Zarah respondeu:

— A chave é o exato padrão migratório da *houbara*.

— Por que a chave é essa?

— Porque Ibn Awad é um árabe muito rico e você me contou, Horace, que ele era um falcoeiro entusiasta quando o conheceu.

Charley disse:

— Eu pensei que ele fosse um asceta.

— Uma vez falcoeiro, sempre falcoeiro — disse Zarah. — Se isso for verdade no caso de Ibn Awad, ele irá caçar a abetarda *houbara*, talvez nos vários desertos diferentes ao longo da rota migratória. Assinale esses lugares e a hora da chegada da *houbara*, ligue-os num mapa e saberá onde procurar Ibn Awad.

Ben disse:

— Trabalho brilhante, Zarah.

E era mesmo — uma brecha na linha de defesa do inimigo. Eu disse:

— Charley?

— Vou começar agora mesmo — disse Charley.

— Quanto tempo vai levar para desenhar um mapa?

— Não muito, se tudo correr bem. Conheço um homem especializado em pássaros no Smithsonian. Nós podemos usar imagens do Landsat.

Ben confirmou com a cabeça. Aquilo significava que Charley teria de voltar para Washington, um belo resultado do ponto de vista de Ben. Seus pensamentos eram como slides projetados em perfeita sincronização numa tela: que Charley faça o serviço pesado. Eu fico com a parte cerebral.

Ben disse:

— Zarah, você vai trabalhar conosco?

— De longe — disse ela. — Estou planejando uma viagem curta.

Uma viagem curta?

Para onde? Não, eu tinha certeza, ao *faubourg* Saint-Honoré para uma onda de compras. No meu cerne eu sabia que o destino não seria um ponto seguro e civilizado, ainda que existisse um lugar desses no filme sobre um massacre da serra de cadeia que era o mundo no século XXI.

Qualquer plano que eu pudesse ter tido para discutir o itinerário de Zarah com ela em particular desfez-se porque Ben decidiu que os preguiçosos minutos depois do café-da-manhã ofereciam uma boa oportunidade para testar o árabe dela. Os dois ficaram à mesa, conversando naquela língua, enquanto Charley e eu lavávamos os pratos. Para mim, que não tivera contato com a língua durante anos, aquilo era algo como assistir a um filme em árabe sem legendas. No início, não entendi quase nada. Depois de dez minutos, estava entendendo mais ou menos a metade. Mais outros dez minutos e eu entedia bem quase tudo, exceto a gíria e as piadas. Ben e Zarah estavam à vontade demais em árabe para que eu alguma vez entendesse tudo o que eles diziam. Se desejassem, poderiam ter adotado outra maneira de falar e me deixado inteiramente para trás.

Ben ficou impressionado. Tratou Zarah como se ela fosse um rapaz promissor que ele estivesse avaliando com vistas a um recrutamento. Devido à sua reputação junto às mulheres — eu admito ter relutado em apresentá-lo à minha encantadora e jovem prima —, aquilo era algo digno de ser presenciado. De repente, ele ficara neutro no que se referia a sexo. Não fora a aparência de Zarah que o cativara, mas o cérebro.

A conversa de Ben com Zarah era um interrogatório, claro.

— Em que lugar do Magrebe, exatamente, você cresceu? — estava ele perguntando a Zarah quando afinal passei a ouvir a conversa.

— Nos Idáren Dráren — disse Zarah.

— Esse é o nome em berbere para os montes Atlas?

Foi a vez de Zarah ficar impressionada. Não eram muitos os que sabiam daquilo.

— Isso mesmo — respondeu ela.

— Você fala berbere? — perguntou Ben.

— Nós vivíamos com berberes.

— De que tribo?

— *Jawabis*.

— Ah, o povo de Joab. Os judeus ocultos. Eles ainda fingem ser muçulmanos?

— Se é o que estão fazendo, isso os vem mantendo vivos há mil e duzentos anos.

— Você passou a infância com os *jawabis* e não *sabe* se eles estão fingindo ou não?

— As questões religiosas nunca me interessaram — disse Zarah.

Ficou claro, até mesmo para Ben, que aquela era a única resposta que ele iria conseguir. De certo modo, aquilo o agradou. Era claro que Zarah sabia a resposta à pergunta, mas também sabia guardar segredo. Ela tinha um senso de dever com outras pessoas que conheciam o mesmo segredo. Bons sinais. Podia-se ver Ben ticando mentalmente o item "lealdade".

Ben disse:

— Você tem os dados básicos corretos? Os *jawabis* acreditam que deixaram Israel sob o comando do grande general do rei Davi, Joab, e, depois de perambularem através do Egito e do Saara, acabaram nas montanhas de Magrebe?

— No ponto mais alto do mundo, sim.

— Havia diversas tribos de berberes judeus — disse Ben. — Todos se converteram quando os árabes conquistaram o Magrebe, exceto os *jawabis*, não?

— Os berberes têm seu próprio modo de ser muçulmano — disse Zarah.

— Como comer javali e beber bebidas alcoólicas e não jejuar para o Ramadã e não se preocupar muito com abluções?

— Todas as alternativas acima — disse Zarah. — No entanto, os *jawabis* vão à mesquita e rezam cinco vezes por dia, como todo mundo.

— Sim, e os *maranos* na Espanha iam à missa como todo mundo depois de terem sido convertidos ao catolicismo pela espada, mas durante gerações continuaram a adorar em segredo, como judeus.

Não houve resposta. Nem mesmo uma mudança de expressão.

Em pouco tempo Ben percebeu o que estava acontecendo e, para perplexidade minha, pediu desculpas.

— Desculpe — disse ele. — Mas o mundo em que você vivia é aquele que eu sempre quis experimentar.

Zarah disse:

— Você fala árabe como um homem que cresceu com árabes.

— Eu vivi com árabes, mas cresci em Williamstown, Massachusetts. Posso perguntar onde você nasceu?

Ben estava de volta à tração nas quatro rodas. Pela expressão nos olhos de Zarah, pude ver que ela entendera aquilo e sabia que a única maneira de escapar das perguntas de Ben era responder às que era conveniente responder e fingir-se de surda a todas as outras.

Paciente, Zarah repondeu:

— Eu nasci numa caverna nos Idáren Dráren quando minha mãe estava indo viver com os *jawabis*.

— Ela fora convidada?

— Ela estava viajando com uma amiga de meus avós que era *jawabi*. Elas se conheceram na Europa quando mamãe estava grávida e sozinha. A amiga, cujo nome era Lla Kahina, como que a adotou.

— Por quê?

— Porque viu o quanto minha mãe estava infeliz e desgostosa com a vida. E porque minha mãe estava gerando uma criança que era neta de seus amigos, e Lla Kharina tinha medo de que os Christopher a perdessem. Ela achava que eles já tinham perdido bastante.

— Essa mulher *jawabi* lhe contou tudo isso?

— Só depois que fiquei crescida e minha mãe morreu.

— Morreu como?

— Pelas mãos de terroristas. Ela acampou, por engano, perto de um dos campos de treinamento deles. Mamãe era uma amazona. Gostava de perseguir avestruzes a cavalo. Uma avestruz é muito mais rápida do que qualquer cavalo e pode correr horas em alta velocidade, em vez dos minutos de um cavalo. A corrida não tinha como ser vencida. Era desse detalhe que mamãe gostava.

— É por isso que você não gosta de terroristas?

Aquilo me fez prender a respiração. Será que ele não *sabia*? Seguiu-se um elástico momento de silêncio.

— Depende dos terroristas — disse Zarah, por fim, largando a sua ponta do elástico invisível. — E agora, se me der licença, eu tenho que fazer a mala.

Ben praticamente explodiu de decepção. Ele estava agitado. Zarah sabia de coisas que ele sempre esperara saber. E agora jamais saberia, mesmo se os dois voltassem a se encontrar, porque ela deixara claro que a conversa acabara para sempre. Zarah estava perfeitamente imóvel, como se sob o ataque de Ben tivesse se transformado num retrato a óleo de si mesma — belamente iluminado pelo dourado sol da Ásia Menor, perfeitamente atenta e de olhar franco. Mas silente, inerte.

3

Bati na porta do quarto de Zarah.

Sem abrir a porta — suponho que ela ouvira meus passos no corredor —, ela disse:

— Entre, Horace.

Ela estava em pé em frente ao espelho, penteando o cabelo. Trocara de roupa e vestia um suéter macio de lã e uma saia cinza, plissada. Um blazer azul jazia na cama ao lado da mala de viagem, pouco maior que uma maleta.

— Você tinha esse traje guardado nessa malinha? — perguntei.

— Junto com dois outros — respondeu Zarah. — Eu embalo como um marinheiro, tudo enrolado para não amassar.

— Quem lhe ensinou isso?

— Os *jawabis*. — Ela sorriu para mim no espelho. — O Saara é um mar de areia, não é?

Eu disse:

— Escute, peço desculpas pelo Sherlock Holmes.

— Não é preciso — replicou Zarah. — Ben teria dado um psicanalista fantástico, fundador da escola de terapia "escute aqui, minha jovem", fazendo perguntas em vez de evitá-las. À sua maneira, isso é uma boa novidade.

Sua voz estava ligeira, mas ela continuou de costas para mim.

— Antes de você sair, eu quero lhe agradecer por tudo o que fez — disse eu.

Um olhar de Gioconda no espelho. Ela estava enrolando o cabelo numa espiral e prendendo-o com uma tiara. Outro quadro.

— Desculpe pedir desculpas duas vezes sem tomar respiração — disse eu —, mas eu não fazia idéia de que Claus Bücher iria ser tão mau como revelou ser.

— Não se preocupe. Para mim, não foi uma grande surpresa. Eu ouvira muito a respeito de Heydrich de Lla Kahina. A mesma raça.

— Eu fico realmente muito grato pelo seu trabalho em Viena — disse eu. — E agora você parece ter resolvido o problema de achar Ibn Awad.

— Você acha?

— É a primeira vez que temos um padrão como ponto de partida.

— É apenas um palpite — disse Zarah. — Ainda que esteja certo, estaremos lidando com um território vastíssimo. Metade da Ásia, metade da África, a maioria dos maiores desertos do mundo.

Eu disse:

— O seu palpite sendo...?

— A hipótese pode estar errada, pode ser um palpite no escuro.

Eu não pensava assim. Durante a maior parte de minha vida consciente, eu observara seu pai ter o que poderia ser chamado de recordações do futuro. Dinossauros de penas eram o detalhe mais simples. Por que Zarah, que se parecia tanto com o pai, iria ser diferente?

Zarah, de casaco, a mala na mão, cabelos cobertos por um lenço, pronta para partir agora, observava-me como se meus pensamentos estivessem visíveis para ela.

Perguntei:

— Posso saber aonde você vai?

— Quirguistão.

— Por quê? — perguntei, aturdido.

Zarah não teve um sorriso automático típico da jovem norte-americana. Olhou-me seriamente nos olhos e disse:

— Há coisas que eu quero saber, perguntas que quero fazer.
— Que coisas, que perguntas?
— Não tenho certeza.
— Ah. Bem, mantenha contato.
— Pode estar certo de que manterei.

Seu quarto tinha portas envidraçadas que se abriam para um jardim que exibia um marrom invernal. Depois do jardim ficava Istambul com seus domos e minaretes banhados pela aquosa luz matutina. Ela passou pelas portas e desceu os degraus, uma jovem de costas eretas num blazer azul e, tanto quanto eu sabia, sozinha no mundo. E a caminho do Quirguistão.

4

Zarah nos dera uma nova orientação. Ben Childress partiu no avião matutino para o Cairo, Charley Hornblower, no vôo da tarde para Nova York. Eles tinham trabalho a fazer. Eu tinha ficado sem o que fazer em seguida e não tinha para onde ir, a menos que quisesse pendurar no pescoço meu binóculo de observar pássaros e começar a caminhar para Xinjiang, à procura da abetarda *houbara*. Como acontece na vida, em especial numa vida dedicada a tentar pegar uma truta escorregadia com as mãos, eu chegara a um impasse. Graças a semanas de trabalho metódico dos Velhotes e ao brilhante raciocínio de Zarah, eu agora sabia muito do que tinha qualquer direito de saber sobre os alvos que me dedicara a atingir. Mas ainda não sabia o suficiente e não podia avançar enquanto não soubesse mais. Parecia um bom momento para ler a retradução do Pergaminho da Ânfora.

Apesar da brilhante luz do sol, estava muito frio para ler no jardim, mesmo que não houvesse motivos justos para não me mostrar ao ar livre durante o dia. Vesti um suéter, liguei a lareira elétrica na sala de estar, fiz uma xícara de chá e sentei-me com o texto datilografado de Zarah. Ela o imprimira num papel mais encorpado do que de costume. Vários minutos se passaram — longos o suficiente para que o chá esfriasse — enquanto eu olhava fixo para aquilo como se ainda estivesse escrito no alfabeto grego. Quando finalmente me fortaleci para começar, achei coisas para desfrutar.

Era fantástico o quanto a voz de Septimus Arcanus, crédula e mundana, parecia-se com as vozes dos telegramas e despachos ultra-secretos que eu estivera lendo na maior parte de minha vida adulta. Arcanus era um tipo que eu conhecia de cor — inteligente, sincero nos detalhes, diligente, e infinitamente condescendente para com as pessoas grotescas sobre as quais fazia seus relatórios. Não era, em absoluto, um consolo lembrar que Simon Hawk me dissera que ele e Reinhard Heydrich tinham tido o mesmo senso de afinidade com aquele falecido romano. Sem dúvida a similaridade teria sido ainda mais forte se eu tivesse podido ler o original em grego do autor, mas, como Homero e o Novo Testamento ensinaram ao mundo, as traduções do grego já são bem poderosas. Seja como for, em pouco tempo o manuscrito fez o mundo em que eu vivia desaparecer.

Septimus Arcanus começou descrevendo a agressão de um escravo preguiçoso na rua pelo seu senhor, que estava vermelho de raiva.

"Jatos de poeira saltavam da imunda túnica do escravo a cada golpe da vara de seu dono", escreveu ele. "Eles fizeram com que o senhor espirrasse, mas mesmo assim ele continuou com a surra: Uaque! *Atchim!* Uaque! *Atchim!* Fazia calor em Jerusalém. Como você sabe, meu caro Sejanus, a Judéia é um país que não tem água, onde as massas ficam cobertas por um acúmulo de poeira que dura a vida inteira, e, na maior parte, nunca sentem a água na pele. Há pouco tempo, assisti a um batista em ação, mergulhando convertidos num rio. Disseram-me que os batizados sentem que seus pecados foram lavados pela água, e não é de admirar. De acordo com a minha informação, isso era a especialidade de um excêntrico religioso chamado Yohanan, nome hebraico que significa 'Javé foi condescendente' — Javé sendo o deus local que, ao contrário de Jove, não sente necessidade de deuses subsidiários e dirige o mundo sem assistentes. Eu digo *era* porque Yohanan, que tinha atraído um grande número de seguidores entre os sujos ao predizer que em breve um mensageiro de Javé iria chegar e suplantar os governantes terrenos, teve a cabeça decepada por Herodes, devido aos problemas criados."

Foi a decapitação de Yohanan que despertou Septimus Arcanus para o potencial operacional dos dissidentes religiosos. "Eu inferi que se um sujeito meio maluco, abandonado, como Yohanan, podia irritar Herodes a ponto de ser preso e decapitado apenas por fazer profecias sobre a iminente chegada do céu de um messias que iria governar os judeus, então o fanatismo era algo que merecia ser investigado. Trata-se de pessoas primitivas, levadas pela superstição, que tinham vivido desde tanto tempo no temor ao seu irado deus absenteísta, que tremiam ao primeiro sinal de que ele poderia estar voltando para aplicar mais um de seus catastróficos castigos sobre elas."

Tudo o que acaba de ser dito e tudo o que se segue, quero salientar, representam a interpretação de Septimus Arcanus do que os cristãos conhecem como sendo as histórias de João Batista e Jesus de Nazaré. Na época, é claro, cristão era uma coisa que não existia. Jesus tentava aperfeiçoar o judaísmo, não fundar uma nova religião, e até o eminentemente prático apóstolo Paulo salientar que o movimento iria atrair novos convertidos se os gentios fossem obrigados a observar as impressionantes exigências da lei religiosa hebraica, todos os seguidores de Jesus eram judeus intensamente praticantes. Depois que li o relatório de Septimus Arcanus, tenho refrescado minha memória dos evangelhos e inseri referências e capítulo e versículo que parecem assemelhar-se à versão dele. Muitas vezes, as similaridades são impressionantes. Por exemplo, segundo os Atos dos Apóstolos 1:15, existia na Judéia um total de cento e vinte crentes na ressurreição logo depois da crucificação. Isso combina mais ou menos com a informação de que dispunha Septimus Arcanus, que relaciona nominalmente 123 crentes na imortalidade do falecido Joshua ben Joseph. Os nomes incluem 11 dos discípulos ou "guarda-costas", como Arcanus insistia em chamá-los, originais.

No início, como descrito no relatório de Arcanus e nos evangelhos, os romanos desconfiavam de que os sacerdotes eram estimuladores da evasão dos impostos romanos. Tendo em vista que o único motivo de se ter um império é sugá-lo para tirar impostos, aquilo era profundamente perturbador para Roma. E se aquela loucura se espalhasse até o Egito ou mesmo além dele?

"Solicitei os serviços de um agente, que já está no local, especializado em vigiar agitadores religiosos", escreveu Septimus Arcanus. "Esse homem, um fariseu que morava em Tarso, era cidadão romano, mui pitorescamente chamado Gaius Julius Paulus. Instruí Paulus para que procurasse o pregador mais absurdamente radical à solta e o cercasse de guarda-costas, para que pudesse viajar pelo país atacando o clero, tachando-o de herege. O objetivo era desintegrar a campanha antiimpostos dos sacerdotes, questionando a teologia deles. Isso tinha de ser feito com grosseria, às claras, até mesmo com blasfêmia. Praticar a violência para com alguns padres era uma opção a estudar. Se o homem de Paulus pudesse falar bem da tributação romana de vez em quando, tanto melhor.

"O detalhe mais importante era o seguinte: Esse pregador, fosse lá quem ele viesse a ser, jamais poderia saber que estava trabalhando para os romanos. Tampouco seus guarda-costas deveriam estar cientes disso. Era essencial que ele e eles acreditassem totalmente na sua própria autenticidade. Isso significava que um agente romano — mas não mais do que um — deveria ser infiltrado no grupo como manipulador. Este homem iria dar ao pregador e sua comitiva dinheiro para alimentação e hospedagem e esmolas para os pobres. Autorizei o dispêndio de duzentas peças de prata com aquelas finalidades. Nosso homem, é claro, também iria reportar-se sobre as atividades do grupo a Gaius Julius Paulus, e Paulus, por sua vez, iria reportar-se a mim. Um rigoroso segredo era essencial. Ninguém mais na Judéia ou em qualquer outro lugar, nem mesmo o governador, deveria ser informado de coisa alguma a respeito da operação. Com o destino de Yohanan em mente, eu supunha que aquela campanha acabaria com a morte do pregador. Era melhor não matar nenhum dos outros, achava eu, porque isso iria tirar o drama da figura central. O que se precisava era de um mártir, não de um bando de rufiões que tivesse o que merecia por zombar dos sacerdotes de Javé."

Como todos os chefes de agência deviam ser, Arcanus era bem versado nas línguas, na política e na etnologia locais. Falava aramaico e lia hebraico. Conhecia todas as tribos israelitas e forneceu a Sejanus uma breve explicação: "Gaius Julius Paulus, por exemplo, é membro da tribo de Benjamin, à qual pertencia o rei Saul e que era famosa por seus violentos guerreiros. Seus fundeiros tinham a notável capacidade de manusear duas fundas ao mesmo tempo, uma em cada mão, dobrando, assim, o número de pedras lançadas contra o inimigo."

Na parte pública de sua vida, Paulus era professor de lei religiosa que estudara filosofia na renomada universidade de Tarsos. Vinha de uma família abastada e era digno de confiança, em primeiro lugar, porque não era apenas um cidadão romano como também filho de um cidadão romano. Paradoxalmente, Paulus era digno de confiança, acima de tudo, por ser patriota. Isso não me surpreendeu. Eu nunca vi um dissidente político que não tivesse uma profunda necessidade de descrever seus pensamentos e atos traiçoeiros como patriotismo. Minha experiência pessoal me ensinara que isso acontecia em todos os países, inclusive no meu. O amor de Paulus pelo seu povo e pela sua religião constituía uma garantia sólida de que ele iria servir aos interesses romanos. Ao aceitar dinheiro e proteção romanos para derrubar um regime corrupto, ele servia aos verdadeiros interesses de seu povo. Sua cidadania romana foi a porta à qual Septimus Arcanus bateu, e Paulus a abriu tal como o dever exigia. Mas ele tinha seus próprios propósitos, sem qualquer obrigação de mostrar a casa toda ao visitante.

"Depois de receber as instruções, Paulus voltou para Tarsos", escreveu Septimus Arcanus. "Pouco depois, solicitou um encontro. Nós nos encontramos em Damasco, onde a chance de qualquer um dos dois ser reconhecido era menor do que em Tarsos ou Jerusalém, numa casa romana. Paulus vestia uma toga de cidadão romano, e tem os modos de um romano quando decide tê-los. Paulus observa amenidades sociais romanas com uma impaciência que iria diverti-lo, meu caro Sejanus. No fundo, ele é um asceta que gosta pouco de vinho e não gosta nada da comida romana, o que é contra a sua religião. Mal tínhamos molhado os lábios quando ele soltou a novidade. Não era necessário inventar o pregador que estávamos procurando. O homem já existia. Era um *amharetz*, um dos povos comuns da Galiléia, como também eram os onze seguidores que viajavam com ele. Esse pregador, chamado Joshua ben Joseph, era um joão-ninguém sem instrução. Ao contrário de Yohanan, não tinha voz possante. Até então, aquilo não tinha sido uma desvantagem, porque ele tinha atraído grupos muito pequenos, quase todos galileus. No entanto, era o mais inconseqüente pregador que Paulus ou outra pessoa qualquer já tinha ouvido. Atacava os fariseus, que são as autoridades cultas clericais em direito e tradição hebraicos, inclusive questões fascinantes como o Dia do Juízo Final, a ressurreição da carne e a vinda do messias. Joshua usava uma linguagem rude, para não dizer blasfema. Sua mensagem fundamental era profundamente subversiva: os sacerdotes tinham uma interpretação errada da lei de Javé e de suas intenções. Até ali, aquela mensagem não lançara faíscas na mecha do populacho. Mas, na opinião de Paulus, Joshua iria transformar-se, com ou sem a ajuda romana, num tormento constante do clero."

Paulus foi autorizado a infiltrar-se na comitiva de Joshua. Isso foi fácil e difícil ao mesmo tempo — fácil, porque Joshua e seus seguidores eram muito pobres, um bando de pedintes filando tostões e comida, e difícil porque eram todos galileus, muitos deles irmãos, primos ou velhos amigos. Sua célula era do tipo que permanecia relativamente segura ainda que infiltrada, porque os irmãos e primos não confiavam em membros da célula com os quais não tivessem parentesco. Era difícil atribuir as respectivas identidades, porque Joshua alterara de forma arbitrária alguns dos nomes e outros tinham mudado os próprios, ostensivamente, como sinal de que suas vidas tinham sido mudadas pela mensagem do mestre. (Arcanus, como era natural, considerava aquelas mudanças de nome como método de trabalho.) O status entre os discípulos derivava do grau de intimidade com Joshua. Alguns eram mais próximos do que outros. Três irmãos, chamados Tiago, Pedro e João, eram os mais próximos. Outros, até a maior parte dos outros, ficavam fora do círculo de confiança e amizade e praticamente não tinham importância. Eram sicofantas, e Joshua os tratava como tal, fazendo-lhes reprimendas e censurando-os. Estava sempre lhes dizendo que eles não o compreendiam ou não compreendiam sua mensagem e provavelmente nunca poderiam fazê-lo. E logo em seguida dizia que eles tinham de dar seguimento ao seu trabalho depois que ele morresse. Estava obsedado pela idéia de que iria ser morto por falar a verdade.

"Na opinião de Julius Caius Paulus", escreveu Septimus Arcanus, "o que Joshua precisava era dos artigos de praxe: dinheiro e informação. Os dois só podiam ser fornecidos por alguém fora do círculo que tivesse informações confiáveis do que os sacerdotes estavam planejando, do que os romanos pensavam, e assim por diante. Nenhum dos discípulos atuais de Joshua se encaixava nessa descrição. Paulus recomendou um homem chamado Judas. Ele era de cariotes, uma cidade horrível que fica a leste do mar Morto, em Moab. Seu nome completo, Judas Iscariotes, significava Judas de Cariotes. Além de ser simpático e apresentável, Judas me foi descrito como altamente inteligente, experiente, diligente impecável, dedicado ao trabalho que fazia e digno de confiança desde que as idéias e os objetivos da pessoa fossem exatamente os mesmos que os dele. Esta foi a análise de Paulus. Por essa descrição, percebi que Judas era uma outra versão de Paulus.

"Paulus entendia que nenhum dos galileus iria gostar de Judas ou confiar nele. Iriam odiá-lo e tramar contra ele e avisar a Joshua que não se deveria confiar nele. No entanto, a inimizade deles seria a grande vantagem de Judas, porque daria a Joshua um conselheiro independente que lhe devia tudo e nada ao grupo — não havia nada de afeições fraternas ou velhas fidelidades. Além do mais, Judas iria financiar a operação, e isso também ficaria sendo um segredo entre Joshua e Judas. Se provocasse mais animosidade, como em geral um dinheiro surgido de repente fazia, tanto melhor. Para Joshua, isso só poderia significar que Judas era útil a ele e a ninguém mais."

Septimus Arcanus ficou impressionado com o plano operacional de Paulus. Dois mil anos depois, eu também. Uma inteligência como a de Paulus ocorre talvez uma vez num milênio, com o Profeta Maomé sendo o caso seguinte, e Karl Marx o que veio depois dele. Quando um desses gênios determinados aparece no mundo e decide reinventar a salvação, pobre do *status quo*! Nós nunca os entendemos pelo que realmente são, até que seja tarde demais. O disfarce deles, como o de Paulus e os outros dois que acabei de citar, nunca é descoberto — e mesmo se fosse, poucos iriam acreditar que eles não eram o que tinham alegado ser. O que aconteceu em seguida fez com que eu largasse as páginas por um instante para olhar pelas janelas para as águas negras do Bósforo, que batiam.

"Paulus me sugeriu que poderia ser bom para Joshua providenciar alguns sinais", escreveu Septimus Arcanus. "Milagres iriam aumentar bem as multidões e, além disso, esperava-se esse tipo de coisas por parte dos profetas. Perguntei o que ele entendia por sinais. Paulus respondeu que eram mágicas de feiticeiros, como transformar um bastão numa cobra, ou transformar um líquido em outro, ou curar um aleijado, um leproso ou um cego."

Septimus Arcanus aprovou a idéia de Paulus e registrou devidamente os milagres que se seguiram. Seu senso de lugar e seqüência dos eventos era vago, talvez porque estivesse sabendo deles de boca, sussurrados ao longo de uma cadeia de interruptores, mas os fatos, em geral, são identificáveis. Na sua versão, a transformação de água em vinho nas bodas de Caná (João 2:1) foi uma simples questão de encher de vinho todos os jarros, exceto um (um vinho melhor, reclamava Paulus, do que o que era estritamente necessário ser comprado por Judas com recursos operacionais), enquanto ninguém olhava. Judas subornou os criados, contratados para aquele dia, para que revelassem aos convidados a impressionante transformação e dar o crédito a Joshua. Joshua recebeu a impressionante informação sobre os cinco ex-maridos da samaritana no poço de Jacó (João 4:15) por meio de Judas, que a ouvira num mexerico da aldeia. Um mendigo cego ficou curado quando Joshua esfregou saliva em seus olhos e mandou-o banhar-se num lago cujo nome nenhum dos presentes reconheceu. O homem voltou uma ou duas horas depois, mas aparentemente como um homem diferente que se parecia com, mas não devia ser o cego original. Ele foi denunciado como impostor por algumas das pessoas da multidão e expulso. Mas como costuma acontecer em casos assim, outros acreditaram na cura (João 9:1). Lázaro (João 11:1) acabara de sair de um coma, e Joshua, por acaso, estava lá quando isso aconteceu. O fato de que Lázaro não fedia depois de três dias no túmulo, como sua própria irmã, Maria, avisara Joshua de que federia, era prova suficiente para Paulus de raciocínio literal de que, para início de conversa, Lázaro nunca estivera morto.

"Ora, o que é divertido, caro Sejanus, é que esse Joshua parecia acreditar que tinha realmente produzido os sinais que Judas montara com suborno e truques", escreveu Septimus Arcanus. "O mesmo acontecia com os outros onze discípulos — ou pelo menos eles fingiam acreditar. No entanto, eram mais frios em relação a Judas, e, apesar de estarem comendo melhor do que antes, acusavam-no de roubar dinheiro do grupo. Ainda assim, ele manteve o disfarce. Deixou todos eles irritadíssimos depois que a irmã de Lázaro, Maria, esfregou um ungüento fortemente perfumado nos pés de Joshua e tirou-o com os cabelos (João 12:3), ao perguntar por que o ungüento não tinha sido vendido e o dinheiro dado aos pobres. Joshua não ligou para a crítica, dizendo-lhe que os pobres sempre estariam com Judas e os outros, mas que ele não estaria, porque o seu destino era ser morto por seus inimigos."

Arcanus ficou encantado com a informação de Paulus sobre o ataque de Joshua ao Templo. Derrubando a pontapés as mesas dos cambistas e vendedores de pássaros e animais destinados a sacrifícios e expulsando-os do Templo com um açoite improvisado com um pedaço de corda, era o tipo de velhacaria que ele e Paulus tinham em mente. E Arcanus não cabia em si de satisfação ao ficar sabendo da resposta de Joshua a um homem que perguntara se era permitido que os piedosos pagassem tributos romanos. A frase sobre dar a César o que é de César é tão conhecida que eu não vou rearrumar as palavras ao fornecer a versão mais vívida e muito possivelmente melhorada de Arcanus.

"Agora, por estranho que pareça, aparentemente Judas nada teve a ver com a montagem de nenhum desses acontecimentos", escreveu Septimus Arcanus. "Isso não era de causar surpresa, já que nem mesmo Judas soube alguma vez o que Joshua poderia dizer ou fazer em seguida Por exemplo, ele começara a dizer que aqueles que acreditavam nele iriam comer a sua carne e beber o seu sangue. Isso fazia com que convertidos o abandonassem, enojados. O número de seus seguidores, que já era pequeno, encolheu. Em pelo menos uma ocasião, um grupo grande ameaçou apedrejá-lo, mas ele se escondeu e escapou ileso. No entanto, por obscuro e impopular que Joshua continuasse a ser, o nosso plano frutificava. Os fariseus começavam a se preocupar com ele. Eu garanti que eles ficassem preocupados, enviando emissários para fazer perguntas sobre Joshua e dar a entender que ele estava se transformando num homem perigoso. Se os fariseus o deixassem continuar, ele poderia atrair novos fiéis e os romanos poderiam ter de se envolver. Soldados poderiam até ocupar o Templo. O sumo-sacerdote do ano, um homem chamado Caifás, pediu sua morte. Depois disso, Joshua e os discípulos ficaram certos de que ele estava realmente com a vida em perigo, tal como previra. Judas ficou tão preocupado, que convenceu Joshua a se esconder por algum tempo nas montanhas em Efraim, uma cidade muito distante de qualquer outra. É claro que dei instruções a Paulus para revogar aquele erro assim que fiquei sabendo. Do que adiantava um pregador que não pregasse?"

Juntamente com uma bolsa contendo mais cinqüenta peças de prata para o caso de se precisar de mais dinheiro, ele mandou um recado para que Paulus acelerasse o ritmo — e, se tal coisa fosse imaginável, que estimulasse Joshua a enfrentar com um ímpeto ainda maior os sacerdotes. No lado negativo, duas coisas preocupantes pareciam estar acontecendo. Judas estava passando a gostar de Joshua, a ponto de muitas vezes, até mesmo habitualmente, dar preferência aos interesses de Joshua sobre os da missão. Isso não é, em absoluto, raro. Os manipuladores, em situações de intimidade como a de Judas, passam, muitas vezes, a gostar mais do agente do que da operação. O isolamento emocional tem alguma coisa a ver com isso. O mesmo acontece com a proximidade e a culpa de mentir sobre tudo a alguém cuja vida está nas suas mãos. A confusão moral é um problema quando o manipulador é mais inteligente do que estritamente precisa ser para fazer o trabalho. O Judas do Pergaminho da Ânfora parece, sem dúvida alguma, ter tido um QI elevado.

"Em meio a tudo isso", escreveu Septimus Arcanus, "Joshua parecia estar se distanciando de Judas. Durante uma de suas palestras aos discípulos, ele disse: 'Um dentre vocês é um demônio.' Desabafos assim eram freqüentes, mas as palavras de Joshua estimulavam os inimigos de Judas que estavam no grupo. Ele foi ficando cada vez mais isolado, tinha um acesso cada vez menor a Joshua. Isso porque estava sempre insistindo na cautela e recomendando medidas como o período de esconderijo em Efraim. É evidente que não queríamos interferência alguma no final fatídico. Ordenei a

Paulus que lembrasse a Judas para quem este estava trabalhando e qual era o seu verdadeiro serviço. Porque as multidões de Joshua tendiam a ser maiores na Galiléia, e porque seus discípulos acreditavam que ele não estava em segurança na Judéia, ele passava a maior parte do tempo na terra natal. A notícia de seus sinais tinham se espalhado pela província — havia pouco tempo, ele previra a dramática recuperação de uma criança moribunda, e depois, no sábado, curara um doente em Bethesda. A cura no sábado e sua crescente tendência a sugerir que Javé era seu pai verdadeiro eram chocantes para os ouvintes. Os galileus o conheciam como filho de José, o carpinteiro, um dentre vários irmãos e duas irmãs. Então, como é que ele podia ser, como afirmava, o pão que descera do céu?"

Embora os evangelhos falem de multidões indo ouvir Jesus falar, Septimus Arcanus insiste que os grupos eram pequenos. No entanto, aumentaram de tamanho na esteira dos milagres.

"Você vai achar divertido, caro Sejanus, ser informado de que Judas não tinha explicação para alguns daqueles incidentes. Joshua parecia ser realmente capaz de curar os doentes, expulsar demônios e apresentar outros sinais sem o auxílio de Judas ou de outra pessoa qualquer. Claro que isso era um absurdo. Ou as pessoas que Joshua curava eram impostoras que fingiam suas doenças, ou ele descobrira um outro meio de tapear os crédulos. Nem Judas nem Paulus davam muita importância a episódios em que os mortos são trazidos de volta à vida. Nem sempre era possível dizer se uma pessoa que parecia morta estava realmente morta. Os judeus têm pouca ou nenhuma medicina. Cometem-se erros. Muita gente é enterrada viva. O costume local de enterrar os mortos antes do próximo pôr-do-sol aumentava o risco de confundir inconsciência com morte. É por isso que, nos sepultamentos, cadáveres amortalhados eram bombardeados com punhados de terra antes de a cova ser aterrada — para testar se podiam ser despertados. Os sortudos soerguiam-se ou gritavam antes que o uso das pás começasse."

Septimus Arcanus explica o milagre dos pães e dos peixes como obra de um mágico que aprendera esse complicado truque com os egípcios. Dá a entender que ele mesmo expulsou o mágico, já que um truque dessa magnitude exigia habilidades profissionais, cúmplices ocultos e acessórios caros que Judas não tinha como organizar sem abrir grandes claros no seu disfarce. Embora o Pergaminho estime a multidão em torno de quinhentas, e não as cinco mil pessoas mencionadas em João 1:10, o feito foi um enorme sucesso. Joshua, porém, retirou-se a pé da festa enquanto ela ainda acontecia, deixando os discípulos ali, e desapareceu nas montanhas sozinho (João 6:15). Judas informou isso como uma reação de desgosto diante do engodo. Nem Joshua poderia acreditar, disse Judas a Paulus, que era capaz de transformar cinco peixes e cinco pães de cevada num número cem vezes maior. Judas avisou que nunca mais deveriam aprontar-lhe surpresas daquele tipo.

"Joshua não tinha voltado das montanhas quando a noite caiu", escreveu Septimus Arcanus. "E agora aconteceu uma coisa que abalou minha confiança em Judas. Apesar de soprar um vento forte e de a noite ter caído, os discípulos decidiram, inexplicavelmente, entrar num barco e remar numa escuridão de breu pelo mar da Galiléia, à procura de Joshua. A três ou quatro milhas da costa, o mar ficou muito agitado. Eles acharam que o barco iria soçobrar. Então, lá na frente, na tempestuosa escuridão, viram Joshua andando em sua direção *sobre a água.* Na narrativa de Judas, ele aparecia e desaparecia, dependendo de estar em pé na crista fosforescente de uma onda ou caminhando num cavado. O que os hipnotizados discípulos sentiram em seguida foi o barco encalhar com um tranco no outro lado do lago.

"Ora, isso seria extremamente inacreditável para um romano ou qualquer homem civilizado, mas todos os que estavam naquele barco concordaram que tinham visto a mesma coisa e que o que tinham visto era um milagre. Judas não foi exceção. Ele garantiu a Paulus que o que vira era verdadeiro. Eu me perguntei se existiria essa coisa chamada de nativo sensato, não importa o quanto da educação romana tivesse sido martelado na sua cabeça dura. Será que podíamos acreditar em qualquer coisa que Judas nos dissesse daqui por diante? Será que podíamos até mesmo confiar em que desempenhasse as simples tarefas a ele designadas, ou estaria ele tão enfatuado pela superstição que era um elemento inútil e precisava ser substituído? Paulus aconselhou paciência: Judas era um jovem inteligente que sabia onde estava o seu verdadeiro interesse. Não era fácil viver uma farsa durante semanas ou meses, estar continuamente sob suspeita, existir como um estranho indesejável num grupo de homens que o desprezavam pelos favores que ele lhes prestava. Bastava dar-lhe tempo e o benefício da dúvida. A charada acabaria em breve."

Septimus Arcanus concordou em fazer o que Paulus aconselhara. Ele não tinha escolha, já que Judas era insubstituível, mas ordenou que Paulus tivesse uma conversa dura com ele. As informações de Judas tinham se tornado cada vez mais emocionais e cheias de falhas. Ele estava profundamente preocupado com Joshua. A Páscoa dos judeus se aproximava. Joshua estava com planos de aparecer em Jerusalém naquele mais importante dos dias santos.

"Ele não podia resistir a fazer aquilo", escreveu Septimus Arcanus. "Os sacerdotes tinham tomado providências para que o pregador fosse preso tão logo avistado. Todo aquele que visse o homem procurado deveria comunicar o fato ao Templo, de imediato. Depois da provocadora entrada de Joshua em Jerusalém — um bando de seguidores agitando copas de palmeiras recebeu-o na porta da cidade, e ele cavalgava um jumento, a tradicional montaria que fingia humildade, usada por um rei que estivesse chegando para assumir o trono da Judéia —, Judas estava mais preocupado do que nunca com o fato de seu amigo estar provocando a prisão e a morte."

Judas apelou para Paulus, pedindo ajuda para salvar Joshua de si mesmo. Aquele, é claro, era o último desejo que Septimus Arcanus estaria disposto a satisfazer. Enquanto Paulus e Judas conversavam numa casa em segurança em Jerusalém, Arcanus escutava da sala ao lado. Judas estava emocionado a ponto de chorar.

"Era óbvio que aquele jovem mudara tanto que não se podia confiar em que ajudaria a entregar Joshua para ser preso, a menos que fosse enganado a ponto de fazê-lo", escreveu Septimus Arcanus. "Portanto, foi dito a Judas que a única maneira de salvar Joshua era entregá-lo para ser preso pelos romanos. Uma vez em mãos romanas, ele estaria a salvo, porque só os romanos podiam levar a efeito uma execução, e Arcanus iria garantir que não houvesse execução alguma. Interrogatório pelo sumo sacerdote? Sim. Um julgamento romano? Sim. Prisão? Talvez, mas por pouco tempo. Mas morte? Não. Eu mesmo dei a Judas essas garantias, sem deixar de estar suntuosamente vestido e usar os distintivos do meu cargo. Sua gratidão, caro Sejanus, foi profunda. Ele beijou minha mão e molhou-a com suas lágrimas, um gesto extraordinário para um homem da sua religião. Aqueles adoradores sem vintém de Javé são arrogantes. Como pode imaginar, fiquei profundamente emocionado ao baixar o olhar para os cabelos sujos daquele sujeito que soluçava, nos quais vi legiões de bichinhos marchando, e sentir o cheiro dos poeirentos trapos que ele vestia e do suor que ele carregara nas axilas desde a Galiléia."

Septimus Arcanus omite uma descrição da Última Ceia. Um jantar de joões-ninguém conversando sobre coisas absurdas em aramaico não o teria interessado. Segundo Arcanus, Judas revelou o plano romano a Joshua, que não lhe deu uma resposta imediata. Mas tarde, porém, na presença dos outros discípulos, ele deu a Judas (ou não deu — como sempre, Joshua foi enigmático) o que este entendeu como instruções para ir em frente e chamar os romanos para prendê-lo. 'Se for fazer isso, faça-o depressa', dissera-lhe Joshua.

"Judas saiu, confiante, noite adentro", escreveu Septimus Arcanus. "Muito pouco tempo depois, voltou com o esquadrão de soldados romanos, juntamente com alguns dos homens do sumo sacerdote, que eu providenciara para servi-lo. Apesar de ser uma noite fria, Joshua esperava-os no jardim. Não demonstrou surpresa alguma ao ver os soldados e, calmamente, identificou-se ao oficial comandante. Deu instruções a seus guarda-costas para que não interviessem. Apesar disso, um exaltado chamado Pedro sacou de uma espada e, com um grito de raiva, tentou rachar o crânio de um dos homens do sumo sacerdote, um sujeito chamado Malchus. Por sorte, errou, decepando a orelha de Malchus [João 18:10]. Depois, fugiu, junto com a maioria dos outros. Joshua foi preso e levado embora."

Na maior parte do resto do informe, Septimus Arcanus descreve o escândalo provocado por Pôncio Pilatos por ter sido colocado na posição de limpar a sujeira deixada por Arcanus e seus agentes.

"Caro Sejanus, você sabe como o nosso amigo Pilatos é pequeno, careca e míope", escreveu ele. "Suas perguntas eram feitas numa chuva de saliva. Eu respondi a tantas quantas pude, por delicadeza, mas revelei o mínimo de detalhes possível. Mesmo assim, ele compreendeu que tinha sido deixado de fora de um plano secreto. Isso o fez perder o fôlego. Sufocou-se com o insulto. Ordenou que o prisioneiro fosse levado à sua presença, o que foi um fato extraordinário, e dirigiu-se a ele como se o pobre sujeito fosse Septimus Arcanus, em vez do miserável pedinte maltrapilho que era. Teria ele entrado na cidade montado num jumento porque pensava ser o rei da Judéia? 'Como o senhor quiser', replicou o homem com extrema insolência. Joshua respondia às perguntas de Pilatos com enigmas e tratava-o com o desprezo com que Pilatos o devia estar tratando. A raiva de Pilatos foi aumentando. Por fim, ele mandou o miserável ser chicoteado, na esperança de ensinar-lhe boas maneiras e soltar-lhe a língua. Isso não teve efeito algum. A certa altura, o prisioneiro, ainda balbuciando o que evidentemente achava ser a mais profunda filosofia, disse algo sobre a Verdade. Pilatos, olhando para mim com arregalados olhos vermelhos, bradou: 'Verdade? Verdade? O que é isso?'

"Depois de tudo aquilo, eu achara que nada que Pilatos pudesse fazer poderia me surpreender, mas imediatamente após aquele rompante ele se voltou para mim e disse: 'Esse homem não é culpado de coisa alguma.' Como você bem pode imaginar, caro Sejanus, fiquei surpreso. Claro que ele não era culpado de coisa alguma. *Aí é que estava o detalhe.* Será que Pilatos ia soltar o prisioneiro por birra e arruinar tudo? Lembrei a Pilatos o que estava em jogo e de onde vinham as minhas ordens. Ele estava irritado demais, insultado demais, humilhado demais para ceder à razão. Era impossível falar francamente com ele na presença do prisioneiro, muito embora o chicote tivesse deixado o pobre coitado semimorto.

"Uma multidão — quase nada pelos padrões romanos, mas grande bastante para fazer barulho — reunira-se do lado de fora, à espera do veredicto de Pilatos. Ele disse: 'Muito bem, vamos deixar por conta deles.' Ele se referia à multidão! Eu mal podia acreditar que estávamos falando na nossa língua. Antes que eu pudesse protestar, Pilatos agarrou Joshua pelo braço (para ampliar aquela comédia, os soldados que chicotearam Joshua o tinham vestido como um rei dos palhaços, num manto vermelho, e empurraram uma coroa de espinhos na sua cabeça) e o arrastou para a sacada. A multidão vaiou diante daquela visão cômica e depois calou-se na expectativa das palavras de Pilatos. Que não foram tudo o que eles esperavam.

"'Eu não vejo nada de que se possa acusar este homem'", gritou Pilatos. 'Devo soltá-lo?'

"Que voz possante tem Pilatos, para um baixinho gordo! Suas palavras silenciaram a multidão. Sem dúvida me silenciaram, enquanto eu ficava atrás dele nas sombras, imaginando se não seria melhor empurrar Joshua da sacada ou passá-lo na espada. O prisioneiro parecia não perceber. Parecia totalmente indiferente quanto ao seu destino. Na verdade, parecia recebê-lo com prazer, mas isso é o que muitas vezes acontece com homens condenados. Talvez estivesse sofrendo demais para compreender ou até mesmo ouvir o que se passava. O silêncio da multidão não durou mais do que um instante. Então, um grito de protesto ergueu-se de mil gargantas selvagens. Pilatos ficou firme, repetindo que o prisioneiro era inocente. Chegou até a propor soltá-lo como presente de dia santo à multidão. Um presente! O único presente que eles queriam era a morte daquele homem, e quanto mais dolorosa ela fosse, melhor. Por fim, com um violento dar de ombros digno de um ator no palco em Roma, Pilatos ofereceu o que eles queriam. E então, caro Sejanus, ele *pediu uma tigela de água e lavou as mãos de todo o caso diante da multidão!* Você pode imaginar o meu espanto. Era como se ele tivesse lavado as mãos nos degraus do palácio em Roma depois de tocar no imperador. Era, respeitosamente eu lhe sugiro, a sujeira do orgulho ferido e a repugnância para com o dever que ele tentava lavar.

"E foi assim, caro Sejanus, que o destino atuou nesse caso em particular. Nós, romanos, fomos ordenados pela plebe canalha a matar um de seus membros — um homem que o próprio procurador romano, levado pelo ódio que sente por mim e por aqueles de Roma que me mandaram para este lugar, teria permitido que vivesse. No entanto, fomos salvos da insensatez de Pilatos pelo próprio público que tínhamos enganado. Os sacerdotes e seus seguidores tinham exigido que os tomássemos sob o nosso poder. Foi um belo fim. Até Pilatos, um dia, irá gostar da ironia desse final. Mas não em breve, caro Sejanus, não em breve."

Num pós-escrito, apenas uma ou duas linhas, Arcanus registra que Judas desapareceu e que ele desconfia que Paulus providenciou para que ele fosse para o exterior, talvez para a Grécia, com uma nova identidade, fora do alcance dos vingativos guarda-costas. Arcanus declara que talvez os dois tornem a se encontrar. Paulus não era homem de deixar que um bom agente fosse desperdiçado.

"Quanto ao mui leal e útil cidadão romano Gaius Julius Paulus", escreveu Arcanus, "ele persegue e destrói os crentes em Joshua com o maior dos zelos. Eu lhe disse que ele tinha que deixar os onze guarda-costas em paz. Isso lhe deu uma nova idéia. Ele quer ver o que pode fazer para transformar os seguidores de Joshua numa seita que possa ser útil a Roma. É evidente que eles estão sem rumo e precisam de um organizador. Ele quer plantar a idéia de que eles devem exilar-se e fazer convertidos. Parece que, durante uma de suas tiradas, Joshua sugeriu algo parecido. Eu vejo pouca perspectiva de vantagem nisso, porque quem poderia acreditar que um vagabundo meio louco que se deixou ser morto por simples homens era um deus imortal disfarçado? Mas também não vejo nenhum perigo nisso. Claro que seria bom isolar aqueles palhaços numa ilha grega. Talvez eles possam escrever suas memórias. Seria útil, e divertido, ter um informe daqueles acontecimentos por pessoas que realmente acreditavam no que viam e no que ouviam. Portanto, pretendo fazer a vontade do bom Paulus. Da próxima vez em que nos encontrarmos em Damasco, darei a ele um pouco de dinheiro e a minha permissão para executar seu plano."

Como todos aqueles que leram o nono capítulo dos Atos dos Apóstolos irão se lembrar, foi numa estrada para Damasco que Saul de Tarsus, o cidadão romano depois conhecido como Paulo, o Apóstolo, ficou cego pelo brilho de uma visão no céu. Uma trovejante voz divina falou com ele. Logo depois, a cegueira curada por um milagre que fez com que as camadas finas caíssem dos olhos, ele começou a pregar que Jesus Cristo era o filho de Deus. Sem dúvida, Septimus Arcanus, que dispunha de tantas fontes confiáveis, sabia disso. Fica-se imaginando sua reação. Quase nenhuma, provavelmente. Àquela altura da carreira, nada seria capaz de deixá-lo surpreso.

OITO

1

De repente, no aqui e agora, tudo dependia da abetarda *houbara*. Como isso poderia ter sido previsto? Aliás, como qualquer coisa pode ser prevista? Se Septimus Arcanus tivesse recrutado quaisquer outros agentes principais além do incontrolável Gaius Julius Paulus e do esquizofrênico Judas, teria a Santa Igreja Católica Romana sido batizada em homenagem ao império, e não à tríplice divindade que ela adora? A leitura do Pergaminho da Ânfora criara um estado de espírito do qual eu não tinha certeza de que um dia escaparia. Como se eu tivesse 20 anos outra vez, a existência parecia misteriosa, os acontecimentos inexplicáveis, os resultados incertos, o significado incompreensível. A ironia deve ser para a vida o que a gravidade é para o Universo, a força invisível que mantém tudo junto e deixa tudo separado.

Num impulso repentino (eu queria mesmo deixar para trás, se possível antes do anoitecer, a úmida mansão para qual eu tinha levado os fantasmas de Septimus Arcanus e seus agentes e alvos), decidi fazer algo de útil, indo procurar Kalash el Khatar. Não sei como justificar o impulso, mas o segui. Se a caça à abetarda *houbara* era o esporte favorito dos descendentes do Profeta, Kalash devia saber alguma coisa sobre ela. Ou sobre as áreas de caça favoritas de Ibn Awad. Fosse como fosse, não faria mal algum perguntar. Peguei um barco até a cidade e um táxi para o aeroporto. A segurança estava muito rigorosa — tão rigorosa, que um dos turcos de queixo preto, sério, que protegia as portas externas do terminal, desmontou o meu celular via satélite e devolveu-o em pedaços. Entre outros inconvenientes, aquilo tornava impossível ligar para quaisquer dos Velhotes e dizer-lhes o que eu pretendia fazer. Achei que qualquer tentativa de tornar a montar o telefone enquanto estava no aeroporto ou a bordo de um avião iria provocar minha prisão por suspeita de estar construindo uma máquina infernal, de modo que guardei-o no bolso. Comprei um cartão telefônico e usei um telefone pago para chamar o número que Kalash me dera depois do nosso encontro em Paris. Para minha surpresa, ele atendeu o telefone via satélite dele. A palavra *allô* soou como uma moeda jogada na calçada em frente a um pedinte que, segundo se esperava, deveria estender a mão para apará-la.

Em inglês, eu disse:

— Aqui fala o primo de Paul.

Silêncio.

Eu disse:

— Tenho algo para conversar com você.

Em francês, Kalash perguntou:

— O que poderia ser?

— Você está em Paris?

Kalash passou a falar inglês.

— Meu telefone diz que você está telefonando de Istambul. Pegue um vôo para o Cairo. Torne a ligar depois que passar pela alfândega.

Ele desligou.

Cairo? Eu tinha me preparado de coração para Paris, para um *plâteau de fruits de mer* e uma garrafa de Meursault, para garotas francesas, para a luz dos impressionistas, para os capangas que eu conhecia, homens de Kalash, e não egípcios que eu não conhecia. O último lugar em que eu queria estar era numa cidade cheia de palhaços alucinados, cada um dos quais tinha licença para matar Horace Hubbard.

No aeroporto do Cairo, o agente do controle de passaportes, que usava uma barba islâmica completa, examinou meu passaporte azul norte-americano como se o documento fosse a cabeça de um porco que eu tivesse passado pelo guichê com a mão esquerda. No entanto, acenou para que eu passasse, depois de cuspir no selo e colá-lo com um golpe numa página nova. A alfândega não me deu importância. Como também não deu ninguém mais enquanto eu me encostava a uma parede fora do setor de chegada e tornava a montar meu telefone.

Dessa vez, consegui a caixa postal de Kalash. Deixei um recado. Dois minutos depois, meu telefone tocou. No fone de ouvido, a voz de Kalash disse em inglês:

— Você está no Cairo?

— Estou.

— Onde?

— No aeroporto.

— Vá para o terminal público de aviões. Pergunte pelo meu piloto. O nome dele é capitão Khaldun. Como o historiador já falecido.

— Como é que irei reconhê-lo?

— Ele irá reconhecer você. E o trará até aqui. Você tem roupas de inverno na bagagem?

— Tenho.

— Ótimo. Aqui faz frio à noite, e as mulheres não gostam de dormir com um pagão.

Clique.

O capitão Khaldun revelou-se um bonito sujeito na casa dos 30, mudo como pedra. Decolamos ao anoitecer num venerável Learjet e aterrissamos cerca de três horas depois numa pista de pouso num deserto. Kalash tinha razão quanto à temperatura. Fazia frio. Uma lua em forma de foice pendurava-se num aveludado campo de estrelas, tão brilhantes contra a escuridão que comecei a me lembrar dos nomes de constelações que eu aprendera no planetário do Museu de História Natural. O capitão Khaldun desapareceu. Fiquei sozinho no deserto (mas que deserto?) com coisa alguma a ser vista exceto as estrelas e nada para se ouvir a não ser o sibilar de afinador de piano dos motores do jato esfriando no ar gelado.

Um franco atirador grego que caçava turcos quando era jovem me disse que sempre assumia uma posição contra o vento em relação ao inimigo quando trabalhava à noite. Quando um turco urinava, como quase sempre se faz cedo ou tarde, o atirador disparava um pente inteiro de munição na direção do cheiro. Com freqüência, atingia o seu homem. Era uma satisfação especial, disse ele, matar um inimigo que se odiava enquanto ele segurava o seu bem mais precioso entre os dedos e o polegar. Esvaziei a bexiga. Urina furando a areia fazia um barulho muito grande. Sem contar com a música dissonante dos motores que esfriavam, o silêncio era total, de modo que qualquer atirador de rifle destacado para me eliminar teria condições de fazer funcionar pelo menos dois dos cinco sentidos como auxiliares de pontaria. Parecia improvável que Kalash, mesmo que tivesse tido motivo para me matar, fosse dar-se a todo aquele trabalho de me levar de avião até um destino misterioso para atirar em mim. Teria sido muito mais fácil e mais econômico liquidar-me no aeroporto. Mais um ianque morto. Assassino desconhecido, motivo óbvio.

Um vento cortante soprava. Tirei a minha *parka* da mala e vesti. Era mais do que eu precisava para me proteger do frio do deserto, mas era tudo o que eu tinha. Fora do ponto brilhante criado pelas luzes de estacionamento do Learjet, um imenso mar de escuridão silenciosa estendia-se em todas as direções. Resolvi andar um pouco. Mantive a Ursa Maior sobre o meu ombro esquerdo — não que eu precisasse das estrelas enquanto não perdesse de vista o avião e as brilhantes lâmpadas na sua cauda e nas pontas das asas. Havia arbustos e pedras no deserto. Andar em linha reta era difícil. Depois de uns dez minutos, voltei-me para me orientar pelo Lear e não vi coisa alguma, exceto escuridão. Alguém apagara as luzes.

Sentei-me numa pedra e examinei o céu. Lá estava, meu Deus, a Ursa Maior, com a Estrela do Norte sozinha no exato ponto em que um escoteiro de segunda classe iria procurar por ela. Como eu não fazia idéia nenhuma de onde estava, esse conhecimento não tinha muita utilidade. Na ausência de um mapa, eu não tinha como saber aonde iria chegar se me guiasse pela estrela Polar. Em voz alta, eu disse: "Você está indo bem, Horace." Eu tenho estado sozinho a maior parte da vida — em casas meio vazias cheirando a ausência depois que meus pais se divorciaram, em escolas subaquecidas isoladas pela neve, nas quais todos os outros alunos queriam ser advogados ou corretores de valores, numa profissão na qual ninguém era chamado pelo nome verdadeiro, na Pensilvânia. Eu tenho o hábito de falar sozinho. Mesmo quando não estou numa conversa de uma só pessoa com ele, penso em Horace como "ele", um homem que estou observando, ouvindo, sem compreender muito.

Uma voz disse:

— Você vai acabar como bosta de hiena se continuar assim. Sabe o que parece bosta de hiena?

Era o inimitável Kalash. Eu disse:

— Bosta de hiena? Para falar a verdade, não.

— Parece louça de barro pulverizada, porque as hienas mastigam os ossos e os digerem.

Não estava tão escuro quanto eu pensara. Havia luz suficiente da lua e das estrelas para distinguir meu anfitrião, uma figura muito alta usando mantos árabes. A escuridão na qual eu me imaginara perdido só tinha sido escuridão porque não houvera nada para ver.

Kalash disse:

— Por que você está andando por aí assim?

— Para desfrutar as estrelas. Esta noite, elas estão muito brilhantes.

— Elas ficam muito brilhantes todas as noites no deserto, a menos que haja uma tempestade de areia. Venha comigo.

Ele girou nos calcanhares e partiu noite adentro como se caminhasse pela Champs-Élysées com o Arc de Triomphe como ponto de referência. Agora que meus olhos tinham se ajustado à luz das estrelas, achei possível mantê-lo no meu raio de visão. Ouvi um ruído atrás de mim, olhei por cima do ombro e vi dois vultos corpulentos que pareciam lutadores de luta livre vestindo *kaffiyehs* e cafetãs agitados pelo vento. Eles portavam AK-47s, inconfundíveis mesmo em silhueta.

A 200 metros de distância, chegamos a dois Range Rovers, estacionados com os faróis apagados. Eu devia ter passado por eles, ou bastante perto. Um outro lutador, um Kalashnikov ao ombro, manteve a porta de um dos veículos aberta para Kalash. Fiz um movimento como se fosse segui-lo. Os dois guarda-costas atrás de mim dirigiram-me para o outro carro. À exceção do motorista, fiquei sozinho no veículo. Uma música melancólica árabe tocava — um contralto cantando em ritmo de batida do coração a história de que os aviões do Grande Satã tinham matado seu único amor verdadeiro no Afeganistão.

Por enquanto, o uso de títulos hereditários era inconveniente no Sudão, mas por tudo que é sagrado e eterno, Kalash era um emir. No deserto como em Paris, vivia como um emir. A tenda para a qual fui levado depois da curta viagem a partir da pista de pouso era usada para jantar. Belos tapetes, pesados e grossos, cobriam o chão de areia. Havia os costumeiros grandes travesseiros e uma comprida mesa de jantar baixa. Tapeçarias bordadas com fio de ouro com versos do Corão pendiam dos beirais, oscilando levemente com o deslocamento de ar. Músicos escondidos afinavam seus instrumentos. Criados corriam de um lado para o outro. Um deles me levou um gim-tônica num copo de chá. Não era a minha bebida favorita, mas gostei de tomá-la. Um outro me ofereceu figos. Comi dois, minha primeira comida desde Istambul. Atrás da mesa, todos em fileira, meia dúzia de falcões peregrinos encapuzados pousados, imóveis, em poleiros em forma de "T" à altura do ombro de uma pessoa, incrustados do que parecia marfim e lápis-lazúli.

Depois de mais ou menos meia hora, Kalash entrou. Ele tinha trocado de roupa e usava mantos de pêlo de camelo. Um criado o seguiu, levando um grande falcão encapuzado — calculei que fosse o favorito de Kalash — no braço. Outros criados entraram marchando com mais cinco falcões e os colocaram delicadamente nos poleiros. Quando Kalash afundou para uma posição sentada — uma visão grandiosa de se ter num homem de barba branca, vestindo esvoaçantes mantos, que não podia ter menos de 1,90m de altura —, o primeiro treinador tomou posição ao lado de Kalash, falcão no antebraço, todos os músculos paralisados. Fiquei imaginando quanto o pássaro pesava.

Fiquei imaginando, também, quando Sir Cedric Hardwicke iria entrar, fantasiado de general inglês numa túnica vermelha e condecorações, e apresentar as saudações da Rainha Imperatriz ao emir, que iria sorrir como a serpente original para aquele eunuco que estava a serviço de uma mulher.

Kamal olhou com afeição para os pássaros.

— Sabe que pássaros são esses?

Eu sabia, sim. Mas, mesmo num conhecimento muito recente, também sabia o quanto Kamal gostava de ensinar, de modo que ergui o fim da palavra com um ponto de interrogação quando disse:

— Falcões?

— Falcões peregrinos. São usados para caçar.

— Qual é a presa?

— Outros pássaros — disse Kalash. — Às vezes, pequenos animais. Um falcão peregrino mata a sua presa prendendo-a com as garras enquanto voa a quase 300km/h.

— Isso deve fazer as penas voarem.

— Faz. E o sangue. Um homem da *National Geographic*, um sujeito agitado chamado Wilbur não sei de quê, tirou algumas fotografias de matanças.

— Você ainda as tem?

— Não. As fotografias mentem. As cores estavam erradas, como um desenho, e uma matança realmente não se parece nada com isso, imobilizada num único instante, silenciosa.

— Com o que ela se parece, de verdade?

— Com o que ela é, uma epifania. Muitas coisas acontecem numa fração de segundo, mas esse tempo pode parecer muito mais longo se você souber olhar para o que está acontecendo. O impacto, as garras, a presa reagindo, tentando escapar, não morrendo logo. Amanhã você vai ver.

— Estou ansioso.

Kalash disse:

— Meu pai caçava com águias. Uma águia pode matar de jacais, até mesmo antílopes.

— Hienas não?

— As hienas comeriam a águia e depois provavelmente a outra hiena, porque ela estaria sangrando por causa das garras da águia. Certa vez, a águia de meu pai atacou um avestruz. O avestruz fugiu com a águia. A águia se agüentou como um jóquei durante quilômetros, tentando matar aquela coisa enorme, e por fim desistiu e voou de volta para o punho.

Um criado chegou, levando no alto uma enorme bandeja na qual estava arrumada uma ovelha inteira, assada. Outros homens o seguiram com outras bandejas de arroz, legumes, figos e tâmaras, pão quente sem fermento.

— Como honrado convidado, você deverá comer os olhos, o cérebro, a língua e assim por diante — disse Kalash. — É uma grande honra.

— Não, obrigado. Olhos de ovelha torrados e miolo meio cozido me dão nojo.

— Honestidade elogiável. A maioria dos cafres os engole inteiros, para serem delicados. Ficam muito preocupados em não insultar antigos costumes da hospitalidade do deserto. Parece que vão vomitar a qualquer momento. "Mais, comam mais!", dizemos. E em geral, eles comem. É uma grande piada entre os criados.

Enquanto comíamos a deliciosa refeição gordurosa só com a mão direita — mais difícil para um cafre do que você poderia imaginar —, Kalash continuou sua palestra sobre a falcoaria. Todos os falcões que estavam na sala respondiam apenas à sua voz, disse Kalash. A maioria dos falcoeiros de sua classe empregava serviçais para lançarem os pássaros, mas o pai de Kalash lhe ensinara que o homem que fazia isso era um mero espectador.

— Ele mesmo lançava as águias?

— Exatamente. É claro que ele era maior do que eu e muito forte. Com uma espada afiada, podia cortar um homem ao meio com um só golpe. O pássaro é sempre levado no braço direito. Isso fortalece o braço para a espada.

Ele estava menos imperioso do que estivera em Paris. Eu estava satisfeito por ouvir. Pela minha experiência, é raro um descendente do Profeta dizer qualquer coisa interessante no interminável intervalo que leva para chegar ao assunto principal. Durante nossa longa amizade, Ibn Awad raramente era coerente e muito mais raramente chegava ao assunto principal. É claro que o seu único assunto era a vontade de Deus, na qual meu interesse é limitado. Kalash, por outro lado, estava me ensinando muito sobre uma questão prática.

Para fins de treinamento, explicava Kalash, só serve um falcão selvagem recém-capturado. Tem que ser fêmea, porque em todas as espécies de falcões a fêmea é maior, mais forte e mais violenta, embora mais fácil de dominar.

— Ela se apaixona pelo dono — disse Kalash. — Esse é o objetivo do treinamento. Você a mantém num quarto escuro, sempre encapuzada, com um sino preso à pata por uma tira de couro. A tira é presa ao poleiro. É claro que ela adormece. Você entra e fala com ela no escuro. Ela acorda. E não deve ouvir qualquer outra voz a não ser a sua, e você deve sempre emitir o mesmo som.

— Que som?

— Eu não posso emiti-lo, se não todos esses falcões iriam voar. Toda vez que você visita a fêmea do falcão e a acorda, tem que falar com ela e dar-lhe algo para comer. No princípio, carne crua. Depois, um camundongo ou um pombo, vivo. Você não o põe no bico, você toca as patas e as penas do pássaro com ele e deixa que ela mergulhe para pegá-lo. Para isso, usa-se uma luva grossa. Você tem que assobiar duas notas curtas, enquanto ela engole. Com o tempo, ela irá ligar o som ao ato de se alimentar e irá pegar com as garras quando o ouvir. Depois dessa fase, pode-se levá-la para passear entre pessoas, para acostumá-la ao ruído delas, e depois fazer a mesma coisa sem o capuz, para que ela veja como os homens se parecem vistos do nível do chão. Os pássaros selvagens não sabem disso. Os falcões sempre nos vêem de uma grande altura, de modo que não percebem o tamanho que temos, apesar de sua visão ser oito vezes mais potente que a nossa.

Ele continuou: aos poucos, o pássaro é acostumado à luz e ao movimento e é alimentado fora do quarto escuro. Ele se alimenta em plena luz do dia enquanto empoleirado no braço do caçador. Segue-se mais treinamento. Chega uma fase em que ele voa, mata, abandona a caça que mata sem comê-la, o que é contra a sua natureza. Depois, volta para o braço do falcoeiro.

— O falcão não dilacera e come a vítima porque você o alimentou antes da caçada, e por isso ele não está com fome — disse Kalash. — A fêmea, agora, é uma matadora pura, matando só por prazer e está sempre pronta para tornar a matar. Treinar uma virgem é muito parecido. No caso da virgem, usam-se chocolate e roupas novas e perfume, e às vezes jóias, em vez de carne crua e pombos mortos. Mas as duas coisas acontecem no escuro, e a voz do mestre é muito importante. Obediência gera desejo, e desejo gera obediência.

Trouxeram café. Kalash tomou um golinho e depois pôs-se de pé.

— Amanhã, vamos caçar — disse ele.

Ele se retirou da tenda. A saída foi tudo, menos sem cerimônia. Os guarda-costas, que tinham ficado em pé atrás dos falcões empoleirados, saíram atrás dele, Kalashnikovs seguros de maneira correta. A música parou no meio de um acorde quando ele passou pela porta para a escuridão.

2

Não fiquei sozinho por muito tempo. Um criado veio lá de fora e me disse alguma coisa em árabe. Nunca lhe passou pela cabeça que eu entenderia. Não esclareci isso a ele. Sorrindo, ele fez sinal para que eu o seguisse. Levou-me até uma tenda pequena. Estava decorada do mesmo modo que a tenda de jantar, mas dessa vez com uma cama no centro. As cobertas estavam dobradas, como num hotel. Eu estava mais cansado do que pensara. Os vôos, o pesado jantar, o grande esforço para ouvir as convicções de Kalash para os simplórios, tinham me deixado exausto. Eu me despi, lavei o rosto na bacia com água que o criado deixara e meti-me na cama. Era uma cama extralonga. Kalash era o primeiro anfitrião que eu tivera que era mais alto do que eu.

Quando coloquei a cabeça no travesseiro, alguma coisa estalou. Olhei debaixo dele e encontrei um mapa aéreo da Ásia Central. Abri-o em cima da cama. Era um mapa muito grande, detalhado. A área coberta estendia-se da península arábica ao norte do Irã e ao norte da Afeganistão e, depois deles, até o Turcomenistão, Cazaquistão, Usbequistão, Tajiquistão, Quirguistão, Mongólia e Xinjiang. Aquele vasto território era essencialmente um retalho de desertos. Em vários pontos do mapa, pistas de pouso tinham sido incluídas a mão, com latitude e longitude e comprimento da pista anotados numa perfeita caligrafia de desenhista.

Eu sabia o que o mapa significava. Pensei que soubesse o motivo pelo qual ele tinha sido dado a mim. No entanto, pensei na longa lista de outros motivos possíveis. Mas não por muito tempo. Peguei no sono como se estivesse drogado. A julgar pelos sonhos, nos quais Mikhail me garantia que absolutamente ninguém era meu amigo e Kevin me mostrava Christopher numa caixa, talvez tivesse sido.

As estrelas ainda estavam no céu quando fui acordado pelo mal-humorado criado que me levara para dormir na noite anterior. Ele levou chá e iogurte, pão achatado e figos. Levei o chá para fora. Vênus estava grande e brilhante entre as constelações que esmaeciam. O céu de Septimus Arcanus devia ter sido alguma coisa parecida com aquilo, mas (eu lera isso em algum lugar) com uma Vênus do tamanho de um limão.

De repente, a voz de Kalash, bem atrás de mim, disse:

— Você conhece o zodíaco?

— De cor.

— Christopher também conhecia. Uma estranha especialidade para um homem que não acreditava no destino. Você acredita no destino?

— Na sorte, talvez.

— A sorte é o destino do ateu.

Enquanto saíamos de carro com as janelas abertas, ouvi uma voz no acampamento chamando os fiéis para orações. Kalash não deu atenção. O motorista estava em contato pelo rádio com alguém que lhe dizia para onde ir, onde dobrar. No nosso destino, um pedaço de deserto que lembrava muito o chão sobre o qual estivéramos passando de carro, fomos recebidos por uma dúzia de homens de Kalash. Metade deles estava envolta em cobertores, para se protegerem do frio da noite que ainda perdurava. Os demais levavam falcões no braço direito.

— Este é um bom lugar para procurar a abetarda *houbara* — disse Kalash. — Você já viu uma?

— Nem mesmo em foto.

— Nem as câmeras podem vê-las quando elas não querem ser vistas.

Já não estava mais escuro, mas tampouco já estava claro. O sol nasceu na borda do deserto. Longas sombras ondulantes se formaram. Os falcões, todos encapuzados, não se mexeram. Os seres humanos já tinham dado as costas para o sol, para protegerem os olhos. Desde o primeiro instante era possível sentir seu calor através da roupa. Kalash afastou-se andando muito depressa, sem ligar para o chão acidentado. Consegui acompanhá-lo passo a passo. Os outros trotavam para acompanhar o ritmo. Poucos metros adiante, dois vigias de roupas cor de areia estavam esparramados de bruços na areia. Os homens atrás de nós pararam todos ao mesmo tempo, como se em resposta a uma ordem silenciosa. Kalash caiu de joelhos. Torceu um dedo para mim e para um dos falcoeiros e depois rastejou em direção aos vigias lá na frente. Nós o seguimos e chegamos aos vigias em instantes. Eles fizeram sinais com a mão. Era muito estranho estar em companhia de quatro árabes e não ouvir uma só palavra pronunciada.

Os homens de Kalash olhavam atentamente para um arbusto cerca de 20 metros adiante. No início, eu não vi nada. Depois, lembrei-me da minha erudição sobre pássaros e procurei sombras na luz horizontal. Localizei uma possibilidade e segui-a de volta para um pássaro marrom pintado, mais ou menos do tamanho de uma perdiz mas com um pescoço mais comprido, pernas mais longas e bico mais pontudo. Ele estava perfeitamente imóvel, cabeça lançada para a frente, uma perna levantada. O disfarce era impressionante. Ele não se parecia com coisa alguma viva — era como um torrão arrancado do chão do deserto. Sem a sombra como guia, eu poderia nunca tê-lo visto, embora tivesse passado muitos momentos felizes separando pássaros das folhagens. Ronquei de admiração.

Kalash ainda não vira a *houbara*, mas pelo barulho que eu fizera ele sabia que eu a vira. Ele se pôs de pé e pegou o falcão do homem que o carregava, que retirou o capuz do pássaro no mesmo movimento em que passou o pássaro para Kalash. Os vigias também se levantaram e correram em direção à *houbara*. Esta fugiu — não pelo ar, mas pelo chão, deslocando-se a uma velocidade quase inacreditável para um animal de duas pernas. Fora dos desenhos animados do Papa-Léguas, eu nunca vira um pássaro deslocar-se tão depressa a pé. Um dos vigias disparou uma arma em direção a ele. Errou, e depois tornou a errar. Percebi que ele estava tentando fazê-lo voar, em vez de atingi-lo. Um terceiro disparo levantou poeira cerca de meio metro à esquerda do pássaro. Finalmente, a *houbara* levantou vôo.

Voou como uma galinhola, rápido e perto do chão, ziguezagueando em torno de obstáculos como se estivesse equipada com um sonar. Outro tiro. A *houbara* subiu. O sol tinha nascido havia menos de dez minutos, mas o céu já era uma tigela de índigo invertida, extremamente sem nuvens, lua em forma de unha ainda visível no horizonte ocidental, Vênus um furo de alfinete a leste. Mesmo subindo, a *houbara* voava muito rápido. Quando ficou entre os chifres da lua segundo a nossa perspectiva, Kalash emitiu um assobio de duas notas e soltou o falcão. Ele subiu ao céu mais depressa do que a *houbara* e em segundos estava acima dela.

Então, mergulhou, vencendo a resistência do vento com as grandes asas. Kalash tivera toda razão. O que estava acontecendo ficava fora da capacidade da fotografia de captar ou até mesmo sugerir. O falcão se lançou, a *houbara* fez uma manobra evasiva desesperada. O falcão fez sua presa voltar na direção de Kalash, que tirara os óculos escuros e olhava para cima, o rosto de ébano brilhando de êxtase. O falcão, garras estendidas, atingiu a abetarda *houbara* a uma velocidade que eu chamaria de ofuscante, só que se dava exatamente o oposto. No momento do impacto, os muitos elementos da imagem fragmentaram-se. Garras prenderam, a *houbara* contorceu-se em agonia, penas explodiram, sangue jorrou e depois dividiu-se numa espuma de pingos vermelhões. O bico do falcão atacou, a *houbara* ficou mole. O falcão, segurando a presa nas garras, freou a queda com asas estendidas.

Largou a presa várias centenas de metros à nossa frente. Todos os quatro criados correram em direção ao local, cães de caça humanos despachados para buscar a presa. Kalash esperou com calma, braço estendido, rosto erguido em direção ao falcão que voava em círculos. Assobiou. Depois do que pareceu um longo período mas provavelmente durou menos de um minuto, o falcão pousou no seu braço. O bico curvo estava ensangüentado; o mesmo acontecia com as penas do peito. Kalash deu ao pássaro um pedaço de carne e falou com ele numa espécie de fala de criança inarticulada. O olhar do pássaro era exatamente como Zarah o descrevera, sem memória ou misericórdia. Se ele se lembrava de alguma coisa, pensei, era de seu ancestral dinossauro fazendo com o ancestral da *houbara* o que eles dois tinham acabado de tornar a repetir em um novo mundo onde tudo era menor mas os resultados eram os mesmos.

Kalash disse:

— Você viu tudo?

— Duvido. Mas vi o suficiente.

— Suficiente? — Ele fez uma pausa. — É bom ouvir isso, porque está na hora de você ir embora. O capitão Khaldun irá levá-lo de avião para o Cairo.

— Está bem, obrigado por deixar que eu visse isso.

— Lembre-se do que viu, e irá compreender outras coisas. Você entende o mapa?

— Acho que sim. Ele mostra o caminho do vôo de migração da abetarda *houbara* no inverno.

— Você compreendeu. Ibn Awad é um falcoeiro entusiasta. Mas talvez você já saiba disso. Ele segue a *houbara*. É o único prazer que ele tem.

Kalash olhou para mim demoradamente.

— Eu não posso ajudá-lo mais do que isso e ainda me encontrar com meu primo no paraíso — disse ele.

Se ele estava sendo sardônico, não vi sinais disso. Fiquei calado. Perguntas teriam sido inúteis, ainda que eu tivesse tido algumas. Quanto a expressões de gratidão, eu supunha que agradecer a um descendente do Profeta por trair um outro é coisa que não se faz. Talvez também dê azar.

Kalash disse:

— Não protele. Ibn Awad está se divertindo agora, mas quando as *houbaras* voltarem para casa, daqui a pouco tempo, ele vai agir.

Os vigias e os guarda-costas se aproximaram, um deles segurando a *houbara* morta pelos pés, com o braço esticado, e os outros sorrindo em comemoração.

Kalash disse:

— Lembre-se, ele é um velho a quem você deve alguma coisa pelas dificuldades que já criou para ele. Nada de assassinos desta vez. O destino não permitirá que um assassino seja bem-sucedido. Nada de balas, nada da espadas, nada de humilhações. Uma nova Santa Helena, mas mais calorosa e com guardas mais inteligentes.

Ele colocou os óculos escuros e passou o falcão para o portador. Os vigias já estavam bem distantes à nossa frente, à procura de mais abetardas *houbara*.

3

— Presumindo-se que vocês estivessem fazendo uma média de 560 a 640 quilômetros por hora, isso significa que o acampamento de Kalash estava em algum ponto do quadrante vazio — disse Ben Childress.

Nós estávamos em Roma. Chegara a hora de uma reunião de toda a Turma dos Velhotes. Ben e eu tínhamos chegado primeiro, instalando-nos no apartamento no Campo dei Fiori que Charley Hornblower alugara pela internet. O apartamento ficava no último andar. Nós o alugamos por uma semana. Ben e eu estávamos na pequenina varanda, bebendo campari com soda engarrafada. Uma trupe de gatos acrobáticos seguia pela frente do nosso prédio, saltando de varanda em varanda. Estendendo o pescoço, era possível ver-se a maravilhosa cúpula alongada da igreja de San Pancrazio, de Michelangelo. O tráfego gemia por toda a nossa volta, tornando difícil uma conversa discreta.

Ben estava extrapolando a localização do acampamento de Kalash com base nas informações aproximadas que eu coletara sobre o vôo de volta ao Cairo, quando coloquei minha fiel bússola à minha frente em cima da mesa. Aquilo me disse que o Learjet voava para nordeste. O vôo demorara três horas e 37 minutos, da decolagem ao toque no solo. Eram dados suficientes para permitir que Ben pusesse o dedo em seu mapa mental do mundo árabe.

Eu não tinha idéia alguma sobre o que era o quadrante vazio ou onde ele ficava, e quando Ben me surpreendeu por não explicar sua referência em detalhes, perguntei:

— O quê vazio?

— Quadrante — respondeu Ben. — A região onde se encontram Sudão, Chade e Líbia. Você diz que havia vegetação?

— Arbustos baixos. E pedras.

— Montanhoso?

— Um pouco.

— Norte do Chade, o mais provável — disse Ben. — Num ponto perto da Faixa de Aozou. Talvez Jef Jef el Kébir. De qualquer modo, naquela redondeza. Não há nada lá, nem mesmo um oásis, durante centenas de quilômetros. Você teve sorte com o fato de os nativos serem amáveis. A maioria das vezes, não são.

Ele citou uma tribo de bandoleiros, contou histórias de assaltos, estupro e assassinato de viandantes. Ben tirava aqueles dados da cabeça como se estivesse consultando as páginas de um guia. Não havia razão para pensar que ele não sabia do que estava falando. Era provável que tivesse usado Jef Jef el Kébir como um ponto morto a certa altura de sua carreira ou recrutado um agente que adorava viver lá. E, naturalmente, ele sempre fora um sujeito que sabia onde ficava cada poço no Saara.

Eu disse:

— Eu acho que havia um poço onde nós acampamos.

— É mesmo?

Estava evidente que Ben duvidava, mas não ia discutir isso com um homem que não sabia do que estava falando. A verdade era que Ben ficara ligeiramente chateado com o fato de Kalash ter jogado no meu colo o itinerário de Ibn Awad. O próprio Ben tinha chegado com ótimas notícias. Com o nosso dinheiro, embora o jovem médico não soubesse disso, Mubarak comprara um monitor SPG para uso próprio. Quando perguntei, Ben explicou que SPG significa Sistema de Posicionamento Global. Na muitíssimo recente visita que ele fizera ao acampamento de Ibn Awad, aquela durante a qual ele mandara Claus Bücher para Viena, o aparelho de Mubarak havia feito uma triangulação com satélites espaciais norte-americanos e calculara sua posição na superfície da Terra com uma diferença de poucos metros.

— E sabe de uma coisa? — disse Ben. — Ele não estava assim tão longe de onde você se encontrou com Kalash.

— A que distância?

— Eu teria que ter uma posição exata para o acampamento de Kalash, mas Mubarak acha que ele estava no sul da Líbia. A distância entre ele e Kalash não poderia ter sido muito grande.

O mapa de Kalash estava aberto entre nós. Coloquei um dedo sobre a pista de pouso que eu pensava ser a usada pelo Learjet dele. Não havia nenhuma outra pista num raio de centenas de quilômetros.

— A mesma pista de pouso, talvez — disse Ben. — Mubarak foi levado de helicóptero para o norte durante meia hora, mais ou menos, depois de aterrissar. Você ficou perto da pista?

— A quinze minutos de jipe.

— Talvez vocês dois tenham sido hóspedes de Ibn Awad — disse Ben. — Não seria uma *maravilha* se o falcão dele estivesse pegando uma abetarda *houbara* bem do outro lado da crista da montanha no exato momento em que o de Kalash fazia a sua caçada?

— De valor incalculável — repliquei.

Mas havia um detalhe. Se Ibn Awad realmente tivesse estado por perto enquanto eu visitava Kalash — e eu tinha de admitir a possibilidade de que estivesse —, por que eu ainda estava vivo?

Ben respondeu à minha pergunta, apesar de eu não tê-la feito em voz alta.

— Talvez o que a hospitalidade de Kalash e o milagroso mapa realmente signifiquem é que Kalash é um instrumento de Ibn Awad, e isso desde o início. Nesse caso, o provável é que ele esteja mandando você numa direção enquanto o ilustre primo dele vai em outra.

— Tudo é possível — disse eu.

Mas eu não acreditava. Era quase impossível imaginar Kalash, o modelo perfeito de egomania, sendo pau-mandado de alguém. É uma grande coisa ter um advogado do diabo na sua equipe. Era por isso que Ben estava na nossa. Seu elemento essencial de trabalho era o lado escuro da natureza humana. Ele estava mais interessado na sombra do que na luz do sol, jamais confiava na virtude, observara que as pessoas nunca se sentiam tão felizes como quando estavam traindo uma confiança. Ele tinha subornado um número muito grande de homens para traírem outros homens em troca de dinheiro e da ilusão de amizade que Ben oferecia. Muitas mulheres casadas tinham tirado a roupa para ele e depois lavado seu cheiro e arrumado os cabelos e o rosto e voltado para o enfadonho filme matrimonial do qual tinham fugido por uma tarde enquanto o coadjuvante deles, John Q. Cornudo, representava sua grande cena no escritório. Por outro lado, Ben tinha seus limites. O homem que é bom em se aproveitar de situações — e isso era o forte de Ben — em geral não tem a imaginação para criar situações que possam ser exploradas. Ele tem de esperar que a oportunidade venha a ele.

Eu disse:

— Ben, eu estou ouvindo o que está me dizendo. Mas não podemos começar do zero. Temos que ir na direção em que estamos. Tudo o que sabemos, ou pensamos saber, nos empurra para lá. Se eu estiver errado, estarei errado.

Charley Hornblower foi o primeiro a se juntar a Childress e a mim em Roma. Isso criou a perspectiva de ficar trancado com dois pedagogos compulsivos, mas mesmo assim foi um prazer ver Charley. Ele trouxe boas novas sobre Harley, que já se levantara e, segundo Charley, estava totalmente recuperado. Talvez ainda melhor, se é que isso era possível. Tinha mais energia, menos insuficiência de respiração, melhor concentração desde a implantação do marcapasso. Não é preciso dizer que Charley tinha muitas coisas a nos dizer além disso, mas, antes que pudesse começar o seu informe, os sinos de San Pancrazio começaram a tocar. O barulho era tão grande, chegando em ondas, que tínhamos a sensação de que podíamos esticar o braço e pegar um punhado delas. Um gato amarelo, imóvel agora com as costas arqueadas, rabo duro e dentes à mostra, abanou a cabeça e uivou para os sinos. Vários momentos se passaram antes que qualquer um de nós pudesse voltar a ouvir.

A migração da abetarda *houbara*, disse-nos Charley, havia sido rastreada do espaço. Transmissores leves — versões miniaturizadas do SPG de Mubarak — tinham sido presos a certos pássaros. Eles transmitiam para os três satélites do SPG em órbita estacionária 960 quilômetros acima da superfície da Terra. Um dos pássaros, solto em Abud Dabi em fevereiro, voou pouco mais de 10 mil quilômetros. Parou no Irã, no Turcomenistão, no Cazaquistão e no Usbequistão antes de chegar a Xinjiang em abril, após 54 dias de viagem. Viajou a uma velocidade média de 29,82Km/h e cobriu cerca de 1.200 quilômetros entre uma parada e outra. Outros pássaros também tinham sido equipados com transmissores e soltos. Essa pesquisa constatou que havia dois bandos migratórios, um dos quais criado no oeste do Cazaquistão, e o outro, mais para o leste.

Abrimos o mapa de Kalash no chão, ficamos de quatro e medimos a distância entre pistas de pouso. As pistas do deserto ficavam a 1.200 quilômetros uma da outra, correspondendo aproximadamente à distância entre as paradas feitas pelas abetardas *houbaras* que migravam.

— E vejam! — disse Charley, traçando um caminho com o dedo indicador. As pistas de pouso seguiam cambaleando para o leste, ao longo da via aérea das *houbaras* que se dirigiam para Xinjiang e a Mongólia.

— Bingo! — gritou ele, esfregando as mãos. — Uma combinação perfeita.

Perfeita demais, sugeriu Ben na linguagem corporal, apesar de pela primeira vez ficar calado.

Na tarde daquele dia, Jack Philindros e Harley Waters chegaram. David Wong apareceu cerca de uma hora depois, fatigado e faminto após o longo vôo a partir de Hong Kong. Sem dizer uma só palavra, uma maravilha nunca antes observada no volúvel David, ele tomou um banho de chuveiro e caiu na cama. Enquanto esperava que ele acordasse, joguei *gin rummy* com Philindros. Foi uma experiência desanimadora. Jack levava as cartas tão a sério quanto tudo o mais. Não mostrava misericórdia alguma, escolhendo cartas boas e me prendendo com cartas ruins e sussurrando "*Gin*" como um autômato com um vocabulário de uma só palavra. Aquilo nada tinha a ver com sorte. Ele simplesmente me deu uma surra. Acabei devendo mais de 200 dólares a ele. A experiência me fez lembrar do motivo pelo qual eu jamais gostara de jogos.

Quando David acordou, já passava das 21 horas. Não é uma hora de jantar demasiado tardia no Mediterrâneo. Roma estava passando por uma falsa primavera, e isso afetava todos nós. No crepúsculo superaquecido, jovens se beijavam e acariciavam ao lado das fontes. Romanos adultos eram ainda mais delicados e falavam mais do que de costume. Os restaurantes tinham colocado mesas na calçada. Nós saímos para uma noite na cidade — caminhando em separado, é certo, mas todos indo para o mesmo restaurante, uma espécie de catacumba elegante. As paredes eram feitas de fragmentos de colunas antigas. Rostos de mármore, sem nariz, olhavam de soslaio ou de cabeça para baixo dos escombros. Eram todos falsos, feitos de gesso. Se fossem autênticos, disse Charley, ele os teria datado no primeiro século a.C.

David adorava comida italiana. Pediu antipasto e prato de massa, seguidos de um grande filé e acabando com peras em compota e ricota. Isso deveria ter sido muita comida para um homem do meu tamanho, mas David não teve problema nenhum em comer tudo. O restaurante possuía o elevado nível de ruído que muitas vezes os bons restaurantes têm, pratos tilintando e todo mundo falando ao mesmo tempo. David reagia feliz a tudo aquilo. A jovialidade à mesa era importante para ele. Durante o jantar, nenhuma palavra foi dita sobre negócios.

Depois, saímos em separado. Achar o caminho de volta para o apartamento foi um desafio para mim. Nos bairros antigos, as ruas romanas são estreitas e escuras, com imperceptíveis mudanças de direção que podem nos desviar bastante do caminho. Todos aqueles que compreendiam a lógica oculta por trás dos desvios e voltas já morreram há muito tempo. Não demorou muito e eu me perdi. Na verdade, não me importei muito. Eu gostava do cheiro, das cores, do som daquela cidade. Não importa quantas vezes se tenha caminhado por uma determinada rua, sempre há algum detalhe novo para observar — uma janela, uma estátua, uma fonte. Perder-se em Roma é ser civilizado pelo seu passado. Por fim, saí numa pequena *piazza*, com piso de pedras redondas e colunatas, e holofotes que iluminavam seus detalhes mais bonitos — uma pequena igreja, um nicho no qual saía água da boca de um peixe de pedra para uma pia com a forma de concha de pentéola. Do lado de fora de um pequeno restaurante, uns poucos fregueses tardios para jantar sentavam-se a mesas na calçada. Um tenor muito velho, acompanhado por uma violonista muito jovem, cantava uma trêmula "Come le rose". Eu conhecia a melodia e o nome da canção porque a ouvira há muitos anos enquanto jantava ao ar livre em Roma com Paul e sua primeira mulher, mãe de Zarah. Talvez o tenor fosse o mesmo.

Atrás de mim, a voz de David disse:

— *Americano, lei?*

Quem dera que eu pudesse dizer que sabia o tempo todo que David estava me seguindo. Mas não sabia. Na verdade, eu ficara absorvido na noite e na cidade, mas o fato é que provavelmente não o teria percebido, mesmo se tivesse estado plenamente alerta. Mesmo quando não estava numa multidão de outros chineses, ele tinha a habilidade de se tornar invisível. Estivera treinando a vida inteira, mas apesar disso era um brincalhão.

David disse:

— Estou sentindo cheiro de café. Vamos procurá-lo.

Seguimos o olfato dele. Para minha surpresa, o Panteão estava logo na esquina — era óbvio que eu estivera andando ao acaso mais tempo do que pensava —, e logo mais adiante, na mesma rua, havia uma cafeteria. Àquela hora da noite, estava vazia. David pagou à sonolenta moça da caixa e espantou-a ao pedir um expresso duplo para mim e um cappuccino para ele num romano muito bom. Era evidente que não eram muitos os chineses-*ashkenazy* que iam ali falando o dialeto local.

David bebeu seu cappuccino num só gole longo e arrotou, como tinha toda razão de fazer, considerando-se o que comera no jantar. Reclinou-se na cadeira como se para relaxar e deixar o relógio tiquetaquear. No entanto, eu sabia que ele estava apenas analisando a espelunca e vigiando a rua. David tinha algo a me dizer. Estava estampado na cara toda. Não interpretei o que vi ali como sinal de que haveria boas notícias.

— Houve um avanço — disse David, por fim. — Eu queria contar a você antes de informar ao resto do grupo.

Ele parecia solene. Isto era muito extraordinário. Eu disse:

— David, você está me deixando nervoso.

Ele não fez esforço algum para me tranqüilizar.

— Não sei se você se lembra de ter mencionado um certo Ze Keli ao capitão Zhang quando estávamos em Urumqi.

Ze Keli era o nome usado pelo funcionário do partido que tinha sido o interrogador de Christopher quando este estava na prisão em Xinjiang, o homem que interrogara Paul todos os dias, durante dez anos. Eu tinha feito um esforço enorme para recrutá-lo e suborná-lo, usando David Wong como instigador. O esforço fracassou. Ze era incorruptível, uma espécie de jesuíta maoísta que achava que Paul era uma alma que valia a pena salvar para a revolução, ainda que apenas para ser persuadido a confessar seus pecados.

Eu disse:

— Eu me lembro, mas você não estava presente quando perguntei por Ze.

— Eu soube disso depois — disse David —, quando os rapazes de Guoanbu foram me ver em Pequim.

Guoanbu é o jargão para indicar Guojia Anquan Bu, o Ministério da Segurança do Estado chinês.

David disse:

— Eles estavam muito curiosos. Isso me incomodou um pouco, considerando-se minha história com Ze.

— O que é que eles queriam saber? — perguntei.

— Por que você tinha trazido o nome à baila depois de tantos anos. Perguntaram como foi que você chegara a ponto de saber o nome. Boa pergunta. Eu disse que não sabia.

— E?

— Eles foram embora. Não é preciso dizer que minha curiosidade ficou desperta. Por que eles estavam tão fixados só nesse pequeno detalhe? Especialmente se Christopher estiver morto, como disseram. Por isso, joguei algumas linhas de pesca.

— Depois de todos esses anos?

— A família de Ze morava em Xangai quando eu tentava cativá-lo. Eu tinha outras atividades lá. Fui visitar a família. Eles ainda estavam lá.

— E alguém mordeu a isca?

— O nome de Christopher era a isca, de modo que sim, mordeu. Mais ou menos um dia depois, Ze Keli foi me visitar. Entrou direto no meu hotel, em plena luz do dia.

Era meia-noite em Roma. A cafeteria estava silenciosa. Em inglês, a caixa bradou:

— *Signori*, está na hora de fechar.

Saímos imediatamente. A porta de metal da cafeteria desceu rinchando atrás de nós. A caixa trancou-a e saiu a pé noite adentro, os saltos altos clicando. David voltou-se para a direita; eu teria ido no outro sentido. Passamos pelo Panteão. Não se via ninguém. Sombras, lâmpadas fracas, pedras redondas sob os pés, o cheiro de café que continuava no ar.

— E...? — disse eu.

— Não houve muitas preliminares — disse David. — Ze foi muito sincero sobre Christopher. Contou a história toda de dez anos de interrogatório: disse que o homem jamais cedera, que preferia morrer a mentir para se salvar. Esse comportamento conquistou a eterna admiração de Ze. Aparentemente, Christopher foi o seu primeiro pecador sem pecado. Aquele prisioneiro era como um antepassado, disse ele, muito distante da fraqueza e da vaidade. Ele disse isso mesmo.

Paul realmente ficava na lembrança das pessoas. Eu perguntei:

— Que idade tem Ze agora?

— Não sei ao certo. Mas falta pouco para ser um antepassado. Talvez seja por isso que não pareceu ligar para o que me disse ou para quem estivesse ouvindo. Ele deve saber que os quartos de hotel para estrangeiros são grampeados pelo Guoanbu, mas isso não parecia deixá-lo preocupado.

— Talvez ele estivesse em missão do Guoanbu.

— Ou talvez não. Emocionalmente, está fora do Partido, acho eu. — Com muita calma, depois de deixar que se formasse uma poça de silêncio, David disse: — Ze trouxe notícia de Christopher.

— Que notícia?

— Alguns funcionários do Guoanbu tinham ido procurá-lo para fazer perguntas sobre Christopher. Na verdade, extraíram tudo dele. Queriam todos os detalhes, tudo de que ele pudesse se lembrar, cada traço característico, cada gesto, cada fraqueza. Ze disse a eles que Christopher não tinha fraqueza alguma, exceto que perdera a mãe quando criança. Ele disse que Christopher sempre falava nela quando eles chegavam a um impasse no interrogatório. O que acontecia todos os dias, mais ou menos.

— Ze está inventando isso?

David disse:

— Acho que não. Ze diz que os jovens que o estavam interrogando enrijeceram-se de repente quando ele mencionou a mãe de Christopher. Eles tinham prendido um homem que pensavam ser Christopher e uma mulher muito velha, na zona proibida. Os dois não tinham documentos. A velha estava vestida como uma quirguiza e falara quirguiz com eles. O homem falava um mandarim de analfabeto. Os homens não sabiam o que dizer de nenhum dos dois.

Aquelas palavras me deixaram sem fôlego. Minha pele formigou, fiquei abalado até os ossos, perdi a fala, tremi como uma folha. Os clichês são clichês por um motivo, meus amigos.

Nós dois estávamos em pé no meio da rua. David pôs uma das mãos no meu braço. E disse:

— Pode não ser tão ruim quanto você pensa. Eles pediram ao Ze que os acompanhasse até Xinjiang para falar com seu velho amigo Christopher. No dia em que falei com ele, ele estava a caminho de Xinjiang. Dei-lhe o número do meu celular via satélite.

— Que celular via satélite?

— O que você me deu. Eu tenho outro. O que interessa é que ele o levou. Eu dei seu número a ele.

Em toda a nossa volta, o silêncio submarino da cidade adormecida simulava surdez — som lembrado em vez do próprio som.

— Eu acho que você não entende — disse David. — É uma notícia boa, Horace. Alegre-se. Christopher está vivo.

Eu entendia, sim. A sorte de Paul não mudara. Como também não mudara o dom que ele tinha de confundir o caso como meio de esclarecê-lo.

4

Duas horas depois, David fez o seu relatório ao grupo todo. Olhares ficaram frios, fisionomias imobilizaram-se. Na opinião do grupo, a informação de Ze Keli sobre Paul e Lori era boato. Pior do que isso, era uma especulação sobre um boato. Era uma diversão, uma coisa separada da verdadeira finalidade da missão. A realidade era que nós estávamos muito perto do sucesso ou de um desastre. Quer quiséssemos, quer não, que é sempre como as coisas funcionam na nossa atividade, tínhamos encontrado um conjunto de fatos. Sabíamos que Ibn Awad estava vivo. Sabíamos onde provavelmente ele iria estar no espaço de mais ou menos um mês. Finalmente, o sucesso era possível. Estava na hora de agir.

Jack Philindros perguntou:

— O que fazemos a respeito de Christopher?

— A mesma missão — disse eu. — Sempre foi. Paul não estava perambulando pela zona proibida em Xinjiang só para se distrair. Ele sabe de alguma coisa.

— Por exemplo?

— Vamos saber quando o encontrarmos.

— Encontrá-lo? — disse Jack. — O que é que encontrar Christopher tem a ver com isso?

— Você vem fazendo essa pergunta desde o início, Jack. A resposta não mudou. Eu devo isso a ele. Nós todos devemos. E ainda que não fosse esta a questão, eu torno a dizer: ele sabe de algo que nós precisamos saber.

Jack disse:

— Ainda que não saibamos o que possa ser. Eu desisto. Qual é o plano?

Eu disse a eles. Eles ouviram com cuidado, fisionomias inexpressivas. Depois que expus os detalhes, ninguém rompeu o silêncio por um certo tempo. Ben sorriu. Ele era a mente mais ágil na sala, como sempre.

— Para dizer o óbvio — disse eu —, isso pode resultar na morte de todos nós. Pode não chegar a solução nenhuma.

— O que há de diferença nisso? — perguntou Harley.

Ninguém respondeu. Mas ninguém disse que queria esquecer tudo e voltar para casa.

Algo parecido com prazer — ou talvez a lembrança ou a previsão dele — parecia estar presente no torcer de lábios que era a idéia que Jack fazia de um sorriso.

— Nós vamos confiar na bondade de estranhos — disse ele. — É essa a idéia?

Eu disse:

— Qual a escolha que temos? Ninguém que nos conhece vai nos ajudar.

Fiz uma votação. O encolher de ombros decidiu.

NOVE

1

Os pontos de interesse para os turistas em Sófia, que já foi a mais misteriosa capital da Europa oriental, estão ligados por uma estrada de tijolos amarelos — ou pelo menos uma trilha de tijolos amarelos incrustados nas calçadas. Talvez tenha sido por isso que o Sr. Osborn Denison, que antes eu conhecera como Kevin Clark, escolheu Sófia como um lugar adequado para nos encontrarmos, muito embora estivesse cheia de russos membros de quadrilhas criminosas. Segundo Kevin, os espertinhos locais eram provincianos, não ligados realmente ao sistema nervoso central do crime russo. Por outro lado, eram usados pelos russos como assassinos e seqüestradores e interrogadores sérios, tal como na época soviética, quando o que constituía agora a máfia de Moscou ainda participava da KGB e os búlgaros eram uma imitação daquele famoso serviço.

Nenhum de nós dois tinha estado em Sófia antes. Kevin parecia pensar que aquilo oferecia uma margem de segurança, e de certa maneira tinha razão. Leva-se um dia ou dois para organizar a vigilância de dois estranhos que chegam de surpresa, e então teríamos saído da cidade. Mesmo assim, considerar Sófia um porto seguro exigia um salto da imaginação. Nós nos encontramos como combinado, numa passagem subterrânea perto do Palácio Nacional de Cultura. Quando Kevin me viu chegando, comprou uma casquinha de sorvete, o sinal de que não estávamos sendo observados. Ele vestia terno, gravata, capa de chuva e chapéu que podia ser amassado e, pela primeira vez, sapatos de adulto. Perversamente, aquele traje lhe dava uma aparência infantil. Eu o segui subindo para a rua e depois ao longo da trilha de tijolos amarelos. Era noite, fazia frio e estava úmido. As multidões se mostravam sinistramente caladas. O silêncio do estado policial, os trajes e as caras amarelas de medo criavam a ilusão de que estávamos caminhando por uma cena mal iluminada de um filme mudo feito por um dedicado marxista na década de 1920. Kevin me levou por um labirinto de ruas até um improvável restaurante chamado O Mexicano. O destaque era comida texano-mexicana, juntamente com outras especialidades latino-americanas. A diversão era proporcionada por uma dupla chamada Os Gêmeos Cantores, que se vestiam como os mexicanos do cinema e cantavam músicas favoritas do sul da fronteira, incluindo os urros dos coiotes e *ai-ai-ai-ais*. A casa estava lotada de gente agitada. O volume contínuo era terrível. Eu imaginei que Kevin tivesse escolhido O Mexicano por achar que seria um bom lugar onde se conversar, mas não dava para ouvir a nós mesmos pensando. Aquilo fazia com que restassem os duvidosos prazeres do cardápio. Ambos pedimos cerveja e o prato misto. Depois da primeira prova, eu gritei:

— Como foi que você *descobriu* este lugar?

Kevin respondeu que o restaurante fora recomendado por um amigo dele. O texano-mexicano não estava mau, embora não segundo os padrões do Texas, disse Kevin. Eu não saberia dizer. O Texas era outro lugar onde eu nunca estivera. Depois de acabar de comer o feijão, o arroz e várias coisas gomosas inidentificáveis, perambulamos de volta para a rua. Enquanto um relógio de campanário batia nove horas, vimo-nos sentados num banco em um pequeno parque ao lado da igreja russa. Aparentemente, Sófia ia para a cama cedo. As ruas estavam desertas. Nós estávamos sozinhos. Como não tínhamos conseguido gritar mais alto do que o ritmo latino de O Mexicano, o gelo ainda não tinha sido devidamente quebrado. Como começar?

Eu disse:

— Você vai gostar de saber que Harley está bem. Ele passou uma ou duas semanas difíceis, bastante tempo no hospital, mas agora está bem.

— Obrigado por compartilhar isso comigo — disse Kevin.

Aquela frase da Nova Era deixou meus dentes trincados, mas a expressão no rosto de Kevin não era outra coisa que não sincera. Apesar de tudo o que acontecera entre nós — mais provavelmente por causa disso —, eu gostava bastante dele. Na minha fase de felicidade, eu ficava de olho em jovens como Kevin. Ele tinha, e muito, o que era preciso para fazer o trabalho que fazia — a capacidade de confundir o absurdo com o importante. Era por isso que eu estava para recrutá-lo. De certo modo, aquilo era uma experiência virgem para mim. Ele representava minha primeira tentativa de voltar um norte-americano contra o seu próprio governo, mas eu não via por que isso deveria ser mais difícil do que subornar um chinês ou um árabe. O princípio era o mesmo — fazer com que ele acreditasse que eu estava pedindo que fizesse algo pelo seu país. Nesse caso, acontecia que era verdade. O outro ingrediente mágico, a satisfação, também estava presente. Eu sabia o que ele queria fazer e tinha poderes para tornar possível que o fizesse.

Eu disse:

— Kevin, eu preciso de sua ajuda.

Claro que ele estivera esperando alguma coisa parecida. Por que outro motivo eu teria pedido para me encontrar com ele? Nem um piscar de surpresa. Nenhuma resposta, tampouco. Ele simplesmente esperou para ouvir o que eu iria dizer em seguida.

— Você tem tentado tirar a mim e a meus amigos do seu caminho — disse eu. — Nós estamos dispostos a fazer isso.

Aquilo chamou a atenção de Kevin.

— Você quer dizer que estão desistindo?

— Até certo ponto. O alvo está fora do nosso alcance.

Ele pôs a mão no meu braço. Foi um gesto filial, pensei.

— Está fora do alcance de todo mundo — disse ele.

Eu disse:

— O que é que você quer dizer com isso?

— Eu quero dizer que nós também não temos uma pista. Verdade.

— Você espera que eu engula isso?

Ele hesitou, mas só por um instante. Depois, disse:

— Não. Eu acho que você e Harley e quem mais estiver envolvido entenderam o problema. O mesmo acontece com muita gente, no fundo. Esse é o problema.

Ah. A semente da dúvida. Muito baixinho, eu perguntei:

— Então, por que está dando prosseguimento a este exercício de negativa?

Kevin ficou mudo. Mãos nos bolsos, pernas esticadas para a frente, chapéu inclinado sobre os olhos, ele olhou atentamente para a igreja que nada tinha de notável. Aquele não era clima para uma longa conversa ao ar livre. Um frio úmido infiltrava-se por três camadas de lã. Um pegajoso bolo de comida texano-mexicana búlgara pesava no meu estômago.

Por fim, Kevin disse:

— Um exercício de negativa? É um modo de explicar.

— Como é que você explicaria?

— A escolha de palavras não é meu ramo.

— Seu ramo não é proteger e defender os Estados Unidos?

Foi um golpe baixo. Eu tentava levá-lo a revelar que trabalhava para o serviço secreto norte-americano — ou, dependendo do quanto a mente do indivíduo pode ser tortuosa, dar-lhe a oportunidade de me enganar, levando-me a pensar que ele trabalhava para os Estados Unidos quando, na verdade, trabalhava para outra pessoa ou coisa. Kevin retaliou, levando-me a pensar que ele tinha sido tapeado. Ou talvez estivesse fingindo que tinha sido tapeado. Ou as duas coisas. Eu não teria dado um níquel por ele se tivesse feito o contrário.

— O que devo fazer? — perguntou ele. — Fazer o que vocês fizeram e realizar uma operação contra a Constituição?

— Eu aconselharia isso — disse eu. — Mas deixe-me perguntar o seguinte. Quanto tempo de licença você acumulou?

— Por que pergunta?

Kevin, agora, estava plenamente alerta. Ele sabia identificar o Belzebu quando o via.

Eu disse:

— Porque eu penso que seria vantajoso para todos nós se você tirasse umas férias da perseguição que nos move. Isso está prejudicando as duas partes.

— O que é que isso quer dizer?

— Se você tiver um mês, mais ou menos, de licença para fazer o que bem quiser, gostaria de convidá-lo para ir caçar comigo e alguns de meus amigos.

— Caçar o quê? O xeque da Arábia?

— Não. A abetarda *houbara*.

Dessa vez, Kevin ficou mesmo intrigado. Até se esqueceu de sorrir. O *quê*? Eu contei tudo — ou quase tudo — que sabia sobre o pássaro e o entusiasmo de Ibn Awad por caçá-lo com falcões. Descrevi o mapa de Kalash, delineei meu plano de deixar que a abetarda *houbara* nos levasse até Ibn Awad. O risco de revelar tudo aquilo era pequeno. Mesmo que Kevin contasse aos seus patrões, fossem lá quem fossem eles, o que eu lhe dissera, era pouca a chance de acreditarem na minha teoria. Na sua sabedoria, seus senhores iriam, com praticamente toda a certeza, concluir que a verdade era um ardil.

Ao fim do meu discurso persuasivo, Kevin não tinha muita certeza de que acreditava em mim, mas eu tinha despertado seu interesse.

Ele perguntou:

— Então, por que está me contando isso?

— Digamos que aprendi a gostar de você — disse eu.

— Horace, eu acredito realmente que você está tentando me recrutar.

— Em caráter temporário, sim.

A franqueza compensa. Kevin sorriu. Era bom tornar a ver o zagueiro de futebol americano do Ohio. Ele disse:

— Você está maluco.

— Estou? Por quê?

— Por que cargas-d'água uma pessoa sensata iria achar que estou aberto a uma proposta dessas?

Foi a minha vez de sorrir. Se Kevin não estivesse aberto à oferta, não teria feito aquela pergunta. Teria se levantado de um salto, me denunciado como inimigo de tudo o que era bom e decente, e se afastado indignado.

— Digamos que eu tenha uma impressão a seu respeito — disse eu. — Acho que você tem uma insinuante simpatia por nós. Também acho que não está totalmente satisfeito com o pessoal para quem trabalha.

— Isso não significa que esteja pronto para traí-los.

— O que é que traição tem a ver com isso?

Kevin disse:

— Não me diga, deixe-me adivinhar. Eu me enganei por completo a seu respeito. Você está me dando uma oportunidade de fazer algo verdadeiramente especial pela humanidade.

Que cinismo! Quem teria adivinhado que uma amargura daquelas espreitava por trás daquele maravilhoso sorriso tipicamente norte-americano?

Eu disse:

— Não, estou lhe dando a chance de fazer com que a Firma fique parecendo um bando de imbecis.

— Por quê?

— Por prazer. Você mesmo diz que acha que nós, a Turma dos Velhotes, estamos certos a respeito de Ibn Awad e que a Firma está errada. Pense nas conseqüências, se você escolher a saída mais fácil e acompanhar aqueles idiotas, e aquele homem de Deus explodir uma dúzia de cidades norte-americanas.

Um silêncio. De acordo com as regras de recrutamento, eu não podia ser o primeiro a rompê-lo. Kevin tinha de falar primeiro. E se ele falasse, eu teria marcado o gol.

Por fim, ele disse:

— Está bem, vamos levar isso mais um passo adiante. O que é que você quer de mim?

Aleluia! Eu disse:

— Suas habilidades de comando e de cobertura.

— O que você quer dizer com habilidades de comando?

— Eu quero pegar Ibn Awad vivo. Ele tem guarda-costas, muitos e muitos. Espero que você e seus homens possam raptar o velho durante a noite e desaparecer antes que o pessoal dele acorde.

— Você acha que nós podemos fazer isso?

— Eu já vi o que vocês podem fazer. A pergunta é: vão fazer?

Kevin respondeu como se sua mente já tivesse se decidido quanto àquele detalhe e ele tivesse passado às possibilidades.

— Pegá-lo vivo? Eu não posso prometer isso.

— Eu sei. Mas acha que é possível?

— Depende das circunstâncias. E do que você tem em mente para ele depois.

— Nada de tortura ou morte — disse eu.

— Por que a mudança de sentimento?

— A gente vive e aprende. Desta vez, não desejo nada de mau ao velho lunático. Tudo o que eu quero é detê-lo, encontrar suas bombas e desarmá-las. Verdade.

Kevin raciocinou e decidiu responder à pergunta.

— Sim, teoricamente é possível pegá-lo vivo, presumindo-se que possamos achá-lo e que os homens dele não receberam ordens de matá-lo para evitar que seja capturado.

— Entendido.

— Tenho outra pergunta — disse ele. — Você quer que eu proporcione cobertura para vocês. O que é que isso quer dizer, exatamente?

Eu pensava que ele nunca fosse perguntar.

— Alguém tem de levar o crédito. Nós não o queremos.

— E se eu também não quiser?

— Nesse caso, você só terá de aceitar que Washington fique com todo o crédito.

Kevin estava sorrindo de novo, mas dessa vez para si mesmo.

— E eu ficarei com a profunda satisfação de ter salvado o mundo. É esse o trato?

— O que mais você poderia querer?

Kavin soltou uma gargalhada.

— Está certo — disse ele. — Qual é a programação?

Resolvemos os detalhes ali mesmo.

2

Aquilo deixou em aberto as questões orçamentárias. Conversei sobre elas com os Velhotes. Nós tínhamos bastante dinheiro no banco — quase 900 mil dólares, mais alguns milhares que sobraram dos 25 mil adiantados a cada um de nós no início da operação. Não eram fundos do governo, destinados a serem jogados ao vento antes do término do ano fiscal. Era dinheiro de verdade, dinheiro de Paul, e todos compreendiam isso. Não custa muito voar na classe turista. Ficar em hotéis baratos e mosteiros e comer carne de carneiro em restaurantes de áreas pobres nos mais remotos pontos da China consumiam muito pouco dinheiro vivo.

Charley disse:

— Quantas pessoas seu amigo Kevin vai trazer?

— Meia dúzia — respondi. — Não são homens dele. São autônomos. Ex-operadores especiais. Ele os está recrutando enquanto nós conversamos.

— Vamos ter de pagar a eles?

— Eles querem Ibn Awad. Eu disse que podiam ficar com ele.

— Um belo gesto, Horace.

Entreguei a Charley a lista de armas e equipamentos que Kevin queria. Era detalhada e específica. Ele correu os olhos por ela.

— Que os santos nos protejam — disse ele. — Rifles de assalto belgas com lançadores de granadas e granadas, rifle de atirador de tocaia com mira telescópica, submetralhadoras 74U suecas, pistolas Beretta de nove milímetros, granadas de mão, explosivo Semtex, detonadores, munição, facas. Ração de comida instantânea para um mês. Kit médico. Radio-receptores-transmissores de baixa freqüência. Telefones via satélite. Não sei o quê SPG. — Charley olhou por cima dos óculos de leitura. — Pensei que a idéia fosse pegar Ibn Awad vivo.

— E é. O poder de fogo é para aqueles que possam tentar evitar que façamos isso.

Charley não gostava de armas. Nem os demais Velhotes. Na nossa época, o disparo de armas era considerado como o som do fracasso indesculpável. A missão, antigamente, era entrar na ponta dos pés e sair na ponta dos pés, sem deixar que ninguém percebesse. O adversário (nunca chamado rudemente de *o inimigo*) não devia descobrir o que você lhe fizera até que já fosse tarde demais — se é que algum dia descobrisse.

— Eu não faço idéia de onde encontrar esse material ou do quanto ele custa — disse Charley. Pela primeira vez, ele não era o voluntário sorridente.

— Kevin vai cuidar de tudo — disse eu. — Vai sair mais barato do que você pensa. Calcule 50 mil adiantados, sem incluir os veículos.

— Se tanto faz para você... — disse Charley. — Eu preferiria não saber.

— Mas sabe — disse Jack Philindros. — Não seja um liberal a esse ponto, Charley.

Jack, agora, aderira por completo. O mesmo acontecia com Ben. A etiqueta de Washington estava em vigor. Depois que uma decisão é tomada, a hora das críticas está superada. Você apóia o plano ou desiste e fica de boca fechada. Isso não quer dizer que aqueles que se preocupam demais e desnecessariamente não ficassem nervosos com a natureza *ad hoc* do meu plano. A improvisação não era aceita com facilidade por nenhum dos dois. Mas, na ausência de um elenco de milhares, era a nossa única opção. Nenhum dos dois expressou o pensamento que dominava suas mentes: ao envolver Kevin, estávamos abrindo as portas de Tróia para um cavalo de pau. Quem sabia o quê e quem poderia estar dentro dele? Aquilo era, de fato um risco, sem dúvida alguma. Mas era animador o fato de Jack e Ben não salientarem isso para os demais membros do nosso grupo, que já sabiam. Os outros, não é preciso dizer, ficaram todos a favor do estimulante jogo de golpes sujos que estava por vir. Fazia anos que eles não se divertiam tanto.

Estávamos de volta à Itália — desta vez em Florença, num apartamento diferente, perto da Ponte Vecchio. O local era muito mais elegante do que o sobrado em Roma e muito mais afastado, graças a Deus, de sinos de igreja. Depois de O Mexicano, eu precisava de um bom jantar, de modo que fiz o que Disraeli costumava fazer quando queria ler um bom romance. Eu mesmo preparei. Presunto e aspargos, espaguete com mariscos, uma perca-do-mar inteira assada, e mais vinho da Toscana do que era aconselhável para as velhas traquéias dos membros do grupo reunido. Harley propôs um brinde.

— À vida com os Velhotes — disse ele.

Todos beberam com aquela intenção. Mas tinha ficado tarde. Logo depois a conversa perdeu o fôlego, as risadas diminuíram. Charley e eu lavamos os pratos. Os demais já estavam dormindo às dez horas. Em certo momento durante a noite, despertei de um sonho. Todos os Velhotes estavam roncando — tenores, barítonos, um baixo tipo "Old Man River". Numa noite silenciosa no deserto, com as constelações girando lá em cima, aqueles velhos amigos poderiam estar sendo ouvidos a quilômetros de distância.

De manhã nós nos espalhamos, cada um para cumprir sua tarefa. David Wong e eu seguimos para o leste, a caminho de Xinjiang.

3

Nós nos encontramos com Zarah em Karakol, perto da fronteira chinesa com o Quirguistão. Os três tomamos o café-da-manhã com chá e iogurte na pequenina sala de jantar da hospedaria em que estávamos. Homens com chapéus de feltro característicos, gritando uns com os outros em quirguiz, enchiam as outras mesas. O cheiro de lareiras com base em esterco saturava as roupas deles, e aquele pungente odor misturava-se com o aroma do leite de cabra quente que eles estavam bebendo e com o cheiro de cavalos e de tosões molhados e de seus próprios corpos. A hospedaria estava terrivelmente fora de prumo. Lascas de luz do dia brilhavam pelos caixilhos das janelas e pelos batentes das portas. Podia-se imaginá-la sendo construída muito tempo atrás por pessoas com dedos dormentes devido ao frio, que não dispunham de outras ferramentas que não as mais primitivas. Através das janelas de cola de peixe, tínhamos uma vista suja de graxa das montanhas Ala Tau, picos cobertos de neve, rosados à primeira luz do dia. Olhos norte-americanos não tinham contemplado uma vista daquelas e vivido para contar a história enquanto eu vivera — até pouco tempo atrás. Agora, tudo o que se precisava fazer para visitar lugares que tinham permanecido proibidos para estranhos durante três gerações era clicar algumas teclas de computador e pegar um avião. No verão, aquelas montanhas ficavam cobertas de mochileiros norte-americanos e europeus. Capitalismo! Como os *apparatchiks* tinham tido razão em ter medo dele!

Falei com Zarah sobre Kalash, as leituras do SPG de Mubarak e a pesquisa de Charley.

— Então, Ibn Awad é mesmo um falcoeiro.

— É o que parece, a menos que tenhamos sido enganados. Para quem é desconfiado, tudo se encaixa um pouco bem demais.

Zarah me dirigiu um olhar estranho e disse:

— Eu conheço um homem que negocia com falcões contrabandeados. Ele diz que o melhor falcão para caçar a abetarda *houbara* não é o peregrino, mas o sacre.

— E por quê?

— O sacre é maior do que o peregrino, com uma envergadura da asa muito mais larga — respondeu Zarah. — Não tem as grandes garras do peregrino, mas tem uma incrível capacidade de voar muito perto do solo. Isso significa que ele encontra a abetarda *houbara* sem ajuda de ninguém, persegue-a quando ela foge e joga-a no ar, onde acaba com ela. Por causa das garras menores, ele causa muito menos dano à carcaça, quando mata, do que o peregrino. Isso é importante, se você for comer a *houbara.*

— E...?

— É uma espécie em extinção — disse Zarah. — Devido à raridade, o sacre é cobiçado pelos falcoeiros árabes. Os sacres se apresentam em todas as cores, do marrom escuro ao louro, do cinza ao branco. O branco é a cor mais rara.

— Deve ser difícil encontrar um branco.

— Muito. E também ilegal. Mas não impossível. Um falcão fêmea branco puro pode chegar a valer 100 mil dólares.

— Deixe-me adivinhar — disse eu. — Seu amigo sabe onde se pode comprar um deles.

— Sabe. Uma fêmea branca pura. É numa aldeia não longe daqui.

— Eu gostaria muito de vê-la. Mas o que é que vamos fazer com uma fêmea de falcão sacre branco puro?

— Eu pensei que seria um belo presente para Ibn Awad — respondeu Zarah. — Algo que pudesse atrair sua atenção, trazê-lo até nós.

Depois do café-da-manhã, David Wong retirou-se para procurar um amigo quirguiz que nos levaria até a aldeia onde o falcão sacre e seu dono nos esperavam. O amigo quirguiz veio a ser Askar, o revolucionário que tínhamos conhecido na aldeia tadjique depois do *buz kashi*, o homem que nos dissera que Lori estivera vivendo entre os quirguizes. Ele se mostrou o mesmo sujeito jovial de antes, cheio de fervor patriótico, irradiando reputação heróica. Sabia exatamente quem era Zarah, e, depois de lhe dizer o quanto ela se parecia com a avó, recitou a própria genealogia por inteiro.

— Meu avô e seu bisavô eram primos em primeiro grau — disse ele a Zarah. Para mim, disse: — Zarah é filha do seu primo em primeiro grau. Por isso, você e eu também somos primos.

No meu caso, o parentesco era honorário, mas aquele era um momento que pedia um gesto. Estendi a mão. Askar segurou-a e quase me quebrou os ossos.

Askar e David tinham chegado numa picape Subaru. Zarah e David foram na boléia com Askar. Por questão de espaço para as pernas, preferi seguir na carroceria. Foi uma decisão errada. A combinação do modo de dirigir de Askar — ele poderia ter arranjado emprego como dublê em Hollywood — com a estrada, construída segundo os piores padrões coletivistas, fez com que eu a lamentasse antes de termos viajado um quilômetro e meio. Fazia muito frio. Flocos de neve redemoinhavam no torvelinho da passagem da picape.

A aldeia, quando afinal chegamos a ela, revelou-se uma coleção de cabanas de pedra aconchegadas à encosta da montanha. Logo acima da confusão de casas, uma fonte de água quente saía das pedras em bolhas, lançando sopros de vapor. Askar nos contou que havia cavernas ali por perto, onde, nos bons e velhos tempos, ele e seus homens tinham se escondido depois de ataques relâmpagos em território chinês. Durante a luta para unir o povo quirguiz, a aldeia tinha sido um ninho de vigias, avisando Askar e seus partidários quando russos se aproximavam. E o que é que Askar e seus homens tinham feito quando soldados soviéticos chegavam procurando por eles?

— Nós atravessávamos as montanhas, entrávamos em Xinjiang e nos escondíamos em outras cavernas do outro lado — disse ele. — Os *hans* e os moscovitas nunca disseram nada uns aos outros.

Askar, é claro, conhecia todo mundo na aldeia. Recebeu uma acolhida digna de celebridade. Nós fomos incluídos nela — ou pelo menos David e eu fomos. Zarah, com o *pedigree* explicado por Askar, foi levada de roldão pelas mulheres como uma irmã desde muito desaparecida. Na casa do chefe, ofereceram a nós, os homens, leite de égua fermentado. Eu gostei. Fez com que o meu corpo sentisse menos dores, e embora não possa dizer que, preferia o leite a um uísque escocês, tinha um belo gosto de maltado. O chefe nos garantiu que embora ainda se bebesse bastante vodca no Quirguistão livre, o leite de égua fermentado ainda era a verdadeira bebida nacional. Isso era comprovado pelo fato de que a capital do país, Bichpek, recebera o nome do latão no qual o leite de égua é fermentado.

A tarde já ia avançada quando a onda de hospitalidade se acalmou o suficiente para que se tratasse de negócios. Zarah não tinha desaparecido. Estava apenas conversando com as demais mulheres na cozinha. A julgar pelas risadas naquele aposento e pelas brilhantes expressões sorridentes das mulheres que nos levavam comida e bebida, as senhoras estavam gostando muito da companhia dela.

Quando por fim fomos levados ao falcão sacre, ficou evidente que a condição de Zarah como neta de Lori era um ponto positivo. Lori — ou Kerzira, como os quirguizes a chamavam — tinha lidado com os homens segundo suas próprias condições. Todos esperavam que Zarah fizesse o mesmo. O falcão sacre era mantido numa caverna mais acima, na encosta da montanha — na verdade, uma espécie de alcova bem no fundo da caverna. Zarah insistiu em entrar sozinha, com uma vela. Ficou lá dentro talvez uns 15 minutos. Para mim, pareceu mais tempo, o dobro, já que eu estava sob o teto baixo de pedra, e ainda mais longo para os vigias do falcão.

Prima ou não, estrangeira ou não, neta de Kerzira ou não, Zarah era mulher. Mulheres e falcões não combinavam. Olhares eram trocados; palavras, sussurradas. O ressentimento fervia lentamente. A apreensão aumentava. Quem sabia o mal que aquela mulher estrangeira poderia estar fazendo a uma criatura que valia mais, em dinheiro vivo, do que a renda conjunta de uma vida inteira de todos os que moravam na aldeia? E quem podia ter certeza de que ela não era uma espiã para estrangeiros malucos que poderiam surgir com a polícia para salvar o pássaro, fazendo, assim, a fortuna do chefe de polícia e mandando todos os que estavam naquela caverna para a cadeia?

Por fim, Zarah surgiu da escuridão para a enfumaçada luz da lanterna da caverna exterior. O chefe da aldeia, um sujeito chamado Turdahun, ergueu-lhe a mão e cheirou-a. Aquilo era uma liberdade estranha, pensei, mas Zarah permitiu-a sem reclamar. Turdahun estava apenas verificando se ela tocara no pássaro. Parecia que não, porque Turdahun também não reclamou. Não sei se aquilo era etiqueta quirguiz ou a barreira da língua ou algum tipo de reação de língua presa àquela estranha mulher que surgira de repente como a avó, mas, de qualquer maneira, bico calado.

Por sorte, Askar estava presente. Falando um árabe *pidgin* com Zarah, e, com os outros presentes, um quirguiz que soava como chuva batendo no telhado, ele assumiu as negociações. De acordo com seu ponto de vista e com o dos aldeãos, aquela era a ordem natural das coisas. Ele era parente de Zarah. Era natural que fosse falar por ela, protegê-la, conseguir o que ela queria pelo preço mais justo possível. Enquanto a maioria dos homens da aldeia ficava de lado, olhando, Askar e Turdahun ficaram sentados num tapete, beberam chá e negociaram, sussurrando no ouvido um do outro quando chegavam a pontos importantes. Aquilo durou várias horas. A certa altura, o leite de égua fermentado e o calor da fogueira à base de esterco me fizeram dormir. Quando acordei, o negócio tinha sido feito. Askar conseguira o falcão sacre por 3 mil gramas de ouro, ou cerca de 35 mil dólares, um quarto do preço pedido no início.

O ouro foi cerimoniosamente pesado na presença de testemunhas. Para minha surpresa, Zarah o tinha levado com ela em pequenos lingotes; tal como um pai indulgente, eu presumira que ia pagar por ele. Feito o negócio, pago o ouro, tornamos a comer (mais carne de carneiro) e bebemos a excelente vodca russa que David levara. Àquela altura, estava tarde demais para ir embora, de modo que passamos a noite lá.

4

Não havia como dormir além da hora. Todos os moradores da casa de Turdahun estavam de pé ao amanhecer. Mulheres batiam panelas, homens gritavam, ovelhas baliam. Fui para fora e encontrei dois meninos ordenhando ovelhas. Um deles me ofereceu um pires de leite vindo direto do úbere. Eu estava tão interessado em bebê-lo por cima do leite de égua fermentado e da vodca quanto teria estado em comer os olhos da ovelha. Mesmo assim, bebi tudo para ser delicado e disse a palavra quirguiz para *obrigado*.

Subi a pé até a fonte quente e lavei o rosto. A água sulfurosa cheirava levemente a ovos podres, mas estava realmente quente, mais ou menos com a temperatura de um banho japonês. Pela aparência e pelo cheiro dos aldeões, não era freqüente eles se aproveitarem das águas borbulhantes. Depois de minha viagem na picape de Askar e uma noite contorcido em forma de pretzel num catre de dormir muito curto, eu teria tido prazer em afundar na fonte fumegante e ensopar os ossos exaustos, mas naquele momento meu telefone vibrou. O instrumento estremeceu mais três ou quatro vezes antes que eu identificasse a fonte da perturbação e cavucasse embaixo da *parka* e do suéter para achá-lo.

Bancando o homem que não tem nada a esconder, bradei:

— Aqui é Horace!

Eu estava esperando ouvir um Velhote na linha — Charley com um boletim do espaço sideral ou Jack, Ben ou Harley com um outro tipo de pista para ajudar. Em vez disso, ouvi uma voz que eu não conhecia. Na minha confusão, por um instante pensei que alguém tivesse discado o número errado. Mas então percebi que quem chamara, que falava uma espécie de inglês desnaturado — gramatical mas sem qualquer tipo de ênfase —, devia ser chinês. A voz era aguda, fraca, apreensiva, como se o dono tivesse esperado que fosse conseguir a minha caixa postal e não o seu titular. O som do meu nome, dito em voz alta no ouvido de quem quer que estivesse monitorando aquele telefonema, o assustara. Eu podia compreender o motivo.

O silêncio dele foi tão completo que por um instante pensei que a linha caíra. Então, ele disse:

— Ah! Achei você.

Ao fundo, eu ouvia instrumentos musicais chineses, tambores e flautas pastoris. E também o barulho de uma multidão. Ele devia estar tendo dificuldades para me ouvir. E por que estava dando um telefonema clandestino do meio do que parecia um funeral chinês?

Erguendo a voz, eu disse:

— É, e eu também estou muito contente. Estou interessado numa viagem com mochila pelas montanhas e espero que a sua agência de viagens possa me ajudar nisso.

O homem que telefonara levou muito tempo para compreender aquela fala de sentido duplo. Depois, percebeu. A voz ficou um pouco mais forte.

— Talvez possamos ajudá-lo — disse ele. — Desde que, naturalmente, o senhor consiga as necessárias permissões das autoridades.

— Entendo. Deixe-me perguntar uma coisa. Você tem referências?

Minha desusada mente da Firma começava a funcionar outra vez, embora bem devagar. Não era uma coisa simples fazer rodeios daquela maneira e ainda conseguir transmitir a mensagem para alguém que aprendera inglês com instrutores chineses numa academia no ponto mais remoto da Manchúria.

— Referências? — perguntou Ze.

— Isso mesmo — disse eu —, referências. Eu gostaria de falar com alguém que tenha usado os seus serviços. Estou pensando num homem em especial.

Um outro longo silêncio enquanto ele processava aquela informação. Quando afinal falou, seu volume subiu mais um ponto. Talvez ele estivesse começando a gostar do jogo.

— Faz algum tempo eu conversei muito com um homem interessante — disse ele. — Talvez ele sirva.

— Entendo. E você achou que ele tinha uma boa conversa?

— Achei que ele era perfeitamente sincero.

O homem ao telefone não podia ser outro que não Ze Keli, o velho interrogador de Paul. Eu estava certo disso.

— Você tem mantido contato com esse cliente? — perguntei.

— Estive com ele há muito pouco tempo.

— Ele estava bem?

— Estava contente por estar com a mãe e o irmão.

— Será que eles podem vir ao telefone agora?

— Sinto muito. Eles estão aqui perto, mas no momento isso não é possível.

— Então talvez você e eu possamos nos encontrar. Eu também estou muito perto.

Houve uma explosão de barulho na linha. Parecia de uma metralhadora portátil.

— O que foi isso? — perguntei.

— Fogos de artifício — disse o homem. — Está acontecendo um casamento. Por favor, não fique apreensivo. A que distância o senhor está, exatamente?

Ze se escondera numa procissão de casamento para dar aquele telefonema. Sujeito esperto — apenas mais um chinês andando pela rua numa alegre procissão, com o celular apertado contra o ouvido.

— No momento estou numa excursão pela Estrada de Seda. Estou nas montanhas, não muito longe de Karakol.

— Ah — tornou ele a dizer. Mais uma pausa, mais música e fogos de artifício. Depois, disse: — Ouça com cuidado. A onteefe enteque perto do assope edelbe.

O *quê*?

— Repita, por favor.

Ele repetiu as palavras, se é que era isso que elas eram. Desencavei uma caneta e escrevi-as na costa da mão.

— Entendi.

Ze disse:

— Ao eioeme iade daqui a oisde iasde.

Ele desligou. Eu me sentei numa pedra e olhei para os rabiscos feitos com esferográfica azul nas costas da mão.

Ouvi uma agitação e me levantei. Abaixo de mim, na aldeia, vários homens apareceram. Os dois primeiros levavam uma caixa que tinha mais ou menos o tamanho e a forma de uma maleta com objetos pessoais usada no Exército, virada de cabeça para baixo. Mais doze os cercavam. Eles entregaram a caixa a Askar, que estava em pé ao lado da picape, a barba salpicada de preto e branco soprada pela brisa para a esquerda, tendo ao fundo uma vista magnífica de montanha e pastagem alqueivada. Zarah estava logo atrás dele, feminina e tímida, mãos modestamente entrelaçadas à altura da cintura.

Um dos treinadores de falcões deu alguma coisa a Askar. Eles estavam a várias centenas de metros de distância e a olho nu eu não consegui saber bem do que se tratava. Askar voltou-se e entregou o objeto a Zarah. Parecia que ele a estava ajudando a usá-lo, afivelando-o ao braço dela, mas seu corpo, grande, estava na frente, de modo que também não consegui ver o que era.

De repente, Turdahun, o chefe, entrou no quadro. Ele levava o falcão sacre no antebraço direito. O pássaro era realmente branco. Turdahun aproximou-se de Zarah e transferiu o pássaro para o braço dela. Eu entendi, mais do que vi, que o que Askar dera a ela era uma luva forte e rústica, com punho largo e comprido, para proteger-lhe o braço das garras do falcão. Askar deu um passo para trás. Todos os outros fizeram o mesmo. E lá estava Zarah, sozinha, com a grande arma de penas que ela comprara pousada, encapuzada e amarrada no braço. Aquele pássaro era muito maior do que os falcões peregrinos que eu tinha visto. Eu me lembrei da abetarda *houbara* de Kalash e de sua sombra reveladora.

A "língua" que Ze estivera falando ao telefone era o *pig latin*. *"A onteefe enteque perto do assope edelbe ao eioeme iade daqui a oisde iasde"* queria dizer "a fonte quente perto do passo Bedel ao meio-dia daqui a dois dias".

Quem sabe como ele ficara sabendo daquele patoá do tempo de criança? Talvez Paul lhe tivesse ensinado num momento descontraído entre perguntas difíceis. Todos os demais pontos daquela operação tinham começado com Paul, até a minha ressaca, porque, se não tivesse saído à sua procura, claro que eu não estaria em pé ao lado de uma fonte quente onde a Tribo Errante mongol deveria ter mergulhado os pés, olhando lá de cima para um mundo perdido no qual falcões brancos valiam centenas de vezes o seu peso em ouro.

5

O passo Bedel, a 4.200 metros de altitude, é o antigo ponto de ligação entre o norte do Quirguistão e Xinjing. Da aldeia quirguiz, era um dia de viagem de carro até o fim da estrada, depois mais dois dias de marcha forçada até o passo. A trilha seguia um rio estreito ao longo da base da Cordilheira de Kaksaal e depois subia direto a montanha até o passo. O rio, que corria depressa demais para congelar, cascateava por um íngreme leito rochoso, emitindo um borrifo frígido que cobria tudo ao longo das margens com um gelo preto praticamente invisível — a trilha que seguíamos, pedras, árvores, neve caída. De vez em quando, víamos uma explosão de neve acima de nós na encosta da montanha e, segundos depois, o estouro da avalanche. Animais de carga mortos — um pequeno pônei de olhos arregalados, peludo, com as quatro patas no ar, um camelo bactriano congelado na expressão de ressentimento carrancudo que é a marca registrada de sua raça — jaziam ao lado da trilha. Não vimos corpos humanos, mas era possível imaginar se Ze Keli não estava nos atraindo para a morte por congelamento.

Era evidente que Askar relutava em nos guiar. Ele era um homem procurado na China, com a cabeça a prêmio. Nós seríamos recebidos, pelo menos em teoria, por um *han* que nenhum de nós conhecia e cuja única indicação era de que ele tinha sido um dos carcereiros de Paul Christopher.

Quantos soldados ou membros da Polícia Armada do Povo teria aquele membro do partido, aquele agente do Guoanbu, junto com ele? Askar tinha levado quatro homens mais jovens, carrancudos guerreiros quirguizes embrulhados em feltro e pele de ovelha. Pôneis, escorregando e deslizando no chão traiçoeiro, levavam nosso equipamento. Os animais estavam, no mínimo, tão ressentidos quanto os homens de Askar. Não nos disseram o nome dos homens ou o que havia nas albardas, mas, no ar superlimpo das alturas, o cheiro de óleo para armas era quase tão forte quando o odor de lanolina.

À medida que subíamos, fazia mais frio. Acampamos num ponto em que o rio surgia de debaixo de uma lâmina de gelo. Dois dos homens de Askar descarregaram os pôneis e desapareceram com dois deles por entre enormes pedras cobertas de gelo. Enquanto eles se ausentavam, os homens restantes fizeram um círculo pisoteando a neve, agarrando-se a uma corda segura por um sujeito em pé no centro e andando em volta, em círculos concêntricos, e depois estenderam tapetes e acenderam uma fogueira. Os outros voltaram com paus para tendas circulares, aparentemente guardados perto dali. Puxaram grossos panos de feltro de dois outros pôneis e num instante ergueram uma iurta baixa e redonda. A fogueira de esterco e o calor irradiado pela proximidade de oito corpos humanos logo aqueceram o interior. Nossos guias tinham levado carne cozida e outros alimentos, levando-os sob as roupas para evitar que congelassem, e os dividiram conosco à temperatura do corpo. Estávamos pagando por tudo aquilo em ouro, claro. O que não alterava o fato de que ninguém queria estar ali. Não houve sorrisos nem conversas, nem mesmo com Askar, o bandido que normalmente era afável.

Durante a noite nevou com grande intensidade, e flocos planos ainda caíam quando partimos para o passo à primeira luz do dia. Se você nunca subiu, com sapatos para neve, uma encosta com uma inclinação de vinte graus, durante seis ou sete horas enquanto envolto em feltro e velo, posso lhe garantir que é uma atividade que faz suar. Chegamos ao passo por volta do meio-dia. A fonte quente que Ze Keli mencionara em pig latin ficava ao largo da trilha depois do topo, no lado de Xinjiang da fronteira. No chão estava uma trilha feita havia pouco tempo, parecendo uma tábua de lavar roupa, deixada por uma máquina com lagartas. Ao ver aquilo, Askar e seus homens misturaram-se à montanha.

Uma figura solitária, esguia apesar dos trajes acolchoados que usava e alta para um chinês, estava à espera ao lado da fonte quente. Usava um gorro alto de pele, como um russo.

— É o nosso homem — disse David.

Ze Keli parecia estar sozinho. Uma varredura das cercanias não revelou nenhum comando *han*, só o veículo pequeno feito especialmente para usar na neve e que tinha deixado as suspeitas marcas corrugadas, estacionado atrás de uma rocha para protegê-lo do vento.

— Espero que não esteja esperando há muito tempo — disse eu.

— Nada disso — disse Ze Keli. — Está bem quente aqui, perto da fonte. Foi por isso que escolhi este ponto de encontro.

Ze pronunciou o nome de David, fazendo uma inclinação formal da cabeça, e olhou sério para Zarah sob espessas sobrancelhas brancas.

Eu disse:

— Permita que eu lhe apresente a Srta. Zarah Christopher.

— Christopher? — disse Ze.

— Ela é filha de Paul.

Lembrando-se de suas boas maneiras, Ze disse:

— Imenso prazer, Srta. Christopher.

Eu não tinha esperado encontrar o modelo de civilidade confuciana que Ze estava se tornando.

Zarah trocou um aperto de mão com ele, olhando-o bem nos olhos e dizendo "muito prazer" como sem dúvida fora ensinada pela sua mãe ou por quem quer que a mãe contratara para ensinar-lhe coisas assim. As boas maneiras têm por objetivo, afinal de contas, amparar a pessoa em momentos embaraçosos, e não é todo dia que você encontra o homem que interrogou durante dez anos seu pai, que estava preso, e no fim salvou-lhe a vida. Quando encontra, a formalidade é a melhor opção.

Ze levara consigo uma garrafa térmica com chá e uma outra com sopa quente. E também xícaras Dixie autênticas que de algum modo tinham conseguido sair do coração da América e chegar àquela distante fronteira da China. Ele serviu, e durante os poucos momentos seguintes ficamos formando um círculo, cada um com uma xícara de papel fumegante de chá açucarado em uma das mãos e uma xícara de papel de sopa de macarrão na outra. Os dois estavam deliciosos, e a conversa fiada de Ze — um discurso instruído sobre a geologia e a história do passo Bedel — foi agradavelmente instrutiva. Ele tinha um estilo de falar semelhante ao de Lowell Thomas, suave e discreto mas esbaforido com a promessa do que viria em seguida. Se ele sabia, como devia ter sabido, que guerreiros quirguizes apontavam armas para ele de várias direções diferentes, não deu sinal algum. Não havia como apressá-lo. O que quer que ele tivesse a nos dizer, diria no momento oportuno. No ínterim, os rituais deviam ser observados. Há muito que se dizer em favor desse método de dar notícias. Ele nos dá uma chance de nos prepararmos para qualquer possibilidade. Por fim, Ze recolheu as xícaras Dixie, atarraxou as tampas nas garrafas térmicas e guardou tudo no compartimento de armazenamento do seu veículo de andar na neve.

Depois, sorrindo, disse:

— Srta. Christopher, eu lhe trago lembranças de seu pai e de seu primo, e também de sua avó.

— Então, eles estão vivos — disse Zarah.

— Ah, estão. Mas sob custódia.

— Você quer dizer na prisão.

— Não, não é bem assim. Detidos. Está sendo feita uma investigação para decidir se eles cometeram um crime.

— Cometeram?

— Não minha opinião, não. Mas foram presos numa área em que não se permite a entrada de pessoas não autorizadas, em especial de estrangeiros. As autoridades locais têm certas suspeitas.

— Suspeitas de quê?

— Espionagem, talvez. Quando nada, um tipo muito grave de invasão. A área é proibida a estranhos porque é um lugar onde são realizadas pesquisas de armamentos e outras atividades secretas. Christopher e sua mãe foram presos muito perto de um daqueles locais.

Ze apresentou um envelope.

— Eu lhes trouxe algumas fotos — disse ele, num novo e animado tom de voz.

Ele as passou para nós uma a uma — fotos padrão da polícia para documentos de identidade, em preto e branco, tiradas com flash, de frente e de perfil, de Paul, e fotos semelhantes de uma mulher que só podia ser Lori. Naqueles impiedosos instantâneos, ela parecia velha, é claro, mas não tão velha quanto se poderia esperar. O que vi foi não apenas a velha na foto, mas também a Lori da lenda. Várias faces anteriores tinham se metamorfoseado, uma atrás da outra, naquela que ela tinha agora. Não parecia ainda bonita, mas a beleza que ela fora ainda estava visível. A semelhança com Paul e Zarah não era tão óbvia para mim quanto parecia ser para outras pessoas, mas acontece que eu estava olhando para uma foto, não para uma pessoa em carne e osso.

Zarah devorou os retratos, o rosto transformado pela emoção. Ela estava olhando para fotos de fantasmas. Ze a observava com profundo interesse, mas sem nenhum sinal de compaixão. Ele tinha um olho treinado e estava lendo as reações dela de acordo com padrões próprios. Será que sua reação era autêntica? Ze parecia achar que sim. Zarah fez um gesto de devolver-lhe as fotos. Ele acenou, recusando.

— Eu tenho outras que eu mesmo tirei — disse ele.

Ele exibiu uma câmera digital. Na telinha atrás da máquina, pudemos ver fotos coloridas de Paul e Lori, juntos e separados. Em todas as fotos eles estavam duros e sérios em frente ao que pareciam instalações militares caindo aos pedaços.

Ze clicava a câmera, substituindo uma imagem por outra. Zarah viu algo ao fundo de uma das fotos. Pediu a Ze que parasse. Ele parou e passou a câmera para ela.

— É um homem — disse ela. — Mas o que é isso que ele está usando no pescoço?

— É um colarinho, um quadrado feito de madeira bruta, ligeiramente mais longo do que um braço de cada lado, com um buraco no centro para o pescoço — disse ele. — Ele é armado no homem. É preso por porcas e parafusos. Não pode ser retirado pelo homem, porque as cabeças dos parafusos ficam na parte de cima e ele não consegue alcançá-las. O comandante desse acampamento é um estudioso da história do castigo. Na China Imperial, às vezes os criminosos habituais eram condenados a usar esse dispositivo. Era uma sentença de morte, é claro, porque enquanto se usa essa coisa não só não se pode desatarraxar os parafusos, como não se pode alcançar a própria boca. Portanto, não se pode comer ou beber. Não pode se deitar porque seria estrangulado. Não pode se abrigar se chover ou nevar, porque o colarinho é grande demais para passar pela maioria das portas. É proibido prestar qualquer tipo de ajuda a uma pessoa que esteja usando um colarinho desses. Os sentenciados a esse castigo na antiga China eram soltos da prisão e tinham permissão para perambular como quisessem, até morrerem. Não havia necessidade de confiná-los. Eles levavam a prisão com eles.

— Essa prática foi reavivada? — perguntou Zarah.

— Oficialmente, não — respondeu Ze —, mas, como eu disse, o atual comandante desse acampamento acredita em aprender com o passado.

Até ali, Ze falara noventa por cento do que fora dito, mas era música ambiental. O que ele dizia não estava nos aproximando mais do nosso objetivo, que era o resgate de Paul e Lori. David Wong não participara da conversa. Agora, mergulhou nela. Talvez estivesse chateado com a minha passividade. Eu mesmo estava um pouco surpreso com ela. Talvez achasse que Zarah tinha o direito de fazer as perguntas difíceis. Talvez fosse a altitude. Não estávamos no teto do mundo a 4.200 metros de altitude, mas o ar não era rico em oxigênio, e respirar tornara-se um ato até certo grau consciente. Eu me sentia um pouco enjoado.

David fez a pergunta óbvia.

— Por que você está nos contando tudo isso?

Ze respirou fundo e prendeu a respiração, expelindo-a depois sob a forma de fala.

— Eu não estou bem certo de que vocês vão acreditar na verdade — disse ele —, mas a verdade é que eu me considero devedor em relação a Christopher. Ele já esteve preso na China antes, quando era inocente de qualquer crime contra nós. Agora, aconteceu de novo. Devido à idade, por causa da mãe dele, porque ele tem azar, eu acho que deve ser solto assim que for possível.

— Você acha que ele vai ser solto? — perguntou David.

— Não se o comandante do campo tomar a decisão — disse Ze.

— Você recomendou a soltura dele?

— Claro. Mas o comandante insiste na crença de que Christopher cometeu um crime.

— Que crime?

Ze respondeu à pergunta de David sem hesitação.

— Espionagem — disse ele. — Não foi apresentada nenhuma acusação formal, mas, na opinião do comandante, Christopher é culpado, e o comandante é a lei no seu campo. Aponta para a ficha. Christopher é um espião norte-americano profissional. Espionou a China antes. Agora, voltou para espionar de novo.

— Em que consiste, exatamente, essa suposta espionagem? — perguntei.

Ze levou um instante para destrinchar aquela linguagem vitoriana. Por fim, disse:

— Excelente pergunta. A resposta é: não existe espionagem. O crime de Christopher é muito pior. Ele deixou o comandante constrangido.

— Por favor, explique — disse Zarah.

— O campo não é uma instalação militar — disse Ze. — Não há segredos militares para serem roubados. É campo de trabalho. Os prisioneiros são dissidentes políticos, além de alguns cristãos e outras pessoas assim que ficaram perturbadas pela religião. De modo geral, porém, é uma população instruída. Os prisioneiros, que estão lá para toda a vida, embora nem todos saibam disso, fazem coisas técnicas: peças para computadores, instrumentos científicos, e assim por diante. Esses produtos são vendidos no exterior, principalmente nos Estados Unidos. Esse comércio tornou o comandante, para não citar certos altos funcionários do partido, muito rico. Ele e seus patrões querem manter o campo em segredo.

Aquilo era grave. Todos nós percebíamos isso, Ze melhor do que ninguém.

— Lucros e justiça não podem coexistir — disse ele.

— Em outras palavras — disse Zarah —, o comandante e seus amigos são capitalistas?

— Exatamente — replicou Ze.

Sua fisionomia estava inexpressiva. A vida toda, Ze tinha sido inimigo dos capitalistas. A China podia estar mudando, os líderes do partido podiam ter-se tornado plutocratas secretos, mas Ze era o mesmo idealista marxista de sempre. Se tivesse de cometer uma traição para manter vivos os ideais, ele o faria. Eu conheci muitos, muitos homens iguais a ele, todos homens bons que eram capazes de tudo.

— Eu lhes trouxe duas coisas — disse ele. — Um mapa e uma coisa feita pelos prisioneiros.

O mapa mostrava a exata localização do campo. Ficava a 320 quilômetros de distância do passo Bedel, a norte do Borohoro Shan no vasto e vazio deserto que ocupava a maior parte do quadrante noroeste de Xinjiang. No verso do mapa, Ze desenhara um detalhado esboço do campo, com os prédios importantes assinalados.

A "coisa feita pelos prisioneiros" era um sinalizador, ou melhor, um *transponder* que captava o sinal do sinalizador e guiava a pessoa até ele. Ze colocou-o na minha mão. Era bem pequeno, mais ou menos do tamanho de um pacote de 400 gramas de manteiga, só que mais leve.

— Vocês têm que ir pegar os Christopher depressa — disse Ze. — Dentro de uma semana. Depois disso, eu terei ido embora e vocês não terão ninguém para ajudá-los.

Como fora mandado para o campo pelo Guoanbu, Ze tinha certos poderes independentes do comandante. Podia, por exemplo, mandar buscar prisioneiros a qualquer hora, para interrogá-los. Seu plano era simples. Quando estivéssemos perto, deixaríamos uma mensagem para ele no telefone por satélite que David lhe dera. O telefone ficaria desligado para que não tocasse numa hora inconveniente, mas ele iria verificar se havia mensagens nele todos os dias, à meia-noite. Na noite em que ouvisse a minha voz ou a de David, ele convocaria os prisioneiros às 2h da madrugada e ligaria o transmissor do sinal. Então, poderíamos chegar exatamente às 2h e fazer o resgate.

— Há guardas no perímetro, mas não há cercas — disse Ze. — Os guardas olham para dentro, não para fora. Nunca alguém tentou fugir *para dentro* do campo, nem mesmo se estivesse morrendo de sede no deserto.

Zarah disse:

— E se antes disso forem apresentadas acusações formais contra meu pai e minha avó?

— Isso iria complicar as coisas, mas não acho que seja provável. Como expliquei, o comandante prefere castigos pinturescos.

Ze clicou para um outro retrato e entregou a câmera a Zarah. A nova imagem era uma foto de perto do homem no colarinho de madeira.

— Esse homem é o seu tio — disse Ze. — Eu tive permissão para dar água a ele porque, caso contrário, ele morreria de desidratação. O comandante disse a Christopher e à mãe deles que tiraria o colarinho se eles confessassem. É claro que eles não acreditam nisso.

Zarah olhou firme para a imagem. O mesmo fizemos David e eu. Tarik estava sorrindo, apesar de curvado sob o peso do colarinho.

— O comandante faria isso a pessoas da idade deles? — quis saber Zarah.

— Com satisfação — disse Ze. — Isso iria aumentar o conhecimento que ele tem sobre o castigo, fornecer dados novos.

O rosto de Zarah, tal como o de Ze, perdera toda a expressão. Ela devolveu a câmera a Ze. Ele ergueu a mão, em sinal de recusa.

— É um presente — disse ele.

6

A descida do passo foi um empreendimento escorregadio. Enquanto anoitecia, começou a chover. A chuva congelou. Nossa roupa estalava enquanto nos deslocávamos sobre gelo fino que rangia sob os nossos pés. Estava ficando escuro. Não conseguíamos ver uns aos outros, mas mantínhamos o contato pelo som. Eu era o penúltimo na fila de marcha. Um dos homens de Askar vinha por último, conduzindo o único pônei que tínhamos levado conosco para o passo. De repente, o homem atrás de mim gritou para a escuridão. Um xingamento, um aviso? Um instante depois, o pônei passou deslizando por mim, tobogando pela trilha escorregadia coberta de gelo, patas se agitando. Para a escuridão, gritei um aviso sem sentido em inglês — sem sentido porque as pessoas que estavam abaixo de mim nada podiam fazer a não ser ficar imóveis e esperar que o pônei não batesse nelas. Era impossível sair do caminho dele sem cair e escorregar montanha abaixo. Então, abruptamente, os gritos pararam. Será que o pônei voara para um precipício, batera em alguma coisa e quebrara o pescoço? Não havia como saber. Gritei para Zarah e David. Eles responderam, aparentemente ainda em pé. Continuamos a descer um centímetro de cada vez.

Quando chegamos à iurta, quatro ou cinco horas depois, nós, humanos, estávamos todos presentes e bem. Ninguém falou no pônei, que não estava presente. Comemos uma comida fria e caímos no sono. Ao amanhecer, levantamos acampamento. Estava nevando outra vez. Através da neve que caía percebemos relâmpagos ao longe e depois ouvimos trovoada, como se tivéssemos acordado num planeta com um sistema meteorológico diferente do da Terra. Dois dos quirguizes voltaram a subir a montanha, presumivelmente para procurar o pônei e recuperar o que quer que ele estivesse carregando. Os demais, inclusive Askar, marchavam em silêncio e nos tratavam como se fôssemos invisíveis.

— Eles acham que damos azar — disse David.

Não fiquei surpreso.

Esperei até estarmos de volta à aldeia de estômago cheio antes de debater a situação com Askar. A conversa foi tensa. Ele ouviu impassível. Tentei com afinco ressuscitar a versão original de guerreiro feliz de Askar. A missão de resgate não era algo de que David, Zarah e eu pudéssemos nos desincumbir sem ajuda. Eu não queria o envolvimento de Kevin àquela altura, mesmo se ele e sua equipe tivessem estado perto bastante para entrar em ação quando avisados em cima da hora. Ele tinha motivos próprios demais para querer a posse do Pergaminho da Ânfora. O que nós exigíamos era alguém que não soubesse coisa alguma sobre o pergaminho mas conhecesse o terreno, tivesse um motivo para prejudicar os chineses e pudesse ser levado a ajudar.

Contei a Askar tudo — tudo — o que o Ze nos contara.

Ele ouviu, impassível, e depois perguntou:

— Você confia nesse *han*?

— E eu tenho escolha? Se eu presumir que ele está mentindo e não fizer nada, o pai, a avó e o tio de Zarah, parentes tanto seus quanto dela e meus, irão desaparecer para sempre.

— Você tem certeza de ser a única esperança deles?

Entreguei a Askar a câmera digital de Ze. Ele sabia exatamente como manuseá-la, mais do que eu poderia explicar, e com habilidade viu cada uma das imagens armazenadas. Quando viu a foto de Tarik usando o colarinho de madeira, sua expressão se fechou com o sentimento de família — exatamente o que eu esperara ver.

— Esse não é o Tarik? — perguntei.

— É. E a velha é Kerzira.

Mostrei o mapa a Askar. Ele o examinou com cuidado, medindo distâncias com os nós dos dedos.

— Isso fica perto das montanhas, porém a mais de uma noite de marcha da fronteira — disse ele. — O terreno é plano, aberto. Não há árvores, nenhuma proteção de qualquer tipo. Mesmo se os tirássemos de lá, seríamos achados por helicópteros assim que o sol nascesse.

— Não há cavernas, nada desse tipo?

— Nenhuma caverna grande — disse Askar. — Túmulos. Às vezes elas têm múmias, pessoas que se parecem com a gente, não *hans*. Os *hans* explodem os túmulos sempre que os descobrem, porque as múmias provam que os nossos ancestrais estiveram em Xinjiang antes dos deles, de modo que a terra é nossa, não deles.

— Esses túmulos são grandes?

— Às vezes. Mas estão no subsolo, são difíceis de se achar. Essas múmias foram enterradas há milhares de anos.

— Mas, se me lembro bem, você sabe onde achá-los.

— Talvez. Antigamente, nós os usávamos, mas sem dúvida os *hans* destruíram muitos dos que nós conhecíamos, talvez todos. Faz muito tempo que meus homens e eu estivemos perto deles.

— Mas você poderia achá-los novamente.

— Se eles ainda existirem.

Se não existissem mais, estávamos com azar. Não havia tempo para procurá-los antes de começarmos. Teríamos de encontrar um deles ao entrar na área.

Ainda tínhamos muito ouro sobrando. Askar sabia disso, já que manuseara os lingotes durante as negociações pelo falcão sacre. Ele não pediu o ouro todo. Em vez disso, sugeriu um honorário de 2,5 mil dólares para cada um dos quatro guerreiros quirguizes de que ele achava que ia precisar, mais uma contribuição de 5 mil dólares para o tesouro da revolução, o que significava Askar. Equipamento e mantimentos custariam outros 5 mil.

Eu não pechinchei.

— Ótimo — disse eu. — Quando começamos?

— Na noite do segundo dia a contar de agora — replicou Askar. — Vamos de carro de Karakol para o Cazaquistão e atravessaremos a fronteira para Xinjiang do outro lado das montanhas, ao sul da Porta Dzungariana. É área vazia dos dois lados da fronteira, com algumas montanhas como proteção. Há patrulhas *hans*, mas já não são tão alertas quanto eram. Viajaremos de noite e nos esconderemos enquanto o dia estiver claro. Os *hans* não nos verão.

Eu esperava que ele estivesse certo quanto a isso.

— Quanto tempo se leva da fronteira ao campo?

— Vamos chegar ao campo na segunda noite.

Cinco dias. Era arriscar bastante.

7

Enquanto Askar tomava suas providências, telefonei para Charley Hornblower e dei-lhe uma lista de compras. Trinta e seis horas depois, um grande pacote chegou a Karakol via Fedex. Dentro dele, acolchoados por uma grande quantidade de pipoca feita de Styrofoam, estavam um notebook com bateria solar, um localizador do Sistema de Posicionamento Global e alguns outros artigos de utilidade. O mais interessante destes eram fotografias ampliadas, tiradas de satélites, do campo de trabalho e da área que o cercava num raio de 80 quilômetros. As imagens eram de uma nitidez impressionante. Campo e deserto pareciam como poderiam parecer vistos da gôndola de um balão suspenso a uma altitude de 200 metros. Não era possível ler números de placas de automóveis ou reconhecer rostos, mas figuras humanas eram claramente visíveis a olho nu. Charley mandou um endereço na internet no caso de precisarmos de mais imagens. Ao conectar o notebook ao telefone via satélite, poderíamos entrar no site da Nasa de onde quer que estivéssemos, escolher as imagens que quiséssemos e pagar por elas com cartão de crédito. Era tudo perfeitamente legal e apropriado, que Deus abençoe a América.

Duas noites depois, atravessamos a fronteira para Xinjiang e, seguindo as instruções de Askar, andamos direto para leste na escuridão durante uma hora, até sentirmos cheiro de cavalos. Onze pôneis peludos esperavam por nós — um para cada cavaleiro, mais três animais de reserva para Paul, Lori e Tarik. Os homens de Askar — felizmente, não os mesmos sujeitos carrancudos que nos tinham guiado até o passo Bedel — carregaram com rapidez nosso equipamento nas montarias sem cavaleiro. Askar conduziu o pônei maior para mim e ofereceu-me a perna como apoio para montar. Se um cavalo pode gemer, aquele pobre animal gemeu quando sentiu o meu peso.

Embora a escuridão fosse total, eram apenas 19h quando partimos. Tínhamos doze horas ou um pouco menos até o nascer do sol. Askar, na dianteira, cutucou sua montaria para que ela começasse a trotar. Lá na frente, pude distinguir as silhuetas dos outros cavaleiros pistoneando para cima e para baixo na sela. Apesar das aulas de equitação na infância, eu nunca aprendera direito. E me sacudia para cima e para baixo nos rins do cavalo, as entranhas vibrando atrás quando minha pelve batia no couro, e depois deslocando-se quando a gravidade as alcançava. Depois de uma hora, começamos a andar a meio galope, maneira muito mais confortável de se viajar. Àquela altura estava evidente que o meu cavalo me odiava. Ele corcoveava, escoiceava e torcia o pescoço, tentando me morder a perna. Eu me solidarizava com ele. O animal, acostumado a levar cavaleiros quirguizes esguios e destemidos, quase que sem dúvida nunca antes fora amaldiçoado com um cavaleiro totalmente inapto, ou tão pesado.

Depois do meio galope, desmontamos e caminhamos durante uma hora. As estrelas apareceram. Segundo o nosso ritmo de avanço, deveríamos estar pelo menos 80 quilômetros dentro da China ao amanhecer, ou na metade do caminho até o campo. Os quirguizes não pararam para descansar os cavalos ou eles mesmos descansarem. Podíamos ouvir os cavalos urinando e sentir o cheiro do esterco deles. Uma ou duas vezes senti o cheiro de urina humana carnívora; os quirguizes estavam esvaziando as bexigas de cima da sela. Lembrando-me do meu franco-atirador grego, toda aquela indecência me preocupava. Um perseguidor experiente poderia segui-la mesmo no escuro. Eu me perguntava também se não estávamos deixando pistas que pudessem ser vistas do ar depois que o sol nascesse. Como é que doze cavalos não fariam isso?

De nada adiantava me preocupar. Portanto, concentrei-me no resgate, visualizando-o da melhor maneira que me era possível com base no que Ze me contava sobre o campo, tentanto prever dificuldades e evitar captura ou uma morte prematura. O maior problema, sem contar com os guardas, era o colarinho de madeira de Tarik. Ele praticamente não poderia correr com uma coisa daquelas no pescoço. Examinei o plano para tirar o colarinho. Teríamos cerca de dez minutos para fazer o serviço. Muito embora tivéssemos duas chaves de parafuso que funcionavam com baterias, parte do pacote de manutenção que Charley enviara, eu não via como poderíamos desaparafusar a coisa no tempo disponível. Devia ter pedido mais chaves de parafuso elétricas, uma serra e orientação divina.

Cerca de uma hora antes do amanhecer, as patas dos cavalos começaram a tocar em chão de pedra. À primeira luz, pudemos ver montanhas em toda a nossa volta. Desmontamos e caminhamos em fila indiana, descendo um estreito desfiladeiro entre rochedos baixos. A luz aumentou. Os cavalos curvaram-se de tanta fadiga. O meu estava tão cansado, que desistira de tentar me morder e me escoicear. Forcei os olhos na luz incerta e vi um cavalo desaparecer como que engolido pela terra. Depois, outro e mais outro, até que fiquei na ponta da fila, em pé na borda de um buraco no chão.

Um dos guerreiros quirguizes saiu desajeitado do buraco, colocou uma venda nos olhos do meu cavalo, pegou as rédeas e chicoteou o animal para que ele entrasse no buraco. Fui atrás e vi-me numa escuridão de breu, descendo uma rampa de terra. O cavalo relinchou de medo, empacou e escoiceou, e foi açoitado pelo condutor para avançar. Depois de guinadas e giros, vi-me numa câmara interna cujas figuras deitadas iluminadas por luz de velas poderiam ter sido pintadas por um pré-rafaelita sob a ação do ópio. Eram múmias, ainda vestidas com os farrapos das roupas com as quais tinham sido enterradas milhares de anos antes. Dois homens, uma mulher, uma menina. Não tinham olhos nem lábios, estavam encolhidas e morenas pelo longo repouso na total ausência de umidade. E, no entanto, pareciam reais. Pareciam dormir, até mesmo sonhar. Como na fotografia de Lori tirada por Ze, viam-se os rostos que elas tinham. Duas delas tinham cabelos tão dourados quanto os de Lori. Pareciam estar sorrindo, os dentes brilhando à luz de velas. Estranhamente, não havia a sensação de ter violado a privacidade das múmias. O sorriso delas parecia sugerir que estavam esperando que aparecêssemos. Sorri para elas com muito afeto, e, correndo o olhar pelos círculos de rostos, vi que todos os outros estavam fazendo o mesmo.

Enquanto dois dos quirguizes punham os cavalos para dormir, dando-lhes de beber água de plásticos usados para levar gasolina e servindo-lhes grãos para comer, os outros dois preparavam uma refeição, esquentando chá num fogão de acampamento e tirando carne de carneiro fria e pão de sacos de pano. Um deles falou conosco. David traduziu.

— Ele disse que há um balde para ser usado como latrina no aposento com os cavalos. Não vão lá fora. Usem o balde, não o chão.

Não tinham nos dito o nome dos quirguizes que viajavam conosco. Todos eles eram tipos pitorescos, com bigodes e bandoleiras, e metralhadoras portáteis penduradas nos ombros e pistolas e facas encaixadas nos cintos. Estavam perfeitamente à vontade no túmulo, respeitosos mas sem nenhum constrangimento, certos de que eram bem-vindos entre aqueles silentes ancestrais. Fazia frio no túmulo rochoso e seco. As velas na câmara mortuária tinham sido deslocadas para que agora as múmias ficassem no escuro. O silêncio era profundo. Minhas pálpebras pesavam. Eu estava morto de cansaço e castigado em estado terminal de tanto usar a sela, e teria trocado todo o ouro que nos restava por um banho quente. Este foi o último pensamento que tive antes de pegar no sono.

Andrew Marvell tinha razão. O túmulo é um belo e privado lugar. Mas não é o local ideal para se acordar. A escuridão, o silêncio, o intempestivo cheiro de poeira, a percepção arrepiante de onde você está e em que companhia resultam num momento de pânico. Múmias à luz de velas são uma coisa. Múmias no escuro são outra coisa completamente diferente. A invisibilidade delas tornava sua presença mais perceptível, e, como todos sabemos, a palpabilidade é muito mais preocupante para a mente do que a simples realidade. Encontrei minha lanterna elétrica e acendi-a. Zarah estava sentada, de pernas cruzadas, no tapete de dormir, penteando os cabelos no escuro. David ainda estava dormindo. Não se via nenhum quirguiz.

Zarah disse:

— São dez horas da manhã. Eu acho que os outros estão lá fora, montando guarda.

— Tem certeza?

— Os cavalos estão todos com presença confirmada.

Como que para confirmar o que ela dissera, um cavalo resfolegou nos bastidores. Eu estava mais duro, depois de uma boa noite de sono, do que quando descendo do meu infeliz cavalo na noite anterior. Desdobrei-me, dobradiça por dobradiça relutante, para assumir algo como a plena posição em pé, e saí mancando para o balde. Olhos eqüinos rolaram brancamente no facho da minha lanterna, patas voaram. Era evidente que, para os cavalos, meu cheiro não era melhor do que o deles era para mim.

Quando voltei, David estava acordado. Zarah acendera algumas das velas, revelando as múmias. Nossas sombras vivas misturavam-se com as delas. A cena era menos bela, um tanto menos composta e menos misteriosa do que parecera ser na noite anterior. Zarah apanhou barras de granola e as distribuiu. Nós a ajudamos a descer com água de grandes garrafas plásticas com rótulos espalhafatosos. Todos tomamos o cuidado de não espalhar migalhas: outra vez as múmias, ensinando-nos silenciosamente etiqueta.

Eu tinha metido os mapas do Ze, as imagens do Landsat, aqueles troços do SPG e outros aparelhos para ajudar a navegação numa indestrutível maleta de lona com alça para ser levada ao ombro, que eu comprara trinta anos atrás na Eddie Bauer. Ela também continha, numa divisão externa projetada para levar livros, uma pistola Makarov carregada e uma terrível e grande faca usada por comandos. David tinha ido às compras em Karakol e adquirira aqueles artigos, juntamente com algumas granadas russas de gás estupefaciente e lacrimogêneo. David era um atirador de primeira, e eu presumia que Zarah também fosse, mas eu não disparava uma pistola havia anos ou esfaqueava alguém desde que saíra do Corpo de Fuzileiros Navais. Aquelas habilidades, uma vez aprendidas, eram como andar de bicicleta, ou assim eu esperava que fosse. Voltariam quando e se eu delas precisasse.

Com a maleta pendurada no ombro e cada músculo e junta protestando, andei até o alto da rampa. A entrada estava fechada com uma grande pedra plana. Eu a empurrei para o lado. O sol explodiu nos meus olhos, momentaneamente me cegando. Se caçadores estivessem esperando que eu metesse a cabeça para fora da minha cova, eu estaria morto. Não vi ninguém — nem qualquer sinal de passagem de seres humanos. Todos os vestígios das patas dos cavalos e nossas pegadas tinham sido eliminados. A paisagem escalpelada estava deserta. Até o céu estava vazio — não se via uma única nuvem, um só pássaro, nada a não ser o sol azul-branco diretamente lá em cima. Não senti calor algum vindo dele. Estávamos numa garganta profunda, numa sombra profunda. Os costões que nos cercavam e que eu pressentira na noite anterior estavam, agora, perfeitamente visíveis. E mostravam-se bexiguentos com as bocas de cavernas, mas só um homem-mosca poderia ter subido para dentro de uma delas. Fiquei de pé e acenei para que Zarah e David me seguissem. De nada adiantava andar de gatinhas ou rastejar. Quem estivesse vigiando a ravina já nos teria visto. Eu esperava que aquilo incluísse os nossos companheiros de viagem quirguizes, mas correndo os olhos por aquele vazio estéril e prestando atenção ao silêncio, fiquei na dúvida.

De repente, a voz de Askar, saindo da terra logo atrás de mim, disse algo em quirguiz. David, que estava colado em mim, traduziu:

— Ele disse para não deixar de recolocar a pedra e varrer suas pegadas ao passar.

Askar estava deitado sob um cobertor de aniagem, a cerca de cinco passos de distância. A aniagem era da mesma cor do chão, pelo bom motivo de estar impregnada de poeira. A poeira estava pulverizada e, por isso, solta — tão desidratada, que os grãos não colavam uns nos outros. Quando se pisava nela, levantava-se uma pequenina tempestade de areia que demorava bastante para voltar a se reunir. Todos estávamos cobertos da cabeça aos pés por aquela sujeira que parecia farinha. Askar levantou-se e seguiu em direção ao costão. Nós fomos atrás. Zarah apanhou a aniagem e, andando de costas, apagou as pegadas.

Em pouco tempo estávamos dentro de uma caverna baixa, sentados em círculo. Os outros quirguizes estavam de guarda, presumivelmente sob seus panos de aniagem. Askar apontou vagamente para cima e para baixo da ravina e para o alto dos costões. Sua metralhadora portátil estava embrulhada num saco plástico de lixo, para protegê-la da poeira. Abri por completo a imagem do Landsat daquela área e fiz uma leitura com o SPG. Apontei para um ponto exato no mapa. Askar assumiu uma expressão delicada. Ele sabia onde estava e para onde estava indo. Não havia necessidade de todo aquele bizarro espalhafato e toda aquela complicação.

Ele começou a falar. Na sua opinião, o resgate era uma operação simples — entrar, procurar nossos amigos, sair a pé com eles a reboque, fugir da perseguição, esconder-se durante a luz do dia, correr para a fronteira à noite. Não fazer barulho, não fazer espalhafato, deixá-los dormindo. Tudo aquilo fazia sentido. As operações sempre parecem perfeitas na véspera de acontecerem.

— E Tarik? — perguntou Zarah.

— Ele virá conosco.

— Usando aquele colarinho? E se tivermos que correr?

— Nesse caso, nós o abandonamos — disse Askar.

— Impossível — disse Zarah.

Askar deu de ombros. Zarah dirigiu-lhe um demorado olhar frio e depois afastou-se, sentando-se de costas para nós.

8

Saímos assim que escureceu. Para meu grande alívio, Askar mandou que conduzíssemos os cavalos em vez de montá-los, para manter os animais tão descansados quanto possível para a nossa fuga. Estávamos num labirinto de ravinas, valas e escarpas. Askar, na liderança, virava à esquerda aqui, à direita ali, ou marchava direto para a frente com a confiança de um nova-iorquino indo a pé para o trabalho numa cidade geométrica. Segundo o mostrador de rádio da minha velha bússola, estávamos seguindo para leste e norte, direto para o campo de prisioneiros. Poeira levantada pelas patas dos cavalos abafava os sentidos — paladar, olfato, tato, até mesmo audição e visão. Eu contava passadas, seguindo o líder numa onda de confiança cega. O tempo não voava.

Às dez horas já podíamos ver o brilho do campo contra o céu. Askar deu a ordem de alto. Um de seus homens sem nome tirou as rédeas do meu cavalo de minhas mãos e levou-o embora. Ele e os outros guerreiros reuniram os animais. Askar deu ordens aos guerreiros e a nós, quem iria fazer o quê a que sinal. Iríamos descansar por uma hora, e depois entrar. À meia-noite, como combinado, David telefonaria para o celular de Ze via satélite e deixaria um recado em mandarim. Naquele ínterim, iríamos dormir.

— Zarah vai ficar com os cavalos — disse Askar.

— Não — disse Zarah.

— Alguém tem que ficar — disse Askar. — Caso contrário, eles vão se espalhar.

— Então deixe um dos seus homens — disse Zarah, olhando-o nos olhos.

— Todos os homens são necessários — disse Askar. — Vai ventar. Os cavalos vão ficar com medo. Vão se espalhar.

Como se em resposta a um sinal, uma brisa agitou alguns dervixes de poeira. Zarah caminhou escuridão adentro. Askar deu de ombros. Aquela mulher preferia ser descoberta, ou mesmo morta, a obedecer? Pois que assim fosse. Ele se deitou no chão e foi dormir. Eu começava a sentir a agitação do que estávamos para fazer. Apesar disso, adormeci logo, mas de forma inquieta, sonhando com maus momentos do passado. Quando despertei, percebi que Zarah desaparecera. Aquilo me espantou, de modo que praticamente não percebi que o vento estava mais forte — tão forte, na verdade, que o brilho do campo tinha sido obscurecido por uma nuvem de poeira. A temperatura caíra vários graus. Uma frente fria chegava com o vento oeste. Nós agora estávamos todos mascarados, com lenços passados no rosto para protegê-lo contra o vento e a areia. Talvez Zarah estivesse escondida pela poeira que soprava. Cambaleei por ali à sua procura, mas não encontrei pista alguma, exceto por um sinal muito ruim. A mochila na qual ela levava suas coisas tinha desaparecido. O mesmo acontecera com uma das chaves de parafuso elétricas de Charley. Ninguém a vira sair. Só havia um lugar para onde ela poderia ter ido: o interior do campo.

David deu o seu telefonema para Ze. Askar fez um sinal para que seus homens saíssem e foi na frente, eu e David ladeando-o. O vento soprava mais forte a cada minuto. Askar pronunciou uma curta sentença em quirguiz.

David traduziu:

— Askar disse que se trata de uma noite dentro da noite. Perfeita para nós.

Askar se achava no seu elemento, feliz e sedento de sangue. Alá estava no comando. Apesar da presença de ateus, ele nos enviara aquelas condições climatológicas ideais. Ficaríamos invisíveis para os guardas do campo. Nossas pistas seriam levadas pelo vento.

Parecíamos estar sozinhos, só nós três. Então, os homens de Askar surgiram do rodamoinho de poeira, conduzindo os cavalos. Não havia motivo, agora, para não levá-los. Ninguém que estivesse dentro do campo conseguiria vê-los ou sentir o cheiro deles naquela mortalha de poeira ou ouvi-los acima do vento uivante. Eu não sou beduíno, mas também era óbvio que ninguém, nem mesmo Askar, teria sido capaz de tornar a encontrar os animais se não os levássemos. Aquilo significava que Zarah também não iria encontrá-los se não a achássemos na tempestade e ela seguisse a regra de Kalash para quem ficasse perdido no deserto e voltasse para o local de onde saíra.

Logo depois estávamos avistando o campo. As fracas luzes delimitadoras eram velados pontos de referência. Por trás delas havia outras luzes, ainda mais fracas, do lado de fora dos prédios. Askar se aproximou e gritou no meu ouvido. Ele queria saber onde estava o aparelho sinalizador que Ze me dera. Fora bom (Alá de novo?) termos levado os cavalos, porque na minha angústia em relação a Zarah eu me esquecera por completo do aparelho de sinalização. Ele estava pendurado na minha sela, dentro da maleta de lona. Sem ajuda tecnológica naquela noite dentro da noite, nem rezando teríamos como achar o prédio em que Ze e seus prisioneiros nos aguardavam. Apanhei o *transponder* e liguei-o. Ele estava equipado com fones de ouvido, como um Walkman. Coloquei os fones e segui o sinal. Ele gaguejava e diminuía se você se desviasse para a direita ou a esquerda, mas era alto e firme enquanto se mantivesse no rumo certo. Askar e os outros me seguiram aos tropeções, cegos e confiantes. Tirei a faca de ataque da maleta e segurei-a com a mão livre, para a eventualidade de o radar localizador nos levar de encontro a um guarda. Gostei do peso da faca. Meu sangue estava acelerado. Fazia muitos anos que eu não tinha aquela sensação. Estava gostando mais agora, enquanto toda a minha vida passava diante de meus olhos, do que me lembrava de gostar quando era um segundo-tenente numa patrulha noturna, com a vida pela frente.

Aconteceu que não foi num guarda que eu esbarrei, mas num quartel da guarda inteiro. Seguir o sinal significava caminhar em linha reta. Os obstáculos não eram apanhados pelo transponder, e foi um tributo à minha falta de imaginação o fato de, por um triz, eu não ter feito com que fôssemos pegos ou baleados, ou as duas coisas, ao não perceber aquilo antes que fosse quase tarde demais. O prédio em questão era uma cabana, brilhantemente iluminada no interior e do lado de fora. Pela janela, apenas a centímetros do meu nariz quando parei, pude ver homens uniformizados sem nada para fazer, passando o tempo. Ouviam o rádio, que estava com o volume muito alto.

Rodeei o prédio, tornei a pegar o sinal e depois bamboleei e contornei entre estruturas, algumas iluminadas, outras não. Esperava que Askar pudesse achar o caminho de volta naquele labirinto, porque não haveria nenhum sinal de orientação na saída e eu sabia que estaria perdido sem ele. Enquanto eu seguia pelo sinal sonoro, ele aumentava de volume. O prédio bem à minha frente estava delineado por um brilho fraco. Contornei a estrutura, procurando por uma janela. Quando cheguei à frente do prédio, o barulho nos fones de ouvido ficou tão forte que os tirei. Imediatamente, ouvi um leve zumbido elétrico. Parecia vir da frente do prédio. Não havia necessidade alguma de me esconder, é claro, mas mesmo assim caí de quatro e engatinhei até o canto do prédio. Dando uma espiada por ele, vi uma coisa que reconheci. Era o primo Tarik com o grande colarinho quadrado de madeira em torno no pescoço. Sua cabeça parecia muito pequena, projetando-se acima do colarinho. Ele estava ajoelhado, agarrando os joelhos, as únicas coisas que conseguia alcançar, numa tentativa de se manter ereto apesar do peso da coisa.

Zarah estava de joelhos em frente a Tarik, de costas para mim. Percebi o que era o zumbido. Era a chave de parafuso a bateria. Zarah estava usando aquela ferramenta para retirar os parafusos e as porcas do colarinho de Tarik. Ela tinha ido antes de nós para ter mais tempo para fazer aquele serviço. O colarinho era enorme, muito maior do que parecera no instantâneo tirado por Ze. Tal como Ze indicara, só o tamanho já mandava uma mensagem ininterrupta ao homem que o usava. Ele iria morrer usando-o e virar múmia ou apodrecer com ele ainda no pescoço depois. Zarah trabalhava metodicamente, sem se apressar, soltando os parafusos e jogando-os na areia.

Eu estava para sussurrar um "olá", quando Askar e dois de seus homens apareceram pela frente de Zarah, metralhadoras apontadas para a sua cabeça. Sem uma pausa no que estava fazendo, Zarah ergueu os olhos para eles e calmamente apontou com o polegar para a porta logo atrás dela. Armas prontas para atirar, os quirguizes lançaram-se pela porta como os matadores meio loucos que eram. Eu fui atrás, faca na mão, adrenalina bombeando. Askar e seus homens tinham ido ali para matar. Não hesitariam um instante em estourar a cabeça de Ze — ou mesmo de Paul ou de Lori.

Em inglês, uma língua que aqueles matadores não entendiam, gritei:

— Parem!

Eles não ligaram para mim. Lori, sentada num banco no meio da sala, sorriu para os desesperados e disse alguma coisa em quirguiz. Um deles ajoelhou-se ao lado dela e segurou-lhe a mão. Um sobrinho? A expressão no rosto dele, assassina um instante antes, só podia ser chamada de terna.

Paul disse:

— Olá.

Ele estava em pé atrás de Lori, uma das mãos no ombro dela. Ela ergueu a mão livre — o delicado e jovem desesperado ainda estava agarrando a outra — e deu um tapinha na mão de Paul.

— Olá — disse eu.

Lori sorriu para mim num silêncio típico de uma avó, como se não falássemos uma língua comum. Depois de todos aqueles anos, talvez não falássemos mesmo. Respondi ao sorriso — sem dúvida, com um sorriso horrível. Uma vez mais, as boas maneiras ajudaram. Estendi a mão e disse:

— Tia Lori, gostaria de saber se a senhora sabe quem eu sou. Sou Horace Hubbard, filho de Elliott.

A expressão dela era agradável, distante, elegante.

Agarrou minha mão e apertou-a como a prussiana que tinha sido, para cima e para baixo, soltando rápido. A palma da mão estava calejada, o aperto foi firme, a pele estava quente.

Ze Keli disse:

— Talvez alguém deva ajudar Zarah. Os guardas fazem a ronda de meia em meia hora.

9

Fora dali, Zarah ainda trabalhava no colarinho de Tarik. Ele tremia com o esforço de ficar imóvel debaixo do peso.

Zarah disse:

— Eu acho que temos cerca de dez minutos antes de os guardas passarem. Não há como escondê-lo.

Até ali, ela retirara duas fileiras de parafusos e porcas. Restavam muitos, colocados a três ou seis centímetros de distância entre si. Ela estivera trabalhando ao longo de uma junção na estrutura, de modo que agora as tábuas estavam soltas.

Askar me seguira até o lado de fora. Ele se pôs de joelhos, rolou para ficar de barriga para cima e examinou a parte de baixo do colarinho.

Tentei separar as tábuas com a faca de assalto e quebrei a lâmina.

Askar disse alguma coisa a Tarik em quirguiz. Tarik sacudiu a cabeça.

Em mandarim, Askar disse:

— Vamos quebrar esta coisa sem quebrar o pescoço de Tarik. Puxe reto na sua direção. Não torça. Entendeu?

Confirmei com a cabeça.

— Agarre o seu lado — disse Askar.

Fiz o que ele mandou. Askar agarrou o outro lado.

Askar disse:

— Quando a contagem chegar a três. Use toda a sua força, primo.

Ele contou em mandarim. Quando chegou a três, nós dois puxamos em direções opostas. O colarinho resistiu, Tarik fez um barulho como se estivesse sendo estrangulado. As tábuas gemeram, cederam, gritaram, fragmentaram-se e se separaram nas nossas mãos. Tarik soltou um berro de dor.

Naquele momento, dois guardas, usando os uniformes forrados e os gorros com protetores laterais de que eu me lembrava no passado, surgiram correndo da tempestade. Pararam num espanto quando nos viram. Começaram a erguer os rifles. Um deles abriu a boca para gritar. Então, num ato maravilhoso, seus pés deixaram o chão e os rifles caíram de suas mãos. Os homens fizeram um barulho de gargarejo. Os dois guerreiros quirguizes que tinham cortado as gargantas deles arriaram os corpos que estrebuchavam no chão e limparam as facas ensangüentadas nas roupas dos homens mortos.

10

Dentro da cabana, Paul e Lori estavam em pé, vestidos para viagem em trajes quirguizes.

— Vocês devem ir, agora — disse Ze. — Vão dar pela falta dos guardas quando eles não renderem os homens que estão no posto seguinte.

— Estamos indo — disse eu. — O que podemos fazer por você antes de partirmos?

— Me dêem um tiro — disse Ze. Ele apontou para o ombro esquerdo, logo abaixo da clavícula. — Por favor, não atinjam o osso ou o pulmão. As instalações médicas aqui são primitivas.

Pela preocupação que demonstrava, era como se Ze tivesse me pedido um cigarro.

— Tem certeza? — perguntei, tirando a Makarov.

Ze olhou pensativo para a grande pistola azul na minha mão, e da cintura da calça tirou uma arma de pequeno calibre que era sua, uma autêntica Walther PPK feita na Alemanha.

— Use esta — disse ele, metendo um pente na câmara e entregando a arma com a coronha voltada para mim. — Mas leve-a com você quando sair.

Peguei a arma de Ze, mas ainda não confiava em mim mesmo. E se eu atingisse uma artéria?

— Espere — disse Ze. — Leve isto também.

Ele me entregou o transmissor de sinal. Era supreendentemente pequeno. Coloquei-o no bolso e apontei a pistola para Ze. Eu não queria realmente fazer aquilo. Minha mão não tremia, mas eu não tinha confiança em que pudesse atingir um ponto menor do que uma moeda de 25 *cents*, mesmo de uma distância de 12 centímetros.

Zarah veio lá de fora. Baixei a pistola. Ela entendeu a cena só num relance.

Ze explicou-lhe a situação.

— Por que eu? — perguntou ela.

— É melhor você do que os quirguizes — replicou ele. — E, como você está vendo, Horace não está animado.

Impassível, Zarah estendeu a mão para receber a pistola. Eu a entreguei a ela. Sem mais perguntar ou hesitação, ela a ergueu e disparou. O tiro foi ensurdecedor. A bala saiu por trás do ombro de Ze, puxando uma tira de sangue, e continuou até atravessar a parede da cabana que parecia feita de palito de fósforo.

Askar, que não entendera uma palavra daquela conversa travada inteiramente em inglês, devia ter pensado que Zarah errara. Ergueu a metralhadora como se fosse liquidar Ze. Lori o deteve com uma ríspida palavra em quirguiz.

Ze pareceu surpreso, como quase sempre acontece com quem acaba de levar um tiro. Oscilou, como se fosse desmaiar. No mesmo instante, Paul estava ao seu lado. Abraçou Ze e arriou-o até o chão. Zarah agachou-se ao lado de Ze, ergueu a camisa ensangüentada na altura da gola e olhou para dentro. Tocou a pele ferida em volta do perfeito rasgão circular com a ponta de um dedo e examinou a clavícula.

— Nada foi quebrado — disse ela a Ze. — É um ferimento preciso.

Ze sacudiu a cabeça delicadamente. Estava em choque, cônscio mas sem falar e sem se mexer, como se todo o sistema nervoso tivesse sido desligado. De qualquer modo, ele tinha a palidez de um chinês, mas agora a pele estava extremamente sem cor. Paul não disse nada, mas eu sabia, tanto quanto sabia que o sol estava brilhando do outro lado do planeta, que ele teria ficado ali para cuidar de Ze se achasse que a vida do amigo corria perigo.

Ze, que sabia melhor do que ninguém do que Paul gostava, também pressentiu aquilo. E disse:

— Christopher, vá. — A voz dele saiu surpreendentemente forte.

Paul se levantou. A família toda, inclusive Tarik, dirigiu-se para a porta aberta. Lori desceu os degraus na ponta dos pés, como uma jovem de 17 anos, e foi ela que nos guiou para fora do campo, terreno que ela conhecia.

Assim que os cavalos foram desamarrados e todos estavam nas selas, Askar saiu a galope. Lori e Zarah foram atrás, cavalgando como quirguizes. Eu me agüentei da melhor maneira possível, e lhes garanto que não há nada, absolutamente nada, como se agarrar às costas de um cavalo que galopa numa violenta tempestade de areia por um terreno irregular, sabendo que a qualquer momento está sujeito a cavalgar um precipício abaixo.

Dessa vez, o destino de Askar não era um túmulo, mas uma caverna vazia dentro de uma geleira. Chegamos a ela pouco antes do amanhecer, ou pelo menos era o que o meu relógio dizia. A tempestade ainda estava acontecendo, embora o vento não estivesse tão forte. O nascer do sol, refletindo-se em bilhões de partículas de poeira, criou um tremeluzente e estranho arco-íris pastel naquele deserto completamente seco. Assim que entramos na caverna, Zarah cuidou do pescoço de Tarik. Estava em carne viva. Dúzias de lascas estavam enfiadas na pele que sangrava. Enquanto Lori segurava uma lanterna, Zarah retirou as farpas. Depois, as duas mulheres lavaram os ferimentos com vodca do minibar portátil de David Wong.

A caverna estava fria e silenciosa. Lori armou uma fogueira com excremento — aparentemente, os quirguizes levavam uma quantidade de emergência de esterco seco quando viajavam. Zarah tirou um pedaço de gelo da parede e derreteu-o num bule sobre as chamas para fazer chá. Zarah trabalhava com a avó tal como Lori trabalhara com ela nos primeiros socorros, como se as duas fossem velhas conhecidas que sabiam quais seriam o movimento e o pensamento seguintes uma da outra. Qualquer pessoa podia ver que estavam felizes por estarem juntas — muito mais do que felizes. Afinadas.

A caverna, apenas uma longa passagem estreita por um enorme depósito de gelo comprimido, era muito fria e, exceto o fraco brilho de uma vela ou duas, escura como breu. Uma fogueira à base de esterco não deixa cinzas, só um cheiro duradouro, de modo que não tinha nem a luz opaca de uma fogueira de acampamento que vai morrendo. Os quirguizes, deitados em peles de ovelhas e envoltos em feltro, dormiam a sono solto. Um deles falou dormindo, expelindo o que pareciam ordens peremptórias numa clara voz de tenor. Depois de várias horas sem dormir, acendi minha lanterna para olhar o relógio. Onze horas. Faltavam horas para que os outros acordassem. Dirigi o facho da lanterna para as paredes e o teto da caverna. O gelo era de um azul sujo.

A voz de Paul disse:

— Parece sal-gema, não?

— Parece? Eu nunca estive numa mina de sal.

— Não perca a esperança.

Paul fazendo piada? Dirigi a luz para ele. Ele estava sentado ereto, um cobertor de feltro em torno dos ombros. O facho de luz da lanterna tremeu. Eu estava tremendo.

— Vamos até lá fora — disse ele.

Escolhemos nosso caminho por entre os quirguizes, cada um dos quais acordou com olhar feroz e uma arma nas mãos quando passávamos por cima ou contornávamos seus corpos deitados de costas.

O vento diminuíra para uma brisa forte, mas a poeira ainda voava. A visibilidade devia ser de 3 metros, não mais do que isso. Paul levara uma garrafa de água consigo. Bebemos um pouco e depois olhamos para dentro da poeira que irritava, iluminada por trás pelo sol invisível, como se ela fosse uma nova forma de arte do outro mundo. De certa maneira, era: cores rodopiando e furinhos de luz azul. Paul nunca fora de romper um silêncio desnecessariamente. Naquele instante, eu mesmo não estava disposto a conversar. Nada torna a conversa mais inútil do que realizar um grande desejo, e eu tinha feito aquilo ao encontrar os Christopher desaparecidos. Para minha surpresa, a maior emoção foi de decepção. Não que eu não estivesse contente por ver Paul ou não sentisse uma enorme curiosidade quanto ao que ele estivera fazendo. O problema era como recomeçar com alguém que acabara de voltar do mundo dos mortos.

— Você está oficialmente morto, sabe? Enterrado em Arlington.

— Zarah me disse.

Paul parecia não ver nada de importante nisso. Afinal, não era a primeira vez que tinha sido dado como morto. Mesmo assim, transmiti os detalhes do funeral e do enterro. Ele ouviu com a concentração de costume, sorrindo com ironia de vez em quando, mas não fez nenhum comentário. Por fim, disse:

— Eu me pergunto de quem seriam aquelas cinzas.

Falei sobre o estranho na sua sepultura em Ulugqat e comecei a contar o resto de minha odisséia. Ainda não estávamos em Paris quando Paul ergueu uma das mãos pedindo silêncio. A poeira tinha ficado mais fina, o suficiente para que se pudesse enxergar nela como se fosse um nevoeiro leve. Algo se mexia dentro dela. Nem eu nem ele estávamos armados, não que houvesse a possibilidade de um de nós começar a atirar.

A figura ficou mais distinta à medida que se aproximava, e quando estava a cinco ou seis passos de distância, transformou-se em Askar. Ele estava acompanhado por um de seus homens e por dois cavalos exaustos, e carregava um pacote embrulhado num saco plástico de lixo, verde. Aquilo, ele entregou a Paul.

Falando mandarim, Paul perguntou:

— Você encontrou isso sem problema?

— Estava onde sua mãe deixou — disse Askar. — Se vocês vão ficar aqui fora, devem ter armas.

— Você viu *hans*?

— Ouvi — disse Askar. — Eles estão em veículos, gritando uns para os outros, batendo em rochas. Estão perdidos, mas poderão nos encontrar por acaso. Tomem isso.

Askar entregou a Paul a metralhadora e fez um gesto para que o outro quirguiz me desse a dele, juntamente com um saco de munição extra. As duas armas também estavam embrulhadas em sacos plásticos de lixo, como proteção contra a areia.

— Vocês são os vigias — disse Askar. — Usem os ouvidos. Não atirem, a menos que seja absolutamente necessário. Nós precisamos dormir.

Askar e seu homem — provavelmente mais um sobrinho, primo ou filho — entraram na caverna.

Paul colocou sua arma no colo e, com cuidado, desembrulhou o pacote que Askar entregara. Tirou o Pergaminho da Ânfora do saco e entregou-o a mim. O pergaminho ainda estava no tubo de vidro, e através do vidro eu via a caligrafia de Septimus Arcanus — ou, o mais provável, a caligrafia do escravo que tinha sido seu escrevente. O pergaminho era menor, mais leve e mais comum do que eu imaginara. Eu como que esperava que uma voz saísse dele, falando em aramaico. Algum sinal disso deve ter se refletido na minha expressão.

— Bizarro, não é? — perguntou Paul.

— Sob que aspecto?

— Pela maneira como ele faz você se perguntar se, afinal, não é um crente.

Soltei uma gargalhada. Se o extremamente racional Paul Christopher, logo ele, estava tão assombrado por aquela relíquia, o agnoticismo não tinha futuro algum.

Justo naquele momento, ouvimos motores a diesel e o rinchar de caixas de mudança e vozes ríspidas gritando num dialeto que eu não entendia, exceto para reconhecê-lo como chinês. Os sons pareciam estar bem longe, mas talvez a poeira tivesse sobre o som o mesmo efeito que tinha sobre a luz, distorcendo-o e transformando-o.

— Vou acordar o Askar — disse Paul.

Ele desapareceu dentro da caverna, levando o Pergaminho da Ânfora mas deixando no chão o saco verde de plástico para lixo. Uma lufada de vento pegou o saco; ele saiu deslizando para a nuvem de poeira. Eu quase me lancei atrás dele, mas sabia que tinha mais chance de encontrar um pelotão de soldados do que de apanhá-lo.

11

O vento aumentou e, com ele, a poeira. Eu não conseguia ver nada. Se pudesse confiar na audição, e naquelas condições eu não tinha certeza de que podia, os veículos *hans* estavam se dirigindo direto para a entrada da caverna. Pensei que poderia sem bom assumir uma posição de flanco, de modo que peguei uma das metralhadoras de Askar e o saco de munição e corri cerca de cem passos para a direita, protegendo-me atrás de uma grande pedra. Os *hans* estavam dirigindo às cegas e teriam de atirar sem ver, mas um tiro com sorte é sempre uma possibilidade. Eu agora podia ouvir nossos visitantes com muita nitidez, não apenas os veículos barulhentos, mas os homens também, quando eles gritavam uns com os outros.

O barulho parecia vir direto na minha direção. Tive uma rápida visão do primeiro veículo quando uma brisa errante abriu um orifício de observação. O carro era uma versão chinesa do jipe soviético, pintado no estilo de camuflagem cor de areia. O motorista usava óculos de proteção e uma máscara cirúrgica branca. O mesmo acontecia com o homem que estava em pé, ereto, no banco da frente ao lado dele e dois ou três carabineiros dispostos em frente ao veículo numa linha de atiradores. Corri mais cem passos para a minha direita e assumi uma nova posição atrás de outra pedra. Dessa vez me deitei, para me tornar um alvo menor. Minha intenção era continuar me deslocando para a direita até ficar atrás dos *hans*, e então, se ouvisse disparos, aproximar-me até que pudesse vê-los e abrir fogo.

Mais gritos. O som lamurioso de veículos em marcha à ré, depois avançando em primeira. O choque de metal contra pedra. Uma outra lufada de vento levou um outro pedaço de poeira. Bem à minha frente, talvez a dez metros de distância, deu para ver um segundo veículo e mais uma linha de atiradores. Como é que toda aquela gente diferente estava me achando? Seria um danado de um azar? Será que estavam procurando em todas as direções, ao estilo de raios de uma roda? Desloquei-me outra vez. Eu não fazia idéia alguma de onde estava em relação à caverna. Em parte, esperava me ver a qualquer momento correndo em pleno ar depois de ter saltado de um rochedo. Meu nariz estava cheio de poeira. Senti uma avassaladora vontade de espirrar. Antes que pudesse largar a arma e tapar o nariz, emiti um atchim alto como o grito de um ganso selvagem.

Quase que de imediato uma granada explodiu do outro lado da pedra atrás da qual eu estava escondido. Ela produziu um forte clarão e estourou, estilhaços voando por toda a área, e o abalo chupou um buraco na poeira. Por um instante, pude ver de novo. Três escaramuçadores, um deles colocando outra granada no disparador encaixado no rifle, estavam espalhados à minha frente. Todos ajoelhados, Kalashnikovs apontados diretos para mim. Se eu podia vê-los, eles podiam me ver. Abri fogo com a metralhadora e vi um deles cair para trás. Muitos outros, vistos e invisíveis, responderam ao fogo, faíscas voando para tudo quanto era lado. Desencavei uma granada do saco de Askar, puxei o pino e atirei-a na direção geral dos tiros. Assim que a granada explodiu, corri de volta pelo caminho no qual viera. Dessa vez, balas me seguiram enquanto eu corria, ricochetes silvando nas rochas, como se eu fosse um alvo visível. Quando parei e me joguei ao chão atrás de outra rocha, o fogo pareceu concentrar-se naquele ponto.

O que é que estava acontecendo ali? Como é que eles sabiam onde eu estava, naquele nevoeiro? E então *eu* descobri. O transmissor para o sinalizador. Estava no bolso da minha *parka*, onde eu o colocara depois que Ze o entregara a mim na noite anterior. Eles estavam lendo o sinal dele.

Tinha sido aquilo que os guiara diretamente à boca da caverna. Era aquele o motivo pelo qual Askar e seus amigos tinham passado a cavalo bem junto deles na tempestade sem serem percebidos. Mas como é que o sinalizador podia estar ligado? Eu não tocara no botão. Ze devia ter me entregado o aparelho com o botão na posição de ligado. Era uma suspeita que eu relutava ter.

Apanhei o transmissor. Claro, estava ligado. Ao fazer aquela descoberta, senti mesmo um profundo constrangimento. Por que não o examinara antes de metê-lo, em confiança, no bolso? Desliguei. Um momento depois, os tiros pararam. Que satisfação saber o que os estivera provocando. Estava para me afastar na ponta dos pés, quando percebi que tinha recebido de presente a chance, que só chega uma vez na vida, de praticar uma boa ação — a oportunidade de uma vida muito curta, talvez, dadas as minhas atuais circunstâncias, mas mesmo assim uma oportunidade. Apanhei o transmissor — lembre-se de que ele estava desligado — e caminhei em direção ao inimigo. Era bem fácil evitar esbarrar neles, porque eles ainda estavam gritando uns com os outros através do nevoeiro e um deles gritava em agonia.

Andei até poder ouvir vozes em toda a minha volta, à esquerda e à direita, à frente e atrás. Estava bem no meio da força atacante, ou bem próximo. Encontrei uma pedra alta, coloquei o transmissor em cima dela e liguei-o. Depois, joguei-me ao chão com o mesmo entusiasmo de alguém mais uma vez na pele de um jovem fuzileiro naval contra o qual os avós daqueles rapazes estivessem atirando. Fogo irrompeu de todos os pontos da bússola. Granadas explodiram. Gritos de dor irromperam, um choro dos feridos, enquanto os *hans*, atirando cegamente para a nuvem de poeira, atiravam no ponto de onde vinha o sinal do transmissor, não me atingiam, e matavam e feriam uns aos outros. Alguém com um bom par de pulmões berrou uma ordem para cessar fogo. Tornei a pegar o transmissor e o desliguei.

Gemidos, imprecações, o cheiro acre de cordite. Devido à minha esperteza, eu estava cercado, com inimigos entre mim e todas as saídas possíveis. Era muito importante e urgente mudar de lugar antes que aquela gente recuperasse o controle e começasse a apertar o cerco. Foi o que fiz, com cautela. Os *hans* ainda faziam bastante barulho — recriminações, sem dúvida —, mas tudo o que seria preciso para me derrotar era um soldado alerta ficar calado. Naturalmente, dei com ele numa questão de segundos. Ele estava agachado, rifle pronto, de costas para mim. Devia ter percebido o meu movimento, porque se levantou de um salto, disparando o seu Kalashnikov a esmo, enquanto girava sobre o calcanhar. Não havia tempo para fazer pontaria e atirar ou fugir, que era a opção que eu queria de todo coração fazer, de modo que, sem raciocinar, joguei-me de lado contra o assustado sujeito. Todos os meus 109 quilos pegaram-no à altura dos joelhos. Seu rifle de assalto, ainda disparando, voou de suas mãos e ele desabou, gritando de dor. Eu devia ter rompido todos os tendões dos dois joelhos. Gostaria de dizer-lhes que saí de mansinho para a rosada escuridão que nos envolvia e o deixei gritando. Mas não foi o que fiz. Ajoelhei-me nas costas dele, agarrei-lhe o queixo e puxei com força sua cabeça para trás.

Ouvi o pescoço quebrar, e depois o tropel de cavalos. Um quirguiz montando um cavalo irrompeu da poeira, voltou a entrar nela, deixando de me acertar por uma questão de centímetros. Invisível agora, ele disparou sua metralhadora. Alguém respondeu ao fogo. Outros também atiravam. Clarões dos canos bordavam a poeira em toda a minha volta. Patas batiam no chão, mudanças de marcha se chocavam, ricochetes cantavam, homens gritavam, resmungavam e berravam. Granadas explodiam. Montados, quirguizes estavam atacando os veículos chineses. Eu me estiquei bem sobre o corpo do morto. Isso me deixou com o rosto colado ao dele. Ele era um sujeito subalimentado, um tanto baixo, provavelmente ainda na adolescência, com um rosto de habitante do interior, com acne e um nariz achatado. Eu ainda estava com a cabeça dele nas mãos. Ela era bem pesada. Aquele era o segundo pescoço humano que eu torcia naquela viagem. O primeiro, em Moscou, fora um acidente, mas aquilo era uma estranha especialidade para ser adquirida tão tarde na vida.

De repente, os tiros cessaram — pelo menos, o fogo automático. Eu ainda ouvia disparos isolados, sanduichados entre momentos de silêncio.

O combate terminara e os vencedores caçavam e matavam os feridos. Os dois lados usavam armas russas ou cópias chinesas delas, de modo que era impossível dizer quem estava atirando.

Ouvi um outro cavalo perto de mim. Num lancinante sussurro teatral, alguém disse:

— Horace!

— Aqui — disse eu.

Percebi que eu também estava sussurrando. Pigarreei e gritei a mesma palavra. Zarah, montando um cavalo, surgiu de dentro da nuvem. Ela conduzia um segundo cavalo.

— Suba — disse ela. — Temos que sair daqui.

Eu concordava cem por cento com ela. Mas onde ficava a saída? Zarah parecia não ter dúvida alguma quanto a isso. Montei no cavalo, o mesmo irascível idiota que eu vinha montando o tempo todo. Assim que o animal sentiu o meu peso, escoiceou, empinou, corcoveou. Dei um jeito de me agüentar. Zarah me jogou uma corda.

— Agarre-se nela — disse ela. — Eu conduzo.

Para mim, tudo bem. Desconfiei de que aquela não era a primeira vez que Zarah atravessara a cavalo uma tempestade de areia. Agarrei-me à corda, larguei as rédeas e deixei que meu cavalo seguisse os outros.

Cavalgamos a trote durante duas horas. Foi excruciante, porque eu havia rachado uma ou duas costelas quando dera o golpe ilícito no jovem soldado. Estávamos seguindo para oeste, e a tempestade soprava para leste, de modo que aos poucos a visibilidade melhorava. Quando paramos para descansar os cavalos exaustos, o céu estava quase azul de novo, e ao longe, muito lá embaixo, vimos um lago muito grande.

Lori apontou para ele.

— Quirguistão — disse ela.

DEZ

1

Uma semana depois disso, reuni-me com a Turma dos Velhotes e os Christopher perto de um pequeno lago aos pés dos montes Zetimtov, na margem norte do areal Jomon-Kum. Se eu lhes disser que esse ponto ficava aproximadamente 400 quilômetros a noroeste de Tashkent, não muito longe de Uckuduk, e a 80 quilômetros da estrada não pavimentada mais próxima, vocês saberão exatamente onde estávamos: no meio de lugar nenhum. Os Christopher foram os primeiros a chegar. Percebi a luz do acampamento deles do alto de uma elevação a cerca de 800 metros de distância. A tarde já ia avançada. Era uma paisagem cáqui, enrugada, mais infecunda do que Xinjiang, de modo que o lago azul cheio de neve derretida era um impressionante sinal de pontuação — em especial devido ao fato de que o falcão sacre de Zarah pairava sobre ele, parecendo mais branco do que era na realidade, à luz diagonal do sol que se punha.

Quando desci para o vale e estacionei ao lado da iurta, todos os quatro Christopher estavam lá para me receber. Zarah beijou-me o rosto, Paul apertou-me a mão, Lori e Tarik mantiveram-se afastados e me olharam com olhos cinza-azulados que combinavam, como se nunca tivessem me visto antes. De certo modo, não tinham. Nós viajáramos juntos numa tempestade de areia, praticamente sem falar, separando-nos e seguindo caminhos distintos assim que atravessáramos a fronteira. Lori e Tarik eram tão estranhos para mim quanto eu para eles. Na realidade, o ressuscitado Paul também era. Eu não sabia mais sobre como ele estava vivo ou sobre suas recentes aventuras com Lori e Tarik do que soubera quando tornáramos a nos encontrar no campo de trabalho em Xinjiang. Não houvera chance alguma para uma reunião em família naquela ocasião ou enquanto nos deslocávamos na tempestade de areia ou atirando ou com gente atirando em nós durante o duelo a bala perto da caverna de gelo ou cavalgando cegamente para a fronteira.

Dentro da iurta, com a última luz do dia de inverno caindo pelo buraco de fumaça, tirei a vodca e a comida que levara de Tashkent. Tarik bebeu a vodca ao estilo russo, de uma só vez, e não mostrou o menor efeito de três rápidos copos da coisa. Ele era um sujeito taciturno e atento. Exceção feita ao tom de pele e ao belo nariz aquilino de Tarik, ele e Paul se pareciam — gestos, postura, timbre de voz, o modo atlético de se locomoverem. Durante o jantar, conversamos com polidez e despreocupação como se estivéssemos sentados em torno de uma mesa de mogno, com traje a rigor, em vez de agachados em círculo num chão de terra batida enquanto comíamos com os dedos. Os Christopher me contaram sua longa viagem de Quirguistão até aquele local. Tinham atravessado a fronteira à noite, com Tarik e Lori a pé, porque Tarik não tinha passaporte e Lori executara tão bem o ato de desaparecer, que era impossível provar até mesmo que ela existia. Eu estava suportando a vodca menos do que Tarik, e, depois de uma hora de civilizadas generalidades, estava pronto para desviar a conversa numa direção mais útil, fazendo uma ou duas perguntas inconvenientes. De todos os rostos que estavam no círculo, só o de Paul se achava virado para mim. Ele percebera meu estado de espírito. Eu conhecia os sinais — os menores dos sorrisos, uma dica de diversão funda nos olhos. Paul estava lendo meus pensamentos como se eles fossem legendas. Conhecendo-me como conhecia, adivinhou o que poderia vir em seguida. Ou era disso que eu estava convencido. De qualquer modo, ele me salvou de mim antes mesmo que eu pudesse pigarrear.

— Horace — disse ele, numa voz surpreendemente audível —, que tal respirar um pouco de ar fresco, dar uma olhada no nosso pequeno lago?

Zarah estivera calada durante toda a refeição. Agora, pôs-se de pé.

— Espere um instante — disse ela. — Lori, Tarik e eu também vamos.

— Vamos? — perguntou Lori.

— Vamos — disse Zarah. — Esta é a primeira vez em que a família toda se reuniu.

Lori abanou a cabeça.

— Esta noite, não — disse ela.

— Ah, minha cara, especialmente esta noite — disse Zarah.

— Por que especialmente esta noite?

— Há perguntas que eu quero fazer.

As duas mulheres se entreolharam fixamente. Elas agora não estavam sorrindo uma para a outra, mas, por Deus! eram iguais. O momento estendeu-se até um ponto de rompimento.

Então, Lori disse:

— Está bem.

Ela ajustou o xale, pegou a mão de Zarah e seguiu-a para fora da iurta. Até o lago, foi uma caminhada curta. A água, quando se olhava para ela de perto, cheirava a neve e emitia ondas de frio. Paul não dissera nada, mal se movera, a não ser para caminhar ao meu lado. Ele agora pegou uma pedra chata e a fez deslizar ao longo do fio de luz lançado pela lua nova sobre a água vítrea. Quatro saltos. Nós tínhamos jogado aquele jogo nos montes Berkshire quando eu era criança. Minha pedra quicou cinco vezes antes de afundar. Paul lançou outra pedra na superfície da água. Dessa vez, ficou tudo como sempre fora e devia ser: ele ganhou com seis quiques, o que era quase impossível.

Tarik tinha levado um tapete. Enquanto Paul e eu jogávamos pedras, ele o estendeu no chão e ajudou sua mãe a sentar-se. Zarah, de pernas cruzadas, sentou-se de frente para a avó e muito perto dela. Nós três, os homens, também nos sentamos, com Tarik segurando a mão de sua mãe. Ele fez aquilo como se fosse a coisa mais natural do mundo. Paul ficou olhando, e mesmo àquela luz incerta eu vi que aquele era um gesto que ele sentia não ter o direito de fazer.

Zarah disse:

— Agora nos conte o que aconteceu.

— Quando?

— Comece em 1940.

Lori balançou a cabeça e começou a falar com absoluta direção retilínea, como se desde muito estivesse ensaiando as palavras. Tinha uma voz muito rouca, e eu me perguntei se ela falava assim quando era jovem. Caso afirmativo, sem dúvida aquilo devia ter aumentado o seu charme.

Num dia ensolarado de fins de verão de 1940, Heydrich fora buscar Lori quando ela cavalgava no parque.

— Ele costumava mandar seus homens fazerem isso, mas naquele dia foi pessoalmente. Estava de uniforme completo.

Um dos homens dele conduziu o cavalo dela de volta ao estábulo. Lori entrou no carro de Heydrich, que estava no estacionamento, um longo Daimler preto-Gestapo.

— Havia um grande número de pessoas por ali — disse Lori. — Homens indo a pé para o trabalho, mulheres levando criancinhas pela mão, homens da Gestapo que trabalhavam como vigias e escutas para Heydrich.

Heydrich estava agitado. No banco traseiro do carro, retirou uma das luvas de montar de Lori e beijou-lhe a mão.

— Ele disse: Hoje, vamos fazer uma coisa diferente. Quero que escolha um transeunte. Um homem. Um homem jovem e saudável, mais ou menos da idade do seu marido. Ele tem que ser alto. Serve qualquer um, desde que seja alto. "Heydrich adorava jogos; nunca se sabia o que viria em seguida, e ele era capaz de tudo. Tentei puxar a mão, mas ele não a largou. Eu disse: "Não."

"'Como quiser, querida', disse Heydrich. 'Eu já tenho preso um homem alto que se encaixa no tipo.' Ele se referia ao meu marido. Nos dias em que me seqüestrava, ele sempre mandava que Hubbard e, com muita freqüência, Paul, também, fossem levados à sede da Gestapo para serem interrogados. Aquilo lhe dava reféns e também a garantia de que meu marido jamais chegaria para nos surpreender. Eu não sabia o que ele tinha em mente, exceto o fato de que seria algo bárbaro, mas fiz a opção que Heydrich sabia que eu teria de fazer. Apontei para o primeiro homem alto que se aproximou. Era um sujeito magro, bem vestido, talvez advogado. Usava uma corrente de relógio de ouro e um anel de sinete de ouro, mas nenhuma aliança de casado. Enquanto andava, lia um jornal dobrado. Heydrich ergueu a mão; o gesto era suficiente para mandar qualquer pessoa na Alemanha para a morte. Dois dos homens de Heydrich, que aguardavam na calçada, agarraram o homem e empurraram-no para o banco de trás de outro carro preto. Seu relógio caiu do bolso do colete e ficou pendurado na corrente, batendo no metal do carro. Dúzias de pessoas viram isso acontecer. Todas desviaram o olhar".

O carro de Heydrich levou-o e a Lori para a sua cabana de caça.

— Estava um dia lindo, com um brilho e uma amenidade incomuns para Berlim — disse Lori. — O almoço foi servido no jardim e depois Heydrich pediu que eu tocasse piano — ele adorava boa música, mas lá pelo meio do dia gostava de canções de operetas, belas melodias de Lehár; ele adorava "Dein ist mein ganzes Herz".

Depois que ela acabou de tocar, Heydrich disse:

— Venha, querida senhora. Hoje, temos uma música especial.

Eles desceram para o porão da cabana de caça e seguiram por um corredor tão longo e baixo que Lori percebeu que devia ser um túnel. Um dos homens de Heydrich seguia na frente e abriu uma série de portas para eles enquanto um outro vinha atrás e as fechava. Lori viu-se olhando por um espelho que tinha o outro lado transparente como vidro, para um quarto contíguo fortemente iluminado. O homem magro e alto estava amarrado, nu, a uma mesa. Sendo torturado. Os gritos eram muito altos.

— Virei as costas e cobri os ouvidos com as mãos; uma tolice, porque mostrou a Heydrich seu poder sobre mim. Ele disse: "Os gritos a ofendem? Eu sinto muito."

"Heydrich imaginava que tinha belas maneiras. Bateu no espelho, e do outro lado da janela um dos torturadores injetou na língua do homem alguma coisa que estava numa grande seringa hipodérmica.

"'Novocaína', disse Heydrich. 'Ele não vai perturbá-la por muito mais tempo com o barulho.' Os torturadores voltaram ao trabalho.

"Heydrich olhava através do espelho como se estivesse me mostrando uma cena encantadora, própria para ser vista por crianças inocentes. O que ele me dizia, obviamente, era que o homem que se contorcia em cima da mesa podia muito bem ser meu marido ou meu filho. Numa voz carinhosa, ele disse: 'E, agora, a minha notícia. Achei uma maneira de nós dois sermos felizes juntos.'

"E então me deu as instruções. Na noite daquele mesmo dia, depois que meu marido e meu filho voltassem da sede da Gestapo para casa, eu deveria dizer a eles que nós três devíamos fugir da Alemanha o quanto antes. Dali a dois dias, Hubbard, Paul e eu tomaríamos um certo trem até a fronteira francesa. Nossos lugares já tinham sido reservados, as passagens já tinham sido compradas. Na fronteira, eu seria presa pela Gestapo, ou assim pareceria a Hubbard e Paul. Eu seria escoltada de volta para Berlim. Hubbard e Paul seriam mandados para o outro lado da fronteira, entrando na França. Aquele era o presente de Heydrich para mim. Lá, eles estariam em segurança, mas também de quarentena. Nenhum dos dois teria permissão para tornar a entrar no Reich. Tampouco eu jamais teria permissão para sair.

"'Meus homens farão com que a prisão pareça autêntica', disse Heydrich. 'Seu marido jamais desconfiará da verdade do nosso pequeno plano, e você e eu ficaremos juntos para sempre.'

"E assim aconteceu o que vocês já podem ter imaginado — disse ela. Fiz um trato com Reinhard Heydrich. Uma simples troca. Eu pela minha família. Não apenas Paul e Hubbard. Toda a minha família. Todo mundo."

Zarah perguntou:

— Mesmo assim, como é que pôde fazer isso?

— Já era tarde demais para fazer qualquer outra coisa — disse Lori. — Eu era igual à Alemanha. Nada que eu tinha sido antes daquela experiência e nada de que eu pudesse ser depois que ela terminasse importava alguma coisa.

— Eu não compreendo.

— Você deve ser a única pessoa no mundo que não compreende. Em doze curtos anos, os nazistas fizeram uma lobotomia na mente da humanidade, tirando dela Goethe, Beethoven, Lutero, Kant, Kepler e várias centenas de outros alemães que foram os inventores da civilização. Tudo o que restou foi o terror. A mesma transformação aconteceu em mim e em outros. Por isso fiz a escolha que fiz.

— Eu teria me suicidado — disse Zarah.

— Eu também — disse Lori. — Mas primeiro eu tinha de matar Heydrich.

2

A oportunidade só foi aparecer dois anos mais tarde, depois que Heydrich a levara para Praga.

Lori disse:

— O contato era uma criança, uma menina de 9 ou 10 anos, que ficou minha amiga num parque da parte baixa da cidade. Eu tinha permissão para caminhar e tomar ar durante uma ou duas horas, dia sim, dia não. Heydrich dizia-se preocupado com a minha segurança, de modo que eu estava sempre acompanhada de uma das duas mulheres da Gestapo que se passavam por minhas criadas mas, na realidade, eram minhas carcereiras. A garotinha nem sempre estava no parque, mas quando isso acontecia, brincávamos juntas com bonecas, num banco — as brincadeiras de costume, de reunião para o chá e troca de roupa. O nome dela era Liesl. Ela me chamava pelo meu nome, Hannelore. Eu gostava; aquilo distraía minha mente. Para onde quer que se olhasse, estava tudo cinza, mas menininhas ainda brincavam com bonecas. Então, a menina começou a me transmitir mensagens. No princípio, não entendi. Ela o fazia como parte da conversa de mentira entre as bonecas, na base do "eu falo e depois você fala". Em momento algum escreveu-se alguma coisa. As bonecas eram chamadas de Liesl e Hannelore. No segundo encontro, a menina começou a transmitir mensagens: "Liesl diz: 'Hannelore, nós queremos matar o homem mau.' Hannelore diz: 'Eu vou te ajudar, Liesl.'"

"Mas eu não dizia. Aquilo era tão diabólico, usar uma criança como agente provocador, que sem dúvida Heydrich devia estar por trás de tudo. A menina falava alemão como se o tivesse aprendido com pais educados e tinha uma babá alemã, uma mulher alta, atlética e bonita, com um sotaque vienense. Minha criada da Gestapo conversava com a babá enquanto eu brincava de boneca com a garotinha. Essa menina era a única pessoa que eu conhecia em Praga, sem contar Heydrich e minhas carcereiras. Era evidente que a criada e a babá gostavam muito mais da companhia uma da outra do que a menina e eu gostávamos de estar juntas, mas por motivos bem diferentes."

A princípio, Lori fingiu não entender o que a menina lhe dizia. Ela considerava o episódio como algum tipo de teste maluco do que Heydrich chamava de amor deles, em especial tendo em vista que a criada sempre a conduzia direto à babá e à criança, como se fosse um encontro marcado. Àquela altura, a criada e a babá ficavam de mãos dadas, sussurrando, dando risadinhas abafadas. A menina continuou transmitindo mensagens: "Liesl diz: 'Por favor, diga que compreende minhas mensagens.' Hannelore diz: "Eu compreendo e quero ajudar.'"

— Aos poucos, comecei a considerar aquilo como uma oportunidade para fugir — disse Lori. — Se eu traísse Heydrich e fosse descoberta, ele me mataria na hora ou, o que era muito mais provável, me mandaria para um campo, para morrer. As duas alternativas eram aceitáveis. Em qualquer dos casos eu ficaria livre dele, de modo que decidi entrar no jogo. Uma tarde, quando Liesl e eu brincávamos de bonecas e a criada e a babá andavam de um lado para o outro em frente ao banco, de braços dados, cabeças unidas enquanto sussurravam uma com a outra, arrisquei uma jogada. E disse: "Hannelore diz: 'Eu vou te ajudar. Mas Liesl tem que me dizer como.'" A menina disse: "Liesl diz: 'Hannelore tem que dizer onde ele vai ficar ao ar livre e a que horas.'"

"Passou-se algum tempo antes de eu ter a informação necessária. Heydrich não falava de suas aparições públicas, mas eu ouvia muita coisa, porque ele me visitava quase todo dia e conversava ao telefone com seus auxiliares. Ao bisbilhotar, fiquei sabendo que ele iria estar num certo lugar a certa hora, dali a dois dias. No dia seguinte, encontrei-me com a menina e dei-lhe a informação. A menina disse: 'Obrigada. Liesl diz: Nós viremos buscar você nessa mesma hora. Esteja preparada.'

"Ao bater da hora em que Heydrich foi assassinado por pistoleiros enquanto seguia em seu carro, a babá apareceu, sozinha, no meu apartamento — disse Lori. — Disse que era o seu dia de folga. Ela era uma jovem grande, robusta, com um rosto muito doce. A criada ficou encantada ao vê-la. Elas se beijaram, enquanto eu olhava por uma fresta da porta, e imediatamente foram para um quarto juntas.

Momentos depois, a babá saiu do quarto com uma pistola com silenciador e deu um tiro na testa da outra criada. Depois, abriu um livro no estúdio de Heydrich, achou uma chave dentro dele e abriu uma caixa-forte do tamanho de um baú, cheia de jóias, moedas de ouro e marcos alemães. Meteu algumas das jóias e das moedas de ouro nos bolsos de seu casaco, e o resto em duas sacolas de mão. Entregou uma delas a Lori:

— Leve isto.

O Pergaminho da Ânfora também estava no baú. Lori o apanhou. Mantendo o dedo indicador junto aos lábios para pedir silêncio, a babá abriu a porta que dava para o saguão externo. Quando o homem da Gestapo em serviço no saguão voltou-se com um sorriso, a babá também o matou, agarrou o cadáver quando ele caiu e arrastou-o para dentro do apartamento.

— Nem uma palavra tinha sido dita — disse Lori. — Mas agora, num sussurro, a babá disse: "Liesl diz: 'Vista o seu casaco e me siga.'"

A babá conduziu Lori até uma parada de bonde. Elas tomaram o primeiro a passar. Nele havia soldados alemães uniformizados. Eles olharam firme para Lori e a babá, mas saltaram sem fazer uma aproximação. Duas paradas depois, a babá disse:

— Deixo você aqui. Salte no próximo ponto. Siga um homem usando um lenço verde no pescoço. Você vai precisar disto.

Lori esclareceu:

— Era a sacola que ela me mandara carregar, cheia de moedas de ouro e marcos alemães.

Na parada seguinte, Lori saltou e seguiu o homem, tal como fora instruída, até um prédio de apartamentos. Ele a deixou sozinha num apartamento vazio.

— Tal como a babá, ele era calado — disse Lori. — Dentro do apartamento, disse: "Virei buscá-la daqui a alguns dias. Não deixe impressões digitais. Não chegue perto das janelas. Não faça barulho. Tem comida na cozinha." Ele foi embora e me trancou lá dentro. Parecia perfeitamente possível que eu tivesse trocado uma prisão por outra, um louco por outro. Mas uma semana mais tarde, depois que anoiteceu, o homem de lenço verde entrou usando a chave.

Ele a levou para outro apartamento no limite da cidade. Depois disso, ela foi passada de casa de segurança vazia para casa de segurança vazia até ficar perto da fronteira húngara o suficiente para atravessá-la a pé.

— E o resto vocês mesmos descobriram — disse Lori. — Ou foi isso que Zarah me disse. Hungria, Palestina, Norman Schwarz, minha vida nas montanhas.

— Nem tudo — disse eu. — Por que Quirguistão?

Estava escuro demais para ver o rosto de Lori, mas quando ela respondeu a voz estava tão fraca quanto a de Paul; tive de me esforçar para ouvi-la. Tarik deu-lhe um gole de vodca, e a voz voltou, mas ainda mais rouca do que antes.

— Heydrich podia estar morto — disse ela. — Mas seus homens continuaram vivos. Eu tinha feito algo pelo que devia ser punida, não importava o quanto isso demorasse, e, além do mais, estava com o Pergaminho da Ânfora; eu roubara o ouro deles. Se voltasse para Hubbard, e como poderia voltar?, eles acabariam me perseguindo e me matando e iriam matá-lo e a todas as demais pessoas que eu amava. Na biblioteca da casa de campo na Hungria, encontrei um velho diário escrito por um membro da família Bathory que já morrera. O diário descrevia uma viagem que ele tinha feito ao Quirguistão, bem como o povo e a língua. Havia mapas. Ele entrara através do Afeganistão. Eu decorei a lista de palavras quirguizes que havia no diário, copiei os mapas, esperei que a guerra acabasse.

Eu disse:

— Você percebeu que o Quirguistão fazia parte da União Soviética e o que isso significava, em especial para uma alemã em 1945?

— Claro, mas aí é que estava o charme — disse Lori. — Era o ponto mais inacessível do mundo para um nazista, o último lugar ao qual até mesmo os homens de Heydrich iriam ou poderiam ir.

Mesmo assim, Lori nunca acreditara que estivesse a salvo. Não enquanto os homens de Heydrich vivessem, não enquanto tivesse o Pergaminho da Ânfora, e eles sabiam que ela estava com ele; afinal quem, a não ser Lori, teria sabido o suficiente sobre ele para roubá-lo?

— Foi por isso que ela correu para Xinjiang quando soube que um estrangeiro idoso que alegava ser seu filho estava à sua procura — disse Paul. — Ela pensou que devia ser um dos homens de Heydrich. Nunca me imaginou como sendo um velho.

— Mas você a seguiu.

— Segui, com a ajuda de Tarik — disse Paul.

— O que o fez confiar nele, Tarik? — perguntei.

Eu falei em inglês. Tarik respondeu na mesma língua.

— Eu sabia tudo a respeito dele, mamãe me contara tudo sobre seu outro filho — disse ele. — Além do mais, ele se parece com a nossa mãe. Eu sabia disso. Agora, eu vi. Voltamos para procurá-la juntos. Sabíamos onde procurar. Ela achava que o pergaminho estaria seguro no campo de trabalhos forçados.

— E vocês foram capturados pelos chineses?

— Não.

— Vocês simplesmente entraram andando pelo portão de um campo de prisioneiros por sua livre e espontânea vontade? — perguntei.

Paul deu de ombros.

— Eu tinha ido de muito longe para procurá-la. Achava o mesmo que ela, que um campo de trabalhos forçados era um lugar como outro qualquer para o fim de meus dias, e não era pior do que o campo ao qual ela, meu pai e eu teríamos sido enviados em 1940 se ela não tivesse salvado nossas vidas no trem em Aachen. E, depois, eu estivera à procura dela a vida inteira.

Àquela altura, achei que já ouvira tudo que tinha o direito de saber. O motivo pelo qual os chineses tinham enviado cinzas falsas para Washington, quando sabiam que Paul Christopher estava vivo e bem de saúde em Xinjiang, estava acima de minha capacidade de raciocínio. Deixei os Christopher juntos, sentados num círculo no centro de um vasto quarteirão vazio da Terra. Eles conversavam em murmúrios. Pouco depois, eu não ouvia suas vozes fracas. Poucos passos depois, não os via à luz das estrelas.

3

Para minha leve surpresa, todos os Christopher ainda estavam ao meu lado de manhã. Kevin apareceu logo depois da primeira luz, bem no horário. Chegou a cavalo. Dessa vez, usava trajes uzbeques, rifle de assalto passado às costas, faca no cinto, pistola num coldre de ombro, granadas, binóculos, telefone via satélite — tudo, menos a pintura de guerra. Ele e alguns de seus homens tinham acampado a cerca de 85 quilômetros de distância nas montanhas do Areal Jomon-Kum. Outra equipe estava posicionada na pista de pouso no Turcomenistão. Cada equipe tinha um telefone via satélite e um rádio de apoio.

— Os caras no Turcomenistão estão esperando o grupo de Ibn Awad chegar e acampar — disse Kevin. — Quando isso acontecer, nossos homens irão estudar o alvo, observar o padrão de atividade, contar cabeças, identificar fraquezas.

— E esperar que não sejam descobertos.

— Não há muita chance de que isso aconteça, porque ninguém espera que estejam lá e eles continuarão escondidos, estudando a rotina de segurança de Ibn Awad. A idéia é obter a informação que torne factível, em vez de apenas possível o trabalho de capturar o velho. E, no final, dominar a segurança, extrair o alvo e tirar todo mundo dali vivo e ileso.

— De quantas pessoas você vai precisar para realizar essa extração?

— Um mínimo de oito — disse Kevin.

— Ibn Awad tem no mínimo cinqüenta guarda-costas.

— Oito bastam — disse Kevin.

— Espero que tenha razão — disse eu. — Mas digamos que vocês façam a captura e de alguma maneira matem ou imobilizem todos os santos guerreiros de Ibn Awad. Ainda ficarão no meio de um deserto com centenas de quilômetros de terreno vazio entre vocês e a cidade mais próxima, e milhares de quilômetros entre a tal cidade e a segurança. Sem falar em que cada morador da cidade em questão será um muçulmano ansioso por salvar Ibn Awad dos infiéis. Exatamente, como é que você vai extrair o seu prisioneiro?

— Improvisando — disse Kevin.

— Improvisando? Você é um sujeito interessante.

Kevin teve o seu inimitável sorriso.

— Nós nos manteremos em contato — disse ele.

Ele montou no cavalo e foi embora.

4

Na tarde daquele dia, chegou o resto dos Velhotes. Sentamo-nos em círculo sobre o tapete de Lori, tomando chá e olhando enquanto Tarik treinava o falcão sacre no céu sem nuvens. E então Charley Hornblower nos lembrou que a vida era cheia de surpresas. Enquanto os demais estávamos observando o falcão, ele estivera esvaziando um de seus grandes envelopes pardos e arrumando o conteúdo no tapete à sua frente — texto, mapas, fotografias, cada um preso por uma pequena pedra. Uma fotocópia do mapa de Kalash foi estendida como peça principal. O mapa estava muito anotado com post-its amarelos e tintas de marcadores de várias cores.

— Eu acho que encontramos algo interessante — disse Charley. — O caminho migratório da abetarda *houbara* passa bem por cima de cada pista de pouso no mapa de Kalash. Exceto uma.

O rombudo dedo indicador de Charley traçou a linha do vôo, assinalada no mapa como uma linha grossa de pálida tinta azul. Tal como Charley dissera, os pássaros voavam bem por cima das pistas de pouso no Sudão, Beluchistão, Irã e Turcomenistão, onde os batedores de Kevin estavam, naquele momento, vigiando o grupo avançado de Ibn Awad.

Depois do Turcomenistão, o caminho migratório das abetardas virava para leste, deixando de passar sobre a pista de pouso no Areal Jomon-Kum por uma questão de 300 quilômetros. Era uma notícia perturbadora. Kevin concentrara suas forças na pista de pouso do Areal Jomon-Kum, a menos de 80 quilômetros de onde os Velhotes naquele momento tomavam chá. Kevin acreditava — eu acreditava, todos nós acreditávamos — que a pista de pouso do Areal Jomon-Kum era o melhor lugar para fazer o nosso ataque a Ibn Awad. Não perguntei se Charley tinha certeza quanto a seus dados. Claro que tinha.

Eu disse:

— Estou um tanto surpreso.

— Isso também me surpreendeu — disse Charley. — Mas cada um dos dados que pude encontrar e toda a opinião especializada sugerem que a pista de pouso no Usbequistão não é lugar para se encontrar a abetarda *houbara* nesta época do ano. Ou em qualquer outra época.

— Então, qual é a próxima parada do pássaro? — perguntou Jack.

— Estepe Sardara, no Casaquistão — respondeu Charley.

Jack disse:

— Kevin pode recuar para aquele local?

— Eu teria de perguntar a ele — disse eu. — Conversamos sobre o Areal Jomon-Kum, e só sobre o Areal Jomon-Kum, como o ponto de ataque.

Jack acenou com a cabeça, amavelmente, de repente calmo e agradável, como se aquele problema fosse perfeitamente solúvel. Mas a mensagem em sua voz, no olhar, na linguagem corporal, estava escrita num braile pessoal que todos os presentes sabiam ler: *Lá se foi a operação, rapazes.*

— Alguma idéia? — perguntei.

Silêncio. Então, Paul disse:

— Se não há nenhuma abetarda *houbara* na pista de pouso do Usbequistão, por que ela está no mapa?

Claro que a questão era aquela. Uma resposta possível era que não havia tal pista de pouso. Só que Kevin dizia haver. Uma outra era que se tratava de uma armadilha. Corri os olhos pelo círculo de rostos e não vi sinal algum de que alguém quisesse dar um palpite. A pergunta continuava no ar. Por que Ibn Awad iria construir uma pista de pouso para caçar a abetarda *houbara* no Areal Jomon-Kum, se lá não existem abetardas *houbaras*?

Foi Paul que rompeu o longo silêncio.

— Talvez Ibn Awad pare no Areal Jomon-Kum por algum outro motivo — disse ele.

— Por exemplo?

— Por exemplo, para fazer uma visita a suas bombas.

— Ora — disse Harley —, isso é que eu chamo de idéia interessante.

Comemos um jantar frio e fomos dormir cedo. Eu me agitava e virava até pouco antes do amanhecer, e então fui lá para fora. Havia melhor visibilidade naquele deserto do que em Xinjiang. Mesmo sob a forma de uma lasca, a lua produzia uma espécie de luz do dia arqueada. Coisas distantes, como os montes Zetimtov, envoltos numa sombra azul, estavam bem visíveis.

— Tudo parece primitivo, não é? — perguntou Zarah. Sua voz ainda estava rouca, outra característica que ela partilhava com a avó, mas forte e distinta.

Dei um salto. Eu não a tinha visto, e apesar de tudo que acabei de dizer sobre a reveladora luz da lua, não conseguia localizá-la. Então, ela se sentou e eu vi que estivera dormindo no tapete em que tínhamos tomado chá antes.

— No entanto, não é tão intocado quanto parece — disse Lori. — Tarik e eu estivemos falando sobre isso durante a noite. Ele esteve aqui quando era criança, com o pai, e uma noite, enquanto todos estavam dormindo, a terra tremeu.

— Um terremoto?

— Foi o que eles pensaram na época, muito embora não parecesse exatamente um terremoto.

Eu disse:

— Isso aconteceu aqui, onde estamos acampados?

— Mais para oeste e norte — respondeu Zarah. — Eles estavam acampados perto do poço em Sarim, a cerca de dois dias de viagem daqui, a pé. O poço de Sarim fica a quilômetros e quilômetros de qualquer outro lugar, o que é interessante, porque, de acordo com o mapa, fica entre duas rodovias que parecem não ir a lugar nenhum, e apenas a uns 30 quilômetros do final de uma ferrovia que começa em Samarkand e também não vai a lugar nenhum.

Aquilo *era* engraçado. Eu disse:

— Mais alguma coisa?

— Tarik diz que a ferrovia e as rodovias eram novas em folha na época. Os russos as construíram depois da guerra, com mão-de-obra dos gulags. Eles estavam sempre fazendo coisas assim. Ninguém prestava atenção, apenas passava ao largo.

— Então houve esse tremor de terra — disse eu. — E depois?

— Depois do choque, eles viram faróis, muitos faróis, convergindo para um único ponto. De manhã, havia muitos, muitos russos uniformizados correndo de um lado para o outro.

Depois de muito esperar, tínhamos o nosso golpe de sorte.

Depois do café-da-manhã, Tarik, Charley e eu empilhamo-nos num veículo e nos dirigimos para o poço de Sarim. Foi uma viagem a esmo. Só Tarik sabia exatamente para onde estávamos indo, e por isso quem dirigiu foi ele. Seus genes quirguizes estavam sob seu absoluto controle, e ele comandava a máquina que corcoveava e chocalhava. Charley, um notebook aberto no colo, quicava no banco traseiro. Como conseguia datilografar naquelas condições era um mistério, mas ele deu um jeito. O computador estava conectado ao telefone via satélite.

Por fim, ele gritou:

— Acho que consegui alguma coisa. Pare o carro.

Pisando em terra firme, Charley despejou fatos sobre nós. Tinha havido 596 testes nucleares subterrâneos na União Soviética entre 1949 e 1985. Quase todos realizados no Casaquistão ou na ilha de Novaya Zemlya, no ártico russo.

— Mas — disse Charley — houve dois testes subterrâneos no Usbequistão. Um deles aconteceu por volta da época a que se refere Tarik.

— Onde?

— Aqui, se a lembrança de Tarik estiver correta.

— Com que finalidade? — perguntei.

— Foi classificado como "pacífico", o que significa sem fins militares — disse Charley. — Grande parte desses testes subterrâneos pacíficos era destinada ao estudo de ondas sísmicas. Os russos também cavavam à procura de petróleo e gás com explosões nucleares. Ou criavam câmaras subterrâneas para estocar gás natural liquefeito.

— Câmaras de estocagem subterrâneas?

— Isso — disse Charley.

Voltamos para o carro. Quando chegamos ao local, ou ao que Tarik acreditava ser o local da explosão subterrânea, Charley foi o primeiro a sair do carro. Naturalmente, ele levara um contador Geiger — equipamento essencial, afinal, se se estiver procurando bombas A roubadas —, e o apanhou. Quando o ligou, o aparelho chilrou. Charley leu o medidor e assobiou.

— Você acha que é uma câmara subterrânea?

— Se Tarik viu o que pensa ter visto — respondeu Charley —, parece que é, não parece?

Durante as duas horas seguintes, seguimos de carro em círculos concêntricos enquanto Charley fazia medições com o seu contador Geiger que emitia sons inarticulados e eu anotava os números que apareciam no odômetro. No fim, aquilo nos deu uma idéia aproximada do tamanho da cavidade na terra. Tinha uma extensão de muitos acres. Não tínhamos idéia da profundidade. Uma coisa era certa: aquele era um lugar ideal para estocar uma dúzia de bombas nucleares. A radiação ambiental encobriria a radiação que vazasse das próprias bombas. Elas poderiam ser dispersadas sob a terra, de modo que um ladrão ou espião pudesse achar uma bomba mas não fizesse idéia alguma, na escuridão, de onde as outras poderiam estar escondidas.

A fronteira com o Turcomenistão, sede da Darvaza-76, a instalação secreta soviética da qual Mikhail nos dissera que as bombas tinham sido roubadas, ficava a uma pequena distância, e a região entre as duas estava virtualmente vazia. Não nos restava tempo para ceticismo. Se a sorte nos levara até ali, era melhor confiar nela.

O sol estava se pondo. Aquele não era o melhor lugar para passar a noite. A mais ou menos três quilômetros de distância ficava uma cadeia de montanhas calvas, mais altas e mais acidentadas do que os montes Zetimtov. Raios horizontais do sol cobriam de bolhas a encosta da montanha com uma luz intensa, banindo as sombras. Eu vi alguma coisa se movendo, apertei os olhos, e vi mais outra coisa se mover — na verdade, voar.

— Águias — disse Tarik.

Se Kalash estivesse certo sobre a visão dos pássaros, aqueles nos viam oito vezes melhor do que nós a eles.

Fomos para as montanhas.

5

Fui dormir no alto de uma montanha aquela noite, achando que ainda tinha tempo para meditar sobre os acontecimentos, achar soluções, fazer planos. A primeira coisa de que me dei conta foi que estava deitado de costas olhando direto para a barriga de um avião a jato. Ele passou diretamente acima de mim, luzes de aterrissagem brilhando, rodas arriadas, cuspindo o fedor de querosene queimado. Estava indo para a pista de pouso do Areal Jomon-Kum, e, apesar de o céu estar preto, sua pele de alumínio brilhava como um heliógrafo aos raios do sol nascente, que estava logo abaixo do horizonte.

A equipe avançada de Ibn Awad tinha chegado cedo.

O sol pulou no leste. Como se um botão tivesse sido apertado, sua luz ardente inundou o alto da montanha e eu vi mais alguma coisa que não esperara ver — Kevin. Ainda vestido como um uzbeque, ele estava sentado de pernas cruzadas na areia ao meu lado, o rifle de assalto no colo. Sussurrou num tipo de fala militar para o bocal do fone de ouvido miniaturizado que usava. Eu ainda estava meio surdo devido ao barulho do avião e não conseguia ouvir Kevin o suficiente para entender as palavras. Meia dúzia de homens até então invisíveis surgiu de repente do chão. Todos usavam fones de ouvido iguais aos dele e todos estavam vestidos, armados e equipados como ele. Charley Hornblower estava apoiado em um dos cotovelos, confuso, parecendo outra pessoa sem os óculos. Tarik era um estudo em imobilidade enquanto erguia o olhar para a crista da montanha. Segui o seu olhar e vi mais dois dos homens de Kevin, posicionados como vigias em terreno elevado.

Kevin disse:

— Desculpe o despertar rude.

— Você sabia que eles iam chegar hoje?

— Eu esperava que sim — disse ele. — Nossos homens no Turcomenistão avisaram pelo rádio que eles tinham carregado e decolado. Deixei um aviso para olhar para cima na sua caixa postal. Você não o recebeu?

— Ultimamente não tenho verificado se há mensagens.

— Ah.

Kevin estava inteiramente à vontade, no seu elemento, no controle de todos os fatos necessários e dos meios de lidar com eles. O procedimento militar estava com a situação sob controle. À exceção dos vigias, seus homens agora estavam agachados, armas ao ombro, remexendo em embrulhos de papel laminado que reconheci como sendo rações de campos militares dos EUA. Eu me levantei, não tão ágil quanto poderia ter querido na presença de todas aquelas elásticas testemunhas jovens, e estendi a mão para ajudar Charley a ficar de pé. Cambaleamos juntos para trás de uma rocha a fim de nos aliviar. Charey não disse nada sobre o avião que acabara de acordá-lo em estado de choque, nada sobre se ver cercado de comandos quando abrira os olhos. Tomou suas várias pílulas matutinas.

Olhou por cima do ombro.

— Até que ponto você vai contar a esse cara? — sussurrou ele.

O hábito de uma vida inteira custa a morrer. Charley era homem que trabalhava na sede. Um avião cheio de assassinos acabara de passar acima de nossas cabeças, e o chefe deles, um maníaco homicida que vínhamos perseguindo havia meses, estaria no próximo vôo, mas o importante para Charley era guardar segredos.

— Que partes você deixaria de fora, Charley? — perguntei.

— Para começar, o que descobrimos ontem — respondeu ele.

— Isso pode ser difícil.

Apontei para o chão do deserto, algumas centenas de metros abaixo. Os rastros que tínhamos deixado enquanto dirigíamos em círculos tinham deixado um enorme desenho parecido com um alvo de pelo menos um quilômetro e meio de diâmetro. Poderia ter sido visto do espaço cósmico.

Eu disse:

— Charley, isso está quase no fim. Kevin sabe o que nós procuramos; sempre soube. O que é que temos para esconder?

— Nada, se Kevin realmente estiver do nosso lado. Mas, e se não estiver?

— Nesse caso — disse eu —, ele nos cercou, não cercou?

— É exatamente o que quero dizer — disse Charley.

Tarik conversava com um dos homens de Kevin no que parecia quirguiz. Nenhum dos homens dizia uma única palavra para Charley ou para mim. Estavam agachados, em seus folgados trajes nativos, como autênticos homens do deserto, tomando o café-da-manhã com comida instantânea do Exército dos Estados Unidos. Kevin deu a cada um de nós um envelope de papel laminado soltando vapor, cheio de comida, e uma colher de plástico. Eu ganhei carne ensopada com legumes; Charley, macarrão e queijo. Charley comeu escolhendo e calado, o costumeiro e bom companheirismo contido. Segurando a colher com o punho em vez de com os dedos, Kevin engoliu a refeição utilitária com uma velocidade utilitária. Depois, pegou escova e pasta de dentes e escovou os dentes, lavando a boca com água do cantil, cuspindo no chão e depois esfregando os traços brancos para serem absorvidos pela poeira.

De onde estávamos podíamos ver o desenho deixado pelas nossas rodas. Kevin apontou para ele e disse:

— E, por falar nisso, o que foi aquilo? Nós vimos a nuvem de poeira a uma distância de 16 quilômetros.

Contei a ele. A princípio, Kevin foi polidamente cético, como um fazendeiro ouvindo um sujeito da cidade fazendo previsão do tempo. Uma caverna cavada por uma explosão nuclear? Um lago subterrâneo de gás liquefeito?

— Gás natural *radiativo.*

— Isso não é perigoso para as gônadas? — perguntou Kevin. — Faz uma semana que estamos andando por aquela área.

— Segundo Charley, não é igual a Chernobyl, mas é quente.

Kevin disse:

— E você acha que as bombas estão escondidas em algum ponto desse quilômetro cúbico e meio de sopa atômica?

— Eu acho que é possível — disse eu. — Faria sentido escondê-las num local radiativo. A radiação ambiental iria disfarçar a presença delas e ninguém se aproximaria do lugar.

— Mikhail disse que examinou todos os locais desse tipo na União Soviética.

— Exceto, talvez, aquele sobre o qual não nos disse nada.

Kevin disse:

— Pobre Mikhail, ninguém acredita nele. Vamos supor que você tenha razão e este seja o filão principal. Como vamos tirar as bombas sem nos derretermos?

Claro que aquele era o problema. A menos que você fosse um homem-bomba.

6

Ao meio-dia o avião levantou vôo e desapareceu em direção ao sul. Mais ou menos uma hora depois, três dos homens de Ibn Awad, mantos e coberturas para a cabeça abanando ao vento, Kalashnikovs atravessados às costas, chegaram em motocicletas pequenas. Passaram bem por cima do alvo de marcas de pneus que Charley, Tarik e eu tínhamos deixado, sem percebê-las. Enquanto isso, os batedores avançados de Kevin, posicionados em outro topo de morro que dava para a pista de pouso a uns 50 quilômetros de distância, mandaram notícias pelo rádio. O avião tinha sido descarregado. Tendas estavam sendo montadas, canos estavam sendo instalados para levar água de uma fonte, o gerador estava funcionando, sentinelas tinham sido dispostas e, como acabáramos de ver, patrulhas despachadas. Era um acampamento piedoso. Todos tinham saído depressa do avião assim que ele aterrissara, estendido tapetes de oração na pista, de frente para Meca, fazendo a oração do amanhecer. Ao meio-dia, tinham feito a mesma coisa — até as sentinelas.

Era de se presumir que fossem rezar mais três vezes antes de dormir. Kevin gostou daquele quadro. Todos os que estavam no acampamento de Ibn Awad ficariam apoiados nos cotovelos e joelhos e vulneráveis cinco vezes por dia, oferecendo cinco oportunidades de infiltração ou ataque. Achei difícil compartilhar do seu entusiasmo. Eu sabia que devia estar cheirando sangue, ansioso pelo golpe mortal, feliz por estar em condições de encerrar o trabalho que meus amigos idosos e eu, sozinhos no mundo, decidíramos realizar. Mas eu estava cansado. E também desesperado. Apesar de dedicar a maior parte da vida a elas, as operações secretas sempre me deixavam desesperado — o movimento desperdiçado, a energia desperdiçada, a angústia sem motivo, os resultados triviais que lembram como foi pouco o bem que se fez com todo aquele trabalho e como é uma bobagem a maneira como se está desperdiçando a vida. É tarefa para um jovem, é claro, e quando você compreende tudo isso, está velho demais para mudar de carreira. Sem falar em ter um currículo que iria fazer com que qualquer diretor de pessoal do mundo ficasse morto de medo. Fiquei tentado a descer o alto do morro e deixar que Kevin fizesse o resto. Eu tinha sentimentos conflitantes sobre salvar o mundo ou qualquer que fosse a parte dele que Ibn Awad ameaçava destruir pelo fogo. No grande plano das coisas, do que adiantava impedi-lo? Talvez Ibn Awad fosse uma carta de tarô destinada a ser virada. Quem era eu para me meter com o destino? Além disso, eu já matara o velho maníaco uma vez, só para descobrir que ele apenas fingira estar morto, de modo que será que também estava nas cartas que eu devia assassiná-lo ou não conseguir matá-lo outra vez? Tanta coisa dependia do acaso, da sorte, de o adversário cometer os erros necessários, de tudo se encaixar no lugar, do acaso de estar no lugar certo no momento exato. Eu passara seis meses para tomar posição naquele alto de morro, num distante canto do Usbequistão, e agora tudo o que podia fazer era esperar.

Mas não por muito tempo. Pouco antes do pôr-do-sol, o avião voltou e tornou a aterrissar na pista de pouso no Areal Jomon-Kum. Ibn Awad desembarcou. Eu não vi isso com meus próprios olhos, é claro, mas ouvi por um fone de ouvido enquanto um dos batedores de Kevin comunicava a aterrissagem. Numa espécie de narrativa de jogada por jogada, o vigia descreveu todos os movimentos de Ibn Awad. O velho estava ereto, deslocando-se com sua própria força. Vestia os costumeiros mantos brancos. Não portava arma, nem mesmo uma adaga cerimonial no cinto. Estava com uma máscara de oxigênio, o enfermeiro indo atrás dele com o tanque. O sol tocava o horizonte ocidental, e assim que Ibn Awad chegou à base da rampa, caiu sobre um tapete de orações que tinha sido estendido para ele e fez a oração do pôr-do-sol. Depois disso, caminhou sem ajuda para a tenda, com o passo firme, mas devagar. Foi cercado pelos guarda-costas que tinham chegado com ele — doze guerreiros, armados até os dentes. Somados aos que já estavam ali, aqueles recém-chegados elevaram para cerca de vinte o número dos santos guerreiros prontos para o combate. Kevin considerou aquela contagem de cabeças como uma boa notícia. Ele esperara cinqüenta, mas agora estava com uma inferioridade numérica de apenas três por um, coeficiente que ele parecia considerar como ideal.

Assim que escureceu, Kevin e seus homens saíram. Seu destino eram as montanhas que davam para a pista de pouso. Eles tinham adotado de forma tão completa a maneira de vestir nativa — até Tarik achara que fossem uzbeques à primeira vista — que eu como que esperava surgissem com uma fileira de camelos e os montassem. No entanto, seguiram a pé.

Ficamos observando com binóculos enquanto eles se deslocavam através da planície iluminada pela luz da lua, acelerando durante algumas centenas de metros, depois caminhando, depois acelerando outra vez. Naquele ritmo, deveriam chegar ao acampamento de Ibn Awad nas primeiras horas do dia, quando a lua se punha.

Enquanto os homens de Kevin ainda estavam visíveis, David, Harley e Jack chegaram em outro carro. Trouxeram comida e água e uma coleção de equipamentos que teria sido impressionante se qualquer pessoa, a não ser David, a tivesse montado — rifles de assalto, granadas, blocos de explosivos e, vejam só, um pesado morteiro com um engradado de balas. Todas as armas eram russas.

— O mercado está inundado desse material desde que eles pararam de pagar ao Exército russo — disse David. — Oficiais do Exército vendem isso a preço de banana.

— O que é que vamos fazer com esse material? — perguntei.

— Nunca se sabe — disse David —, mas é melhor tê-lo e não precisar, do que precisar e não o ter. Não sei quanto a você, mas eu me senti um pouco despido em Xinjiang.

Harley olhou pensativo para as cicatrizes que tínhamos deixado no chão do deserto. E disse:

— Me corrija se eu estiver errado, Charley, mas o que eu me lembro é que os soviéticos fizeram três desses reservatórios subterrâneos de que temos notícia, todos ao norte do mar Cáspio. Cavaram um poço, largaram uma bomba H por ele, taparam o poço e deixaram-na explodir. Quando ela explodiu, fez essa grande caverna. A idéia era estocar petróleo e gás como reserva estratégica, como fazemos lá no nosso país em salinas.

Aquilo eu já concluíra sozinho, mas era bom ter uma confirmação vinda de Harley, que nos seus felizes dias como espião-mestre costumava ser o primeiro a saber dessas coisas.

— Outra coisa: por aqui não há gás natural, de modo que eles devem tê-lo liquefeito em algum outro lugar, trazendo-o depois em carros-tanque — disse Harley. — Era para isso que servia a ferrovia.

— Então, o que significa isso? — perguntou Jack.

— Significa, Jack, que tudo o que temos de fazer é encontrar o lugar em que eles despejavam o gás — disse Harley. — Deve ter havido algum tipo de estação de bombeamento, talvez mais de uma, e gasodutos. Isso significa esconderijos de aço e concreto. Encontre-os, e terá encontrado as bombas.

— Se elas estiverem aqui — disse Jack. — E se pudermos localizá-las sem os equipamentos que não temos.

— Quando se trata de procurar debaixo da terra, há mais de uma maneira de se fazer isso — disse Harley.

— Você tem um método em mente?

— Bem — disse Harley —, em geral usa-se uma forquilha que se corta de uma macieira. Eles chamam isso de vara de feitiçaria. Por aqui não há pomares de macieiras, de modo que talvez um cabide de roupa sirva.

Por acaso, ele tinha um cabide. Apanhou-o, distorceu-o, esticou-o e depois tornou a torcê-lo para obter a forma de um Y. Eu posso ter sido um garoto que gostava do verão, mas passara tempo suficiente em torno de fazendeiros ianques para saber no que Harley estava pensando. Nenhum dos rapazes presentes que viviam em cidades fazia a mínima idéia, como confirmava a expressão no rosto de Jack Philindros.

Harley disse:

— David, você dispõe de muito pedaços de metal. Por que não vai lá fora no escuro e enterra alguma coisa?

— Para quê?

— Quero testar isto. Não tenho certeza de que vai funcionar. Enterre o material a uns 60 centímetros de profundidade.

Eu acompanhei David e ajudei com o uso da pá. Enterramos a placa de base do morteiro, um AK-47, e duas granadas de mão em buracos separados. O terreno era pedregoso, de modo que demorou um pouco. Não marcamos os buracos, e o luar não tinha força suficiente para revelar sinais de escavações.

— Podemos dar adeus a esse material — disse David. — Nunca mais vamos encontrá-lo.

Eu não tinha tanta certeza assim.

— Agora, ponham uma venda nos meus olhos — disse Harley, quando voltamos para o lado dele. — Não quero ser acusado de fraude.

Jack cuidou disso. Conduzimos Harley até as proximidades do metal enterrado, mas não perto demais. Ele segurou o cabide pelos braços do Y.

— Virem-me na direção certa, rapazes — disse ele, e começou a andar.

Caminhou cerca de vinte passos. Quando ficou em cima do buraco no qual a placa de metal que servia de base para o morteiro estava enterrada, o cabide de roupa inclinou-se para baixo.

— Bem aqui — disse ele. — Tem alguma coisa de bom tamanho.

— Há mais coisas — disse David.

— Não me diga quantas — disse Harley. — Só quando eu tiver terminado.

Ele não achou o AK-47, que estava mais para a direita, mas achou as granadas poucos passos adiante.

— Pequenas — disse ele.

— Mais uma atrás de você — disse David.

Harley voltou-se e começou a andar para trás e para a frente em linha reta. Por fim, ficou perto do AK-47 o suficiente para captar suas emanações, ou fosse lá o que fosse, e o cabide virou para baixo.

— De tamanho médio — disse ele. — Um longo pedaço de ferro. Mais algum?

— É só.

Harley retirou a venda. Desenterramos o que ele descobrira. Quando era garoto, eu tinha visto um de nossos vizinhos nos montes Berkshire achar uma fonte com uma forquilha cortada de uma macieira. Ele fizera aquilo em plena luz do dia, sem venda nos olhos, mas a forquilha tinha saltado como a de Harley, como se puxada com um cordão por um anão invisível. A fonte que ele encontrara (taxa: 2 dólares) ainda fornecia água gelada a quem quisesse mergulhar nela uma caneca de latão e beber uma dose.

Eu disse:

— Harley, eu nunca soube que você era um rabdomante.

— Eu mesmo já tinha me esquecido, até hoje cedo, quando Charley me disse ao telefone qual era o problema — disse Harley.

— Eu achava que com esse método só se podia encontrar água.

— Não é verdade — disse Harley —, pode-se achar qualquer coisa. Há cem anos, meu avô encontrou petróleo na Pensilvânia com uma forquilha de cerejeira. Ele *pensou* que fosse água, até cavar mais.

— Como é que isso funciona?

— Não sei. É um mistério, mas funciona. Isso está no sangue. Em geral, pula uma geração.

Jack estava confuso, talvez se perguntando por que, quando contara com Harley, a Firma gastara todo aquele dinheiro com satélites espaciais que olhavam lá de cima para o Império do Mal. Mas o mais provável é que não estivesse acreditando no que seus olhos tinham acabado de ver. Harley sorria, só com os olhos, cabeça voltada para o lado a fim de esconder aquele sinal de pecado do orgulho. De repente, eu me senti muito melhor a respeito das nossas perspectivas. Até mesmo otimista.

7

Tarik não era tagarela. Falava quirguiz, inglês e mandarim, e considerando-se o tempo que sua ativa mãe devia ter nas mãos enquanto ele crescia, podia ter aprendido alemão e grego clássico e sabe-se lá que outras línguas. Por algum tempo pensei que sua reticência tinha alguma coisa a ver com aquela metade de porta que os chineses tinham pendurado no seu pescoço. Talvez aquilo o tivesse deixado com a garganta machucada ou com a mente perturbada. Mas não. Tal como seu meio-irmão Paul, ele apenas não era de falar muito. De algum modo, o silêncio combinava com o seu caráter, até mesmo com a sua aparência. Com a pele cor de cobre, maçãs do rosto altas, olhos firmes e silêncio profundo ele parecia um outro asiático central, o Chingachgook de James Fenimore Cooper, corajoso e calado, e que já não era jovem (Tarik devia ter uns 50), mas ainda guerreiro.

Tarik tinha observado com atento interesse a demonstração de feitiçaria de Harley. Depois que ela acabou, enquanto ainda estávamos sentados num círculo admirador em torno de Harley, céticos e crentes juntos, Tarik nos espantou, falando.

— Pode-se ver muito claramente, ao luar, o que os russos tentaram esconder.

— O que quer dizer com isso, Tarik? — perguntei.

— Venham — disse ele. — Eu lhes mostro.

Ele nos guiou morro acima por alguns metros, até um ponto de onde podíamos ver o vale. Apontou um dedo.

— Não estou vendo — disse eu.

— Eu mesmo só vi pela primeira vez esta noite — disse Tarik. — Vocês estão procurando sinais de uma rodovia antiga e de um leito de ferrovia.

Agora que Tarik me dissera o que procurar, elas saltaram aos olhos. Dois longos cortes paralelos eram visíveis no chão do deserto lá embaixo. O mais fraco dos dois devia ter sido a rodovia. O leito da ferrovia era mais fácil de perceber porque outrora tinha sido um aterro elevado e agora estava espalhado por uma faixa de terra muito mais larga. Era óbvio que a rodovia e a ferrovia tinham sido terraplenadas. E era tão óbvio quanto isso o motivo pelo qual aquilo tinha sido feito. Os russos tinham querido esconder o que tinham feito ali — não porque estivessem envergonhados por terem espoliado mais uma praça fortificada natural intocada, mas porque aquilo era um de seus inúmeros segredos da Guerra Fria.

Pouco antes do fim da linha, a ferrovia fizera uma ampla curva à esquerda, tomando a forma de um gancho para abotoar naquela direção por mais ou menos um quilômetro e meio antes de tornar a virar para a direita. De onde estávamos no alto do morro, os traços daquela linha férrea pareciam um ponto de interrogação ao contrário.

— Devia ser ali que eles descarregavam o gás dos carros-tanque — disse Harley. — Aquele gancho para abotoar deve ter três e meio, cinco quilômetros de comprimento. Eles podiam deslocar seus caminhões-tanque para formar um semicírculo, estacioná-los na linha e esvaziá-los com bombas, um a um, com extrema engenhosidade. Quem dera que eu soubesse disso quando eles o estavam fazendo. Onde é que você estava, Tarik, quando eu precisava de você?

Era óbvio onde a estação de bombeamento deveria estar — na ponta do gancho do ponto de interrogação. A lua, agora tornando-se meia, fornecia toda a luz de que precisávamos. Descemos o morro de carro e cobrimos a pé a distância até o centro. Era uma medição aproximada, de fato, mas a melhor que podíamos fazer sem um teodolito. Harley começou a andar para trás e para a frente, o cabide de paletó seguro à frente. Enquanto isso, Charley, sem dúvida sentindo-se um homem desprezado, foi investigar com o seu contador Geiger — sabedoria antiga contra ciência do século XX. Era surpreendente a distância a que os estalos do contador Geiger ou qualquer barulho mecânico chegavam num lugar tão desprovido de vida que não havia nenhum som natural, exceto quando ventava.

Duas horas antes do amanhecer, o cabide de paletó do Harley virou-se para baixo.

— Uma virada muito forte — disse ele. — Tem que haver alguma coisa lá embaixo.

Ele parou onde estava, marcando o lugar, até que chegamos lá com pás. A poeira, ali, estava muito mais fofa do que tinha sido no alto do morro, e, revezando-nos com as pás, fizemos um bom avanço — eu, Tarik e David. Quando o buraco estava com uma profundidade que ia até a cintura, batemos em concreto.

— O problema é que se trata apenas de concreto — disse Harley. — Agora sabemos que há alguma coisa lá. Mas o que temos de fazer é achar um meio de entrar.

Tornamos a cavar. Apesar do frio cortante no ar — às quatro da manhã não podia estar fazendo mais do que um grau negativo Celsius —, estávamos todos suando. Eu sempre imaginara que cavar covas deixava a mente livre para uma longa seqüência de pensamentos poéticos, como acontecera com Paul Christopher durante a sua primeira temporada na prisão na China. No entanto, descobri que tinha de me concentrar cada minuto no que meu corpo estava fazendo. E também começava a ficar com bolhas nas mãos, e se pensasse em alguma coisa, seria nelas.

Por sorte, Tarik vivera num mundo de trabalho e suor a vida toda, de modo que podia manejar uma pá e manter o controle mental ao mesmo tempo. Foi ele quem localizou os faróis dianteiros que se aproximavam pelo sul, a direção em que ficava o acampamento de Ibn Awad. Contei quinze, deslocando-se devagar, e Tarik também. Ninguém mais podia ver bem o bastante para chegar a um total.

— Quinze é número ímpar — disse Harley. — Acho que isso significa que existe pelo menos uma motocicleta. Ou um carro caolho.

O contador Geiger de Charley vibrou. Charley disse:

— Um ponto muito quente, aqui.

Todos sabíamos o que os faróis significavam: era melhor sairmos dali o mais depressa possível. Por outro lado, todos ouvíamos o contador Geiger de Charley e sabíamos o que muito possivelmente aquilo queria dizer: tínhamos achado as bombas de Ibn Awad minutos antes de os homens de Ibn Awad chegarem e matarem todos nós e se apossarem delas.

Eu disse:

— Tarik, daqui a quanto tempo eles vão chegar aqui?

— Meia hora, talvez menos.

David disse:

— Temos que cavar, não temos?

Jack disse:

— Eu tenho uma pergunta. Vamos supor que tenhamos encontrado as bombas. O que vamos fazer com elas, ainda que as desenterremos? Se as levarmos, morreremos por envenenamento causado pela radiação. Se as deixarmos aqui, muita gente poderá morrer em outros locais.

— Isso resume muito bem as opções, Jack — disse Harley. — Por isso, por que não desenterramos as porras e depois pensamos no que fazer com elas?

Ele agarrou a pá e atacou o chão, fazendo a poeira voar. Depois de trinta segundos de esforço concentrado, passou a pá para mim e se afastou cambaleando, apertando o peito e tentando recuperar o fôlego. O buraco estava com um metro de profundidade quando Tarik se revezou comigo. Em pouco tempo a pá soou ao bater numa obstrução. Tarik se curvou e tocou nela.

— Metal — disse ele. — Acho que é uma escotilha.

Mais cinco minutos e ele descobriu a roda que destravava a escotilha. Charley entregou-lhe o contador Geiger. O contador ficou maluco.

Charley disse:

— Eu não acho que você deva abrir essa coisa. A radiação vai sair como fumaça de uma chaminé.

Era um conselho sensato, mas se não abríssemos a escotilha, como iríamos saber o que tínhamos encontrado? Parecia que Tarik pensava da mesma maneira. Ele girou a roda até que ouvimos os fechos estalarem, e depois puxou. A escotilha não abriu. Deitei-me de bruços, enfiei o braço no buraco e segurei a roda. David fez o mesmo. Puxamos. A escotilha se abriu com um chiado. O contador Geiger de Harley tornou a fazer barulho, mais rápido do que antes.

Alguém me entregou uma lanterna elétrica. Eu a dirigi para dentro, e lá, no seu túmulo, estavam as Tio José, todas as doze, lado a lado. Pareciam estar como novas. De acordo com o meu relógio, cavar até chegar à escotilha e abri-la tinha levado cerca de 15 minutos. Os faróis, embora ainda distantes, agora tinham o tamanho de bolas de beisebol. Talvez tivéssemos mais 15 minutos.

David levara o seu veículo de marcha à ré até o buraco. A área de carga era uma confusão de coisas — vodca, comida, armas, munição. Presumi que ele pretendia carregar o veículo com as bombas e tentar fugir, mas então vi que ele tinha outra idéia. Enquanto Tarik e eu cavávamos com a pá, ele amassara vários blocos de explosivo excedente do Exército russo e estava atarraxando um pavio na bola de cor cinza de massa de vidraceiro que resultara. A bola tinha mais ou menos o tamanho de uma bola de futebol não-americano — tamanho suficiente para destruir quase qualquer coisa num espaço fechado.

Àquela altura, a inteligência coletiva tomara conta da situação. Estávamos todos pensando a mesma coisa no mesmo instante — inclusive Jack. O pensamento era o seguinte: *Exploda essas porras*. Ninguém perguntou se tínhamos tempo para fugir, ou qual seria o efeito sobre a atmosfera ou as pessoas que estavam a favor do vento em relação àquele local. Os faróis estavam mais perto.

— Jogamos o explosivo pela escotilha e tapamos o buraco — disse David. — Armamos um detonador remoto, pulamos para dentro dos carros e saímos em disparada. Quando estivermos a uns 3 quilômetros de distância, apertamos o botão no transmissor e ele explode.

Jack disse:

— Estamos falando de um radiodetonador *russo*?

— O que é que eu posso dizer? — perguntou David. — É o que temos, e é tudo o que temos. Podemos usar dois, para o caso de um falhar.

David me entregou a bola. Eu a arriei pela escotilha. A bola estava presa, por fios, a uma antena e a um receptor de rádio. David armou aquilo um tanto afastado. Os veículos que se aproximavam estavam tão perto agora que podíamos ouvir o barulho dos motores, apesar de ainda não podermos ver qualquer coisa a não ser luzes amarelas de faróis. Eles estavam viajando lado a lado. Apertei os olhos, tentando distinguir mais detalhes. Um a um, nossos veículos partiram, todos, exceto o dirigido por David Wong. Ele ficou ao lado do carro, gritando para que eu andasse depressa.

Correu de volta para o meu lado.

— O que é que há? — gritou ele.

— E se for Kevin?

— Nesse caso, ele devia ter nos dito que viria. Vamos, Horace, temos de ir embora.

Três homens de motocicleta surgiram da nuvem de poeira e aceleraram em nossa direção. Senti um vento no rosto e ouvi o estalar de balas passando. Corremos para o veículo e pulamos para dentro. David o pôs em movimento antes de a porta se fechar e dirigiu a uma velocidade alucinante pelo deserto. Meti a cabeça pela janela e olhei para trás. Dentro da nuvem de poeira, vi clarões de canos enquanto os motociclistas disparavam contra nós com armas automáticas. O pára-brisa traseiro do nosso veículo foi estilhaçado por uma bala que passou zunindo entre a cabeça de David e a minha, estourando o pára-brisa dianteiro.

Quando se parava para pensar naquilo, como agora tive tempo de fazer, era um comportamento estranho. Por que aquela gente estava atirando em nós? Até ali, não tínhamos feito mal algum a eles. Tínhamos achado as bombas, sim, mas como é que eles podiam ter certeza disso? Como é que podiam até mesmo saber quem éramos? Será que as respostas a todas aquelas perguntas feitas com reflexão tinham realmente importância? Aqueles caras estavam tentando nos matar, não importava quem fôssemos ou quais fossem nossas intenções.

David percebera logo aquela realidade. Ele abriu o teto e me entregou um Kalashnikov carregado. Não era fácil passar o meu corpo e a arma pela pequena abertura no teto, mas consegui bem a tempo de ver os motociclistas emparelharem com o nosso carro. Eles usavam albornozes cheios de vento e, incongruentemente, bulbosos capacetes de proteção brancos, brilhantes, com escudos pretos para o rosto. O que estava do lado esquerdo assestava o rifle para a cabeça de David, a uma distância de uns três metros. Uma fração de segundo depois, a arma voou de sua mão e ele foi atirado para fora da moto, lançado para trás como se tivesse sido laçado. Senti cheiro de pólvora, vi um clarão, olhei para trás e vi um cano de arma saindo da janela lateral traseira. Tarik tinha matado o homem. Até ali, eu nem percebera que Tarik estava conosco.

O motociclista à direita, ignorando o destino do amigo ou apaixonado pela morte, agora assestava sua arma para mim. Antes que eu pudesse erguer meu rifle — sabendo, enquanto isso, que não tinha tempo para fazê-lo antes que o outro disparasse — David deu uma guinada com o veículo e bateu de lado na motocicleta.

Mais ou menos 100 metros atrás de nós, a poeira estava diminuindo, assentando. Eu não via mais perseguidores. Talvez tivéssemos escapado. Então, olhei para a esquerda e a direita da nossa esteira de poeira fervente e vi faróis. À nossa frente, muito próxima, estava a íngreme montanha ocre onde tínhamos acampado. David estava batendo na minha perna. Coloquei um braço para dentro do veículo, com a intenção de dobrar o corpo todo de volta para dentro, uma junta atrás da outra, um membro atrás do outro. David pôs algo na minha mão. Era o transmissor para o detonador remoto.

— Eu vou acelerar agora — disse ele.

Acelerar? A paisagem já estava indistinta. Eu esperava que o veículo que corcoveava começasse a capotar a qualquer momento.

— Assim que ficarmos em paralelo com a montanha, mas quando estivermos para ficar atrás dela, aperte o botão — gritou David. — Está me ouvindo?

Nós não tínhamos nenhuma idéia do que iria acontecer se a bomba explodisse. David viu isso no meu rosto.

Ele gritou:

— Horace, aperte. Por favor!

David estava certo. Aquele não era o momento de pensar bem. Eu compreendi o seu plano. Ele queria ficar do outro lado da montanha, protegido da explosão, quando a bomba estourasse. Se nos matassem antes que o botão fosse apertado, ela jamais explodiria. Não apenas umas duas dúzias de homens armados estavam tentando nos assassinar, mas sem dúvida seus amigos estavam tentando desarmar a nossa bomba naquele exato segundo.

O sol nasceu. David começou a virar depressa para a direita — carro sacudindo, motor disparando — para meter-se atrás da montanha. Apertei o botão do transmissor. Por um interminável momento não ouvi nem vi nada. Então, ouvi a explosão, distorcida e mais forte do que parecia possível, rolando por cima de nós como se estivesse sendo amplificada por um alto-falante muito velho. O terreno, a paisagem toda sacudiram-se como um cachorro molhado. Um pedaço da montanha, do tamanho de uma igreja, soltou-se e saiu quicando pelo deserto. Depois um outro, e depois uma avalanche. O céu cobriu-se com um brilho cintilante, amarelo e azul como um bico de gás, que foi então envolvido por uma enorme nuvem negra.

David lutava contra o volante. Eu esperava que o carro capotasse a qualquer momento, e apesar de tudo o que acontecia ainda pensava em mim, porque minha cabeça e os ombros se projetavam para fora do teto.

Tal como o Dr. Oppenheimer em Nevada, pensei: "O que foi que nós fizemos?"

É uma pergunta que você só faz a si mesmo se já sabe a resposta e preferisse não saber.

8

Não, nós não tínhamos provocado uma explosão nuclear. Tínhamos incendiado o reservatório subterrâneo de gás liquefeito, e é claro que aquilo liberou uma grande quantidade de radiação. A estação de bombeamento onde as bombas de Ibn Awad tinham sido estocadas era ligada a um duto que corria para dentro do lago. Quando o nosso explosivo estourou, enviou uma rajada de chama e calor pelo duto. Isso provocou uma explosão subterrânea que quase derrubou a montanha. O senso comum devia ter nos dito que isso ia acontecer, mas no afã do momento não tínhamos prestado atenção ao nosso lado mais sensato. De algum modo, a caverna conteve a explosão, mas um enorme jato de gás incendiado projetou-se para o céu pelo que antes tinha sido a estação de bombeamento. O terreno acima do lago retorceu-se com línguas de chama azul escapando por rachaduras na rocha que ficava por baixo.

Do alto do morro, não vimos sinal algum de seres humanos, vivos ou mortos, e a verdade era que não sabíamos ao certo quem tínhamos matado. Terroristas? Homens de Kevin? Haveria uma diferença? Presumimos que os mortos e desaparecidos eram homens de Ibn Awad, mas, como vocês viram à medida que esta narrativa se desenvolvia, nossos pressupostos nem sempre estavam corretos.

— Bom trabalho — disse Harley.

Jack disse:

— Vamos ter metade do Cazaquistão no nosso pescoço mais cedo do que esperamos.

— Sem falar no Sierra Club — disse Charley.

Ah, a culpa liberal. Nós acabáramos de realizar uma das duas coisas impossíveis que resolvêramos fazer, e em vez de estarmos loucos de satisfação, estávamos dominados por um constrangimento envergonhado. Acender chamas eternas alimentadas por gás radiativo era politicamente incorreto. Nós éramos velhos bastante para saber disso. Tínhamos violado o sagrado credo da Firma: Fazer o Bem em Segredo. Cumpríramos a missão, sim, mas ninguém podia dizer que tínhamos entrado e saído nas pontas dos pés.

— Bem — disse Harley. — Pelo menos não vamos receber agradecimentos, e isso é algo pelo que devemos ser gratos.

Enquanto isso, talvez Ibn Awad estivesse entre os poucos privilegiados que estavam vendo os fogos de artifício de longe. A menos que Kevin tivesse a distração que tínhamos proporcionado para prender o velho, Ibn Awad estaria pensando em entrar no seu avião. Se se deixasse que ele fizesse isso, o ciclo todo iria recomeçar. Ele encontraria outra pessoa para lhe vender mais bombas, e dessa vez iria usá-las antes que nós ou quaisquer outros pudessem alcançá-lo. Custei um pouco para achar meu telefone por satélite e digitar o número de Kevin. O telefone tocou várias vezes. Fui atendido pela caixa postal de Kevin.

A pista de pouso ficava a 50 quilômetros de distância. Não havia estrada. Não poderíamos ir de onde estávamos até lá em menos de hora e meia. Eu não tinha certeza se tínhamos gasolina suficiente para chegar até lá. Aspiramos o combustível de dois dos três veículos e o despejamos no tanque do que parecia menos propenso a enguiçar. David distribuiu armas e munição para todos, e nós seis nos empilhamos no único carro, Tarik ao volante. Contornamos o local da explosão. A terra estava cheia de vermes de fogo. O vapor estava sufocante, o calor, intenso. Uma vez mais procurei corpos, mas não achei nenhum. Não sei por que esperava encontrar. Quem quer que estivesse perto da estação de bombeamento — o lugar mais provável de estar se você estivesse tentanto impedir que a bola feita por David explodisse — teria sido vaporizado pela explosão de gás incandescente vindo de debaixo da terra.

9

Tarik nos levou em pouco mais de uma hora a uma distância que dava para ver a pista de pouso. Não vimos vigia algum ao entrarmos. Não adiantava ter cuidado, não havia tempo para um reconhecimento. Tarik dirigiu até a pista e parou o carro em frente ao avião. Saltamos. Além de rifles de assalto, tínhamos dois lançadores de granadas impulsionados por foguetes. Charley e Harley, nossos dois comandos menos ágeis, receberam essas armas com instruções de disparar contra o avião se ele tentasse levantar vôo.

Os outros — Jack, Tarik, David, Ben e eu — dirigiram-se para o acampamento, rifles em prontidão, esperando ser cortados ao meio a qualquer momento por uma torrente de balas de AK-47. Sentimos cheiro de café, ouvimos cabritos balindo atrás da cozinha, vimos roupas sopradas pelo vento secando numa corda. Nada aconteceu. O acampamento estava deserto. Não se via uma única alma, não se ouvia som algum, nenhum vestígio de vida podia ser percebido, exceto quanto a seis magníficos falcões peregrinos, usando capuzes, pousados em poleiros nos fundos da tenda de jantar de Ibn Awad. Estavam absolutamente imóveis, parecendo adormecidos. Teriam Ibn Awad e todos os demais no acampamento corrido para o incêndio que lavrava no horizonte? Eu achava improvável, e parecia que Tarik também tinha suas dúvidas, porque girou sobre os calcanhares e saiu da tenda correndo. Quando cheguei lá fora, ele estava num trote brando em direção à borda do acampamento, os olhos fixos no chão sob seus pés. Estava seguindo as marcas de rodas que levavam para o norte, na direção do incêndio. Depois de alguns momentos, parou e saiu correndo para a direita, os olhos ainda no chão. Em seguida, parou e apontou para o leste.

Eu me juntei a ele. Trilhas de pneus contavam a história. Um grande número de veículos deixara o acampamento ao mesmo tempo. Depois de uns 200 metros, um carro e cinco motocicletas tinham se separado do comboio principal, feito uma curva fechada para a direita e seguido para leste. A iurta ficava a leste do acampamento de Ibn Awad. Aquilo fazia um sentido perfeito. Ibn Awad estava interessado em obter a posse de duas coisas — as bombas e o Pergaminho da Ânfora. Ele enviara mensageiros para apanhar as bombas e fora pessoalmente pegar o pergaminho. Lori estava com o pergaminho. Lori estava na iurta.

— Nós temos que ir. Agora — disse Tarik.

Tarik seguiu as marcas deixada pelo comboio de Ibn Awad, ou pelo que supúnhamos ser o comboio de Ibn Awad. Não tínhamos usado o SPG para localizar nossa posição desde que Tarik se juntara a nós. Ele parecia saber exatamente onde estava a qualquer momento. Os montes Zetimtov estavam enquadrados no pára-brisa. A iurta, agora, estava muito perto. Eu também desmontei. Ao longe, ouvi os estalos de tiros. O som estava longe demais para sabermos se dois diferentes conjuntos de armas estavam sendo usados, de modo que havia como entender o que acontecia, um tiroteio ou um massacre. Parecia haver tiros demais para que fosse um massacre, considerando-se haver apenas três pessoas na iurta.

Tarik e eu nos equipamos com armas tiradas na loja de bombas e armas de David que estava na traseira do veículo e partimos a pé. A idéia era que David e os outros iriam esperar ao lado do carro e seguir a pé se eu chamasse pelo telefone via satélite e dissesse que precisávamos deles. Tarik passara a vida subindo e descendo montanhas, e parecia ter fôlego e resistência ilimitados. Ele se deslocava depressa demais para mim, mas eu tinha apenas que dar dois passos para cada três dele, de modo que consegui acompanhá-lo mais ou menos. Quando a iurta foi avistada, eu estava ofegante. As mãos tremiam com violência. Se um inimigo tivesse pulado do chão, como eu esperava que um deles fizesse a qualquer momento, eu talvez não tivesse podido acertá-lo com uma espingarda, e eu não tinha espingarda.

A iurta tinha sido incendiada. Só os postes chamuscados ainda estavam de pé. A não ser aquela visão decepcionante, era impossível adivinhar o que já acontecera ou ver o que acontecia naquele momento. Ainda havia um tiroteio muito grande, mas parecia que os atiradores estavam todos deitados. O terreno onde estávamos estirados era tão plano e tão extremamente desprovido de proteção, que eles não podiam ficar de pé ou mesmo rastejar sem serem atingidos. Cada lado disparava a alguns centímetros acima da superfície, para manter o outro coletivamente achatado contra o chão. Na proporção em que estavam gastando munição, eu não via como a luta poderia durar muito mais tempo, mas quem sabia? Se fôssemos vistos, os dois lados iriam atirar em nós, só por precaução.

Até então, não tínhamos sido vistos, mas a situação podia mudar a qualquer momento. Tarik assumiu o comando. Apontou para as montanhas e saiu correndo sem se importar de ver se eu estava indo atrás. Àquela altura, eu já recuperara a respiração, ou o suficiente para ao menos não perdê-lo de vista. Não sentira uma pontada do lado desde a época da escola, mas agora sentia. Depois de mais alguns minutos, lembrei-me de outra coisa que todo corredor adolescente conhece — o segundo fôlego. A pontada foi embora. Respirei com mais facilidade, parei de ouvir as batidas do coração. As mãos ficaram firmes, os joelhos pararam de tremer.

A poucas centenas de metros do flanco do morro, Tarik achou um ponto vantajoso. Joguei-me ao lado dele. Vimos homens vestindo mantos, lenços árabes na cabeça, quadriculados em vermelho, de um lado, homens em trajes uzbeques do outro. Havia muito mais árabes do que uzbeques, tantos mais que fiquei imaginando de onde teriam vindo. Não podiam ter cabido a bordo do pequeno jato executivo parado no macadame alcatroado do acampamento de Ibn Awad. Ao longe, o sol refletia em vidro. Com o binóculo, contei dez picapes estacionadas. Ibn Awad tinha levado reforços por terra.

Havia sete uzbeques, um dos quais estava morto ou estaria em breve, a julgar pela marca de sangue na parte de trás da camisa e pela maneira desajeitada como estava estatelado no chão. Eu pude ver as armas deles — os rifles de assalto belgas que Kevin e seus homens levavam. Mas onde estavam os Christopher? Não havia sinal de Lori, Paul ou Zarah.

O impulso de não interferir foi forte. Enquanto os dois lados estivessem trocando tiros, nós tínhamos uma relativa liberdade de movimento. Liberdade de movimento era exatamente do que precisávamos se quiséssemos um mínimo de chance de achar os Christopher que estavam desaparecidos. Por outro lado, a equipe de Kevin estava do nosso lado, pelo menos em teoria, enquanto que os homens de Ibn Awad eram, incontestavelmente, nossos inimigos mortais. Se eles ganhassem aquela escaramuça, nossa expectativa de vida iria reduzir-se, e muito. Mas como ajudar os mocinhos? Tarik e eu praticamente não podíamos abrir fogo do nosso ninho. Estávamos a pelo menos 800 metros do campo de batalha. Podíamos nos deslocar para o lado e abrir um fogo de enfiada, só que teríamos de ficar em pé ou pelo menos ajoelhar para fazer aquilo, e era quase certo sermos enchidos de chumbo por ambos os lados antes de podermos disparar um tiro. Chamei David pelo telefone via satélite e contei-lhe o que se passava e o que achava que ele podia fazer para resolver a situação.

— Você vai ser o observador? — perguntou ele.

— Isso mesmo. Apenas fique ao telefone. Você se lembra de como fazer isso?

— Tenho uma vaga lembrança. E sem dúvida vou receber muitas instruções.

Minutos depois, o veículo dos Velhotes apareceu. Pelo binóculo, vi David pular dele, correr para a traseira e começar a mexer no compartimento de carga. Momentos depois, nossos rapazes estavam avançando depressa, levando objetos pesados. Encaixaram-nos como se fossem um esquadrão de infantaria que praticasse aquele tipo de coisa todos os dias, em vez de uma vez a cada cinqüenta anos. Logo, logo, estavam prontos para disparar o morteiro soviético de que eu zombara quando David aparecera com ele na véspera.

A voz de David chegou pelo telefone. Ele estava ofegante.

— Qual é a distância?

— Digamos que 400 metros — disse eu. — Dispare para um teste.

Segundos depois, um morteiro explodiu poucos metros atrás dos homens de Ibn Awad. David ajustou o fogo uns dois graus para a direita. O morteiro seguinte caiu entre dois guerreiros árabes que estavam deitados, pondo os dois fora de ação.

— Você acertou bem neles — disse eu. — Agora, avance seu fogo. Eles estão deitados na mesma linha, cerca de 1 metro entre eles.

Pelo binóculo, vi Ben — quem mais? — mirando o morteiro enquanto David soltava projétis pelo tubo e Charley e Jack passavam munição para os dois. Harley gritava de alegria. Os outros, também; eu ouvia a voz deles no silêncio depois que cada morteiro detonava. Eles pareciam a reserva num jogo de futebol americano na escola preparatória, onde os jogadores são os únicos espectadores. O efeito pode ter sido devido mais à boa sorte do que a um bom planejamento, mas o bombardeio devastou os terroristas. Depois da quarta ou quinta explosão, os caras com os *kaiffiyehs* enxadrezados de vermelho levantaram-se de um salto e recuaram, atirando a esmo enquanto corriam de costas. Um ou dois deles foram atingidos ou tropeçaram nas orlas de seus mantos. Os homens de Kevin os abateram com o fogo de rifles. Em segundos, o campo estava cheio de corpos de árabes envoltos em mantos brancos que agora pareciam mortalhas ensopadas de sangue.

Falei ao telefone.

— Cessar fogo.

— Recebido e entendido — disse David.

Aquele jargão militar saiu estranhamente da minha língua e me caiu no ouvido, mas era uma linguagem que todos compreendiam, muito embora nenhum de nós a falasse havia muito, muito tempo.

Eu disse:

— Saiam daí antes que eles procurem por vocês.

Tarik e eu ficamos olhando enquanto os Velhotes partiam, sacolejando em direção norte a uma velocidade que fazia com que o estilo de dirigir de

Tarik parecesse um treino. Enquanto isso, na poeirenta planície lá embaixo, a equipe de Kevin continuava a sua operação de limpeza. Os árabes em fuga não tiveram chance. A equipe se deslocava com a velocidade e a certeza de homens altamente treinados que estavam no pico da condição física e, tendo-se achado vivos contra todas as expectativas, sentiam prazer em ter aquela oportunidade de matar os inimigos sem misericórdia. Mal sabiam eles que acabavam de ser tirados da confusão em que tinham se metido por um bando de velhos artríticos que tomavam pílulas, e que a última vez em que tinham participado de um combate fora antes de seus pais nascerem. Aquele talvez não fosse o momento de pensar nessas coisas, mas, como mencionei, a vida é cheia de ironias. Nós acabáramos salvando as pessoas que tínhamos contratado para nos salvar.

10

Agora que eles estavam em pé, pude ver os rostos dos homens da equipe de Kevin. Kevin não estava entre eles. O fone de ouvido que ele me emprestara ainda estava pendurado no meu pescoço. Eu o ajustei e liguei. O instrumento captou imediatamente a conversa entre a equipe pelo rádio. Eles estavam falando em russo uns com os outros. O motivo para isso era tão óbvio quanto se tivessem todos sorrido ao mesmo tempo, revelando bocas cheias dos melhores dentes de alumínio que a odontologia russa podia fornecer. Os homens de Kevin em Budapeste tinham permanecido calados, e a maioria do seu grupo na Rússia também ficara muda como estátuas. Até aquele momento, eu nunca me perguntara qual o motivo para aquilo. As primeiras impressões são as melhores, como todos descobrimos quando é tarde demais, e agora era evidente que eu devia ter prestado mais atenção ao meu sentimento inicial de que Kevin era bom demais para ser verdade.

Dei outro telefonema. Dessa vez, Harley atendeu. Eu disse a ele o que acabara de ouvir pelo fone de ouvido.

— Nós vamos contornar a montanha — disse ele.

Tarik e eu subimos cambaleando até o topo. Ele se deslocava tão depressa morro acima quanto no plano, de modo que acompanhá-lo estava fora de cogitação. Quando cheguei à crista, ele estava à minha espera. Podíamos enxergar a quilômetros de distância. Não vimos nada que se movesse, exceto o veículo dos Velhotes, aproximando-se vindo do oeste, arrastando a costumeira onda de poeira atrás dele. Levantei-me para que pudessem me ver. Os faróis piscaram.

Tarik lançou-se pelo outro lado da montanha e correu a passos largos pela traiçoeira encosta. A idéia, pelo que imaginei, era interceptar o veículo dos Velhotes lá no fundo, com a montanha entre ele os homens de Kevin. Segui da melhor maneira que podia, pernas tremendo, sangue martelando, o equilíbrio em algum ponto entre perdido e desaparecido para sempre, uma voz interior dizendo o quanto eu era louco de correr aquele tipo de riscos. Se eu quebrasse um osso — *o quadril!* pensei, lembrando-me de repente da minha idade —, estaria perdido. Apesar de parecer um dublê autodidata, Tarik jamais teria condições de carregar um corpanzil como o meu montanha abaixo. Não que ele fosse tentar. Ele estava pensando na mãe, no meio-irmão e na sobrinha. Eu também, mas por enquanto tinha de fazer tudo o que podia para manter os ossos inteiros.

Os Velhotes nos esperavam lá embaixo. Eu estava ofegante demais — e demasiadamente surpreso por estar inteiro — para participar muito da conversa que se seguiu.

Harley perguntou:

— Você já pode falar?

O melhor que consegui fazer foi erguer uma das mãos e apontar para Tarik. Ele sabia tudo o que eu sabia. Talvez mais.

— Desculpe perguntar, Tarik — disse Harley. — Mas você não viu nenhum sinal dos corpos deles, viu?

Tarik respondeu:

— Não. Mas Horace estava com o binóculo.

Eu abanei a cabeça, negando.

— Isso pode significar que eles foram levados embora — disse Harley —, e a única razão para isso acontecer é que eles não tinham o Pergaminho da Ânfora. Se estivessem com ele, os bandidos os teriam matado e levado o pergaminho. Ibn Awad, Kevin ou seja quem for que queira conversar com eles à vontade.

Pela primeira vez, Ben não podia pensar em nenhuma explicação melhor para a ausência dos Christopher.

— Vamos presumir que eles tenham escapado — disse ele. — As perguntas são: quando e para onde eles fugiram?

— Ninguém sabe — disse Harley.

Meu palpite, baseado no sangue e em muitos anos de desaparecimento e reunião, era que as nossas ovelhas perdidas não estavam nada perdidas, mas tinham feito o que os Christopher fazem num caso como aquele, ou seja, o oposto daquilo que a sensatez convencional recomenda.

Àquela altura, eu recuperara a voz o suficiente para dizer:

— Eles não iriam fugir. Correriam na nossa direção.

Jack disse:

— Mas o céu estava pegando fogo naquela direção.

— Eles correriam para ele *porque* ele estava pegando fogo.

— Mas por quê?

Dei de ombros. Aquele não era o momento de compor um perfil psicológico dos Christopher, mesmo se uma coisa dessas fosse possível. Do plano e paradeiro deles, como de costume, ninguém sabia. Se havia entre nós um perito em Lori e naquela região, era Tarik. Naturalmente, ninguém pediu sua opinião. Ele ficou sentado, calado, no banco dianteiro entre mim e David, enquanto as palavras e as teorias voavam por cima de sua cabeça.

Foi David, que também se mantivera calado, quem fez a pergunta.

— Tarik, o que é que você acha?

— Se eles estiverem vivos — disse Tarik —, vão nos dar um aviso. Temos que nos aproximar o bastante para vê-lo.

E com aquilo ele fechou os olhos e pareceu adormecer. Não entendi como uma coisa daquelas podia acontecer, até que os meus olhos se fecharam. Apesar do sacolejante avanço do carro, apesar da poeira que entrava por todas as quatro janelas, apesar do calor, apesar de minha velha amiga, a náusea, também peguei no sono.

O chiar da mudança me acordou. David tinha reduzido para primeira. O veículo inclinado estava subindo um morro íngreme, a caixa de mudança gritando em protesto. Meti a cabeça pela janela e olhei para trás. Ao longe, vi colunas de poeira se deslocando em nossa direção pelo chão do deserto — homens de Kevin, presumi, dirigindo em velocidade em suas picapes requisitadas, ou talvez em motocicletas capturadas. David estacionou a sotavento do morro, logo abaixo do topo. Tarik foi imediatamente para o topo. Eu o segui como se estivéssemos unidos por uma corda. Do alto do morro, tínhamos uma visão nítida da pista de pouso e do acampamento de Ibn Awad, 300 metros abaixo. O avião ainda estava estacionado no macadame alcatroado, as tendas vazias enchiam-se de vento e o expeliam. Não havia absolutamente sinal algum de vida, exceto duas águias voando ao longe.

— Eles virão — disse Tarik.

Mas onde estavam agora? O sol já estava baixando. Olhei para trás de nós. Os distantes veículos estavam mais perto, mas não poderiam alcançar aquelas montanhas antes que o sol se pusesse. De certo modo, aquilo era reconfortante, mas a perspectiva de ser caçado no escuro por Kevin e seus homens ou mesmo pelo que restava dos guarda-costas de Ibn Awad não era animadora. Cerca de 3 quilômetros a oeste, depois da pista de pouso, havia outro conjunto de montanhas, ligeiramente mais altas do que aquelas.

Tirei meu telefone via satélite e digitei o número da Zarah. Tocou uma vez, e o receptor deu um estalo. Morreu. Tentei oura vez. O mesmo resultado. O telefone de Zarah tinha um identificador de chamada, como todos os outros via satélite que eu já vira, de modo que, se fosse ela que estivesse atendendo e desligando imediatamente, sabia quem estava ligando mas tinha algum motivo para não falar. A menos que uma outra pessoa tivesse se apossado do seu telefone. Os olhos de Tarik estavam fixos nas montanhas em frente. As águias ainda voavam em círculos, sem dúvida à procura de um lugar para passar a noite, agora que o seu ninho estava banhado na fumaça venenosa do gás em chamas.

E então, parecendo ainda mais branco e mais rápido do que de costume em contraste com os tons feridos do céu descolorido, o falcão sacre estava voando. Suas grandes asas o impulsionavam para cima numa subida quase vertical, e em pouco tempo ele estava centenas de metros acima das águias.

Então, mergulhou. Eu tinha visto aquilo antes, é claro, mas a velocidade e a verticalidade da descida me deixaram sem respiração. Ele atingiu uma das águias. A águia pareceu explodir, penas escuras e sangue voando. A águia gritou, ou eu imaginei que gritou, enquanto os dois pássaros, atacando um ao outro, caíam em direção à terra.

— Esse é o aviso — disse Tarik. — Eles estão naquelas montanhas.

Enquanto ele falava, o falcão sacre subiu com esforço, a inerte carcaça da águia segura nas garras. Com um lento bater de asas, subiu a uma grande altura e então, incapaz de manter a pressão, largou a águia. Fez alguns círculos como se avaliando a possibilidade de um ataque à segunda águia, depois desceu para o topo da montanha onde agora sabíamos que os Christopher esperavam por nós.

Ah, a simetria. Zarah concebera o falcão sacre como um sinal para Ibn Awad, algo que o deixasse intrigado e o atraísse para nós. Sem dúvida, era exatamente aquilo que iria acontecer agora. Nós pretendíamos capturá-lo. Agora, éramos nós que corríamos o perigo de ser capturados.

Os outros tinham visto o falcão sacre matar a presa e sabiam o que aquilo significava. Não havia necessidade de um plano complicado. Tarik e eu iríamos tentar encontrar os Christopher no escuro e trazê-los de volta. Os outros ficariam atrás e cuidariam de si mesmos da melhor maneira que pudessem. Se sobrevivêssemos àquela noite, ligaríamos uns para os outros de manhã e decidiríamos qual seria o passo seguinte. A cornucópia de objetos letais de David — AK-47, granadas, o pouco que restava do estoque de explosivo plástico — estava espalhada num lençol. Tarik serviu-se de uma faca enorme, arrancando um fio de cabelo da cabeça e fatiando-o no meio para testar o corte.

Assim que escureceu, Tarik e eu partimos. Eu estava quase certo de que Tarik iria dar uma corrida temerária montanha abaixo, daquela vez no escuro, mas ele agiu com cautela. Uma vez lá embaixo, atravessamos ousadamente a pista de pouso. Não havia cobertura de qualquer tipo no chão do deserto, de modo que não adiantava agir como se houvesse. Além do mais, nossos amigos estavam olhando da linha da crista da montanha atrás de nós, telefone via satélite na mão. Se vissem alguém à nossa espreita, iriam nos avisar. A incongruência da coisa era suficiente para nos fazer rir — Tarik e eu caminhando por aquela região deserta ao luar como uma dupla de caçadores-coletores com sede de sangue enquanto mantinham contato com a caverna natal, a cerca de 1 quilômetro de distância, via satélite terrestre.

Chegamos às outras montanhas e começamos a subir. Rochas grandes lançavam poças de sombra. Fizemos uma pausa em uma delas. Eu respirava com dificuldade. Tarik estivera subindo a montanha a passo rápido. Agora, rastejou até a borda da sombra e durante muito tempo olhou para cima, estudando a crista. Voltou, sentou-se ao meu lado e segurou-me a mão. Fiquei estranhamente satisfeito com aquele gesto fraternal.

Ele disse:

— Se houver inimigos aqui, irão seguir para o lugar onde viram o falcão descer.

— Você acha que Paul e os outros ainda estarão lá?

— Não, mas com sorte eu estarei, de modo que ele saberá onde me encontrar. Nós, você e eu, devemos nos separar. Tente ficar atrás deles.

— E quando estiver atrás deles, o que é que eu faço?

Ainda segurando minha mão como se talvez nunca mais tornasse a me ver — o que me parecia uma distinta possibilidade —, Tarik apenas sorriu e depois desapareceu. Desapareceu de verdade, invisível como um fantasma. Olhei firme para a escuridão à procura de um sinal dele, sabendo que ele estava lá. Mas desta vez todas as minhas artimanhas como observador de pássaros em seu hábitat natural de nada me valeram. Ele se fundira com a areia e as rochas, sem fazer um só ruído ou mesmo projetar uma sombra.

Na minha subida pela montanha, realizada a maior parte de quatro, causei muito mais distúrbio, provocando avalanches em miniatura, grunhindo em voz alta quando caía. No entanto, a sorte me acompanhava. Ninguém saltou de detrás de uma rocha de arma na mão. A meu ver, eu não chamara nem um pouco de atenção.

No chão do vale, a pele de alumínio do avião de Ibn Awad brilhava ao luar. O acampamento estava escuro, aparentemente ainda deserto. Do outro lado, na outra cadeia de montanhas, os Velhotes estavam olhando, ou eu esperava que estivessem. Embora não estivesse bem certo quanto ao local para onde ia, saí cambaleando na direção de onde o falcão sacre tinha voltado à terra. Dois metros mais adiante, tropecei num cadáver. Ainda estava quente. O homem estava caído de costas, olhos arregalados, a frente da camisa branca ensopada de sangue. Ele tinha sobrancelhas espessas e uma abundante barba preta. Não havia nenhum ferimento visível. Ajoelhei-me, levantei a barba e vi que a garganta tinha sido cortada. Perguntei a mim mesmo, como Tarik conseguira fazer aquilo sem cortar uma parte da barba.

Pelo que ouvia, era como se eu estivesse dentro de uma sala à prova de som. Eu me deslocava de sombra em sombra. A pergunta era: o que estaria à espreita nas sombras? Até onde eu percebia, nada, muito embora os indícios sugerissem que podia não ser assim. Cheguei ao lugar no qual achava que o falcão sacre tinha pousado. Encontrei pegadas, pouco visíveis à luz da lua e segui-as por algum tempo, concentrando-me tanto enquanto olhava fixo para o chão, que poderia ter caminhado para os braços de um assassino e nunca saber disso até sentir a lâmina ou a bala.

As pegadas ficaram mais fracas e depois desapareceram. Fiquei na espinha dorsal da montanha, olhando para o pilar de fogo no horizonte, sozinho.

11

Meu telefone que vibrava acordou-me de um sono profundo. Assim que abri os olhos, percebi que alguma coisa tinha saído gravemente errada.

Era David Wong na linha.

— Está vendo o que nós estamos vendo? — perguntou ele.

Estava. O acampamento de Ibn Awad ganhara vida. Luzes brilhavam, homens atarefados se deslocavam, caminhões e motocicletas se mexiam na escuridão, faróis dianteiros projetavam uma luz forte. Tudo isso acontecia num espetáculo de mímica e em escala de Tinkertoy, porque eu estava a uns 3.200 metros de distância, e 300 metros acima da cena. Um dos modelos em escala era um carro-tanque. Ele parou ao lado do avião estacionado. Homens saltaram e levaram mangueiras até o tanque de combustível do avião. Não havia luz suficiente para usar o binóculo. O que eu via a olho nu eram silhuetas — homens passando correndo pelos fachos dos faróis ou brevemente emoldurados por luz vinda de dentro enquanto erguiam a aba de uma tenda.

David estava mais perto daquela cena do que eu. Perguntei:

— Quem são esses caras?

— Reforços, talvez. Todos aqui estão dormindo, exceto eu. Algum sinal dos outros onde você está?

— Não.

David continuou sussurrando ao meu ouvido. Eu estava desorientado e, apesar da agitação do momento, ainda meio adormecido. Devido ao fato de meu pensamento estar totalmente em outro lugar, as palavras não foram entendidas de imediato, mas uma de suas frases reboou numa parte da minha cabeça, muito embora eu não a tivesse ouvido de verdade no nível consciente.

— O que foi que você acabou de dizer? — perguntei.

David respondeu:

— Alguém acaba de entrar na tenda de Ibn Awad levando o falcão sacre.

Aquilo me fez despertar de todo. Se eles estavam com o falcão, deviam estar com os Christopher, mortos ou vivos. E se tinham os Christopher, deviam ter o Pergaminho da Ânfora. Aquela percepção disparou uma emoção que para mim era nova — raiva: incontrolável, avassaladora raiva física que assumiu o controle de minha mente e do meu corpo como se um Horace da Idade da Pedra tivesse pulado para fora de sua caverna e entrado na minha pele. Meu cérebro — no estado em que me encontrava, eu não podia chamá-lo de inteligência — começou a disparar. Restavam duas horas de escuridão. Aquilo só me dava tempo para sair daquela montanha, atravessar o campo aberto lá embaixo, penetrar no acampamento inimigo e matar alguém. Qualquer um.

Nem mesmo me despedi de David. Quando dei por mim, já estava na metade da descida da montanha. É provável que não tivesse me lembrado nem mesmo dessa parte da descida, mas tropecei num sinal de pontuação — outro *fedayee* morto. A garganta também tinha sido cortada. Fiz uma parada rápida para apanhar sua munição para o AK-47 e tirar de sua camisa duas granadas de mão russas, lisas como casca de ovo. Estavam pegajosas com o sangue do corte na garganta. Lá embaixo, rifles de assalto estavam sendo disparados. Os atiradores não miravam em mim, mas para o ar. Aparentemente, tinham algo a comemorar. Outro mau sinal.

Mais perto do acampamento, batedores em motocicletas zuniam como se fossem insetos. Passei entre eles como se estivesse invisível. Eu estava no escuro, olhando para um mundo iluminado. O inimigo estava na luz, olhando para o escuro. O amanhecer estava quase chegando. Eu tinha de atacar antes que o sol nascesse e nos tornasse todos iguais em termos de visão. A equipe do carro-tanque estava enrolando as mangueiras em tambores. Cheguei mais perto, cauteloso. A equipe de terra agitava-se em torno do avião, inspecionando superfícies, verificando o que quer que essa gente verifique, olhando para dentro de motores. Um homem vindo do acampamento se aproximou. Mancava ligeiramente. Uma luz bateu momentaneamente em seu rosto. Eu o reconheci — era o capitão Khaldun, piloto de Kalash el Khatar que tinha me conduzido de avião para dentro do Cairo e para fora dele no Learjet de Kalash. Pensei naquela engraçada coincidência sem surpresa. O que era mais um exemplo de traição? O capitão Khaldun andou em torno do avião, tabuleta na mão, e fez sua própria inspeção. Um dos lados da fuselagem estava brilhando à luz de faróis de uma fileira de caminhões estacionados, aparentemente para ajudar o reabastecimento. O outro lado estava num escuro que, pelo contraste, parecia ainda maior. Eu estava em pé, ereto, a cerca de 30 metros do avião. O capitão Khaldun, ainda o solene e decidido homem que me deixara perto de Jef Jef el Kébir, estava tão absorvido no que fazia que não me viu. Esperei até que ele desaparecesse em torno da cauda do avião e então caminhei sem me esconder até a asa, pulei com agilidade como um jovem de 18 anos pulando para uma cama e, sem puxar os pinos, joguei as granadas que eu tirara do morto no motor do jato. Se tudo isso parece uma exibição temerária, devo explicar que não estava tão alienado que tivesse esquecido por completo as normas da minha profissão. Quando se trata de operações de penetração, a chave para o sucesso não é sutileza e manobra, mas imprudência. Há mais probabilidade de se pegar um covarde do que um lunático que aja como se não corresse perigo algum, como se não tivesse medo. Assim que entrei na parte iluminada, saí correndo e fui direto para a tenda de Ibn Awad. Antes que qualquer um dos muitos guardas pudesse me abater, estava lá dentro.

Lá, Ibn Awaf estava sentado num tapete, vestido como um peregrino em trajes rústicos, comendo sua coalhada e soro de leite. Atrás dele, num poleiro, estava o falcão sacre branco-neve juntamente com meia dúzia de peregrinos. Ibn Awad ergueu os olhos e semicerrou-os — sua visão sempre fora fraca —, dizendo: — Você! — Em árabe, é claro.

Os dois guarda-costas que estavam em pé atrás dele tinham cometido o erro de passar os rifles de assalto sobre os ombros, em vez de segurá-los, prontos. Enquanto lutavam para liberar as armas, matei os dois com o Kalashnikov. Aquilo fez um bocado de barulho dentro da tenda. Os tiros assustaram os falcões — pelo canto dos olhos, vi asas batendo —, mas escaparam da percepção das pessoas do lado de fora, porque elas mesmas ainda estavam atirando, alegres, para o ar.

Antes de meus ouvidos pararem de zumbir, Ibn Awad engatinhava para a parte de trás da tenda, traseiro ossudo para cima, pronunciando sons sufocados. Naturalmente, pensei que o tivesse atingido por engano. Estava enganado. Não era Ibn Awad que eu tinha acertado, mas dois de seus falcões, que tinham sido derrubados de seus poleiros por balas perdidas do pente cheio que eu disparara contra os guarda-costas. Ibn Awad, agora, olhava em lágrimas para os corpos quebrados de seus bichos de estimação. Não prestava atenção alguma aos dois homens que tinham acabado de dar a vida por ele.

Eu disse:

— Meu velho, vire-se e olhe para mim, por favor.

Ibn Awad me ouviu, mas sua mente estava concentrada em coisas mais importantes. Ele sofria pelos pássaros, segurando um em cada uma das mãos estendidas, de modo que pude ver a plumagem manchada de sangue, contemplar as cabeças bambas e os opacos olhos amarelos que já não brilhavam mais, e compreender exatamente o que eu tinha feito.

— Os donos do falcão sacre — disse eu. — Onde estão eles?

Ibn Awad deu de ombros. A indiferença era tão evidente, que praticamente emitiu um odor. Estava claro que ele não tinha medo de mim. Sabia perfeitamente bem que eu tinha todos os motivos do mundo para não matá-lo, e era provável que também acreditasse, ah, muito erradamente, que eu era a pessoa totalmente racional que ele conhecia e em quem confiava.

Eu disse:

— Quais as ordens que você deu com relação aos meus primos?

Ele tornou a dar de ombros. Aquilo me enfureceu. Voltei a ser o violento homem das cavernas. Agarrei Ibn Awad, joguei-o ao ombro e saí correndo pelos fundos da tenda para a escuridão. É provável que o velho nunca antes na vida tivesse sido tocado por mãos infiéis, ainda menos tratado como um tapete enrolado sendo levado por um ladrão. Não ofereceu resistência; não poderia ter feito isso, mesmo se quisesse; seu faminto corpo ossudo parecia não conter força alguma. Para sorte minha, Ibn Awad era um asceta. Anos comendo apenas o suficiente para se manter vivo tinham reduzido seu peso, que calculei em torno de 45 quilos, de modo que pude me deslocar bem depressa noite adentro. Cada vez que um de meus pés batia no chão, Ibn Awad emitia um som, metade grunhido, metade gemido, como se cada choque chegasse como uma surpresa total.

Depois de ter corrido direto por cerca de 400 metros (quem sabe onde conseguira tanta energia?), cheguei a uma rocha de bom tamanho que parecia um altar e despejei Ibn Awad em cima dela. Não havia ninguém atrás de nós. Eu mal podia acreditar nisso, mas parecia ser verdade. As pessoas que deviam proteger Ibn Awad tinham estado tão ocupadas preparando o seu avião para a fuga, que não tinham percebido o que se passara na tenda dele. Iam ter uma surpresa quando lá entrassem e achassem os mártires e os falcões caídos, mas nada do louco.

12

Por fim, o sol nasceu. No exato momento em que o primeiro fio do amanhecer apareceu no céu oriental, Ibn Awad jogou-se de quatro em cima da pedra plana, resfolegando, lamentando-se e gesticulando em fervente oração. Eu não costumo ficar emocionado com demonstrações de sentimento religioso, mas fiquei estranhamente tocado pelo seu comportamento. Por um passageiro instante, quase passei a gostar dele outra vez, como gostara no passado, antes de minhas ordens serem mudadas. É impressionante como tocar no inimigo abranda o coração. Durante meses, eu estivera endemoninhando Ibn Awad de longe. Agora, estava perto bastante para ouvi-lo esforçar-se para ter fôlego suficiente para conversar com Alá; eu não tinha levado o seu balão de oxigênio, e o enfisema estava nitidamente claro demais. Ele cheirava fracamente a cravo; eu me perguntei por quê. As mãos, movendo-se nos gestos prescritos para a oração muçulmana, estavam tão morenas que mal dava para perceber o sangue dos falcões nelas. Devia tê-lo perturbado o fato de rezar sem primeiro se lavar, mas suponho que mãos sujas eram permitidas ao devoto nas circunstâncias extremas nas quais ele se achava naquele momento. O seu vulto a gesticular, em cima de uma rocha, devia estar nitidamente visível do acampamento, mas parecia que ninguém percebia. Não era de surpreender. A maioria das pessoas no acampamento também estava rezando.

Ao que tudo indicava, sua ausência não tinha sido percebida. Homens vestindo mantos estavam ocupados desarmando o acampamento e carregando-o nos caminhões. Uma atrás da outra, as tendas desabaram, até que só restaram duas — a grande tenda de Ibn Awad onde os *fedayeen* e os falcões mortos esperavam por serem descobertos, e uma outra, menor. Não era difícil adivinhar o que estava escondido dentro da segunda tenda. Só podiam ser os Christopher. Eu os imaginei amarrados e amordaçados, todos os quatro — Tarik também, se ainda estivesse vivo — sentados em fileira, aguardando o destino que seus captores pretendiam lhes dar. Fosse qual fosse aquele destino, era provável que na mente dos captores não envolvesse a salvação, porque eles eram ateus e, se morressem, morreriam como cães, sem esperança alguma de irem para o céu. Ibn Awad terminou suas orações e acocorou-se. Olhou serenamente para mim, ficando azul por falta de respiração, sem nenhum sinal de medo ou hostilidade nos olhos. Pensei que ainda o conhecia o suficiente para ler seus pensamentos. Ele parecia estar esperando que alguém chegasse e me matasse. No que lhe dizia respeito, estava tudo nas mãos de Deus. Tudo estava, inclusive eu, como o bizarro nêmesis que sempre aparecia em sua vida e arruinava todos os seus planos. Ele era Jó, eu era Satã, perambulando pela Terra e aplicando testes do seu amor pelo Todo-Poderoso que lhe dera tantos motivos para amá-lo — poços de petróleo, uma missão para destruir o mal sobre a Terra, até mesmo uma espécie de ressurreição depois que o assassinato fracassara e Claus Bücher tratara de seus ferimentos. Era possível sentir sua submissão à vontade divina. Ele sabia que sua situação naquele instante nada mais era do que um teste, que estava sendo provocado pelo Autor do Universo — que jamais deixaria que ele sofresse de verdade —, que no fim ele mataria os inimigos da fé sobre a Terra, pois nascera para isso, e entraria no paraíso.

De repente, seus olhos se iluminaram e deslocaram, e eu girei o corpo, arma pronta, esperando ver seus asseclas atrás de mim. O que vi — vocês adivinharam — foi Kevin, surgindo da poeira com um tremendo sorriso de menestrel divindindo-lhe o rosto, que estava coberto de graxa de camuflagem. Não fiquei nem um pouco surpreso. Kevin olhou para Ibn Awad, que o encarou com imperturbada serenidade, como se um alegre comando de Ohio fosse exatamente o que ele também esperara ver.

Kevin disse:

— Nós vimos a sua corrida, há pouco. Bela ação de bombeiro, Horace.

Nós? Olhei para além dele, e, sem dúvida, lá estavam seus homens parados na areia. Era evidente que tinham estado ali o tempo todo. Mas, por quê? O que é que tinham estado esperando? Qual era a finalidade de se aproximar às escondidas de um objetivo sob a proteção do escuro, se você iria esperar até o dia nascer para atacá-lo? Não fiz perguntas. Também de nada adiantava fazer.

Urbano como sempre, Kevin disse:

— Não sei por que você achava que precisava de nós, Horace. — Ele abanou a mão na direção do pilar de fogo, da nuvem de fumaça ao norte, e depois indicou o prisioneiro na pedra. — Você é um filme de ação protagonizado por um só homem.

Ele agora estava em pé, ereto, como se toda a necessidade de ocultamento tivesse desaparecido e ele nada tivesse a temer por parte do enxame de alucinados armados que zunia em torno do acampamento. Estava com o balão de oxigênio de Ibn Awad. Delicadamente, até mesmo ternamente, ajustou a máscara sobre o nariz e a boca do velho e abriu a válvula. Ibn Awad inalou convulsivamente durante um minuto exato, e então começou a respirar normalmente outra vez. Kevin deu-lhe uma batidinha no braço.

O ar se agitou. A 400 metros de distância, a tenda de Ibn Awad inalou a brisa e depois expeliu-a e murchou. Ninguém ainda entrara para ver como Ibn Awad estava. De repente, algo estalou, os pedaços se juntaram e percebi que havia uma razão para aquilo. Ibn Awad *não tinha* nada a temer. Ele caíra prisioneiro. Os homens que eu matara tinham sido seus captores, não seus guarda-costas — homens de Kevin, não dele. O velho esquizofrênico tinha olhado para mim com tanta simpatia porque achava que eu o tivesse resgatado.

Eu disse:

— Kevin, o que é que você pretende, exatamente?

— Cumprir minha missão — disse ele.

— Entendo. Você está com os meus primos em seu poder?

— Não é bem assim. Mas eles estão vivos e bem, e eu não tenho interesse algum neles. Outros têm.

— Outros? Que outros?

Ele balançou a cabeça em direção ao acampamento.

— Aqueles sujeitos lá. Eles são turcomanos, e eu acho que vão esperar receber um resgate.

— Resgate?

— Sinto muito, mas é verdade. Uma compensação pelos dois amigos deles cujas gargantas Tarik cortou antes de o acharmos e salvá-lo da vingança turcomana, que não é, isso eu posso assegurar, um espetáculo bonito.

— Aqueles turcomanos estão com você?

— Eu não chegaria a esse ponto — disse Kevin. — Digamos que estamos trabalhando juntos. É nossa política trabalhar com o pessoal local. Era isso, primordialmente, que os nossos companheiros estavam fazendo no Turcomenistão, procurando gente local com quem trabalhar. Eles limparam o acampamento e prenderam Ibn Awad. Eu acho que vão querer pagamento pelos dois turcomanos que você fuzilou.

— Que tipo de resgate *você* pagou a eles?

— Eles ficam com tudo, exceto com o avião e Ibn Awad — disse Kevin. — É por isso que estão tão contentes, atirando para cima e coisas assim.

Extasiados poderia ter sido um termo melhor, a julgar pela quantidade de munição que ainda estava sendo disparada para o espaço azul.

Eu disse:

— Francamente, Kevin, estou confuso. Se os seus amigos turcomanos ficam com tudo, exceto Ibn Awad, quem fica com Ibn Awad?

O sorriso de Kevin assumiu uma expressão de pedido de desculpas.

— Nós.

— Pelo que eu entendo, "nós" não se refere a você e a mim.

Ele abanou a cabeça.

— Então, você e quem?

— Não estou autorizado a dizer. Mas o velho vai ter um bom lar.

O sangue estava me subindo à cabeça. Já passara a hora do dia para jogos. O animal que eu tinha sido na noite anterior estava acordando de novo e eu me sentia fortemente tentado a dar um tiro em Ibn Awad e acabar com a sua história. No entanto, tinha de pensar em outras pessoas e sabia que estaria morto antes de tirar o dedo do gatilho se fizesse realmente o que meu cérebro de réptil me mandava fazer naquele momento.

Mesmo assim, apertei o cano do meu Kalashnikov contra o coração de Ibn Awad. No tom de voz mais agradável que consegui adotar, disse:

— Notei que o capitão Khaldun entrou para o grupo.

Kevin pareceu surpreso.

— Vocês se conhecem?

— O capitão Khaldun está emprestado por Kalash el Khatar?

— Puxa, quantos detalhes pequenos você conhece, Horace. A resposta é "está". O piloto de Ibn Awad não foi considerado de confiança como piloto de uma fuga.

— Esse é mais um exemplo de trabalhar com o pessoal local, ou você e Kalash estão juntos há mais tempo?

Kevin tinha parado de me olhar direto nos olhos e agora sorria para o alto como se esperasse um conselho que sabia que nunca chegaria. Deu para ouvir seu suspiro.

— Escute — disse ele. — Os objetivos desta operação eram destruir as bombas de Ibn Awad e eliminá-lo como ameaça à humanidade. Graças principalmente a você e seus amigos, ambos foram alcançados. Que diferença faz quem patrocina ou quem fica com Ibn Awad?

— Então você vai me dar o crédito e levar Ibn Awad como a sua parte?

Kevin disse:

— Algo parecido. Horace, quer fazer o favor de parar de pressionar sua arma contra o corpo do prisioneiro?

— Você quer ele vivo.

— Claro que quero. De que serve ele a alguém, morto?

— De que serve ele, vivo? O que é que você vai fazer com ele? Todas as perguntas sobre ele foram respondidas. De nada adianta ligá-lo a uma bateria e fazê-lo falar, porque ele iria apenas agradecer a Alá pela agonia.

— Nada disso vai acontecer. Agora, por favor, Horace, está na hora de todos nós sairmos daqui. Não posso acreditar que o Exército uzbeque ainda não tenha chegado.

— Se o interrogatório não faz parte do plano — disse eu —, o que é que faz? Você vai vendê-lo a Kalash, ou não?

Kevin fez que não ouviu aquelas perguntas apaixonadas. Seus olhos estavam fixos em Ibn Awad, que não podia estar mais tranqüilo ou mais desinteressado na sua situação se tivesse acabado de tomar um vidro inteiro de Valium.

Kevin disse:

— Ele é mesmo louco, não é?

— Ou é, ou conseguiu a união do inefável, e Deus e seus anjos realmente conversam com ele — respondi. — Seja como for, por doce e inofensivo que ele pareça, não me sinto preparado para soltá-lo no mundo outra vez, a menos que saiba dos detalhes. A quem você está planejando entregá-lo?

Na verdade, eu não tinha intenção alguma de soltar o velho, não importava o que Kevin dissesse. Ele tinha dinheiro demais, sentia ódio demais do Grande Satã, uma fé acima do normal na idéia de que a vida na Terra era transitória e sem valor, exceto como oportunidade de eliminar as falsas religiões. No entanto, eu começava a ver um padrão. Tudo aquilo tinha começado com Kalash. Estaria, agora, acabando com Kalash?

O cano da minha arma ainda estava pressionando o peito de Ibn Awad. Kevin começava a parecer positivamente inamistoso. Ele disse:

— Sabe, sempre nos avisaram quanto ao envolvimento com antigos.

— Envolvimento com quê?

— Com ex-agentes. Gente como você. Agora eu sei por quê. Vocês, Velhotes, são perigosos.

Peguei meu telefone e apertei o botão correspondente ao número de Kalash. Se ele estivesse tão intimamente envolvido naquilo quanto eu desconfiava, estaria esperando um telefonema.

E estava mesmo. Ele próprio atendeu. E reconheceu minha voz.

— Ah, Horace. O tempo em Paris está uma droga. Como é que está no Usbequistão?

— Encoberto.

— Foi o que ouvi dizer. Que sujeito você é, Horace.

— Estou aqui com o nosso amigo comum Kevin e seu primo.

— Alguém está apontando uma arma para você?

— Ainda não. Mas eu estou apontando uma arma para Ibn Awad.

— Nesse caso, está numa situação ambígua, e eu também. Posso falar com Kevin?

— Não.

— Entendo. Então, por que está telefonando? O que é que você quer?

— Garantia. Quais são, exatamente, os seus planos para o seu parente?

— Eu lhe disse. Uma ilha ao sol onde ele possa rezar em paz. A julgar pelos acontecimentos passados, fiquei com a idéia de que não é uma solução que seria de seu agrado.

— Eu não tenho os recursos para mantê-lo feliz e saudável nesse tipo de moradia assistida.

— Claro que não. Por outro lado, eu tenho uma obrigação familiar. Não quero ser reprovado no exame oral no Dia do Juízo Final.

Eu tinha mais uma pergunta, a única que importava. Esperava uma resposta honesta. Não era provável que Kalash mentisse para alguém tão baixo quanto eu. Ele estava acima disso. Não apenas eu era seu profundo inferior sob todos os aspectos que importavam — até mesmo minha alma feita de sucata de metal, se é que eu tinha alma, valia muito menos do que a dele, que era de ouro —, mas ele também devia ter esperado que eu estaria morto numa questão de segundos. Eu estava quase tão certo daquele final quanto ele, mas estava morrendo de curiosidade. Anos de minha vida tinham sido eliminados pela minha conexão com Ibn Awad. O que restava dela praticamente não merecia que eu me preocupasse em preservá-la.

Eu disse:

— Assim que ficar com o seu primo, você terá o controle da riqueza dele, certo?

— Suponho que ficarei com uma certa responsabilidade fiduciária, sim.

Ele falava em cerca de bilhões de dólares. Ibn Awad ainda controlava a riqueza do país inteiro com suas enormes reservas de petróleo. Embora eu fosse suspeito para falar, a idéia de colocar tamanha riqueza nas mãos de um homem que parecia ser totalmente cínico fazia com que meu sangue esfriasse. Não porque Kalash não se importasse com coisa alguma, mas porque em alguma parte recôndita de si mesmo ele devia se importar muito com alguma coisa a ponto de mantê-la em tamanho segredo. E na era do terror, numa era em que duas versões do mesmo deus brigavam uma com a outra na mente dos fanáticos de duas civilizações, com que outra coisa iria ele se preocupar se não com a mesma missão que deixava Ibn Awad obcecado? Aquele não era um caso simples de trocar um alto risco por outro. Kalash era mais perigoso do que Ibn Awad, porque era cinco vezes mais inteligente e perfeitamente racional. Ele iria fazer o trabalho, e rapidamente, com eficiência e sem remorso.

Eu jamais poderia deixar que ele pusesse as mãos naquele dinheiro.

— Espere um instante, sim? Quero fazer uma pergunta a Kevin. — Para Kevin, eu disse: — Você me entrega os Christopher, todos os quatro, se eu deixar Ibn Awad viver?

Kevin deu de ombros.

— Por mim, tudo bem.

— Não. Você tem de garantir. Eu levarei Ibn Awad até o avião. Paul, Zarah, Lori e Tarik terão de estar no macadame alcatroado, esperando por nós. Você terá de nos levar para longe dos turcomanos e nos fazer passar pela fronteira para o Cazaquistão.

Kevin sacudiu a cabeça.

— É um bocado de exigências — disse ele. — Mas está bem.

Eu falei ao telefone:

— Ouviu tudo?

— Palavra por palavra — disse Kalash. — É claro que você pode ficar com os Christopher. Eu não ia querer que acontecesse alguma coisa com o velho Paul. Mas eu tenho de ficar com o Pergaminho da Ânfora.

— É esse o preço?

— Isso e o meu pobre primo, são e salvo, sim.

— Preciso ter a sua promessa.

— Você tem confiança em que eu vá mantê-la? Estou emocionado.

— Negócio feito, ou não?

— Feito — disse Kalash. — Vá em paz.

13

Até a pista de pouso foi uma curta caminhada, mas Kevin estivera sussurrando para o seu fone de ouvido, e, quando chegamos lá, os Christopher nos aguardavam. Eles pareciam os mesmos, exceto Tarik, que tinha um braço na tipóia. Para minha surpresa, Zarah estava com o falcão sacre, encapuzado, no braço. Quando Ibn Awad viu seu rosto descoberto e os cabelos soltos, virou a cabeça e cuspiu, olhos brilhando de raiva e nojo virtuosos. Kevin também notou Zarah, mas reagiu de modo mais cristão. Pensei que seus olhos fossem saltar da cabeça, e é preciso que se diga que ela formava um conjunto notável com o vento soprando os cabelos contra o rosto e o enorme pássaro de alabastro agarrando-lhe o magro braço com suas garras, e os demônios girando, e o barulho e a fumaça do caos por todo canto.

O capitão Khaldun já estava na cabine. A porta do avião estava aberta, a rampa, no lugar. A ofendida reação de Ibn Awad à prostituição de Zarah durara apenas um instante. Ele se encolheu, voltando a ser o passivo e velho pateta que tinha sido a manhã toda. Era estranho como parecia extremamente inofensivo com os seus mantos de muçulmano e o turbante preto e pés descalços. A cabeça estava ligeiramente inclinada, como se ele estivesse ouvindo coisas que os demais não conseguiam ouvir. Ele tinha um leve sorriso. Se fossem vozes que estava ouvindo, deviam ser tranqüilizadoras.

— Vamos colocá-lo a bordo? — perguntou Kevin.

— Você vai com ele?

— Não. Eu vou embora com o sujeito que me trouxe. Não foi isto o combinado?

— E Ibn Awad?

— Foi providenciada assistência. Um médico e um enfermeiro. Parece que Ibn Awad os conhece.

— Qual é o nome do médico?

— Mubarak.

Eu ri. Kevin me olhou de cara fechada. O que mais eu sabia, agora, que não devia saber? Estava na hora de colocar Ibn Awad no avião. Naquele último minuto, relutei. Trinta turcomanos barbudos puseram os dedos no gatilho das armas e ficaram observando todos os meus movimentos, parecendo teatralmente sérios. Não havia como ter certeza do que poderia acontecer com os Christopher e comigo assim que eu liberasse Ibn Awad, em especial depois que minhas granadas fizessem seu serviço no motor esquerdo do jato. O que quer que pudessem fazer não era provável que fosse amável e agradável. Os homens de Kevin, que estavam se preocupando em ficar bem afastados de mim e dos meus amigos, eram a nossa melhor, se não a única, esperança de sair daquela história vivos e com todas as partes do corpo nos seus lugares. No entanto, eu ainda nem sabia qual poderia ser a língua nativa dos homens de Kevin — de Kevin tampouco, se dependesse dela.

— Está na hora de colocá-lo a bordo — disse Kevin. — Mas, primeiro, você e eu ainda temos alguns assuntos que não foram resolvidos.

Seu tom estava carregado de significados. Paul me lançou um olhar. Zarah também. Não vi sinal algum do Pergaminho da Ânfora, mas acontece que Lori nunca o levara à vista de todos.

Fiz um gesto para Paul e entreguei-lhe o meu Kalashnikov. Enquanto ele cobria Ibn Awad, caminhei até Lori, que estava um tanto afastada dos outros. Tarik aproximou-se mais, como que para protegê-la até mesmo de mim. Eu não o culpava por isso. O ar tremia de tensão, turcomanos formavam um anel em torno de nós, não se podia adivinhar as intenções de Kevin, reinava a confusão. Lori parecia quase tão alheia a tudo aquilo quanto Ibn Awad.

Falar com Lori era uma experiência sem eco na melhor das vezes. Ela simplesmente absorvia o que você dizia num silêncio profundo que parecia estar no centro do seu ser. Expliquei sobre o Pergaminho da Ânfora, disse que Kalash o queria e que nós tínhamos de colocá-lo no avião ou talvez morrer, caso em que o pergaminho seria tirado do cadáver dela.

Ela disse:

— O que é que ele vai fazer com ele?

— Não vamos ter de nos preocupar com isso.

— O que é que você está me dizendo?

— Que o pergaminho vai sair da sua vida. Sair da vida de Zarah. Vai deixar de existir bem diante dos seus olhos. Está entendendo?

— Você tem certeza disso?

— Palavra de honra.

Lori olhou para Zarah, um olhar demorado, que deve ter sido como olhar para si mesma em outra época e outro lugar, e talvez ela se lembrasse de Heydrich e quem sabe do que mais. E, então, aquela mulher que protegera o Pergaminho da Ânfora, que o levara junto à própria pele por mais de sessenta anos e abrira mão de tudo por ele, enfiou a mão nas volumosas saias quirguizes, tirou-o e entregou-o a mim. Tarik engoliu em seco. Ela encostou uma mão maternal no seu rosto, e por um curto instante em que sorriu para o filho, aquele que ela amava, pareceu como devia ter parecido quando ainda se parecia com Zarah.

Entreguei o pergaminho a Kevin. Com ar solene, ele conduziu Ibn Awad para o avião. Um hostil jovem de casaco branco que eu sabia que devia ser Mubarak e um enfermeiro nos receberam na base da rampa. Eles o ajudaram a subir os degraus. Kevin e eu fomos atrás, Kevin levando o balão portátil de oxigênio e o Pergaminho da Ânfora. A bordo do avião, ele entregou o tanque ao enfermeiro, e o Pergaminho da Ânfora ao médico, que o tirou de suas mãos com um gesto rápido e atirou-o num compartimento de cima.

Ibn Awad estava sendo preso num grande assento que parecia uma cadeira de dentista, mais própria para uma execução do que para uma viagem. O enfermeiro prendeu o balão de oxigênio no assento, ao lado dele. Tentei captar o olhar de Ibn Awad; aquela seria a última vez que iria vê-lo, e para minha surpresa me vi desejando trocar algum tipo de votos de despedida. O velho respirava com facilidade pelo tubo no nariz, olhos focalizando ao longe, um pequeno sorriso no rosto, a cabeça inclinada. Parecia estar ouvindo alguma coisa agradável. Não haveria despedidas. Deus enviara mensageiros para buscá-lo. Ele já me esquecera.

Mubarak disse:

— Retire-se.

Eu tinha a impressão de que ele poderia enfiar uma seringa cheia de cianureto ou peste no meu braço se eu não saísse imediatamente e não levasse comigo os nojentos germes *kaffir*. Desembarquei.

No macadame alcatroado, enquanto o capitão Khaldun taxiava o avião em direção ao ponto de decolagem, dei aos impacientes turcomanos o falcão sacre e o ouro que nos restava, em pagamento dos seus mortos. Eles não ficaram contentes com o pagamento. Kevin ajudou nas negociações, falando com os turcomanos na língua deles, gritando acima do chiado dos motores a jato enquanto o avião taxiava, girava e depois se lançava pela pista para levantar vôo.

O aparelho se ergueu da pista e fez uma subida acentuada, quase na vertical, para evitar as montanhas à frente da pista, e depois virou acentuadamente para evitar o pilar de chama bem em frente. E então, justo quando eu começava a temer que elas tivessem sido descobertas e retiradas, as granadas que eu tinha atirado no motor esquerdo detonaram. O motor desapareceu numa gota de chamas e fumaça. O avião estremeceu e continuou a voar. Olhei para Kevin, que se interessara tanto pelo balão de oxigênio de Ibn Awad. Ele estava olhando para o seu relógio, como que cronometrando alguma coisa. Um segundo depois, houve uma segunda explosão, esta dentro da cabine. Chamas projetaram-se das janelas. Uma asa caiu. Como um flamejante sinal de conferido, o avião fez uma acrobacia, cuspiu pedaços e então desintegrou-se.

Kevin sorriu um sorriso brilhante.

— Oxigênio — disse ele. — Pode-se ter uma confiança absoluta nele.

Os turcomanos estavam todos olhando para cima e apontando para a chuva de destroços.

— Preparem-se — disse Kevin.

Um de seus homens parou ao nosso lado num SUV novinho em folha. Kevin disse:

— Vão. Depressa.

Pulei para o banco do motorista e assumi o volante. Tarik agarrou a mãe nos braços e pulou para dentro, atrás de mim. Zarah e Paul ocuparam o banco traseiro. Por cortesia de Kevin, havia um Kalashnikov carregado para cada passageiro. Fomos embora. Kevin e seus homens não fizeram tentativa alguma para refrear os turcomanos que começaram a nos perseguir. Foram os Velhotes no alto da montanha que nos salvaram. Eles soltaram meia dúzia de morteiros sobre os turcomanos, virando dois dos seus veículos. Os sobreviventes fizeram meia-volta e fugiram.

Foi só a minha imaginação, é claro, mas pensei ouvir a ovação de estudantes vinda do alto da montanha.

EPÍLOGO

Paul Christopher decidiu continuar morto para todo mundo, exceto para sua mãe, Tarik e Zarah. Os quatro partiram juntos, para onde eu não sei, e não irei atrás. Espero tornar a ver Paul e Zarah, mas se isso não acontecer, sempre teremos o Usbequistão, sem falar em Xinjiang e nos vários outros lugares onde seria imprudente sua pequena família instalar-se.

Depois de voltarmos para os Estados Unidos, nós, a Turma dos Velhotes, nos vimos muito pouco. Não tínhamos sido amigos de verdade antes da nossa procura pelo graal, apenas um bando de sujeitos que tinham levado a mesma vida e tinham mais ou menos as mesmas diferenças a acertar. Não chegamos a sair cada um para o seu canto, como fazem os soldados depois de uma guerra, mas voltamos para o tédio. De modo geral, acho eu, estávamos mais felizes do que poderíamos estar se não tivéssemos cometido aquela última loucura. A vida diária é uma identidade falsa para tipos secretos. Dentro do jogador de golfe, do *chef* de quintal, do terno avô, o guerreiro se recorda do que está escondido e espera que o telefone toque à meia-noite e a voz abafada que ele conhece tão bem diga: "Precisamos de você em Berlim." Na verdade, a maioria de nós nunca esperara que o telefone tornasse a tocar, de modo que Jack, Charley, Harley, David, Ben e eu, acima de todos, tínhamos motivo de ser gratos a Paul Christopher pela sua última viagem com despesas pagas.

Com o produto da venda de minha casa em Georgetown, eu levava uma vida confortável. Washington não parecia o lugar para se fazer isso. Mudei-me para a Harbor, a propriedade da família nos montes Berkshire, e chocalhava por ela na companhia de fantasmas cujo pisar medido pelo gemedor piso do sótão eu conhecia desde a infância. Vivendo sozinho, eu me limitava a duas vodcas por dia, às vezes cometia a ousadia de comer um pêssego, e me concentrava totalmente no futuro, que era uma melodiosa Ruritânia em relação aos chamuscados continentes dos meus vários passados.

Foi Harley, naturalmente, que decidiu que cabia uma reunião. Ele tomou todas as providências e, num dia de novembro, o aniversário do ato fúnebre em homenagem à urna pintada com vermelhão e dourado que supostamente continha as cinzas do Paul, a Turma dos Velhotes chegou. Pareciam mais velhos, menores, mais calados, menos teimosos. A conversa se arrastava. Não havia motivo algum para contar uns aos outros o que já sabíamos, o que quer que tivéssemos feito não tinha importância. Nosso trabalho não existia, nunca existira, pelo menos nos anais da história ou na memória daqueles que tinham nos pedido para fazê-lo. Todo ele, desde a nossa refrescante juventude, era uma piada, uma travessura, um jogo, e, como qualquer outro jogo, o que acabáramos de jogar, o último, não alterara coisa alguma. Não houve nada de *lembra-se do dia em que Horace e Kevin explodiram o mesmo avião?*, nenhuma menção do álbum de novos amigos esquisitos que tínhamos feito nas nossas viagens e depois perdido para sempre. Ou assim esperávamos, embora soubéssemos que sempre haveria uma outra bomba, um outro crente, uma outra brincadeira de cabra-cega e, um dia, um final diferente.

Durante o jantar, christopheriano na malpassada simplicidade — peixe defumado, sopa fria, carne malpassada e os inevitáveis aspargos —, bebemos várias garrafas de Montrachet e Romanée Contis da bem abastecida adega que Paul deixara para mim. Conversamos sobre o seu gosto pela uva *pinot* e sua sorte com as mulheres. Ao anoitecer, subimos o morro a pé até o cemitério da família, uma garrafa de Perrier-Jouët num pote de gelo, para fazer um brinde junto à sepultura de Christopher.

O quê, Horace? Você realmente chegou a ponto de providenciar uma cova falsa com o nome dele?

Eu, não. Stephanie, para quem um enterro em Arlington não tinha sido o bastante. Ela guardara uma xícara do que insistia serem as cinzas dele e as plantara ali, erguendo uma bonita lápide polida com o nome e as datas de Paul gravados. Eu achara a coisa ao voltar do Cazaquistão, e acho que se podia dizer que, de certo modo, para Stephanie pelo menos, finalmente Paul tinha sido preso à terra. Em dois lugares, com um terceiro ainda a ser designado — e, se eu conhecia Paul, sem marca nenhuma.

Servi o espumante. Lembranças correram pelo círculo de olhos que se embaçavam e olhavam para o monumento a Paul, um último disfarce escrito numa pedra.

— Velhos tempos, velhos amigos, velho tudo — disse Harley.

Bebemos. Copos de plástico chocaram-se ao largo da lápide de mentira. O champanhe, como devia, deixou seu semidoce e demorado sabor restante na língua.

AO LEITOR

A turma é uma obra de ficção na qual não se pretende fazer qualquer referência a alguém que tenha vivido ou a qualquer coisa que tenha acontecido. Esta negação se aplica, em especial, a Ibn Awad, que apareceu em dois de meus livros anteriores, *The Better Angels* (1979) e *Shelley's Heart* (1997). Nos trabalhos anteriores, ele patrocinou uma onda de ataques suicidas a bomba, um vôo de imaginação tão bizarro há 35 anos que foi considerado por muitas pessoas um obstáculo à capacidade de faz-de-conta do leitor. Ao contrário, alguns dos acontecimentos descritos no Pergaminho da Ânfora são baseados rigorosamente no Evangelho segundo São João. No que se refere a simples informações, tentei, como sempre, ater-me à realidade. Para detalhes da vida, da paisagem e da arqueologia na região autônoma de Xinjiang, vali-me das recordações de Robert M. Poole e dos escritos de Tom Allen. Alguns detalhes da vida numa propriedade no interior da Hungria foram sugeridos pela resenha feita por András Nagy em *The Memoirs of a "Proud Hungarian"*, de Tibor Scitovsky, no número do outono de 1999 do *Hungarian Quarterly*. O material sobre falcoaria foi extraído em grande parte da décima primeira edição da *Encyclopedia Britannica*, mas também de lembranças de uma amizade muito antiga com um falcoeiro que presenteou meus filhos com uma águia perfeitamente treinada, originária dos montes Atlas. (A mãe deles abriu mão do presente.) Os dados sobre o acompanhamento via satélite da migração da abetarda *houbara*, devo a um artigo em *Arabian*

Wildlife de Thery Bailey e ao Dr. Fred Launay. A matéria sobre naukograds soviéticos foi extraída do site globalsecurity.org. Detalhes de testes nucleares "pacíficos" subterrâneos na URSS foram retirados de nuclearweaponarchive.org. Tudo o mais veio pelo ar.

C. McC.

Este livro foi composto na tipologia Agaramond,
em corpo 12/16, e impresso em papel off-white
80g/m², no Sistema Cameron da Divisão Gráfica
da Distribuidora Record.